Emily Bleeker

# Aus den Trümmern



amazon crossing

*Das Buch*

Lillian Linden ist eine Lügnerin. Auf den ersten Blick wirkt sie wie die tapfere Überlebende eines Flugzeugabsturzes, aber sie hat ihre Familie und die ganze Welt angelogen, seitdem Rettungshubschrauber sie und einen anderen Überlebenden namens Dave Hall von einer einsamen Insel im Südpazifik geborgen haben. Die Schiffbrüchigen waren fast zwei Jahre lang verschollen und stehen nach ihrer Rettung im Rampenlicht. Auf einmal werden sie von den Medien hofiert, aber sie können ihre wahre Geschichte nicht erzählen. Doch Genevieve Randall, die knallharte Enthüllungsjournalistin eines TV-Nachrichtenmagazins, kauft ihnen ihre Story nicht ab. Sie vermutet, dass Lillian und Dave in Bezug auf das Schicksal der anderen Überlebenden des Flugzeugabsturzes lügen, und ist entschlossen, die Wahrheit ans Licht zu bringen, auch wenn sie dabei unzählige Leben zerstört.

*Die Autorin*

Emily Bleeker war Lehrerin, bis sie ihre Leidenschaft für das Schreiben entdeckte, nachdem sie einen Schreibworkshop für ihre Schüler angeboten hatte. Kurz darauf stellte sie fest, dass in ihrem Kopf ganze Welten voller Charaktere und Geschichten existieren. Erst der Kampf gegen eine Krebserkrankung verlieh ihr den Mut, diese unglaublichen Welten mit anderen zu teilen.

Sie lebt in einem Vorort von Chicago mit ihrem Mann und ihren vier Kindern. Wenn sie nicht gerade schreibt oder sich um ihre Familie kümmert, lernt sie Gitarre spielen, singt (laut) zu Radiosongs und genießt ihre neu entdeckte Freude am Laufen. Emily Bleeker freut sich über Ihren Besuch auf emilybleeker.wordpress.com.

EMILY BLEEKER

# Aus den Trümmern

Roman

Aus dem Amerikanischen von Kerstin Fricke

amazon crossing

Die Originalausgabe erschien 2015 unter dem Titel »Wreckage« bei
Lake Union Publishing, Seattle.

Deutsche Erstveröffentlichung bei
AmazonCrossing, Amazon Media E.U. Sàrl
5 Rue Plaetis, L-2338, Luxembourg
Januar 2016


Umschlaggestaltung: semper smile, München, www.sempersmile.de
Umschlagmotiv: © Trinette Reed/Blend / Offset; © mike_expert / Shutterstock; © Perry Correll/ Shutterstock; © DrimaFilm / Shutterstock; © andrej pol / Shutterstock
Lektorat: Bernadette Goebel
Satz: Dr. Rainer Schöttle Verlagsservice, www.schoettle-lektorat.de
Printed in Germany
By Amazon Distribution GmbH
Amazonstraße 1
04347 Leipzig, Germany

ISBN: 978-1-477-84984-2

www.amazon.com/crossing

*Für meinen Mann Joe. Du bist mein bester Freund, mein Vertrauter und der einzige Mensch, mit dem ich auf einer einsamen Insel gestrandet sein möchte.*

# 1

## Lillian

*Gegenwart*

*Manchmal muss man lügen, weil das der einzige Weg ist, die Menschen zu beschützen, die man liebt.* Lillian sagte sich diesen Satz in Gedanken immer wieder vor, während sie an ihrem Ehering herumspielte. Jeden Tag in den vergangenen acht Monaten hatte sie ihn sich vorgehalten, und heute würde sie ihn vielleicht sogar glauben. *Der einzige Weg,* wiederholte Lillian und drehte ein ums andere Mal den schlichten Goldring an ihrem Finger. Eine Umdrehung für jede Lüge, die in diesen acht Monaten über ihre Lippen gekommen war. Nachdem sie sich dreimal verzählt hatte, schob sie die Hand unter ihren Oberschenkel, um nicht noch einmal von vorn anzufangen. Wenn das Lügen doch nur schwerer wäre, dann könnte sie vielleicht endlich wieder damit aufhören. Aber es war so einfach, viel leichter, als die Wahrheit zu sagen.

*Fang jetzt nicht an zu weinen,* ermahnte sie sich. Sie hatte schon viel zu oft vor völlig Fremden geweint. Heute wollte sie der Welt ihre harte Seite zeigen und nicht ihr hässliches, verheultes Gesicht. Das wollte doch niemand sehen. Außerdem würde nur ihr Make-up verlaufen, wenn sie jetzt anfing zu weinen. So viel Schminke hatte sie seit Jahren nicht mehr getragen, und eine nette junge Frau namens Jasmine trug gerade eine weitere Lage auf.

Nachdem Jasmine eine große, pinkfarbene Sprühdose hervorgeholt und Lillians Haare damit eingenebelt hatte, bis sie ein Brandrisiko darstellten, war sie offenbar fertig. Das Mädchen trat einen Schritt nach hinten, um das Ergebnis ihrer Bemühungen zu begutachten, und zuckte mit den Achseln. »Besser geht's eben nicht«, schien sie damit sagen zu wollen. Ihre Reaktion stärkte Lillians Selbstbewusstsein nicht unbedingt.

Als das Make-up-Mädchen gegangen war, saß Lillian schweigend da, musterte ihre manikürten, burgunderfarbenen Fingernägel und hatte das Gefühl, wieder ein kleines Mädchen zu sein, das Verkleiden spielt. Sie war als Kind eher ein Wildfang gewesen, und jetzt war sie Mutter von zwei Söhnen. Daher hatte sie nie viel Zeit auf Make-up verschwendet. Allerdings musste sie zugeben, dass es schon einen gewissen Reiz hatte, sich als völlig anderen Menschen zu erleben. Wenn sie nicht mehr die alte Lillian sein konnte, die neue aber auch nicht mochte, dann stellte die falsche Lillian vermutlich die beste Option dar.

Das Haus war ebenso wie Lillian für das Filmteam verändert worden. Nachdem sie eine Woche lang vergeblich versucht hatte, es allein auf Vordermann zu bringen, beauftragte sie einen Reinigungsdienst, sodass das zweistöckige Haus im Kolonialstil jetzt blitzte und funkelte. Natürlich hatten die beiden Produktionsassistenten nicht einmal fünf Minuten gebraucht, um zu dem Schluss zu kommen, dass alles nicht so aussah, wie es ihnen vorgeschwebt hatte.

Die beiden hatten kurz nach Sonnenaufgang ihr Haus gestürmt. Da Lillian viel zu nervös zum Frühstücken gewesen war, hatte sie stattdessen die beiden angespannten Assistenten, von denen einer intensiv nach Kaffee und Tabak roch, schweigend dabei beobachtet, wie sie von Raum zu Raum gingen und im ganzen Haus die Familienfotos einsammelten. Nachdem sie die alten Ohrensessel aus dem Arbeitszimmer rechts und links neben das Klavier der Lindens im Wohnzimmer geschoben hatten, platzierten sie die zusammengesuchten Fotos strategisch günstig auf dem Deckel des Instruments.

Lillian pustete sich eine Haarsträhne aus der Stirn und musterte die Fotos. Das Familienporträt aus dem Flur ersetzte nun das Blumenbild, das über dem Klavier gehangen hatte. Auf diesem wiederum stand das Foto von Jerry und ihren beiden Jungs, das sonst auf dem Nachttisch ihres älteren Sohnes Josh seinen Platz hatte. Es lehnte an dem Silberrahmen mit dem Foto, auf dem Lillian ihre beiden Rucksäcke tragenden Söhne an den Händen hielt.

Auf diesem Bild sah sie aus wie eine Fremde. Wie lange war das jetzt her? Drei, vielleicht vier Jahre? Das lange braune Haar umgab ihr Gesicht, und ein aufrichtiges Lächeln brachte ihre smaragdgrünen Augen zum Strahlen. Damals war ihre Haut cremefarben wie Buttermilch gewesen, und rings um ihre Nase hatten sich Sommersprossen abgezeichnet, die wie Zimtflecken aussahen. Wäre Lillian dieser Frau auf einem Elternabend begegnet, dann hätte sie sie bestimmt mit ihren Kindern zu einem Spieltreffen oder zum Eis eingeladen. Sie sah glücklich aus.

Zwei Rahmen weiter stand ein Bild, das sonst im oberen Flur hing. Es war vor mehreren Monaten aufgenommen worden. Damals war Jerry aufgefallen, dass sie gar kein Familienfoto mehr geschossen hatten, seit … seitdem sie wieder zu Hause war. Jerry hatte letzendlich die Bilder ausgesucht, da sich Lillian nicht dazu hatte überwinden können, und sie waren schrecklich geworden. Die Jungs trugen identische Krawatten und man sah ihnen an, dass sie sich nicht wohlfühlten. Jerrys Arm schien über Lillian zu schweben, als könne er es nicht ertragen, sie anzufassen. Jetzt würde dieses Bild auch noch im landesweiten Fernsehen zu sehen sein. Dann konnte jeder die beiden

Lillians nebeneinander sehen, die »Vorher«- und die »Nachher«-Version. In der »Nachher«-Fassung hatte sich Lillian das lange Haar abgeschnitten und den Pony mit Haarklemmen aus dem Gesicht gesteckt. Ihr Lächeln wirkte angespannt und gezwungen, und ihre Augen waren nicht mehr smaragdfarben, sondern hatten das helle Blassgrün von Jade angenommen.

Lillian malte sich aus, wie sie hinüber zum Klavier ging und alle Fotos mit einer schnellen Handbewegung auf den Boden beförderte. Sie würde jedes einzelne herunterwerfen, bis nur noch ein Haufen aus Glas und glänzendem Papier auf dem Boden lag. Beinahe hätte sie gegrinst, und sie musste sich auf die Unterlippe beißen, um das Zucken ihrer Mundwinkel zu unterdrücken. Es war schon sehr befriedigend, sich das nur vorzustellen, und im Augenblick hatte sie ohnehin mehr als genug Aufmerksamkeit.

Um sich von weiteren Tagträumen abzuhalten, wandte Lillian den Blick von den Bilderrahmen mit den Fotos lächelnder Menschen ab und versuchte, Staubspuren auf dem Klavier zu entdecken. Die Mahagonioberfläche zog Staub nahezu magisch an, und der Geruch des Orangenöls, mit dem sie es abgerieben hatte, hing noch immer in der Luft. Lillian liebte das Klavier. Kurz vor Joshs Geburt hatte sie Jerry praktisch gezwungen, es zu kaufen. Damals hatte er sie ausgelacht, da sie es beide nicht spielen konnten, aber sie wollte das Klavier auch nicht für sich, sondern für ihre Kinder. Erst für Josh und später auch für Daniel.

Jetzt schüttelte Lillian den Kopf. Kein Wunder, dass die junge Mutter auf den Fotos so häufig lächelte. Sie hatte ja keine Ahnung, dass einem das Leben die Weichen manchmal anders stellte. Dieses blöde Leben.

Die schwere Haustür aus Eiche wurde aufgerissen, und Lillian zuckte zusammen. Eine große, feinknochige Frau in einem beigefarbenen Hosenanzug stürmte mit einer Selbstverständlichkeit herein, als wäre das ihr Haus und nicht das der Lindens.

Lillian starrte sie fasziniert an. Dieses Gesicht hätte sie überall wiedererkannt, die lange, dünne Nase, die hohen Wangenknochen, das blonde Haar, das sich fast wie ein Helm aus fixiertem Stroh bewegte, und diese Augen, die so hellblau waren, dass sie fast schon zu verblassen schienen. Das alles gehörte zweifellos zu Genevieve Randall von *Headline News.* Lillian und Jerry sahen dieses Fernsehmagazin jeden Freitagabend und diskutierten scherzhaft über die Geschichten aus dem wahren Leben, von denen Miss Randall berichtete. Sie war im wirklichen Leben sogar noch dünner als im Fernsehen.

*Na, super. So viel dazu, dass man vor der Kamera zehn Kilo dicker wirkt.* Lillian zog den Bauch ein.

Die Crew brachte unter dem Blazer ein Mikrofonkabel am Rücken der Enthüllungsreporterin an und befestigte das Mikrofon unauffällig am Revers. Lillian war beeindruckt, wie es Genevieve gelang, die Hände zu ignorieren, die an ihr herumfingerten. Währenddessen ging sie ihre Notizen auf Karteikarten durch, um danach ihren Blazer zu richten und die weiße Seidenbluse zurechtzurücken, die aus dem V-Ausschnitt ihres Blazers hervorlugte. Dann nahm sie einige andere Papiere zur Hand, die sie zu einem ordentlichen Stapel aufschichtete, bevor sie ihren geisterhaften Blick auf Lillian richtete.

Für einen kurzen Moment kam es ihr so vor, als würde die Reporterin einfach durch sie hindurchblicken oder vielmehr in sie hineinschauen – als könne sie alle Geheimnisse sehen, die sich in Lillian verbargen. Am liebsten hätte Lillian die Arme um ihren Oberkörper geschlungen, um sich vor diesem Röntgenblick zu schützen.

»Mrs Linden«, rief Genevieve Randall von der anderen Seite des Raumes herüber, sodass ihre Stimme durch die hohe Diele hallte. »Es ist so schön, Sie endlich persönlich kennenzulernen. Vielen Dank, dass Sie uns heute empfangen.« Die Stilettoabsätze ihrer rot besohlten Louboutins klapperten laut auf dem Holzboden, als sie zu dem zweiten Ohrensessel stelzte und sich Lillian gegenüber hinsetzte.

*Woher kennt Genevieve Randall mich?*, fragte sich Lillian zuerst. Aber dann fiel es ihr wieder ein. Jeder wusste, wer Lillian Linden war. Schließlich war ihr Gesicht während der vergangenen zweieinhalb Jahre immer wieder im Fernsehen zu sehen gewesen, was sie selbst irgendwie noch immer nicht richtig fassen konnte.

Genevieve Randall ließ sich in dem Sessel nieder, als würde eine Feder zu Boden sinken, und nahm sofort ihre Reporterinnenposition ein: gerader Rücken, entspannte Schultern und ein strahlendes Lächeln auf den Lippen. »Es ist so schön, Sie endlich persönlich kennenzulernen, Mrs Linden«, flötete die Reporterin und streckte eine Hand mit langen, dünnen Fingern aus.

»Dito«, flüsterte Lillian, zwang sich zu einem nervösen Lächeln und schüttelte die kalte Hand, wobei sie hoffte, dass die Schwielen an ihren Fingern Miss Randalls babyweiche Haut nicht aufschürften.

»Ich bin schon ganz aufgeregt, seitdem mein Produzent dieses Projekt genehmigt hat.« Miss Randall faltete die Hände sittsam über dem Papierstapel auf ihrem Schoß. »Ich habe Ihre Geschichte von Anfang an verfolgt und bin gespannt darauf, sie aus Ihrem Mund zu hören.«

»Oh. Vielen Dank, dass Sie hergekommen sind.« Lillian rutschte auf dem Polster herum.

»Es ist mir ein Vergnügen. Wir werden in ein paar Minuten anfangen. Bitte versuchen Sie, sich nicht zu verkrampfen, während ich Sie interviewe. Beantworten Sie die Fragen, als wären wir zwei Freundinnen, die bei einer Tasse Kaffee zusammensitzen. Okay?«

»Ich … ich werde es versuchen.« Auf Lillians Stirn sammelten sich erste Schweißtropfen und drohten herunterzulaufen und ihr Make-up zu ruinieren.

»Und Ihnen ist auch klar, dass es sich um ein Exklusivinterview handelt? Wenn Sie den Vertrag unterschrieben haben, dürfen Sie keine anderen Angebote mehr annehmen.«

»Das ist mir vollkommen klar.« Lillian biss sich auf die Innenseite einer Wange. Die Exklusivität, die ihr mit dem Vertrag zugesichert worden war, stellte für sie den einzigen Grund dar, diesem Interview mit *Headline News* überhaupt zuzustimmen. Wenn sie nur dieses eine Interview überstand, war sie endlich in Sicherheit.

»Okay. Aber ich musste die rechtlichen Auswirkungen noch einmal explizit erwähnen.« Genevieve sah sich um. »Wo steckt denn Ihr Mann, Mrs Linden? Ist Jerry nicht da? Ich hatte gehofft, ich kann mich auch noch mit ihm unterhalten, wenn wir fertig sind.«

»Er ist oben und zieht sich um.« Lillian hob eine Hand und wollte schon am Daumennagel knabbern, als ihr gerade noch rechtzeitig einfiel, dass er lackiert worden war. »Ich habe ihm gesagt, dass er sich nicht mein ganzes Interview anhören muss. Auf diese Weise wird es für uns beide leichter.«

»Das ist völlig in Ordnung. Hierbei geht es um Sie, daher sollen Sie es auch so halten, wie es für Sie am besten ist. Was ist mit den Kindern?« Genevieve klopfte mit der Spitze eines roten Kugelschreibers gegen ihre Zähne, während sie ihre Notizen durchging.

»Die sind bei den Nachbarn«, antwortete Lillian und kniff die Augen zusammen. »Aber ich dachte, ich hätte mich darin klar ausgedrückt, dass die beiden mit dem Interview nichts zu tun haben werden.« Die beiden Jungs hatten ohnehin schon viel zu viel durchmachen müssen. Daher hatten Jerry und sie sich schon vor langer Zeit darauf geeinigt, dass sie keine Interviews mehr geben würden.

Genevieve blickte auf. »Nein, nein, ich hatte nur gehofft, dass wir am Ende noch eine Aufnahme der ganzen Familie machen können. Keine Sorge, Lillian, ich werde den beiden keine Fragen stellen.«

»Okay, vielleicht *ein* Foto.« Josh und Daniel hatten sich in den letzten Jahren an Kameras gewöhnt und würden es vermutlich nicht einmal mehr bemerken, wenn jemand im Hintergrund ein paar Aufnahmen machte.

»In Ordnung, ich bin hier gleich so weit«, fauchte Genevieve den Mann mit dem Kopfhörer gereizt an. »Meine Fragen, Ralph.«

Der junge Kerl mit dem strohblonden Haar und der übergroßen Brille mit schwarzem Gestell, der Lillians Fotos auf das Klavier gestellt hatte, kam auf die Reporterin zugelaufen und schaute dann zu Boden wie ein Hund, der sich seinem Alphatier unterwarf. Sie drückte dem Praktikanten ein paar zerknitterte Seiten in die Hand, die mit Tinte vollgeschrieben waren, und wandte sich erneut ihrem Stapel aus Karteikarten zu.

»Gehen Sie diese Notizen noch einmal mit Steve durch, bevor wir anfangen«, ordnete Genevieve Randall an, und der junge Mann folgte mit unterwürfiger Miene ihrer Anweisung. Lillian war entsprechend beeindruckt.

Nachdem er zusammen mit der Crew den Soundcheck gemacht hatte, half Ralph Lillian dabei, ihr Mikrofon zu überprüfen, und rief dann Jasmine zu sich, die das Make-up der beiden Frauen ein letztes Mal auffrischen sollte, wobei Lillian davon ausging, dass das nur bei ihr nötig war. Danach wurde es auf einmal unheimlich still und Genevieve war die Einzige, die sich noch bewegte. Nachdem sie ihr bereits perfekt sitzendes Haar geglättet hatte, sagte sie: »Es kann losgehen.« Die Kameras wurden eingeschaltet.

»Fünf, vier, drei, zwei, eins … Interview mit Lillian Linden.«

# 2

## Lily – Tag 1

*Fidschi*

Die Türen gehen auf, und die feuchte Hitze der Fidschis vermischt sich mit der abgestandenen, klimatisierten Luft im Inneren des kleinen Flughafens. Ich hole tief Luft. Der spezifische Geruch dieser kühlen Luft, die aus solchen klimatisierten Räumen nach draußen dringt, scheint in allen Teilen der Welt gleich zu sein.

»Tja, Lillian, schau uns an. Was sagst du zu uns beiden Jetsettern?« Margaret fasst mich mit ihrer von Altersflecken übersäten Hand am Arm und schiebt mich auf einen winzigen Jet zu, der am Horizont zu sehen ist. »Es wäre nur schön, wenn du etwas angezogen hättest, das dieser Gelegenheit … würdiger gewesen wäre.«

Im Resort hatte ich mir, zwei Minuten bevor die Limousine eintraf, eine abgeschnittene Jeans und ein abgetragenes grünes Tanktop über meinen Badeanzug gezogen. Während der Page meine Taschen in den Wagen schob, hatte ich gerade noch meine zerschlissenen Nikes überziehen können. Auf Fidschi war Margaret die Einzige, die sich dafür interessierte, was ich anhatte. Ich hätte nackt am Strand entlanglaufen können und die Kellner in den Cabana-Hütten hätten mich trotzdem bloß gefragt, ob sie meinen Cocktail auffüllen sollen.

Wir waren jetzt schon seit einer Woche auf den Fidschi-Inseln und ich hatte meine Tasche noch nicht ein einziges Mal selbst getragen. Jeder schien die strikte Anweisung erhalten zu haben, uns wie Promis zu behandeln. Da ich dazu noch Unmengen an Essen in mich hineinstopfte und mich kaum bewegte, befürchtete ich schon, ich würde mit zehn Kilo mehr auf den Rippen nach Hause zurückkehren.

»Entschuldige, Margaret, aber das war das Einzige, was noch sauber ist. Niemand hat mir gesagt, dass es einen Dresscode gibt.«

»Es geht doch nicht um einen Dresscode, sondern um eine gewisse Selbstachtung. Wenn du das nicht aus eigenem Antrieb tust, dann tu es doch bitte für mich. Ist es denn so schwer, dich ein bisschen zu schminken oder dein Haar hochzustecken?« Sie wirft ihr Haar in den Nacken, als wollte sie mir demonstrieren, was ich für mein Aussehen alles tun könnte. »Du hast so ein hübsches Gesicht, warum zeigst du es anderen dann nicht?« Mir liegen zahlreiche Erwiderungen auf der Zunge, aber ich spreche sie dann doch nicht aus – denn das tue ich nie.

»Ich habe etwas Make-up in meiner Tasche und kann mich schminken, sobald wir sitzen, wenn du dich dann besser fühlst.« Margaret zuckt beim Anblick meines blauen JanSport-Rucksacks, den ich seit dem College besitze und anstelle einer Handtasche benutze, zusammen. Das Ding treibt sie ständig in den Wahnsinn. Ich habe einen ganzen Schrank voller Handtaschen, die sie mir in den neun Jahren, die ich jetzt mit Jerry verheiratet bin, geschenkt hat, damit ich mich von diesem Rucksack trenne. Bei besonderen Gelegenheiten benutze ich auch mal eine davon, allerdings nie in Margarets Anwesenheit. Das ist meine passiv-aggressive Art, ihr zu zeigen, dass sie nicht über mich bestimmen kann.

»Ja, meine Liebe, das wäre sehr schön.« Überraschenderweise sagt sie dieses Mal nichts zu meinem Rucksack. »Du wirst feststellen, dass *du* dich dann gleich viel besser fühlst.« Sie tätschelt mir mitfühlend den Arm, und ich schlucke meine Erwiderung herunter, was mir von Mal zu Mal schwerer fällt.

Margaret scheint für diesen Lebensstil wie geschaffen zu sein, auch wenn sie nicht in ihn hineingeboren worden ist. Als junge Witwe eines Deputys im ländlichen Iowa kauft sie normalerweise nur Sonderangebote und sammelt Coupons. Aber in der vergangenen Woche hat sie die Kunst erlernt, lässig auf unser Gepäck zu deuten und mit einer beiläufigen Geste Trinkgeld zu geben.

Heute ist sie ganz in Weiß gekleidet und trägt ein Outfit, das aussieht, als wäre es von 1983. Es wirkt zwar eher, als wollte sie zu einem Kaffeekränzchen und nicht auf eine Flugreise, aber Margaret glaubt, sie wäre topmodisch gekleidet. Abgesehen von dem weißen Hosenanzug sieht sie auch sehr adrett aus. Ihr Haar ist zu einem honigfarbenen Heiligenschein aufgetürmt, und sie hat sich lässig eine Sonnenbrille aufgesetzt. Wenn sie lächelt, betonen die zarten Fältchen auf ihren Wangen den pudrigen Schimmer des Make-ups, das sie an diesem Morgen sorgfältig aufgetragen hat.

»So, da wären wir«, meint sie und keucht auf.

Aus der Nähe wirkt der Jet sogar noch zwergenhafter. Ein rot-blauer Rennstreifen führt an der Seite entlang und bewirkt, dass das Flugzeug eher aussieht wie eine Requisite aus einem Film anstatt wie ein Flieger, in den wir tatsächlich einsteigen sollen. Es ist klein, viel kleiner, als ich bei einem Jet vermutet hätte. Ich sehe drei Fenster und keinen nennenswerten Frachtraum.

Auf dem Tagesplan, der heute Morgen unter der Tür durchgeschoben wurde, stand, dass wir fast viereinhalb Stunden in diesem Flugzeug sitzen werden. Ein Vertreter von

Carlton-Joghurt wird uns auf dem Flug zu einer »Privatinsel« begleiten. Vier Stunden zusammen mit meiner Schwiegermutter und einem völlig Fremden? Möglicherweise muss ich mir doch eine von Margarets Schlaftabletten einwerfen, damit ich diesen Trip überstehe.

Man muss nur drei Stufen hinaufsteigen, um den Eingang des winzigen grauen Jets zu erreichen. Margaret geht als Erste hinauf, und ich lasse sie gewähren. Dies war von Anfang an ihr Urlaub und ich mache einfach mit. Das ist für uns beide das Beste, denn so bekommt sie ihren Willen und ich profitiere davon, indem ich nicht den Verstand verliere.

Als sie uns am Telefon von der Reise zu den Fidschi-Inseln erzählte, die sie bei einem Preisausschreiben gewonnen hatte, wollte ich ihr zuerst nicht glauben. Anfangs war ich der Ansicht, sie wäre von einem gerissenen Verkäufer übers Ohr gehauen worden. Sie wohnt vier Stunden von uns entfernt in einer Seniorensiedlung in Iowa, um die rund herum absolut nichts los ist, und Margaret ist der einzige Mensch auf der ganzen Welt, der sich über die Anrufe von Telefonverkäufern freut.

Ich habe Margaret wirklich sehr gern, wenn auch auf meine ganz besondere Art und Weise, aber das heißt noch lange nicht, dass wir gut miteinander auskommen. Vor unserem Abflug sah ich diese Reise so ähnlich wie einen Besuch beim Frauenarzt: notwendig, aber unangenehm. Doch Jerry war der Ansicht, dass ich mal eine Abwechslung von meinem Leben als Mutter bräuchte, und Margaret argumentierte, dass wir uns so besser kennenlernen würden – nun ja, und deshalb bin ich jetzt hier.

Ein Glück, dass ich nicht widersprochen habe. Die Fidschi-Inseln sind wunderschön, selbst wenn mir Margaret den ganzen Tag nicht von der Seite weicht. Ich weiß nicht, ob es an dem herrlichen Wetter oder an dem berauschenden Blumenduft liegt, der ständig in der Luft hängt, aber an ihr und unserem Verhältnis hat sich hier tatsächlich etwas verändert. Ohne Jerry und die Jungs in unserer Nähe hält sich Margaret mit ihren »Vorschlägen« in Bezug darauf, wie ich die perfekte Ehefrau und Mutter sein kann, deutlich zurück, und aus diesem Grund fällt es mir leichter als erwartet, dieses Paradies zu genießen.

Ich ziehe den Kopf ein, um ins Flugzeug einzusteigen, wende mich nach rechts und begutachte die Kabine. Das Erste, was mir ins Auge sticht, sind die fünf makellosen Ledersitze, zwei hintereinander auf jeder Seite des schmalen Gangs und einer weiter hinten in der Mitte. Margaret quetscht sich an der Stewardess vorbei, die leise im vorderen Teil des Flugzeugs herumhantiert, und geht auf die zweite Sitzreihe zu. An den Rückseiten der Sitze befinden sich Fernseher, und ich entdecke auf den ersten Blick genug Snacks, um Daniels gesamte Kindergartengruppe damit versorgen zu können. Anscheinend habe ich mich geirrt und wir reisen doch sehr stilvoll. Schließlich können wir fernsehen und essen, und das ist genau meine Art des Reisens.

Ich hätte Janice, der Carlton-Vertreterin, doch glauben sollen. Sie hat uns immer wieder versichert, dass der zweite Teil der Reise noch großartiger werden würde. Zwar ist sie selbst nie in Adiata Beach gewesen, aber ihr Boss begleitet normalerweise immer beide Teile der Reise. Dieses Mal konnte er in der ersten Jahreswoche, die wir auf den Fidschi-Inseln verbrachten, nicht weg. Aus diesem Grund haben sie in der PR-Abteilung gelost und Janice hat gewonnen. Ich bin enttäuscht, dass sie uns jetzt nicht begleitet, aber sie hat mir versichert, dass ihr Boss ein sehr netter Mann ist. Aber er wird mich unmöglich so zum Lachen bringen können, wie sie es geschafft hat, denn sie ist einfach großartig. Wir haben unsere E-Mail-Adressen ausgetauscht, damit wir weiterhin Kontakt halten können.

»Entschuldigung, Miss, könnte ich vielleicht ein Wasser haben?«, ruft Margaret in den vorderen Teil des Flugzeugs, bevor sie sich auf ihren Sitz fallen lässt.

»Margaret«, flüstere ich. »Das kann ich dir doch holen.«

»Nein, Liebes, das ist ihr Job. Lass sie das machen«, erwidert sie so laut, dass ich peinlich berührt die Schultern einziehe.

Eine große, blonde Frau kommt den Gang herunter. Die feinen Fältchen rings um ihre Augen und ihren Mund lassen sie so nett und freundlich aussehen, wie sie klingt.

»Was kann ich Ihnen bringen?«, fragt sie in einem weichen Südstaatenakzent.

»Ich hätte gern ein Wasser, in der Flasche, wenn es möglich ist. Kein Eis. Nur ein Glas dazu.« Margaret hält inne und scheint kurz nachzudenken. »Das Wasser ist doch gut gekühlt, oder?«

»Aber natürlich.«

»Gut. Lillian, sag dieser netten Frau, was du haben möchtest.«

»Danke, ich möchte nichts.« Ich muss der Flugbegleiterin das Leben ja nicht noch schwerer machen, als Margaret das ohnehin schon tut.

»Dann nimmt sie dasselbe wie ich«, erklärt Margaret derart autoritär, dass ich keine Lust mehr habe, mich mit ihr zu streiten.

Als die Stewardess wieder verschwunden ist, stecke ich eine Hand in die vordere Tasche meines Rucksacks, in der ich immer ein Buch dabei habe. Das Fach hat die perfekte Größe dafür, auch wenn die Werke bestimmter russischer Autoren es vermutlich überstrapazieren würden. Die Stewardess steht schon wieder vor uns, als ich das Buch gerade hervorgeholt und aufgeschlagen habe.

Die Gute ist entweder perfekt in ihrem Job oder kann hellsehen. Sie bringt Margaret eine zweite Serviette, ein Kissen und eine Decke mit. Vermutlich hätte sie ihr sogar einen Rostbraten serviert, wenn sie darum gebeten hätte – was sie zum Glück nicht getan hat. Dann stützt die Stewardess die Hände auf die Rückenlehnen der Sitze vor uns und mustert uns.

»Falls die Damen noch etwas benötigen, mein Name ist Theresa. Rufen Sie einfach, wenn ich etwas für Sie tun kann.«

Margaret nickt und ist zu sehr damit beschäftigt, den kindersicheren Verschluss aufzuschrauben und ihre regenbogenfarbene Pillensammlung zu begutachten, um ihr zu antworten. Sie wirft sich zwei runde weiße Tabletten in den Mund und schluckt sie herunter. Die werden sie für ein paar Stunden außer Gefecht setzen.

»Vielen Dank.« Ich versuche zumindest, höflich zu sein, aber Theresa nickt nur und scheint eher amüsiert als beleidigt zu sein.

»Wir rechnen mit einem ruhigen Flug, daher sollten Sie auch gut schlafen können. Gute Nacht«, säuselt Theresa in Margarets Richtung und gibt mir dann eine eiskalte Wasserflasche. »Bitte sehr.«

»Danke.« Ich stecke die Flasche in das offene Fach meines Rucksacks, um sie für später aufzuheben.

»Gerne doch, das ist ja schließlich mein Job.« Ihre Augen funkeln, und mir wird klar, dass sie Margaret zuvor durchaus verstanden hat. »Und jetzt lehnen Sie sich zurück und entspannen Sie sich. Dave müsste bald hier sein, und dann können wir losfliegen.«

»Dave?« Den Namen habe ich erst in letzter Zeit irgendwo gehört. »Ist das der Pilot?«

Sie schüttelt den Kopf, sodass ihr weizenblonde Strähnen ins Gesicht fliegen. »Nein, Dave ist der Joghurt-Mann. Keine Sorge, er sieht auch ziemlich schnucklig aus.«

»Dave Hall?« Ich glaube, das war der Name, den mir Janice genannt hat.

»Ja, Ma'am, das ist er.«

# 3

## Dave

*Gegenwart*

Der Anruf kam um 5.30 Uhr. Dave lag im Bett, nicht richtig schlafend, aber auch nicht wirklich wach, und riss beim ersten Klingeln die Augen auf. Es war viel zu früh für einen Anruf! Das Telefon auf dem kleinen schwarzen Tisch neben seinem Bett läutete trotzdem ungerührt weiter.

Er musterte seine Frau, die mit ihrer schwarzen Schlafmaske aus Satin und den Ohrstöpseln neben ihm lag und tief und fest zu schlafen schien. Früher hatte Dave immer geglaubt, dass nur Menschen in Filmen so schlafen würden, doch dann hatte er Beth kennengelernt. Diese Frau konnte noch schlechter schlafen als die Prinzessin auf der Erbse. Anfangs hatte ihn das genervt, aber inzwischen empfand er es sogar als sehr angenehm.

Das Telefon klingelte erneut. Trotz der Ohrstöpsel regte sich Beth und zog sich eines der Kopfkissen über den Kopf. Ihre goldenen Korkenzieherlöckchen quollen darunter hervor. In ihrem Bett türmten sich mehr Bettdecken als in jedem anderen im heißen, sonnigen L. A. Beth stellte die Klimaanlage immer auf achtzehn Grad Celsius und zeigte dadurch sowohl den Umweltschützern als auch ihrem Mann eine lange Nase.

Dave schüttelte den Kopf, um wieder einen klaren Gedanken fassen zu können, und griff zum Telefon, bevor es erneut klingeln konnte.

»Hallo«, meldete er sich mit vom Schlaf heiserer Stimme.

»Hallo. Ist David Hall zu sprechen?«

Ein Telefonverkäufer. Sofort brauste Dave auf. „Es ist fünf Uhr früh, Herrgott noch mal, und ich habe ganz bestimmt kein Interesse an dem, was Sie mir verkaufen wollen. Bitte streichen Sie mich von Ihrer Liste, und rufen Sie nie wieder an«, bellte er in den Hörer.

Bevor er den Hörer auf die Gabel knallen konnte, fuhr die Stimme fort: »Bitte legen Sie nicht auf, Sir. Lillian Linden hat mich gebeten, Sie anzurufen.«

Dave hielt inne und hielt sich den Hörer schließlich wieder ans Ohr. »Was haben Sie gerade gesagt?« Sein Herz schlug schneller, einerseits vor Wut, andererseits vor Neugier.

»Ähm, ich bin von *Headline News* und rufe an, weil ich Ihnen etwas von Lillian Linden ausrichten soll.« Der Mann klang, als wäre er noch ziemlich jung und sehr nervös.

Dave drehte sich im Bett um, setzte sich langsam auf und drückte das Telefon ans Ohr. Ihn fröstelte, als er mit nackten Füßen auf den Holzboden trat, und er schlich auf Zehenspitzen ins angrenzende Badezimmer. Nachdem er die Tür mit leisem Klicken geschlossen hatte, sprach er mit normaler Lautstärke weiter.

»Hören Sie, ich habe keine Ahnung, wer Sie sind, aber ich stehe aus gutem Grund nicht im Telefonbuch. Ich habe euch Reportern alles gegeben, was ihr haben wolltet: Interviews, Fototermine, Auftritte. Und jetzt möchte ich, dass Sie mich und meine Familie in Ruhe lassen«, schnaubte er.

»Ich glaube, Sie haben mich falsch verstanden, Mr Hall. Ich rufe in Mrs Lindens Auftrag an. Sie hat mir Ihre Nummer gegeben.«

»Ha, ja, klar«, entgegnete Dave aufgebracht. »Lillian hat Ihnen meine Nummer gegeben? Sicher doch! Wissen Sie was? Sie sind wirklich der letzte Dreck, dass Sie Lillian da mit reinziehen. Finden Sie nicht, dass sie schon genug durchgemacht hat? Holen Sie mir Ihren Produktionsleiter, Produzenten oder wer auch immer Ihr Boss ist ans Telefon, damit ich dafür sorgen kann, dass Sie gefeuert werden!«

Am anderen Ende der Leitung herrschte Schweigen. Dave glaubte schon, der andere habe aufgelegt, als er auf einmal leise Stimmen hörte und dann ein Rascheln, als würde das Telefon weitergereicht.

»Hallo, ist da Mr Hall? Mr David Hall?«, fragte eine Männerstimme, die durchaus jemandem gehören konnte, der etwas zu sagen hatte.

»Ja, und mit wem spreche ich?«, erwiderte Dave in seinem professionellsten Tonfall, den er immer einsetzte, wenn er bei der Arbeit mit Leuten aus dem Management reden musste.

»Mein Name ist Bill Miller. Ich bin Produzent hier bei *Headline News*. Man hat mir gesagt, dass Sie mit mir sprechen möchten.«

»Das ist korrekt. Ich weiß nicht, wer der Junge war, aber ich habe ihm gesagt, dass ich keine Interviews mehr gebe und nicht mehr vor die Kamera trete. Ich habe mir große Mühe gegeben, wieder in der Versenkung zu verschwinden, und ich möchte, dass das auch so bleibt. Daher würde ich es zu schätzen wissen, wenn Sie meinen Namen und meine Telefonnummer einfach wieder vergessen«, sagte er und knirschte mit den Zähnen. »Und mich erst recht nicht morgens um fünf Uhr anrufen!«

»Es tut mir schrecklich leid, Sir.« Bill Miller seufzte hörbar. »Ralph, mein Praktikant hier in der Produktion, hat wohl nicht berücksichtigt, dass Sie in Kalifornien leben, während wir uns in New York aufhalten. Er hat offenbar nicht an den

Zeitunterschied gedacht.« Bill sprach betont ruhig und versöhnlich, da er Ralph offenbar in Schutz nehmen wollte.

»Okay, okay. Die Uhrzeit mag ein Missverständnis gewesen sein, aber trotz allem hat dieser Ralph behauptet, er hätte meine Nummer von Lillian Linden. Und das kann nur eine Lüge sein. Ich habe nicht die geringste Ahnung, wie Sie an meine Nummer gekommen sind, aber ich habe doch hoffentlich klar zum Ausdruck gebracht, dass ich nichts mehr mit der Presse zu tun haben möchte.«

Bill machte eine betretene Pause. »Tja, Mr Hall, es tut mir leid, aber ich muss Ihnen sagen, dass wir Ihre Telefonnummer tatsächlich von Mrs Linden bekommen haben. Sie hat einem Exklusivinterview mit *Headline News* zugestimmt, bei dem sie die ganze Geschichte erzählen will.«

Daves Mund klappte auf, aber es kam kein Ton heraus. Lillian war eingeknickt? Sie hatten seit Monaten nicht mehr miteinander gesprochen, aber eine solche Nachricht rechtfertigte durchaus einen Anruf, der ihn vorwarnen sollte. Sie würde natürlich nicht die »ganze Geschichte« erzählen, wie Mr Miller es ausgedrückt hatte, da war sich Dave ganz sicher. Aber ein Exklusivinterview mit einem für seine Neugier bekannten Fernsehmagazin? Das war schon sehr verwirrend.

Er strich sich mit einer zitternden Hand durch sein zerzaustes Haar, während sich sein Magen schmerzhaft zusammenzog. Am liebsten hätte er sie auf der Stelle angerufen, um ihr helles Lachen zu hören und sich zu vergewissern, dass sie glücklich war. Er wollte unbedingt wissen, wie es ihren Söhnen ging, wie ihr neues Leben aussah, was … Aber er wusste, dass das schlichtweg unmöglich war. Sie durften keinen Kontakt zueinander aufnehmen. So hatten sie es vereinbart.

»Es tut mir leid, Mr Miller. Sie scheinen ein netter Kerl zu sein, aber ich habe kein Interesse.« Er versuchte, selbstsicher zu klingen. »Ich möchte nicht wieder zurück ins Rampenlicht, ebenso wenig wie meine Familie. Sie müssen die Sache ohne mich durchziehen.“

Ein leises Kichern hallte durch die Leitung. »Sie hat vorausgesagt, dass Sie so reagieren würden. Sie hat sogar fast dieselben Worte benutzt. Ist ja verrückt.«

Unwillkürlich stahl sich ein Lächeln auf Daves Lippen. Lily hatte es schon immer auf verblüffende Weise vermocht, seine Gedanken vorherzusagen, bevor sie ihm auch nur durch den Kopf gingen. Er hatte ihr schon unzählige Male im Spaß vorgeworfen, dass sie wohl hellsehen konnte. In seinem Herzen machte sich eine seltsame Mischung aus Glück und Sehnsucht breit. Genau aus diesem Grund sprach er weder über sie noch über ihre gemeinsame Zeit.

»Tja, dann können Sie ihr ja ausrichten, dass sie recht gehabt hat. Auf Wiederhören, Mr Miller.«

Miller versuchte, ihn vom Auflegen abzuhalten. »Mr Hall, da wäre noch etwas. Mrs Linden hat mich gebeten, Ihnen etwas auszurichten, falls Sie das Interview ablehnen.«

Würde dieses Gespräch denn niemals enden? »Na gut, dann sagen Sie es mir, aber danach lege ich auf.«

»Sie sagte …«, Bill Miller räusperte sich und schien Zeit schinden zu wollen, »… ähm … nun ja … Sie wollte, dass ich Ihnen folgende Worte übermittle: ›Das bist du mir schuldig.‹«

Diese Worte trafen Dave, als wäre er ins Gesicht geschlagen worden. Er musste sich am Waschbecken festhalten, da seine Knie nachzugeben drohten.

Auf einmal konnte er es nicht über sich bringen, einfach aufzulegen, und die gemeinen Worte, die sich in seinem Kopf zu ganzen Sätzen vereinen wollten, kamen ihm nicht über die Lippen. Er konnte nur auf dem Toilettendeckel sitzen, während es ihm die Sprache verschlug. Dave wusste genau, dass der Mann die Wahrheit sagte. Er schuldete Lillian eine Menge, mehr, als jeder außer ihnen beiden je erfahren würde.

# 4

## David – Tag 1

*Fidschi*

Das Wetter ist prächtig. Die Palmen schwanken rhythmisch im Wind, und das klare, blaue Wasser scheint mir im Sonnenlicht zuzuzwinkern, um mich anzulocken. Aber im Grunde genommen ist mir das alles scheißegal.

Ich trage seit über vierundzwanzig Stunden dieselbe Kleidung, und die schicken braunen Lederschuhe, die mir Beth im letzten Jahr zu Weihnachten geschenkt hat, zerquetschen meine Zehen bei jedem Schritt auf dem schwarzen Asphalt. Aber das alles ist nichts im Vergleich zu der Folter, die mich in diesem Flugzeug erwartet.

Ich weiß, dass sich Janice und die anderen Kollegen darüber ärgern, aber ich hasse die Fidschi-Inseln und Adiata Beach. Das hat wirklich nichts mit diesen Inseln im Südpazifik zu tun, nein. Es hat damit zu tun, dass ich zwei Wochen lang irgendwelchen völlig Fremden auf Abruf zur Verfügung zu stehen habe – bei denen es sich normalerweise um alte Menschen handelt. Und sobald ich diesen engen kleinen Jet betreten habe, muss ich auch noch so tun, als wären mir diese Menschen sympathisch.

Dabei frage ich mich, was die Tatsache, dass die fünf Gewinner der Traumreise in den letzten fünf Jahren immer älter als siebzig gewesen sind, über Carlton-Joghurt aussagt. Zumindest scheint die Werbebotschaft in Bezug auf die »durchschlagende Wirkung« der besonderen probiotischen Stämme zu ziehen. Vielleicht sollte ich mir lieber einen Job bei einem jungen, angesagten Unternehmen wie Pixar oder Apple suchen. Dann könnte ich zwar nicht jedes Jahr auf die Fidschi-Inseln fliegen, aber ich müsste mich auch nicht ständig über den Stuhlgang älterer Menschen unterhalten.

Inzwischen glaube ich, ich werde dem Südpazifik für den Rest meines Lebens nichts mehr abgewinnen können. Sobald ich auch nur an die Fidschi-Inseln denke, fällt mir nur ein, dass ich während dieser Zeit den Babysitter spielen muss. Wenigstens dauert mein Aufenthalt dieses Mal nur eine Woche.

Genau das ist mein Mantra: Es ist nur eine Woche. Es ist nur eine Woche. Ich wiederhole es bei jedem Schritt, den ich die klapprigen Metallstufen hinauf und ins Flugzeug mache. Als ich die Augen zusammenkneife, sehe ich Theresa, die trotz der Hitze mit perfekt sitzender Frisur vor mir auftaucht. Vermutlich hat sie das nur mit einer halben Dose Haarspray so hinbekommen. Aber es ist schön, ein vertrautes Gesicht zu sehen, und sie ist immer ausgesprochen freundlich.

»Hallo, Dave. Schön, Sie wiederzusehen!«, begrüßt sie mich. »Ich habe schon gehört, dass Sie angekommen sind und den besten Teil der Reise miterleben werden. Eine tropische Privatinsel mit All-inclusive-Versorgung … Mann, Sie müssen mir irgendwann mal verraten, wie Sie an diesen Job gekommen sind.«

Ich zucke zusammen. Sie bemerkt es glücklicherweise nicht, da sie damit beschäftigt ist, meine Reisetasche wegzubringen und in einem Fach in der Nähe des Cockpits zu verstauen. Als sie sich wieder umdreht, deutet sie mit dem Kopf in Richtung der Cockpittür und flüstert: »Ich darf mich stattdessen mit Captain Kent rumschlagen, der die Hände nicht bei sich behalten kann.«

»Dann sind Sie und Kent nicht mehr zusammen?« Im letzten Jahr, als die beiden noch zusammenlebten, schien ihr Kents Art nichts auszumachen.

Sie schüttelt den Kopf. »Nein, aber seine Hände scheinen diese Tatsache noch nicht mitbekommen zu haben.« Sie lacht über ihren eigenen Witz und wechselt dann das Thema. »Und, was macht das Baby? Haben Sie Fotos dabei?«

Bei dem Wort »Baby« durchfährt mich ein schmerzhafter Stich. »Es gibt leider noch kein Baby, Theresa.«

Sofort dreht sie sich auf ihren hochhackigen blauen Schuhen um und zieht die Mundwinkel herunter, als hätte jemand eine finstere Miene auf ihr sonst von Natur aus fröhliches Gesicht gezwungen. »Oh, entschuldigen Sie, Dave. Ich dachte … Sie hatten schon auf der vorletzten Reise erzählt, dass Sie und Ihre Frau versuchen, ein Baby zu bekommen, und im letzten Jahr haben Sie eine künstliche Befruchtung erwähnt, daher dachte ich …«

Warum hatte ich jemals auch nur erwähnt, dass wir »versuchten«, ein Baby zu bekommen? Anfangs hatten alle Witze darüber gemacht und mich mit dem Ellbogen angestoßen, aber jetzt wurde ich mit Mitleidsbekundungen überschüttet.

»Die künstliche Befruchtung hat auch nicht angeschlagen. Wir versuchen noch eine letzte Sache, und dann …« Ich zucke mit den Achseln, da ich nicht weiß, wie es weitergehen soll. Würde ich ihr mein Herz ausschütten wollen, dann könnte ich ihr gestehen, dass bei Beth viel zu früh die Wechseljahre eingesetzt haben und wir es jetzt mit Eispenden probieren wollen. Ich würde ihr erzählen, dass ich über eine Adoption nachdenke, Beth jedoch förmlich besessen von dem Gedanken ist, schwanger zu werden. Aber ich sage überhaupt nichts, weil sie es sowieso nicht verstehen würde. Das könnte niemand nachempfinden.

»Das tut mir leid, Dave. Das wusste ich nicht«, murmelte sie, als würde sie Freunden oder Familienmitgliedern bei einer Beerdigung ihr Beileid aussprechen.

»Schon okay.« Ich lege die Hand fester um den Griff meiner Laptoptasche und drücke ihn einmal und noch ein zweites Mal. »Dann sollte ich dem Captain jetzt wohl mal Hallo sagen, was?«

Sie tippt mit ihren langen, fuchsiafarbenen Fingernägeln an eine schmale Tür aus Plastik, auf der »Kein Zutritt« steht, was ein hohles Geräusch erzeugt. »Nur zu, gehen Sie rein. Ich nehme Ihre Bestellung auf, wenn Sie fertig sind.«

Sie wendet sich ohne einen weiteren Versuch, sich zu entschuldigen, ab. Ich bin erleichtert. Möglicherweise ist es momentan genau das Richtige für mich, einige Zeit in der Gegenwart von Fremden zu verbringen. Ich klopfe leise an die Cockpittür aus dünnem Metall und öffne sie, als ich keine Antwort bekomme.

»Hey, Süße, bringst du mir einen Kaffee?«, fragt Kent, ohne sich umzudrehen. »Ach, und frag mal nach, wo der PR-Fuzzi bleibt. Wir müssen in den nächsten zehn Minuten starten oder eine Stunde warten, bis wir wieder Starterlaubnis bekommen.« Der kahle Fleck auf seinem Kopf ist doppelt so groß wie im letzten Jahr und das verbleibende blonde Haar raspelkurz. Das steht ihm nicht besonders und sollte mich eigentlich nicht freuen, tut es aber trotzdem.

Ich räuspere mich, und er nimmt mein Eintreten ohne die geringste Scham zur Kenntnis. Allerdings bezweifle ich, dass Captain Kent so etwas wie Scham überhaupt kennt. »Hey, Mann, gut, dass Sie da sind. Jetzt setzen Sie sich, damit wir abheben können, und schließen Sie die Tür hinter sich, okay?«

Ende der Unterhaltung. Warum ich überhaupt versuche, freundlich zu diesem Höhlenmenschen zu sein, ist mir immer noch nicht klar. Während ich die Tür schließe, ignoriere ich meine Gereiztheit und quetsche den Griff meiner Laptoptasche wieder und wieder, aber es hilft einfach nicht.

Ich gehe langsam den engen Gang entlang in Richtung Kabine und muss unwillkürlich lächeln. In den letzten Jahren habe ich unzählige Stunden in diesem Flugzeug verbracht. Jetzt ist es mir vertraut und fast zu einem zweiten Zuhause geworden. All seine kleinen Makel sind mir ans Herz gewachsen, wie der haarfeine Riss in der Tür des Waschraums oder das Deckenlicht im hinteren Teil der Kabine, dessen Glühbirne bereits vor zwei Jahren durchgebrannt ist, ohne je erneuert worden zu sein.

Abgesehen von diesen kleinen Macken, die jemandem, der das Flugzeug nicht so gut kennt wie ich, überhaupt nicht auffallen würden, ist dieser Flieger nichts Besonderes. Fünf hellbraune Ledersitze, davor große, herunterklappbare Tische sowie kleine Bildschirme, die einen glauben lassen, dass während des Fluges ein Film gezeigt wird. Das entspricht zwar nicht den Tatsachen, aber es ist eine schöne Illusion für die Gewinner des Preisausschreibens. Es ist, als würde man in einem schicken Schuhkarton fliegen, und so sehr ich diese ganze Reise hasse, so bin ich doch viel lieber hier als zu Hause.

»Sie wissen ja, wie es läuft: Suchen Sie sich einen Platz aus, schnallen Sie sich an und schalten Sie alle elektrischen Geräte aus, bis wir in der Luft sind. Sagen Sie mir Bescheid, wenn ich irgendetwas für Sie tun kann. Wir haben vorne einige Snacks und Erfrischungen vorrätig. Ansonsten können Sie sich einfach entspannen.«

»Danke, Theresa.« Ich habe ihr nur mit halbem Ohr zugehört, da ich mich bereits auf die diesjährigen Gewinner konzentriere. Ich schiebe meine Laptoptasche unter den vordersten Sitz, während Theresa weitergeht und die Frauen mustert, die in der zweiten Reihe sitzen. Auf der linken Seite erkenne ich eine ältere Dame mit toupiertem hellbraunem Haar, die bereits leise schnarcht. Das muss Margaret Linden sein.

Janice hat mir einen dünnen Aktenhefter mit Informationen über die beiden Frauen mitgegeben, damit ich trotz meines späten Eintreffens über sie im Bilde bin, daher weiß ich einiges über Margaret: Sie hat die Reise gewonnen, ist schon älter (so eine Überraschung), lebt in Iowa und ist in Begleitung ihrer Schwiegertochter Lillian unterwegs.

Auf der anderen Seite des Gangs lehnt sich eine jüngere Frau an das Fenster und hat die Sonnenblende ganz hochgezogen. Sie hält ein Buch in der Hand, dessen Titel ich allerdings nicht erkennen kann. Ich wüsste zu gern, was sie da gerade liest. Sie ist derart in ihren Lesestoff vertieft, dass sie mich überhaupt nicht bemerkt, und ihr braunes Haar fällt ihr in das ungeschminkte Gesicht, das nach einer Woche am Strand bereits merklich gebräunt ist. Das Sonnenlicht umgibt sie auf eine so perfekte Art und Weise, dass es wirkt, als würde sie für einen Film ausgeleuchtet. Auf einmal habe ich einen trockenen Mund, denn sie ist wunderschön.

Das ist so typisch für mich! Ich kann zwar sehr gut mit älteren Damen umgehen, was vermutlich an der jahrelangen Übung liegt, aber attraktive Frauen machen mich ganz nervös und zittrig, und ich sage in ihrer Gegenwart immer unglaublich blöde Dinge. Hatte ich mich nicht gerade noch darüber beschwert, dass ich es immer mit älteren Menschen zu tun bekomme?

Mein Herz schlägt so schnell, dass die Pulsadern an meinen Schläfen pochen. Hoffentlich habe ich meine Kopfschmerztabletten eingesteckt oder kann mir zumindest welche von Theresa geben lassen. Ich reibe mir den Kopf und versuche, mich an den Inhalt des zweiten Aktenhefters zu erinnern: *30-jährige Frau, Margarets Schwiegertochter, Hausfrau und Mutter.* Ich habe mir noch nicht einmal ihr Passfoto angesehen. Irgendwann werde ich mit ihr reden müssen, aber nicht jetzt. Vorerst muss ich mir erst einmal Tabletten besorgen. Ich zerre an meiner Tasche, während meine Kopfschmerzen schlimmer werden, da ich mich viel zu lange vorbeuge. Endlich kann ich die Tasche herausziehen und muss das Gewicht verlagern, um nicht hinzufallen. Kann dieser Tag denn noch schlimmer werden? Ich lasse die ausgebeulte Ledertasche auf meinen Sitz fallen und ziehe den Reißverschluss am vorderen Fach auf. Wenn ich die Tabletten eingesteckt habe, dann müssen sie da drin sein.

Ich ertaste allerlei Bürokram, Stifte, Papiere und eine erstaunlich große Menge an Geldmünzen und fluche leise. Wenn ich so ordentlich wäre, wie Beth es immer wieder von mir verlangt, dann würde ich jetzt nicht in so einem Schlamassel stecken. Verdammt. Ich ziehe den Reißverschluss mit größerer Kraft zu, als notwendig wäre, und merke auf einmal, wie mich zwei smaragdgrüne Augen anstarren. Margarets Schwiegertochter. Sie schürzt die Lippen, als müsse sie ein Lachen unterdrücken, und winkt mir zu, als wären wir alte Freunde, die sich lange nicht gesehen haben, woraufhin ich einen Augenblick lang Panik bekomme. Aber nein – an dieses Lächeln würde ich mich erinnern oder zumindest an die Art, wie bei diesem Anblick meine Hände schweißnass werden und meine Ellbogen zu kribbeln anfangen.

Sie legt einen Finger auf ihre Lippen, deutet auf die schlafende Margaret Linden und sagt lautlos: »Später.«

»Okay«, erwidere ich und recke wie ein Volltrottel beide Daumen in die Luft. Mann, wie peinlich!

Als sie sich wieder in ihr Buch vertieft, versinke ich in meinem Sitz und stelle mir den Laptop auf die Oberschenkel. In meinem Kopf geht alles drunter und drüber, sodass ich richtiggehend zusammenzucke, als der Rechner beim Hochfahren des Betriebssystems ein leises Geräusch macht.

Ich weiß nicht, wie es möglich ist, dass man sich gleichzeitig nach zu Hause sehnen und möglichst weit weg davon sein will, aber genau so empfinde ich in diesem Moment. Einerseits vermisse ich Beth. Ich wünsche mir, mitten am Tag auf einmal ein Haar von ihr auf meinem T-Shirt zu finden oder zu hören, wie ihre Schritte im Hausflur erklingen und mir zu verstehen geben, dass sie wieder zu Hause ist. Andererseits fühle ich mich hier mit dem Laptop voller E-Mails freier, als ich mich seit Monaten gefühlt habe.

Dabei hätte ich nie gedacht, dass der Versuch, ein Baby zu bekommen, so stressig werden könnte. Das ist doch etwas, was anderen Menschen so leicht fällt, dass es sogar zufällig oder unabsichtlich passiert, aber für uns scheint es offenbar zu schwer zu sein. Ich reibe mir fest den Nasenrücken, als könnte ich die Erinnerungen dadurch vertreiben, ebenso wie die monatelangen Streitereien, die Temperaturmessungen, Aufzeichnungen und negativen Schwangerschaftstests. Ich muss das alles vergessen, denn genau in diesem Augenblick befinden sich drei kleine Embryos in Beths Uterus. Wenn sie sich einnisten, könnten wir sogar Drillinge bekommen. Drillinge! Eigentlich müsste mir diese Vorstellung Angst einjagen, aber das tut sie nicht.

Es ist gut, dass ich hier bin. Wir brauchen dringend etwas Abstand voneinander, damit sich bei meiner Heimkehr wieder alles beruhigt hat. Nach der Blutuntersuchung können wir neue Pläne schmieden. Wenn Beth die Embryos verliert, ist sie möglicherweise doch so weit, sich einzugestehen, dass sie nicht schwanger werden kann, und wir könnten noch einmal über eine Adoption reden. Schließlich ist es doch das Wichtigste, dass wir ein Kind haben, denn ich möchte unbedingt Vater werden. Diese Pause ist meiner Meinung nach das Beste, was uns passieren konnte.

Als mein Handy in meiner Hosentasche vibriert, zucke ich vor Schreck zusammen. Gut, dass ich es schon auf dem letzten Flug auf Vibration gestellt habe, sonst hätte mein AC/DC-Klingelton Mrs Linden rüde geweckt. Wahrscheinlich will sich Mr Janus erkundigen, ob ich das Flugzeug noch rechtzeitig erreicht habe. Bevor ich den Anruf annehme, sehe ich noch, wie Theresa den Kopf aus der Kabine streckt und die Stirn runzelt.

»Zwei Minuten«, bedeutet sie mir, als das Handy erneut vibriert. Ich nicke und nehme den Anruf an.

»Hallo?«

»Dave?«, fragt Beth mit erstickter, schwerer Stimme.

»Hallo. Was ist los?«

»Ich musste deine Stimme hören.« Sie seufzt leise, als hätten die wenigen Worte ihre Wirkung schon getan. »Ich hatte letzte Nacht den schlimmsten Albtraum meines Lebens und vermisse dich seitdem umso mehr.« Ihre Stimme stockt, und ich setze mich etwas aufrechter hin.

»Was ist passiert, Beth?«

»Es tut mir so leid, Dave … Ich weiß nicht, was mit mir nicht stimmt. Ich … ich habe letzte Nacht Blutungen bekommen und bin heute Morgen zum Arzt gegangen. Er sagte … Er sagte, wir würden die Embryos verlieren.« Sie schiebt die Worte wie unerwünschte Besucher über ihre Lippen.

Ich drehe mich zum Fenster und flüstere: »Wie … wie meinst du das? Wie in aller Welt konnte das passieren? Sie haben doch gesagt, dass wir erst in einer Woche sicher sein können …«

Ihr gedämpftes Weinen dringt durch die Leitung. »Ich habe die Spritzen vergessen.«

»Wie meinst du das, du hast sie vergessen?« Sie wusste doch ganz genau, wie wichtig diese Spritzen sind. Ihr Körper produziert nicht genug Hormone, um unsere Babys austragen zu können, das hat Dr. Hart klar und deutlich gesagt.

»Ich weiß es nicht, ich habe sie einfach vergessen. Du warst nicht hier, um mich daran zu erinnern, und ich hatte bei der Arbeit so viel zu tun. Außerdem haben mich die Spritzen immer so müde gemacht. Da habe ich sie einfach vergessen. Ich habe dich doch gebeten, nicht zu fliegen. Du wusstest ganz genau, dass ich dich hier brauche.«

»Wie konntest du sie vergessen, Beth? Das ist ja, als würde man vergessen, morgens den Hund zu füttern. Das hätten unsere Babys sein können, Beth.« *Meine Babys*, würde ich am liebsten schreien, aber ich halte die Worte zurück, bevor ich sie aussprechen kann. »Wie viele Spritzen hast du vergessen?«

»Drei«, flüstert sie.

Drei. Ich begreife es einfach nicht. Wie lange bin ich jetzt weg? Vierundzwanzig Stunden? Keine zwei Tage und erst recht keine drei. Ich war zu der Zeit, als sie sich zwei der »vergessenen« Injektionen hätte setzen müssen, zu Hause. Ich habe sie nach jeder Spritze gefragt, wie sie sich fühlt, habe sie umsorgt und sichergestellt, dass es ihr gut geht. Beth hat mir versichert, dass sie ihre Freundin Stacey, die Krankenschwester ist, jeden Tag besuchen würde, um sich von ihr die Spritzen geben zu lassen, und dass es nicht wehtun würde. Warum hat sie mich angelogen?

Ich bekomme keine Luft mehr. In meinem ganzen Leben habe ich noch keinen klaustrophobischen Anfall gehabt, aber er muss sich genau so anfühlen – ich bekomme einfach nicht mehr genug Sauerstoff und die Wände scheinen auf mich zuzukommen. Ich öffne den obersten Knopf meines Poloshirts, zerre förmlich daran, und kämpfe gegen die glasklare Erkenntnis an, die ich nicht wahrhaben will – dass sie das mit Absicht getan hat. Während ich die Stirn an das kalte Fenster presse, zittert die Hand, mit der ich das Handy festhalte, und ich versuche, mich so weit zu beruhigen, dass ich wieder einen Ton herausbringe.

»Dave, Liebling, bist du noch dran? Bitte sei nicht sauer auf mich, okay? Komm schon, Schatz, rede mit mir. Bitte.« Ihre Stimme schmerzt in meinen Ohren.

Das Flugzeug ruckt nach vorn und reißt mich in die Gegenwart zurück. Die Türen sind während des Telefonats leise zugegangen. Theresa steht in dem Gang zwischen dem Cockpit und der Kabine und sieht mich erneut mit diesem mitleidigen Blick an. Sie deutet auf mein Handy und signalisiert mir, dass ich es ausschalten muss, damit wir starten können.

»Ich muss auflegen, wir fliegen los.« Ich bin selbst überrascht, wie grob meine Stimme klingt.

Beth schnieft laut. »Ist gut. Ruf mich später an, okay?«

»Ja, mach ich.«

»Ich liebe dich«, flüstert sie.

Mir kommen diese drei Worte beim besten Willen nicht über die Lippen.

# 5

## Lillian

*Gegenwart*

»Dann erzählen Sie mir doch bitte, warum Margaret Sie gebeten hat, sie zu begleiten, Lillian«, bat Genevieve und versuchte, die Geschichte voranzubringen.

»Sie war der Ansicht, dass ich mir eine Pause verdient hätte. Wir waren noch nie zuvor zusammen und ohne Jerry und die Kinder verreist, und sie meinte, dass wir uns bestimmt gut amüsieren würden.« Lillian machte eine entschiedene Geste und tat so, als hätte sie es für wichtiger gehalten, auf die Fidschi-Inseln zu fliegen, anstatt an Daniels erstem Kindergartentag dabei zu sein.

»Und die erste Woche auf den Fidschis verlief ohne Probleme?« Genevieve zog eine ordentlich gezupfte Augenbraue hoch und schien auf weitere Details zu warten. Neben der Frage stand in Lillians Anweisungen die Notiz, dass sie alles anschaulich beschreiben sollte. Das hatte sie mit Jerry geübt und ihm alle Einzelheiten über die Reise mit seiner Mutter erzählt. Nachdem sie fertig gewesen war, standen ihm Tränen in den Augen. Die wirklich guten Geschichten hatte er jedoch nie gehört.

»Ja, die Insel war wunderschön, und die Leute dort waren unglaublich freundlich und zuvorkommend. Carlton hatte jemanden aus der PR-Abteilung mitgeschickt, und diese Frau hat uns begleitet und dafür gesorgt, dass wir einen unvergesslichen Urlaub erlebt haben. Während dieser ersten Woche haben wir mit dem Hubschrauber einen Rundflug über die Insel gemacht, waren im Sonnenuntergang segeln und hatten Tauchstunden – allerdings bin nur ich tauchen gegangen, und Margaret war schwimmen oder lag in der Sonne. Den Großteil der Zeit haben wir allerdings gegessen, uns entspannt und ausgeruht.« Jetzt umspielte ein aufrichtiges Lächeln Lillians Lippen.

»Und die zweite Woche sollten Sie wo genau verbringen?«

Lillians Lächeln verblasste, und Angst und Reue drohten ihre sachliche Stimme zittern zu lassen. »Auf einer Privatinsel in Französisch-Polynesien. Adiata-irgendwas … ähm, Adiata Beach, glaube ich. Die Joghurtfirma hat die ganze Reiseplanung übernommen.«

»Können Sie mir genau beschreiben, welche Arrangements für Sie und Ihre Schwiegermutter auf dieser Insel getroffen worden waren?« Genevieve beugte sich auf ihrem Sessel erwartungsvoll vor. Sie wusste genau, dass dies der wichtige Teil war, der Abschnitt, auf den die Zuschauer gespannt warteten.

Lillian schluckte schwer, um den Kloß in ihrem Hals loszuwerden, und konnte die Kombination aus Flugzeugbenzin und heißem Asphalt, der in der Sonne schmolz, fast schon wieder riechen, als sie antwortete. »Man hatte für uns einen Privatjet gemietet.«

Dann stellte die Reporterin die Frage, vor der sie sich am meisten fürchtete und mit der alles anfangen würde. Die all die Lügen in Gang setzen würde.

»Was ist in diesem Flugzeug passiert, Lillian?«

Natürlich wusste Lillian genau, worauf die Reporterin bei diesem Interview hoffte: Tränen, Schluchzen und mit etwas

Glück auch ein paar neue Informationen. Mehr wollten sie doch alle nicht.

»Die Reise begann völlig normal. Margaret nahm eine Schlaftablette, nachdem wir unsere Plätze eingenommen hatten, und schlief beim Start schon tief und fest. Theresa, die Stewardess, hatte uns etwas zu trinken gebracht, und ich war in mein Buch vertieft, während Dave anscheinend arbeitete. Ehrlich gesagt war es eine sehr ruhige Reise.«

Es erstaunte Lillian, dass sie das Wort »ehrlich« aussprechen konnte, ohne daran zu ersticken. Es passte zwar überhaupt nicht zu der Geschichte, die sie da gerade erzählte, aber es hörte sich gut an. Wäre sie wirklich ehrlich gewesen, dann hätte sie darüber gesprochen, dass ihr diese drei Stunden in dem engen Flugzeug rückblickend wie ein kurzer Augenblick vorkamen, wie ein Trugbild ihrer Fantasie, gleichzeitig aber auch wie das letzte wirklich Reale, was sie erlebt hatte. Schließlich kam ihr alles, was danach passiert war, vor wie ein surrealer Traum, aus dem sie nicht mehr aufwachen konnte.

Aber sie hatte ja von vornherein nicht vorgehabt, ehrlich zu sein.

Sie versuchte sich erneut zu konzentrieren. Wenn sie an das dachte, was tatsächlich passiert war, wäre das nicht gerade hilfreich und sie würde von dem abgebracht, was sie eigentlich sagen wollte. In diesem Augenblick allerdings kam sie selbst ins Zweifeln, was eigentlich passiert war. Nur des Nachts, wenn es stockdunkel war, konnte sie es einfach nicht vergessen. In der Dunkelheit wäre es unmöglich, Genevieve Randall dabei zuzuhören, wie sie verrückte Fragen über das Flugzeug stellte, wie lange es gedauert hatte, bevor sie starten konnten, was sie getrunken hatte … weil Lillian genau wusste, was als Nächstes kommen würde. Bei Tageslicht fiel ihr das jedoch deutlich leichter.

»Erzählen Sie mir doch bitte, an welchen Anzeichen Sie als Erstes gemerkt haben, dass etwas nicht stimmte.«

Die Hoffnung, die in Genevieves Augen aufblitzte, ärgerte Lillian. Das hatte sie schon bei Dutzenden von Interviews erlebt. Immer wieder hofften Reporter darauf, den schlimmsten Augenblick ihres Lebens für einen Sprung auf der Karriereleiter ausnutzen zu können. Dieser Gedanke bewirkte, dass sich in Lillians Brust alles zusammenzog, und sie brauchte einen Moment, um eine unsichtbare Falte in ihrer Jeans glatt zu streichen, bevor sie weitersprechen konnte.

»Wir saßen auf unseren Plätzen und waren noch etwa eine Dreiviertelstunde von unserem Ziel entfernt, als auf der rechten Seite des Flugzeugs auf einmal ein lauter Knall zu hören war. Es fühlte sich für mich so an, als wären wir gerammt worden, doch als ich aus dem Fenster sah, waren da nichts als Wolken.«

»Hmmm. Und was ist als Nächstes passiert?«

»Theresa, die Stewardess, kam zu uns in die Kabine und teilte uns mit, dass einer der Motoren ausgefallen wäre, was jedoch kein großes Problem darstellen würde. Sie bat uns, die Sicherheitsgurte anzulegen und uns festzuhalten, und sagte, dass wir bald am Ziel wären.«

»Das muss ganz schön unheimlich gewesen sein«, meinte Genevieve und zog die Augenbrauen zusammen. Wäre sie nicht bis in die Haarspitzen voller Botox gewesen, dann hätte sie vermutlich vor gespielter Sorge die Stirn gerunzelt. Jede ihrer Fragen war mehr ein Wunsch als eine wirkliche Frage, und mit dem leicht schräg gelegten Kopf wirkte die Reporterin eher wie ein verwöhnter Cockerspaniel, der um ein Leckerchen bettelte.

*Das kannst du knicken, Schätzchen,* dachte Lillian, bevor sie weitersprach. »Ich habe Theresa geglaubt. Schließlich flog ich zum ersten Mal mit einem Privatjet, und es war ihr Job, was hätte ich also sonst denken sollen? Ich schnallte mich an und versuchte, mir keine allzu großen Sorgen zu machen.«

Lillian legte die Hände in den Schoß, um das Zucken zu verbergen. Es war Monate her, dass sie die ganze ausgeklügelte

Lüge zum letzten Mal erzählt hatte, und sie gab sich die größte Mühe, sich an alle Details zu erinnern und sie in der richtigen Reihenfolge zu erzählen. Genevieve durfte auf gar keinen Fall eine Ungereimtheit entdecken, und diese Frau hatte offensichtlich ein Gespür für Details.

»In Ordnung, und wann genau wurde Ihnen klar, dass etwas nicht stimmte? Wann wussten Sie, dass Sie wirklich in Schwierigkeiten steckten?«

»Das Flugzeug verlor an Höhe, und dadurch flogen wir direkt durch den Sturm hindurch und nicht darüber hinweg. Die Turbulenzen waren unglaublich«, murmelte Lillian. »Die Stimme des Captains kam aus dem Lautsprecher, und er sagte, wir sollten uns auf einen Aufprall vorbereiten. Irgendwie kam mir das alles so unwirklich vor, dass ich es gar nicht so richtig glauben konnte.«

»Was geht im Kopf eines Menschen vor, der in einer derart lebensbedrohlichen Situation ist?«

Lillian starrte ihre lackierten Fingernägel an und überlegte, wie viel sie preisgeben durfte. Das kurze dunkle Haar, das ihr ins Gesicht fiel, bot keinen wirklichen Schutz, auch wenn sie es sich noch so wünschte.

»Man denkt an seine Familie und die Dinge, die man gern noch gesagt oder getan hätte. Und dann überlegt man, wie man die Sache durchstehen und wie man überleben will.«

Ein Lächeln zeichnete sich auf Genevieves Lippen ab, das Lillian noch ärgerlicher machte. Sie hatte offenbar etwas gefunden, auf das sie sich stürzen konnte.

»Was haben die anderen im Flugzeug getan, um sich auf den Aufprall vorzubereiten? Was war mit Ihrer Schwiegermutter Margaret?«

»Margaret wurde von den Turbulenzen geweckt, war allerdings noch ziemlich benommen. Wir saßen auf verschiedenen Seiten des Gangs, und da es so unfassbar laut war, konnten wir uns nicht verständigen. Bis Kent uns sagte, dass wir uns auf den Aufprall vorbereiten sollen, habe ich ihre Hand gehalten. Ich habe versucht, ihr zu sagen, dass ich sie liebe und dass alles gut ausgehen wird. Dave hat vor mir gesessen, und ich konnte ihn nicht sehen.«

»Und Theresa, was hat sie getan?«

Theresa. Lillian hatte einmal, ungefähr drei Monate nach ihrer Rückkehr nach Hause, einen Flug nach Kalifornien angetreten und im Flugzeug geglaubt, Theresa zu sehen. Die Stewardess war durch den Gang gelaufen und hatte die Getränkebestellungen aufgenommen, wobei ihr blondes Haar ihr ins Gesicht fiel, das dadurch nicht deutlich zu erkennen war.

Lillian war dank der Valium, die ihr der Psychiater für ihren ersten Flug nach dem Absturz verschrieben hatte, im Halbschlaf gewesen. Es war ihr schwergefallen, Jerry und die Jungs zurückzulassen, aber er hatte nicht noch mehr Urlaub nehmen können. Daher hatte Jill stattdessen neben ihr gesessen.

In diesem Moment hatte sie geglaubt, Theresas Stimme zu hören.

»Was kann ich Ihnen bringen?« Der Südstaatenakzent war nicht zu überhören gewesen.

»Theresa?«, hatte Lillian mit medikamentenschwerer Stimme gefragt. »Sind Sie das?« In diesem Augenblick war sie ebenso verwirrt wie hoffnungsvoll gewesen, doch dann erkannte sie das faltenfreie Gesicht klarer.

»Nein, meine Liebe, ich bin Jen. Aber Sie können mich auch Theresa nennen, wenn Sie möchten.« Bei diesen Worten hatte ihr die Stewardess amüsiert zugezwinkert.

»Ich möchte nichts trinken«, hatte Lillian mühsam herausgebracht. Daraufhin hatte sich Jill für sie entschuldigt und ihr trotzdem einen Apfelsaft bestellt. Lillian schlief indessen ein und war überzeugt davon, Theresas Geist gesehen zu haben.

Lillian schüttelte den Kopf, um diese verschwommene Erinnerung zu vertreiben. Sie setzte ein tapferes Gesicht auf und machte sich auf das bevorstehende Eintauchen in die Tiefen ihrer Vergangenheit gefasst. Jetzt würde sie gleich wieder alles erzählen, was jeder außer ihr unglaublich zu genießen schien. Für Lillian war das Ganze weder aufregend noch interessant, sondern fühlte sich mehr so an, als würde sie ins Nichts fallen.

»Äh, Theresa war vorn bei Kent im Cockpit, aber nachdem er die Durchsage gemacht hatte, kam sie nach hinten und hat sich ebenfalls angeschnallt.«

Genevieve beugte sich vor, und auf ihrem Gesicht zeichnete sich gespielte Sorge ab. »Ich weiß, dass das schwer für Sie ist, Lillian, aber erzählen Sie mir bitte, wie Theresa gestorben ist.«

# 6

## Lily – Tag 1

*Flug 1261*

Die Stewardess steht im vorderen Teil des Flugzeugs und hält die übliche Predigt über Sicherheitsgurte und Schwimmwesten, aber ich höre überhaupt nicht hin. Stattdessen beobachte ich Dave. Er lehnt sich ans Fenster und starrt hinaus. Ich kann sein Gesicht nicht sehen, aber als Theresa gerade demonstriert, wie man sich die Sauerstoffmaske aufsetzt, reibt er sich eine Schläfe und dann das Gesicht, als würde er Tränenspuren beseitigen.

Theresa hat ihren Vortrag beendet, setzt sich auf den Sitz vor mir und schnallt sich an, da wir gleich starten wollen. Keiner sagt ein Wort. Dave Hall bleibt wie eingefroren ans Fenster gelehnt sitzen und starrt auf das Meer hinaus, während wir abheben. Ich werde in meinen Sitz gedrückt und lasse es gern geschehen, da ich einen letzten Blick auf Fidschi und die strahlend weißen Strände am Rand des tiefgrünen Meeres werfe, die aussehen wie eine Perlenkette. Dann ist da nur noch glitzerndes saphirblaues Wasser.

Als wir endlich unsere Flughöhe erreicht haben, nehme ich mein Buch wieder in die Hand. Es handelt sich um einen

Liebesroman, auch wenn ich so was sonst eigentlich gar nicht lese. Leider hatte ich nur noch zehn Dollar in der Tasche und das war das billigste Buch, das ich finden konnte. Ich bin mitten in einer dieser heißen Liebesszenen, bei der ich tatsächlich rot werde, sodass ich schnell weiterblättere und nach einer Seite Ausschau halte, auf der keine kribbelnden Körperteile erwähnt werden.

Aber alles, was ich in meinem Kopf höre, sind Dave Halls Worte in einer Endlosschleife: *Das hätten unsere Babys sein können. Wie konntest du sie vergessen?* Schließlich klappe ich das Buch zu, seufze und fahre mir mit einer Hand durch mein zerzaustes, ungekämmtes Haar. Das wird ein langer Flug.

Ein lautes »Ping« ertönt. Die Stewardess schnallt sich ab und dreht sich zu uns um.

»Sie können Ihre elektrischen Geräte wieder einschalten, wenn Sie möchten. Aber nicht Ihre Handys.« Sie wirft Dave einen Blick zu, als hätte sie gern noch mehr gesagt, geht dann jedoch auf Zehenspitzen in Richtung Bordküche.

Gut, dann suche ich mir mal etwas Zerstreuung. Ich schiebe meinen Rucksack zur Seite und hebe meine schwere schwarze Laptoptasche auf meinen Schoß. Normalerweise nehme ich keinen Computer mit in den Strandurlaub, aber Jerry hat mir eine Videochat-Software darauf installiert. Ich habe Daniel an seinem ersten Kindergartentag gesehen und Josh an seinem ersten Schultag und an jedem anderen Tag, seit ich weg bin. Es ist zwar nicht dasselbe, als wäre ich wirklich bei ihnen, aber es ist definitiv besser, als nur miteinander zu telefonieren.

Ich hole meine silberne Digitalkamera aus der Tasche und schließe sie mit einem langen weißen Kabel an den Computer an. Während der ganzen Reise habe ich Jerry Fotos und Geschichten per E-Mail geschickt, damit er sie den Jungs zeigen und vorlesen kann. In meinem vorhersehbaren Leben in einem gänzlich unspannenden Vorort spiele ich eigentlich nie die Abenteurerin, was so auch völlig in Ordnung ist, aber es macht dennoch großen Spaß, ihnen zu beweisen, dass ich mehr als nur ihre Mom bin.

Vermutlich fällt es mir aus diesem Grund so schwer, mich damit abzufinden, dass ich Daniels ersten Kindergartentag verpasse. Dieses Ereignis schien immer in derart weiter Ferne zu sein und einen symbolischen Abschied von meinem Dasein als Vollzeithausfrau zu symbolisieren. Aber jetzt, da es so weit ist, muss ich einige Entscheidungen treffen. Jerry sagt zwar, ich müsse mich nicht mit der Rückkehr ins Berufsleben beeilen, aber ich möchte meine Zeit nicht länger nur damit verbringen, die Wäsche zu machen und das Silberbesteck zu polieren. Jill fleht mich schon seit einiger Zeit an, dass ich zumindest wieder Teilzeit in der Stevenson arbeite und einige ihrer Geschichtsklassen übernehme, und sie hat mir sogar mein altes Klassenzimmer versprochen. Zumindest hätte ich dann einen besseren Ort, an dem ich all meine Bücher über den Bürgerkrieg aufbewahren kann. Aber ich weiß nicht, ob ich schon wieder bereit bin, als Lehrerin zu arbeiten. Ich müsste mich dann mit Teenagern und – noch schlimmer – ihren Eltern herumschlagen.

Jerry findet, ich sollte wieder aufs College gehen und meinen Abschluss machen, den ich vorerst auf Eis gelegt habe, als er auf die juristische Fakultät gegangen ist, aber die Vorstellung, ein weiteres Mal Studentin zu sein, jagt mir ebenso große Angst ein – als müsste ich von einer hohen Klippe springen. Allerdings habe ich diesen Zwanzigmetersprung auf Taveuni Island mit Bravour gemeistert. Was ist denn im Vergleich dazu schon ein bisschen Zeit an der Uni?

Sobald die Fotos von einem elektrischen Gerät auf das andere verschoben werden, wage ich es, erneut einen Blick in Richtung Dave Hall zu werfen. Er hat seinen Computer ebenfalls auf dem Schoß stehen, scheint dem leuchtenden blauen Bildschirm jedoch keine Beachtung zu schenken. Stattdessen starrt er irgendeine Stelle an der Wand vor sich an. Warum sieht er nur so traurig aus, so völlig am Boden zerstört?

Oh nein, ich verspüre den Drang, ihm zu helfen. Ich könnte mich auf Theresas Platz setzen und mich eine oder zwei Minuten mit ihm unterhalten. Okay, damit würde ich sein Leben vermutlich nicht verändern oder den Welthunger beenden, aber wenn es mir gelänge, diesen verzweifelten Gesichtsausdruck auch nur für einen Augenblick verschwinden zu lassen, wäre das die Sache wert. Jerry kann es nicht ausstehen, wenn ich anderen auf diese aggressive Weise helfen will, aber so bin ich nun mal. Ich wollte schon immer alles in Ordnung bringen und und andere wieder lachen sehen und werde mich wohl auch nicht mehr ändern.

Nach einem langen Blick auf Margaret, die noch immer schläft, schleiche ich über den Gang zu Theresas leerem Sitz. Mein Oberschenkel rammt die Armlehne, als ich mich setze. Ich unterdrücke ein Stöhnen, und als ich den Sicherheitsgurt schließe, sieht mich Dave Hall an. Seine überraschte Miene gibt mir zu verstehen, dass er mit Theresa gerechnet hatte. Da ich nicht weiß, was ich sonst tun soll, reiche ich ihm eine Hand.

»Hi, ich bin Lillian.«

Er starrt meine Hand an, als hätte er noch nie zuvor eine gesehen. Das ist ein Fehler. Bevor ich die Hand wieder zurückziehen kann, klappt Dave Hall seinen Laptop mit lautem Klicken zu und schiebt ihn unter seinen Sitz. Dann sieht er mich an, als wäre er endlich aus einem tiefen Schlaf erwacht, und zerquetscht mir beinahe die Finger. Ich beuge mich vor, damit er mir nicht den Arm auskugelt.

»Hi, Mrs Linden, ich bin David Hall.« Er spricht so schnell, dass die Worte ineinander übergehen. »Bitte nennen Sie mich Dave. Ich bin hier, damit die Reise für Sie einfach traumhaft wird. Falls Sie irgendetwas brauchen, sagen Sie mir einfach Bescheid.« Er deutet mit einem Daumen auf seine Brust und erklärt tatsächlich: »Ich bin Ihr Mann.«

»Tja, Dave …«, ich spreche den Namen langsam aus, »ich werde mich in einem Notfall vertrauensvoll an Sie wenden. Eigentlich wollte ich auch nur mal kurz Hallo sagen. Dann lasse ich Sie jetzt weiterarbeiten.« Ich würde ja wieder verschwinden, aber er hält noch immer meine Hand fest.

Seine Miene fällt in sich zusammen, und seine Hand erschlafft. »Das war ziemlich albern, was?« Die Verzweiflung scheint aus seinen Augen in seine Stimme überzugehen. »Entschuldigen Sie. Vielleicht sollte ich noch einmal anfangen.«

Anscheinend ist es mir gelungen, dafür zu sorgen, dass sich Mr Hall jetzt noch schlechter fühlt. Na, super. Das habe ich ja ganz großartig hinbekommen.

»Schon okay«, erwidere ich und entziehe ihm meine Hand. »Ich werde dann mal auf meinen Platz zurückgehen. Hat mich gefreut, Sie kennenzulernen, Dave.«

»Bitte gehen Sie nicht, Mrs Linden«, ruft er und hebt eine Hand, um mich erneut zu sich zu winken. »Normalerweise bin ich viel besser in meinem Job.« Ein goldener Ehering blitzt im Licht auf und erregt meine Aufmerksamkeit.

Er sieht aus wie Jerrys und ist von der Art, wie man sie in jedem *Sears*-Kaufhaus für fünfzig Dollar kaufen kann. Ebenso wie bei Jerry ist auch Daves Ring vom jahrelangen Tragen abgenutzt und stumpf, anstatt zu glänzen. Ich weiß noch genau, wie die Verkäuferin damals, als wir die Ringe gekauft haben, sagte, dass Jerry jederzeit wiederkommen und den Ring kostenlos polieren lassen könnte. Aber als die Zeit verging und wir unsere Ehe eher in Jahren als in Stunden bemaßen, gefiel mir der matte Ring immer besser. Jeder Kratzer und jede Delle stellen einen anderen Tag und eine weitere Erinnerung an unser gemeinsames Leben dar, und ich würde auf gar keinen Fall wollen, dass all das wegpoliert wird. Warum musste ich diesen Ring nur entdecken? Jetzt kann ich nicht mehr einfach so weggehen.

»Nein, nein, Sie müssen sich deswegen jetzt nicht schlecht fühlen«, versichere ich ihm und gebe mir etwas zu große Mühe, ihn wieder aufzubauen. »Ich werde schon einen Weg finden, auf spektakuläre Weise in ein Fettnäpfchen zu treten, bevor die Woche vorbei ist, und dann sind wir quitt.«

Er sieht mich aus dem Augenwinkel an und grinst. »Das hätte man in Ihrer Akte ruhig auch vermerken können, dann wäre ich wenigstens vorgewarnt gewesen.«

»In meiner Akte?« Wenigstens macht er wieder Witze. »Wollen Sie damit etwa sagen, dass Sie mich ausspioniert haben?«

»Nein, damit gebe ich Ihnen zu verstehen, dass Sie von Carlton-Joghurt ausspioniert wurden. Ich habe mir nur das durchgelesen, was man mir in die Hand gedrückt hat, und bin nur ein unschuldiger Zaungast.«

Er hebt eine Hand, als müsse er sich verteidigen. Als er lächelt, habe ich das Gefühl, ihn zum ersten Mal zu sehen. Er ist in etwa so groß wie Jerry, der eine Durchschnittsgröße hat, wirkt aber größer, weil sich seine dichten schwarzen Locken auf seinem Kopf auftürmen und ihm einige Zentimeter nach oben verleihen. Seine anscheinend von Natur aus olivfarbene Haut ist glatt, und seine tiefblauen Augen werden von langen Wimpern beschattet.

Aber er ist nicht perfekt. Seine Nase ist ein bisschen schief, und er hat definitiv ein paar Kilo zu viel auf den Rippen. Doch er ist attraktiv genug, dass ich mir ein wenig seltsam vorkomme, weil ich mich auf diese Weise zu ihm hingeschlichen habe.

»Ein unschuldiger Zaungast, dass ich nicht lache.« Ich lache tatsächlich und schlucke meine aufkeimende Verlegenheit herunter. »Wenn Sie diese Reise jedes Jahr machen dürfen, dann sind Sie definitiv nicht nur ein kleines Arbeitsbienchen.« Dave zieht eine Augenbraue hoch. »Ja, Sie haben richtig gehört. Ich habe mich mit Janice unterhalten, und sie hat mir auch ein paar Dinge über Sie erzählt.«

Er verschränkt die Arme auf der Armlehne, wobei er meine Haltung nachahmt, und unter seiner gebräunten Haut zeichnen sich seine Muskeln ab. Dann mustert er mich grinsend und auf eine Art, die es mir erschwert, ihn noch länger anzusehen.

»Tja, Lillian«, sagt er, und seine Stimme klingt auf einmal eine Oktave tiefer. »Wenn Sie mir verraten, was Sie über mich wissen, erzähle ich Ihnen, was in Ihrer Akte steht.«

Auf einmal scheinen alle Geräusche um mich herum zu verstummen, und meine Ohren klingeln. Flirtet er etwa mit mir? Es ist so lange her, dass sich ein anderer Mann als mein Ehemann für mich interessiert hat, dass ich gar nicht mehr so richtig weiß, wie das ist, und ich habe nicht die geringste Ahnung, wie ich darauf reagieren soll. Großer Gott, glaubt er etwa, ich würde mit ihm flirten?

Nein, nein, nein! Ich drehe den Stein an meinem Ehering dreimal um meinen Finger und zermartere mir das Gehirn, wie ich die Sache abtun und mich mit einem unverfänglichen Witz revanchieren kann. Oder soll ich ihm gestehen, dass ich mich dabei unwohl fühle? Schließlich bin ich eine verheiratete Frau. Ich werde sieben Tage mit diesem Mann auf einer Insel verbringen, daher wird es so oder so zu peinlichen Situationen kommen.

Bevor ich noch etwas sagen kann, wird Dave auf einmal rot. »Tut mir leid, das kam irgendwie völlig falsch rüber. Ich wollte damit nicht andeuten … Ich meinte … Das klang wie … äh …« Er wischt sich mit einer Hand über den Mund und sieht mich betreten an. »Vielleicht sollte ich jetzt einfach die Klappe halten.«

Ich fange an zu kichern, da mich die Erleichterung ganz albern macht. »Es klang allerdings wirklich danach, als ob Sie …«

Dave lacht ebenfalls. »Nur, um das klarzustellen: Ich wollte Sie da gerade eben nicht anbaggern.«

Auf einmal kommt mir allein die Vorstellung völlig lächerlich vor, und ich kann gar nicht mehr aufhören zu lachen, und wir kringeln uns beide, bis Theresa den Kopf in die Kabine steckt und misstrauisch die Augenbrauen hochzieht. Unser Lachen verstummt zu gedämpften Glucksern.

»Entschuldigen Sie«, sage ich schließlich atemlos zu ihr, »ich sitze auf Ihrem Platz.« Ich zerre am Sicherheitsgurt herum, lasse mein Haar in mein vor Scham gerötetes Gesicht fallen und schäme mich, weil sie mit ihren hochgezogenen Augenbrauen etwas anzudeuten scheint.

»Schon okay. Sie beide scheinen sich ja gut zu amüsieren«, erwidert sie derart zweideutig, dass ich am liebsten schrumpfen würde, bis ich mich im Gepäckfach verstecken kann. »Möchten Sie vielleicht etwas trinken?«

Ich nutze diese Gelegenheit, um das Thema zu wechseln. »Ich nehme irgendetwas Kaltes, das Koffein enthält.«

»Und Sie?« Als sie Dave ansieht, funkeln ihre Augen. »Vielleicht ein Bier?«

»Nur ein Wasser, danke«, erwidert Dave. Seine Sorgenfalten sind wieder da, und er lässt die Schultern hängen. Ich bin davon überzeugt, dass er etwas Stärkeres als Wasser gebrauchen könnte.

Theresa bringt uns mit fast schon Lichtgeschwindigkeit unsere Getränke, und wir versuchen in dieser Zeit, einander nicht anzusehen. Sobald wir beide Plastikbecher in den Händen halten, prostet mir Dave zu.

»Auf Privatinseln mitten im Paradies«, sagt er.

»Prost«, entgegne ich und hebe meinen Becher, um mit ihm anzustoßen.

Dave stürzt sein Wasser herunter und fingert dann an dem leeren Becher herum. Ich nippe langsam an meinem Getränk und bemerke, dass seine Fingernägel so kurz und glänzend aussehen, als würde er zur Maniküre gehen. Dieser Mann stammt definitiv nicht aus Missouri.

»Mrs Linden«, setzt er an. Ich schaue angespannt in meinen Becher und hoffe, dass er nicht gemerkt hat, wie ich ihn angestarrt habe.

»Bitte sagen Sie doch Lillian. Ansonsten könnte es mit zwei Mrs Lindens ziemlich verwirrend werden.« Ich warte darauf, dass er fortfährt, aber jetzt starrt er in seinen Becher, als könne er darin die passenden Worte finden. »Geht es Ihnen gut, Dave?«, flüstere ich.

»Ja, ich werde es schon überleben. Aber ich muss mich für vorhin entschuldigen, als ich telefoniert habe. Mir ist klar, dass ich viel zu laut gesprochen habe. Wissen Sie, meine Frau und ich versuchen …«

Ich hebe eine Handfläche, um ihn zum Schweigen zu bringen. »Sie müssen mir überhaupt nichts erklären, Dave. Ich bin nicht zu Ihnen gekommen, weil ich neugierig bin. Ich wollte mich nur vergewissern, dass es Ihnen gut geht.«

Er klappt den Mund wieder zu. Auf seinen Wangen erscheinen winzige Fältchen, als der Anflug eines Lächelns seine Lippen umspielt. »Das ist sehr nett von Ihnen, Lillian.« Er schaut seinen Becher an, und ich male mir aus, wie er ihn mit den Worten füllt, die ich ihn nicht habe aussprechen lassen. »Das weiß ich wirklich zu schätzen. Obwohl ich es mir eigentlich hätte denken können. In Ihrer Akte stand etwas darüber, dass Sie ein guter, hilfsbereiter Mensch sind.«

Ich knuffe ihn gegen die Schulter und kichere. »Sie werden mir diese Akte im Laufe der Woche auf jeden Fall zeigen müssen.« Seine Baritonstimme fällt in mein Lachen mit ein.

Dann unterhalten wir uns, als würden wir uns schon seit Jahren kennen. Es fällt keinem von uns schwer, die ernsten Themen zu umschiffen. Ich rede über zu Hause, Jerry und die Jungs und zeige ihm schließlich alle Fotos, die ich in meinem Portemonnaie mit mir herumtrage. Er erzählt mir wiederum von der Traumreisegewinnerin aus dem Jahr 2005, die volltrunken versucht hat, ihn zu verführen. Zu allem Überfluss war sie auch noch zweiundachtzig Jahre alt. Unsere Unterhaltung plätschert dahin, ohne dass wir uns groß anstrengen müssen, und irgendwann wird mir bewusst, dass der Himmel dunkler wird, die Sonne gerade untergeht und die Wolken sich rosarot verfärben.

»Wow, das sieht ja wunderschön aus.« Dave sieht aus seinem Fenster auf die Wolken hinaus, die auf wundersame Weise ihre Farbe und Form verändern. Bevor ich die Aussicht jedoch gebührend bewundern kann, ist auf einmal ein lauter Knall zu hören und das Flugzeug kippt zu einer Seite. Instinktiv ducke ich mich, um mich zu schützen.

»Was in aller Welt war das?«

Ich hebe den Kopf und stelle fest, dass Dave wie erstarrt aus dem Fenster blickt. »Ich … ich sehe Rauch. Ich glaube … ich glaube, das Flugzeug brennt.«

»Dave«, sage ich mit meiner autoritären Mom-Stimme, »es ist bestimmt alles in Ordnung. Kennen Sie irgendjemanden, der schon mal mit dem Flugzeug abgestürzt ist? Nein, oder? Uns wird auch nichts passieren, da bin ich mir ganz sicher.« Ich klinge wie eine Kindergärtnerin, die ihrem eingeschüchterten Schüler versichert, dass die Honigbiene größere Angst vor ihm hat als er vor ihr.

Dabei bin ich mir eigentlich gar nicht sicher, dass uns nichts passieren wird. Ich drehe mich um und sehe nach Margaret. Ihr Kopf ist ein wenig zur Seite gerutscht, und ihre Brust hebt und senkt sich gleichmäßig. Dann kann sie also trotz des lauten Knalls und der Turbulenzen weiterschlafen, muss bei uns jedoch unser Schlafzimmer mit Beschlag belegen, weil es ihr im Keller zu laut ist? Aber ich bin zu besorgt, um die Augen zu verdrehen. Glücklicherweise ist sie noch immer angeschnallt.

Theresa stürzt in die Kabine. »Ich muss Ihnen leider mitteilen, dass wir ein kleines mechanisches Problem haben! Aber zum Glück sind wir nur noch fünfundvierzig Minuten von unserem Ziel entfernt. Kent ist der Ansicht, dass wir es problemlos bis dahin schaffen werden. Bleiben Sie einfach weiterhin angeschnallt. Er denkt, dass wir heil dort ankommen werden.« Sie hält inne und legt den Kopf ein wenig schief. »Hey, ist das Ihr Laptop?«

Sie meint mich. Ich habe meinen Computer ganz vergessen, der noch immer auf dem Sitz hinter mir steht.

»Ja, aber er ist ausgeschaltet. Und ich schwöre, dass ich nicht im Internet gewesen bin«, erwidere ich und bin auf einmal besorgt, dass ich der Grund für all das sein könnte.

Theresa lacht. »Sie haben nichts falsch gemacht. Stellen Sie ihn aber lieber unter den Sitz, sobald Sie können, ja? Wir kommen vermutlich bald durch einige … Turbulenzen. Nichts Ernstes, keine Sorge.«

Sie wirkt fast schon zu ruhig. Mir kommt es überhaupt nicht so vor, als würde alles problemlos laufen. Irgendetwas hat dafür gesorgt, dass ein Motor Rauch abgibt, das ganze Flugzeug wackelt und meine Ohren plötzlich klingeln. Was ist, wenn wir es doch nicht bis zum Flughafen schaffen? Was ist, wenn es etwas Ernstes ist?

Dave scheint mit ihrer Erklärung auch nicht zufrieden zu sein. »Theresa, über was für mechanische Probleme reden wir hier genau?« Ich kann deutlich erkennen, dass er versucht, gefasst und ruhig zu wirken, aber das Zittern in seiner Stimme verrät ihn trotzdem.

Sie verlagert gerade das Gewicht von einem Fuß auf den anderen, als das Flugzeug unverhofft heftig zur Seite schlingert und es laut knackt.

Theresa prallt gegen die Waschraumtür und stürzt zu Boden. Die Lichter gehen aus. Das Flugzeug knarrt und ächzt. Ich bezweifle, dass es diese Tortur noch lange durchhält, ohne in tausend Einzelteile zu zerfallen.

Als ich gerade davon überzeugt bin, dass wir mit der Nase voran ins Meer stürzen, fliegen wir auf einmal wieder gerade und das Licht geht erneut an. In dem kalten, gelblichen Schimmer sieht alles auf unheimliche Weise normal aus. Daves Haare sind ein wenig zerzaust. Theresa scheint nichts passiert zu sein, sie steht langsam wieder auf.

»Es ist mir völlig egal, was Kent sagt. Sie haben ein Recht darauf, die Wahrheit zu erfahren«, stößt sie keuchend aus. Sie balanciert geschickt auf ihren Absätzen und stützt die Hände auf beiden Seiten gegen den Flugzeugrumpf. »Wir haben einen der Motoren verloren. Eigentlich müssten wir es bis zu unserem Ziel schaffen, aber es wird nicht leicht, die Höhe zu halten, daher werden wir nicht über den Wolken fliegen, sondern vermutlich eher durch sie durch oder unter ihnen hinweg.« Sie holt einmal tief Luft. »Und wir werden durch einen Sturm fliegen müssen.«

Draußen blitzt es, und die Lampen flackern. Das Flugzeug wackelt wieder, sodass sich der Sicherheitsgurt in meine Hüften drückt und der Jeanssaum meiner Shorts in meine Haut gepresst wird. Dave umklammert seine Armlehne so fest, dass sich seine Nägel dunkel verfärben.

Theresa taumelt bei jedem Wackler. „Setzen Sie sich hin, Theresa!« Ich fummle an meinem Sicherheitsgurt herum.

Aber Theresa schüttelt den Kopf und brüllt über die lauten Turbulenzen hinweg: »Nehmen Sie den Sicherheitsgurt ja nicht ab. Das ist viel zu gefährlich!«

Dann ist auf einmal die Schwerkraft weg. Wir fliegen nach oben, die Sicherheitsgurte sind bis zum Zerreißen gespannt, und wieder erhellt ein Blitz das Innere der Kabine. Als das Flugzeug wieder ausgerichtet wird, liegt Theresa wieder am Boden. Ihr Haar ist ihr ins Gesicht gefallen, und obwohl sie mich ansieht, blinzelt sie nicht und ihr rechter Arm liegt irgendwie krumm und schief hinter ihr, sodass sie aussieht wie eine verdrehte Marionette. Ihr Kopf befindet sich außerdem viel zu weit an ihrer Schulter und hängt fast bis über das Schulterblatt herunter. Sie liegt erschreckend reglos da, als hätte man einer Marionette die Fäden durchgeschnitten.

»Theresa!« Ich versuche, sie zu erreichen, ohne mich loszuschnallen, aber das Flugzeug schlingert erneut und das Material protestiert, da es sich den Gesetzen der Physik nicht beugen will.

»Dave!«, brülle ich und hoffe, dass er einen Plan, Fallschirme oder Superkräfte hat, aber er hat die Augen fest geschlossen und sieht aus, als würde er beten. Vielleicht sollte ich das ebenfalls tun.

»Dave! DAVE!«

Auf einmal reißt er die Augen auf und starrt den leblosen Körper vor sich an. »Was ist passiert?«, fragt er völlig benommen.

»Theresa ist tot«, schreie ich. »Ich glaube, sie hat sich das Genick gebrochen.«

»Oh mein Gott! Oh mein Gott!«, ruft Dave. »Was ist hier nur los? Wie konnte das passieren?«

Als hätte er uns gehört, kommt nun Kents Stimme aus dem Lautsprecher. Sie klingt professionell und ruhig, als würde er aus einem Drehbuch vorlesen. Er wäre vermutlich nicht so ruhig, wenn er wüsste, dass Theresa hier hinten mit völlig verdrehten Gliedmaßen liegt.

»Leider müssen wir uns aufgrund einiger mechanischer Probleme auf eine Wasserlandung vorbereiten. Bitte bleiben Sie angeschnallt und in aufrechter Position sitzen und ziehen Sie die Schwimmweste unter Ihrem Sitz hervor. Versuchen Sie bitte, diese erst nach der Wasserlandung mit Luft zu füllen. Wenn Sie die Schwimmweste angelegt haben, befolgen Sie bitte Theresas Anweisungen, um die entsprechende Notfalllandehaltung einzunehmen und sich danach zu den Notausgängen zu begeben.« Es knackt in den Lautsprechern, als er seine Durchsage beendet.

Wir stürzen ab. Wie betäubt ziehe ich eine neongelbe Schwimmweste an, auch wenn ich weiß, dass diese nie zum Einsatz kommen wird, da ich beim Aufprall in tausend Stücke zerrissen werde. Ich werde meine Familie nie wiedersehen.

Was habe ich ihnen bei unserer letzten Unterhaltung gesagt? Habe ich Jerry gesagt, wie sehr ich ihn liebe und dass er mein bester Freund ist? Warum habe ich so viel Zeit damit vergeudet, mich wegen dieser Reise mit ihm zu streiten? Oh Gott, jetzt wird er jede Menge Schuldgefühle haben.

Josh, mein Ältester. Ich habe ihn während des ersten Monats, nachdem er aus dem Krankenhaus entlassen wurde, immer im Arm gehabt, sogar wenn er schlief. Im Bett habe ich mich jede Nacht förmlich um seinen kleinen Körper gewickelt und mit angesehen, wie sich seine schmale Brust bei jedem Atemzug hob und senkte. Jetzt werde ich nicht dabei sein können, wenn er erwachsen wird. Und der kleine Daniel, der ständig schmutzige Fingernägel hat und immer als Erster über meine dummen Witze lacht. Wird er sich später überhaupt an mich erinnern können?

Während ich den letzten Riemen an meiner Schwimmweste festzurre und mich vergewissere, dass ich die herunterbaumelnde weiße Schnur nicht berührt habe, fällt mir Margaret wieder ein. Himmel, ich war dermaßen in das Gespräch mit Dave Hall vertieft, dass ich meine schlafende Schwiegermutter ganz vergessen habe. Ich versuche, den Kopf zu drehen, aber die G-Kräfte lassen es einfach nicht zu und drücken sogar meine Tränenströme nach hinten in meine Haare. Warum kämpfe ich überhaupt dagegen an? Vielleicht sollte ich einfach ein letztes Gebet sprechen und meinen Frieden mit dem unaufhaltsam näherkommenden Tod machen. Möglicherweise ist es auch für Margaret das Beste, dass sie nach einem erfüllten Leben und einem großartigen Urlaub sterben kann.

Doch dann wallt Überlebenswillen in mir auf und drückt meine Angst und meine Zweifel beiseite. Ich werde nicht aufgeben. Ich werde für mich und für Margaret kämpfen. Also reiße ich mich zusammen, spanne die Halsmuskeln an und drehe den Kopf mit aller Kraft nach hinten.

»Margaret! Margaret!«, schreie ich. Sie ist wach, aber völlig desorientiert. »MOM! Hier vorn!«

Sie sieht sich ziellos um, bis sich unsere Blicke endlich treffen. Ihre Finger zucken nach vorn in meine Richtung, doch sie wird ebenso wie ich in den Sitz gepresst. »Lillian! Was ist denn los?«

»Wir landen im Meer. Hör mir jetzt genau zu. Du musst deine Schwimmweste anziehen. Du findest sie unter deinem Sitz.«

»Ich kann nicht.« Sie zuckt hilflos herum. »Ich kann das nicht … Bitte, Gott, bring mich einfach nach Hause.« Dann schließt sie die Augen. »Bring mich nach Hause zu Charlie.«

»NEIN! Margaret, nein! Du wirst jetzt nicht aufgeben! Das lasse ich nicht zu. Zieh die Schwimmweste an, und zwar SOFORT!«

Ihr Gesicht ist tränenüberströmt. »Ich liebe dich. Sag Jerry und den Kindern, dass ich sie auch liebe.«

Die Welt explodiert um mich herum. Ein metallener Blitz saust an meinem Kopf vorbei und in die andere Seite des Flugzeugs. Silberne Splitter, die Überreste meiner Kamera, segeln wie Konfetti durch die Luft und sind ein Vorbote der Dinge, die da noch kommen werden. Die gewaltige Kraft, die mich auf meinem Sitz festgehalten hat, ist auf einmal verschwunden. Ich kann mich nicht erinnern, wie zum Teufel diese Haltung noch einmal war, die wir laut Theresa beim Aufprall einnehmen sollten.

Etwas Hartes trifft meine Schulter und drückt mir die Luft aus der Lunge. Ich schnappe mühsam nach Luft, ducke mich auf meinem Sitz und schiebe meine Unterarme unter meine Oberschenkel.

Es ist, als würden wir über riesige Bodenschwellen holpern, und meine Kraft reicht kaum aus, um mich festzuhalten. Der zweite Motor, der als einziger noch funktioniert, heult auf, als Wasser in ihn eindringt, und fällt schließlich auch aus. Dann kommt das Flugzeug nach einem letzten heftigen Ruck zum Stehen.

Wasser dringt in meine Sportschuhe ein, und mir wird bewusst, dass ich noch am Leben bin. Ich sehe mich rasch um, bin aber von nichts als Schwärze umgeben.

Nachdem ich den Sicherheitsgurt gelöst habe, stehe ich auf, auch wenn meine Knie unter mir nachzugeben drohen. Ich halte mich an der Kopfstütze fest und wate durch das Wasser, das bereits knöchelhoch steht. Eine Stimme durchbricht die ohrenbetäubende Stille.

»Lillian? Sind Sie das?«

Dave. Es klingt ganz so, als säße er noch auf seinem Platz. Ich bin nicht allein. Jetzt allein zu sein wäre fast genau so schlimm wie tot zu sein.

»Dave, Gott sei Dank! Wir müssen hier raus. Das Flugzeug sinkt!« Aus irgendeinem Grund klingt meine Stimme völlig ruhig. »Margaret! Hast du das gehört? Wir müssen hier raus!«, brülle ich in die Dunkelheit hinter mir.

»Warten Sie!«, ruft Dave. »Ich brauche Ihre Hilfe. Ich … ich bekomme den Gurt nicht auf.«

»Okay, Augenblick.« Nach zwei Schritten pralle ich gegen ihn und drücke ihm eine Hand ins Gesicht. Seine Stirn ist feucht und klebrig. Blut. Ich ignoriere den metallischen Geruch und taste mich an seinem Poloshirt nach unten, wobei ich mir Gedanken mache, dass es dadurch schmutzig wird. Das Wasser reicht mir schon bis zu den Waden, als es mir endlich gelingt, seinen Sicherheitsgurt zu öffnen. Ich mache einen Schritt nach hinten, aber er bewegt sich nicht. Langsam werde ich ungeduldig. Margaret hat seit dem Aufprall keinen Ton von sich gegeben. Ich hätte ihr längst helfen müssen.

»Ich kann nicht aufstehen. Mir ist so schwindlig.«

»Kommen Sie her.« Ich nehme seine Arme und lege sie um meinen Hals. »Sie müssen jetzt aufstehen.«

Ich ziehe, bis meine Muskeln zu brennen anfangen. Sobald Dave auf den Beinen ist, taumelt er und legt seinen Kopf auf meinen, sodass mir das Kinn gegen die Kehle gedrückt wird. »Wachen Sie auf, Dave! Na los. Bitte, kommen Sie zu sich!«, rufe ich und schüttle ihn sanft. Das Flugzeug wackelt bei jeder Welle von einer Seite zur anderen, und der Regen prasselt lautstark auf die Stahlummantelung. Die unheimliche blaue Notbeleuchtung geht flackernd an, sorgt aber nur für noch mehr Verwirrung.

Er hustet. »Es geht mir gut. Es geht mir gut.«

»Können Sie sich auf den Beinen halten? Ich muss nach Margaret sehen.«

Er hebt den Kopf, macht einen Schritt zur Seite und bleibt schwankend stehen, fällt jedoch nicht um. »Ich komme schon klar. Gehen Sie nur«, meint er und lehnt sich an die Kabinenwand. »Aber beeilen Sie sich.«

Als sich meine Augen an das flackernde Stakkato der Notbeleuchtung gewöhnt haben, kann ich die Umrisse der Sitze hinter mir ausmachen, aber Margaret ist nirgendwo zu sehen. Der Wasser reicht mir inzwischen bis an die Knie.

»Mom! Mom!«, brülle ich. Dann taumele ich vor, lege eine Hand auf die Kopfstütze von Margarets Sitz und fahre mit der Hand an den Rillen in dem weichen Leder nach unten, bis ich auf ihrem Rücken lande. Sie ist über der Armlehne zusammengesackt und befindet sich bereits halb unter Wasser.

Ich knie mich neben sie und fange an zu zittern, als das kalte Meerwasser durch meine Kleidung dringt. Zwar kann ich Margaret nicht deutlich sehen, aber ich höre, dass sie noch atmet. Also schiebe ich sie mit einer Hand nach oben und greife mit der anderen nach der Schließe des Sicherheitsgurts. Irgendetwas

Hartes und Rechteckiges ist mir im Weg. Ich schiebe es ins Wasser und zerre den Gurt von ihr herunter, wobei mir jetzt eher die Wut als die Angst Kraft verleiht.

Margarets Körper kommt mir wie ein mit Haut überzogener Sandsack vor. Ich versuche, sie wie ein schlafendes Kind hochzuheben, indem ich einen Arm unter ihre Knie und den anderen unter ihre Schultern lege. Dann hocke ich mich hin, drücke mich an den Sitz hinter mir, um mich abzustützen, und versuche aufzustehen, kann sie aber nur wenige Zentimeter hochheben.

Großer Gott, wie soll ich sie denn nur hier rausbekommen? Als ob es nicht schon schlimm genug wäre, dass ich den Flugabsturz miterleben und mit ansehen musste, wie Theresa vor meinen Augen ums Leben kam! Muss ich mich jetzt auch noch entscheiden, ob ich mein eigenes Leben oder das von Margaret rette?

Ich nutze meinen Zorn, um neue Kraft zu schöpfen, bohre meine Finger in ihre teigige Haut und versuche erneut, sie hochzuheben, wobei meine Arme vor Erschöpfung, Kälte oder auch Wut zittern. Doch dieses Mal bewegt sie sich gar nicht mehr. Die Zuckungen in meinen Armen werden immer schlimmer und breiten sich in meinem Torso und meinen Oberschenkeln aus, sodass ich jetzt ebenso zittere wie das abstürzende Flugzeug.

Als ich ein weiteres Mal versuche, sie hochzuheben, spüre ich einen Druck zwischen meinen Schulterblättern. Es ist Dave, der auf einmal neben mir steht. »Ich habe die Fluchttür geöffnet«, sagt er. Sein dunkles Poloshirt klebt an seinem Körper. »Und ich habe an dem Hebel für das Rettungsboot gezogen, das sich gerade aufpumpen müsste. Wir müssen schnell heraus, bevor das Wasser so hoch steht, dass wir nicht mehr aus der Tür kommen.«

»Ich kann …« Meine Stimme bricht. »Ich kann sie nicht hochheben. Ich kriege sie hier nicht raus.«

»Ich weiß nicht, ob ich es schaffe, aber ich kann es versuchen.«

Dave hockt sich neben mich, sodass ihm das Wasser bis zu den Schultern reicht. Er legt die Arme unter Margaret, lehnt sich mit einer Schulter an mich, und ich stelle meine Füße etwas anders hin, damit ich beim Aufstehen nicht das Gleichgewicht verliere.

Seine Augen glitzern in der Dunkelheit, und als er mich ansieht, spiegelt sich in ihnen seine Gewissheit wider, dass wir es schaffen werden, und ich glaube ebenfalls daran. »Sind Sie bereit, Lillian?« Ich nicke schwach. »Dann auf drei. Eins. Zwei. Drei.« Fast schon mühelos stehen wir auf und heben Margaret hoch, als würde sie nicht mehr als ein Baby wiegen. Ich habe aufgehört zu zittern.

# 7

## Dave

*Gegenwart*

In dieser Nacht im Flugzeug hatte Dave zum ersten Mal einen Toten aus nächster Nähe gesehen. Er war zehn, als sein Großvater gestorben war, konnte sich aber nur noch daran erinnern, dass er bei der Beerdigung auf einem harten Stuhl gesessen und dass sein Vater mit vielen Leuten, die Dave nicht kannte, gesprochen hatte. Am deutlichsten war ihm der Aufenthalt in einem Hotel, in dem es Kabelfernsehen und einen Swimmingpool gab, in Erinnerung geblieben und dass sein Dad ihn und seinen Cousin bis Mitternacht hatte aufbleiben lassen, sodass sie Kabelfernsehen gucken konnten.

Während seiner Highschoolzeit war außerdem einer seiner Klassenkameraden von einem betrunkenen Autofahrer überfahren und getötet worden, und Dave war an dem offenen Sarg vorbeigegangen und hatte den darin »schlafenden« Jungen gesehen. Dave war damals in der zehnten und der Junge in der Abschlussklasse gewesen, doch der Junge hatte in seinem mit Satin ausgekleideten Sarg, in dem er mit auf der Brust verschränkten Händen lag, wie ein Kind gewirkt. Mit dem geschminkten Gesicht wirkte er wie aus Wachs modelliert und erinnerte eher an eine Schaufensterpuppe als an einen echten Menschen.

Alle hatten behauptet, der Junge sähe friedlich aus, aber Dave hatte nur die Schatten der Verletzungen gesehen, die für die Aufbahrung überschminkt worden waren. Vor allem erinnerte er sich daran, wie ruhig der Junge ausgesehen hatte, dessen Gesicht keine Regung zeigte, da er weder die Stirn runzelte noch grinste.

Aber dann hatte Dave Theresa gesehen und endlich begriffen, dass er vom Tod bisher nur gehört hatte. Erst die Kakofonie der Angst – die Dinge, die an seinem Kopf vorbeiflogen, und die Schreie, die in seinen Ohren gellten – hatte ihm den Tod und seine schrecklichen Begleiter überdeutlich vor Augen geführt.

Während sie sich miteinander bekannt machten, erfuhr Dave, dass der Tod das genaue Gegenteil des Friedens war. Der Tod war eine Qual, furchtbar und dreckig. Letzten Endes war der Tod nichts als Leere. Wie die Art, in der Theresas Leiche im Wasser schwamm, während er und Lily sich mit Margaret in den Armen an ihr vorbeidrängten, um sich in Sicherheit zu bringen. Das gab ihm zu verstehen, dass die Person Theresa für immer erloschen war.

Wie konnte er all das in eine prägnante Antwort bringen? Auf einmal fiel ihm nichts mehr ein, und Genevieve Randall rief laut und verärgert: »Schnitt!«

Der intensive Geruch eines teuren Parfüms waberte an ihm vorbei. Genevieve Randall presste ihre knochigen Knie zusammen, als sie sich neben ihm auf die Couch setzte, sodass sich ihre Beine fast berührten. Sie beugte sich vor und versuchte, ihn dazu zu bringen, sich auf sie zu konzentrieren.

»David«, säuselte sie, »tut mir leid. Habe ich etwas Falsches gesagt? Es kommt mir so vor, als hätten Sie den Faden verloren.«

Er blinzelte einige Male und versuchte, den Nebel, der sein Gehirn einhüllte, zu vertreiben. Dabei stellte er fest, dass er fast vergessen hatte, wie anstrengend diese Interviews waren. Genevieve Randall saß mit Dave in seinem Wohnzimmer und hatte ihm während der vergangenen Stunde Fragen gestellt, und schon jetzt hätte er sich am liebsten das Mikrofon abgerissen und wäre nach oben gegangen, um sich hinzulegen.

»David? Hallo?« Sie wedelte mit einer Hand vor seinem Gesicht herum. Als er seinen Namen hörte, kehrte er in die Gegenwart zurück.

»Ich heiße Dave«, korrigierte er sie. Niemand nannte ihn David. Niemand außer Lily.

»Entschuldigung, Dave, aber wir haben einen engen Zeitplan und es ist ausgesprochen wichtig, dass wir dieses Interview aufzeichnen. Gibt es also irgendetwas, womit ich Ihnen die Sache erleichtern kann, Dave?«

Ralph kam mit einem vor Kälte beschlagenen Glas in den Fingern angelaufen und drückte es Dave in die Hand. Dave murmelte einen Dank und nippte höflich daran. Die klimpernden Eiswürfel beruhigten sich, als er das Glas sinken ließ. Hm, Eiswasser. Manchmal vergaß er diese angenehmen kleinen Dinge.

»Nein, und das ist mir alles durchaus klar«, sagte er leise und strich mit einem Zeigefinger am Glasrand entlang. »Von mir aus können wir jederzeit weitermachen.«

»Dann machen wir *jetzt* weiter.« Genevieve seufzte. Ihr warmer Atem roch nach Pfefferminz und Tabakrauch.

»Aber vorher soll Jasmine uns noch einmal nachschminken.« Sie drehte den Kopf zur Seite, und schon tauchte Jasmine wie von Geisterhand neben ihr auf. »Machen wir eine fünfminütige Pause, dann drehen wir weiter.« Sie hielt die Finger einer Hand hoch und stürmte dann durch den Raum und durch die Haustür nach draußen. Vielleicht würde sie sich nach einer Zigarette etwas beruhigt haben.

Während ihn Jasmine mit ihrem Puderpinsel bearbeitete, warf Dave Beth einen Blick zu. Sie saß auf der anderen Seite des Raumes bei den Crewmitgliedern, der Soundausrüstung und den Kameras. Ihre Blicke trafen sich, und kurz flackerte auf ihrem Gesicht so etwas wie Sorge auf. Dann wandte sie den Kopf ab und sah beiläufig auf ihr Handy. Dave wusste, was dieser Blick bedeutete. Sie hatten die letzten fünf Monate ohne Kameras und Reporter gelebt und waren glücklicher als jemals zuvor gewesen. Beth konnte nicht begreifen, warum er diesem Interview zugestimmt hatte. Sie hasste es ebenso sehr, diese Geschichte zu hören, wie er es verabscheute, sie zu erzählen.

Genevieves Stimme riss ihn aus seinen Gedanken. »David. Entschuldigen Sie, Dave. Sind Sie bereit?«

»Ja, fahren Sie fort«, antwortete Dave so entspannt wie möglich und rutschte auf der bequemen Couch hin und her. Ralph sprintete los, um ihm ein frisches Wasser zu besorgen, und nur wenige Sekunden später fingen die Fragen wieder an.

»Wie viel Zeit ist ungefähr zwischen dem eigentlichen Absturz und dem Augenblick, in dem Sie, Lillian und Margaret Linden das Flugzeug verlassen haben, vergangen?«

»Da bin ich mir nicht ganz sicher. Es kam mir wie eine Ewigkeit vor, aber es kann eigentlich nicht mehr als eine oder zwei Minuten gedauert haben. Wir haben Margaret aus dem Flieger gezogen, und kurz darauf kam auch Kent heraus. Ein paar Minuten später war das Flugzeug auch schon komplett untergegangen. Wären wir noch darin gewesen und möglicherweise bewusstlos und an unsere Sitze geschnallt, dann wären wir mit auf den Meeresboden gezogen worden.«

»Hmmm, ja, furchtbar. Aber das ist alles nicht passiert, denn Sie konnten ja entkommen. Wie genau sind Sie aus dem sinkenden Flugzeug herausgekommen?«

»Ich glaube, das lag an einer Kombination aus Glück und Kooperation. Ich habe das Rettungsboot zu Wasser gelassen, während sich Lillian um Margaret gekümmert hat. Kent hat derweil versucht, per Funk Hilfe zu rufen, aber das Wasser stieg viel zu schnell, und es ist ihm in der kurzen Zeit, die er zur Verfügung hatte, einfach nicht gelungen. Beim Verlassen des Cockpits hat er geistesgegenwärtig noch einen Verbandskasten mitgenommen.« Jetzt kam die Stelle, an der er Kent entsprechend loben musste. »Dieser Verbandskasten hat einige Male den Unterschied zwischen Leben und Tod für uns bedeutet. Ohne ihn hätten wir niemals überlebt.«

Genevieve machte eine dramatische Pause und ging ihre Notizen durch. »Was war mit Theresa Sampson? Hatte ihr schon jemand beim Verlassen des Flugzeugs geholfen?«

Er hatte eigentlich geglaubt, dieses Thema bereits erledigt zu haben. »Nein, sie war bereits tot. Wir mussten sie zurücklassen.«

Miss Randall riss in gespieltem Erstaunen weit den Mund auf. »Wollen Sie damit sagen, dass keiner von Ihnen noch einmal zurückgegangen ist, um sie zu holen?«

Dave legte den Kopf ein wenig schief. »Nein, Ma'am. Es war ganz offensichtlich, dass sie tot war.«

»Haben Sie im Flugzeug ihren Puls überprüft oder sich vergewissert, ob sie noch atmete?«

»Nein, aber man konnte es sehen, verstehen Sie?« Natürlich verstand sie es nicht. Woher sollte sie auch wissen, wie es gewesen war, diese leere menschliche Hülle vor sich auf dem Boden liegen zu sehen?

So langsam fiel ihm wieder ein, warum sie sich überhaupt dazu entschieden hatten zu lügen: Andere Menschen urteilten immer so vorschnell über einen.

»Hmmm, verstehe.« Sie schnaubte auf unheimlich vertraute Weise, die ihn an den Augenblick vor zweieinhalb Jahren erinnerte, in dem Kent die Wahrheit über Theresas Schicksal herausgefunden hatte. Als er erneut diesen Blick sah und die unausgesprochenen Anschuldigungen, wurde Dave immer wütender. Er starrte Genevieve mit finsterer Miene an und konnte nur hoffen, dass sie diese dramatische Tour nicht auch bei Lillian durchgezogen hatte.

»Mir ist nicht klar, was Sie mir mit dieser Äußerung sagen wollen, Miss Randall, aber wir haben in einer schrecklichen Situation unser Bestes gegeben. Sie, keiner von Ihnen« – Dave sah sich im Raum um und ignorierte dabei die auf sich gerichteten Kameras – »hat dasselbe durchgemacht wie wir.« Er beugte sich ein wenig vor und sagte entschieden: »Daher möchte ich in Zukunft um ein wenig mehr Rücksicht bitten.«

Genevieve blinzelte nervös und schaute ihn mit unschuldiger Miene an. »Tut mir leid, ich wollte damit nicht das Geringste andeuten. Das war nichts als reine Neugier, David.«

Sie betonte diesen Namen auf eine Art und Weise, bei der Dave ein mulmiges Gefühl in der Magengrube bekam. Er spürte, dass Genevieve Randall mehr wusste, als er erwartet hatte, und dass sie plante, ihre Geheimnisse der Welt zu offenbaren.

Aber zu diesem Zeitpunkt hatte er keine andere Wahl, als die Scharade fortzusetzen. Er würde sich seine und Lillians Freiheit erkaufen, indem er Randalls anscheinend unvollständigen Fragenkatalog beantwortete. Oder enthielt dieser womöglich Fragen, auf die er nicht vorbereitet worden war und die er auf keinen Fall beantworten wollte?

# 8

## David – Tag 1

*Irgendwo im Südpazifik*

Die Wellen drücken mich immer wieder unter Wasser, fast so, als wären sie herumbalgende Kinder im Schwimmbad. Dies wird als Dave Halls letzter Fehler in die Geschichte eingehen, davon bin ich überzeugt, aber es gab keine andere Möglichkeit. Auch wenn ich jetzt so darüber nachdenke, komme ich wieder zu demselben Schluss: Außer mir hätte es niemand tun können.

* * *

Lillian krabbelte als Erste auf das aufgepumpte achteckige Rettungsboot, streckte die Arme aus und machte sich bereit, Mrs Linden auf das glitschige gelbe Plastik hinaufzuziehen. Der Regen prasselte auf sie herab, als sie die bewusstlose Frau auf das Boot zog, während ich von hinten schob. Dabei stand ich noch immer in dem bogenförmigen Notausstieg, während das Rettungsboot langsam vom Flugzeug wegtrieb, an dem es nur noch durch ein langes Seil befestigt war. Ich zerrte fest an dem Nylonseil und zog das Boot wieder näher an den Flugzeugrumpf heran. Dann begann Lillian, über die abgerundete Ecke des Bootes zu klettern.

»Margaret hat keine Schwimmweste«, rief sie mir zu, während das Boot bei jeder Welle auf und ab wippte. »Tauschen Sie mit mir, dann kann ich ihr eine holen.«

»Nein. Wir haben nicht genug Zeit …«

»Dafür ist noch Zeit«, beharrte sie und schnitt mir das Wort ab.

»Würden Sie mich bitte ausreden lassen? Ich wollte sagen, dass wir nicht mehr genug Zeit haben, um Sie zurück ins Flugzeug steigen zu lassen. Ich gehe noch mal rein. Es dauert maximal fünf Minuten.«

Sie zögerte und ließ sich dann wieder auf die Bank sinken. »Okay, aber wenn das Flugzeug zu sinken beginnt, kommen Sie sofort wieder raus, ja? Versprechen Sie es mir.«

»Und Sie schneiden das Seil mit dem Messer aus der Tasche durch, damit Sie nicht mit runtergezogen werden.«

Sie suchte in der Plastiktasche herum, die an der Seite des Bootes angebracht worden war, und hielt etwas Orange-Silberfarbenes in der Hand. »Ich habe es gefunden! Aber Sie kommen doch wieder, oder?«

»Na klar«, rief ich ihr zu und verschwand im Flugzeug, das noch immer von der schwächer werdenden Notbeleuchtung erhellt wurde.

Ich watete durch das immer höher steigende Wasser, wich Theresas umherschwimmender Leiche aus und zog die Schwimmweste unter Margarets Sitz hervor. Während ich mit großen Schritten zurückeilte, stieß ich mit einem Zeh an Lillians Rucksack. Ohne nachzudenken warf ich mir den Rucksack auf den Rücken. Inzwischen stand mir das Wasser bis zu den Achselhöhlen, und ich kam eher schwimmend als gehend voran. Ein letztes Mal kam ich an Theresa vorbei. Sie war so eine liebe Frau gewesen. Niemand hatte es verdient, so zu sterben.

Durch den Notausstieg des Flugzeugs drang immer mehr Wasser ein. Ich zog an dem Band, das von meiner Schwimmweste herunterbaumelte, um sie aufzublasen, holte tief Luft und tauchte durch den Ausgang, wobei ich den Mund und die Augen fest schloss, um sie vor dem Salzwasser zu schützen. Verzweifelt versuchte ich, mich mit kräftigen Schwimmzügen in Sicherheit zu bringen. Ich musste möglichst weit vom Flugzeug entfernt sein, um nicht mit heruntergezogen zu werden.

Als ich den Kopf endlich wieder aus dem Wasser hob, blickte ich mit zusammengekniffenen Augen in den Regen hinaus und suchte das Wasser nach Lillian und ihrer Schwiegermutter auf dem Rettungsboot ab. Ich drehte mich mehrmals im Kreis und hielt hilflos nach ihnen Ausschau, während das Flugzeug mit der Nase voran im Wasser versank.

* * *

Jetzt treibe ich auf dem Wasser. Lillians Rucksack zieht mich nach unten und macht den Auftrieb durch die Schwimmweste beinahe zunichte. Ich würde die Tasche ja loslassen, aber es ist mir viel zu kompliziert, die Riemen von den Schultern herunterzubekommen. Außerdem muss ich mich viel zu stark darauf konzentrieren, weiter zu atmen und auf dem Wasser nach dem Rettungsboot zu suchen.

Lauter Donner hallt durch die Dunkelheit und lässt meinen ganzen Körper vibrieren. Blitze zucken vor mir über das aufgewühlte Wasser und erhellen die See für eine Millisekunde. Ganz kurz nur kann ich einen schemenhaften Umriss erkennen. Möglicherweise war es Einbildung, aber es hätte auch das Boot gewesen sein können.

Doch ich schöpfe neuen Mut und schwimme in diese Richtung. Meine Panik scheint meine Unbeholfenheit nur noch zu verstärken, denn irgendwie wollen sich meine Arme und meine

Beine nicht gleichzeitig bewegen. *Vergiss das Schwimmen, Atmen ist viel wichtiger.* Es gelingt mir kaum, zwischen den einzelnen Wellen genug Luft zu holen, um die Schmerzen in meiner Lunge zu besänftigen. Das Wasser schlägt mir ins Gesicht, und durch das Salz reißen meine trockenen Mundwinkel auf. Die lautlose Finsternis unter mir scheint an meinen Füßen zu ziehen, und mir ist, als würde mich jede Welle einen Sekundenbruchteil länger unter Wasser drücken als die davor.

»H*ilfe!*«, schreie ich und versuche, den Sturm zu übertönen. »Lillian! Helfen Sie mir aus dem Wasser!«

Eine Hand packt den Rücken meines Hemdes und zieht mich nach oben.

»Hier«, stoße ich keuchend und heiser hervor, »ich hab sie.« Dabei halte ich die gelbe Schwimmweste in die Luft, um dann atemlos und ermattet auf dem Boden des schwankenden Bootes liegen zu bleiben.

»Was war los, haben Sie sich auf dem Rückweg verlaufen?« Kents raue Stimme ist fast schon Balsam in meinen Ohren. Wenn ich etwas mehr Energie hätte, würde ich ihn umarmen.

»Nein, Mrs Linden brauchte eine Schwimmweste. Ich dachte, es würde nicht lange dauern, aber Sie haben ja offenbar beschlossen, ohne mich in See zu stechen«, murmele ich und hebe mein Gesicht einige Zentimeter aus dem Wasser, das sich am Boden des Bootes gesammelt hat. »Ich wäre da draußen beinahe ertrunken, aber das soll jetzt nicht heißen, dass ich mich beschweren will«, füge ich sarkastisch hinzu.

Als ich aufgrund des Regens die Augen zusammenkneife, kann ich Margaret Linden erkennen, die auf der anderen Seite des Bootes an Lillian gelehnt in sich zusammengesackt ist. Sie ist noch immer bewusstlos, und Lillian sieht aus, als würde es ihr nicht viel besser gehen als ihrer Schwiegermutter. Kent wirft ihr die Schwimmweste zu, die Lillian an der Brust trifft, woraufhin sie die Augen aufreißt.

»Sie sind am Leben!«, ruft sie aus. »Als Sie nicht zurückgekommen sind, dachte ich … Ich dachte, wir würden Sie nie wiedersehen. Ich dachte …« Ihre Stimme versagt.

*Ich bin am Leben.* Die Worte dringen durch meine völlig durchnässte Haut in mich ein. Ich habe einen Flugzeugabsturz überlebt. Ich habe dabei geholfen, jemandem das Leben zu retten, und ich habe Lillians Rucksack geborgen.

»Ich habe da was für Sie«, rufe ich zurück und robbe über das nasse gelbe Plastik vorsichtig auf Lillian zu, da ich ihr unbedingt zeigen muss, was ich gefunden habe. Kent lässt sich vor mir auf eine Bank fallen.

»Wo ist Theresa?« Ihm läuft das Wasser über das Gesicht und in den Mund. Etwas, das an eine menschliche Empfindung erinnert, zeichnet sich auf Kents sonst so steinerner Miene ab. »Haben Sie sie im Wasser gesehen? Ich konnte Sie auch erst erkennen, als Sie gegen das Boot geprallt sind. Vielleicht ist sie hier noch irgendwo.« Er sieht sich um.

Auf einmal fehlen mir die Worte, und ich reiße den Mund weit auf, um etwas von dem frischen Wasser abzubekommen, das vom Himmel fällt. Warum ist es so einfach, vom Regen nass zu werden, aber so schwer, seinen Durst auf diese Weise zu stillen? Während mir ein paar himmlisch schmeckende Tropfen die Kehle hinunterrinnen, beugt sich Kent vor und sieht mir ins Gesicht.

»Was ist los? Wo steckt sie, Dave?« Ich weiß nicht, was ich sagen soll. Hilfe suchend sehe ich Lillian an, aber sie achtet überhaupt nicht auf uns. Sie ist blutbedeckt und drückt einen blutgetränkten Lappen gegen Mrs Lindens Kopf. Der ehemals weiße Hosenanzug der älteren Frau hat auf der linken Seite einige dramatisch wirkende rote Flecken.

»Warum sehen Sie die beiden so an?«, knurrt Kent. »Sagen Sie mir endlich, was los ist.«

Ich suche nach den richtigen Worten und starre meine schrumpligen Finger an, damit ich ihm nicht ins Gesicht sehen muss. Dann beschließe ich, es ganz schnell hinter mich zu bringen, so, als würde ich ein Pflaster abreißen. Ich muss an den Arzt denken, der mir mitgeteilt hat, dass mein Vater an seinem Herzinfarkt gestorben war. Genau so werde ich es sagen. »Kent, ich weiß nicht, wie ich Ihnen das sagen soll, aber … Es tut mir leid. Theresa ist tot.«

Nach einer kurzen Pause schnaubt Kent. »Du hast ja keine Ahnung, was du da redest, du Arschloch. Sie ist eine bessere Schwimmerin als wir alle zusammen. Sie wird schon klarkommen.« Er bohrt mir einen Finger in die Schulter.

»Sie ist nicht da draußen im Wasser, Kent!«

»Das weißt du doch gar nicht.« Er blickt auf mich herab und schürzt angeekelt die Lippen.

»Doch, dummerweise weiß ich das sogar ganz genau.« Ich setze mich neben ihm auf die Bank und sage vorsichtig: »Als das Flugzeug in die Turbulenzen geraten ist, hatte sie nicht mehr die Gelegenheit, sich hinzusetzen, und dann wurden wir von diesem Blitz getroffen, das Flugzeug drehte sich und sie …« Mein Mund wird ganz trocken. Ich möchte es nicht aussprechen. Am liebsten würde ich mich auch nicht mehr daran erinnern. »Als das Licht wieder anging, lag sie auf dem Boden und hatte die Augen geöffnet. Sie hat nicht mehr geatmet.«

»Wollen Sie mir damit etwa sagen, dass Sie Theresa im Flugzeug gelassen haben?«

»Kent, sie war tot«, beharre ich. »Es ist uns mit Mühe und Not gelungen, Mrs Linden rauszutragen, und wir wären umgekommen, hätten wir auch noch Theresas Leiche rausholen wollen. Dafür war keine Zeit mehr.«

»Keine Zeit? Sie hatten Zeit genug, um die beiden zu retten.« Er deutete auf Lillian und Mrs Linden, die aneinandergekauert im Regen sitzen. »Sie hatten mehr als genug Zeit, um die Schwimmweste und den Rucksack dieser Pute da zu holen, aber Sie haben Theresa im Flugzeug ertrinken lassen?«, schreit er und ist vor Wut knallrot im Gesicht. Er krallt die Finger in meinen Hemdkragen, bis er mir fast die Luft abschnürt.

»Sie war bereits *tot!* Ich konnte nichts mehr für sie tun. Ganz im Ernst, Mann, es war aussichtslos.«

Kent steht in dem schwankenden Rettungsboot, das Gesicht mir zugewandt, und versucht, mich hochzuheben. Er ist einen guten Kopf kleiner als ich und hat mindestens zehn Kilo Übergewicht. Aber er hat ziemlich viel Kraft. Ich versuche, mich aus seinem Griff zu winden, aber ich bin vom Schwimmen viel zu erschöpft. Für mich gibt es kein Entrinnen, als er mich langsam auf den schäumenden Abgrund zu zerrt. Wie lange wird mich die Schwimmweste über Wasser halten? Werden mich die Haie entdecken, bevor mein Herz zu schlagen aufgehört hat?

Ohne eine Erklärung lässt er mich auf einmal los. Ich sacke auf die Bank, sinke in mir zusammen und lasse ihn nicht aus den Augen. Er macht einen Schritt von mir weg und setzt sich ermattet auf die Bank mir gegenüber.

»Ich gehe rein«, erklärt er entschlossen. »Ich kann sie nicht hier lassen. Ich muss zurück.«

»Sie können sie da nicht rausholen, Kent. Das Flugzeug ist untergegangen.« Er darf uns nicht verlassen. Ich habe nicht die geringste Ahnung, wie man die Notfunkbake einschaltet, und das einzige Erste-Hilfe-Training, das ich jemals erhalten habe, bestand darin, einen Verbandskasten zu öffnen. Er kennt sich auf diesem Meer aus, das er jeden Tag überfliegt. Ich habe Kent nie gemocht, aber jetzt brauchen wir ihn mehr als jemals zuvor.

Er reißt sich die Schwimmweste und das Pilotenhemd herunter, bis er im völlig durchnässten weißen Unterhemd vor mir steht, und reicht mir sein Hemd. »Geben Sie das meiner Mutter, falls ich es nicht schaffen sollte«, murmelt er.

Ich halte sein Hemd in den Händen. Am besten sollte ich mir gleich die Adresse seiner Mutter geben lassen, denn Kent wird ganz sicher nicht mehr zurückkehren.

»Bitte bleiben Sie im Boot und ziehen Sie die Schwimmweste wieder an. Wenn die Rettungsmannschaft kommt, wird man sie da rausholen. Das verspreche ich Ihnen. Hier, nehmen Sie das. Ziehen Sie Ihr Hemd wieder an.«

»Nein.« Er schüttelt den Kopf. »Ich kann sie nicht hier lassen. Lieber sterbe ich.«

»Dann werden Sie ganz bestimmt sterben«, schreit Lillian quer über das Boot und beugt sich vor. »Genau wie Theresa und wie Margaret.«

Die ältere Frau ist auf Lillians Schoß zusammengesackt. Sie ist tot.

»Wie Sie meinen, Lady. Aber ich gehe da jetzt rein, und nichts, was Sie sagen, wird mich davon abhalten.«

»Es war meine Schuld, müssen Sie wissen«, fährt Lillian fort, »dass Theresa gestorben ist. Wenn ich nicht in diesem Flieger gesessen hätte, dann wäre sie jetzt vermutlich noch am Leben.« Der Regen wird stärker und spült ihr nach und nach das Blut vom Körper, das sie momentan noch wie Farbflecken bedeckt.

Kent wendet sich von seiner Suche nach dem inzwischen untergegangenen Flugzeug ab und starrt Lillian an. »Was reden Sie denn da?«

»Ich habe auf ihrem Platz gesessen, als wir in die Turbulenzen geraten sind. Sie wollte den nächsten freien Platz erreichen, aber als das Flugzeug heftig schwankte, ist sie gegen die Decke geprallt. Als das Licht wieder anging, war sie tot. Wenn ich nicht gewesen wäre, hätte sie sich einfach hinsetzen und anschnallen können. Dann wäre sie jetzt hier.« Sie deutet auf die Bank, auf der sie gerade sitzt. Ich kann nur hoffen, dass sie weiß, was sie tut.

»Warum erzählen Sie mir das jetzt? Was erhoffen Sie sich davon? Fühlen Sie sich schuldig, weil Sie mit Dave geflirtet haben? Wollen Sie Ihr Gewissen erleichtern, bevor wir alle sterben?« Ein irres Grinsen verzerrt sein Gesicht, und er bleckt die Zähne. »Ja, Theresa hat mir erzählt, dass Sie beide sich wie alberne Teenager benommen haben.«

»Ich weiß wirklich nicht, was Sie meinen«, mische ich mich ein und versuche, an Schadensbegrenzung zu betreiben. »Wir haben uns nur unterhalten. Außerdem ist sie verheiratet.«

»Ja, Romeo, und Sie meines Wissens auch.«

Ich mache den Mund auf, um etwas zu erwidern, sage dann aber doch nichts. Anstatt mich mit Kent zu streiten, sollte ich lieber Lillian zur Vernunft bringen.

»Theresas Tod war ein Unfall. Sie haben nicht gewusst, was passieren würde, das wusste keiner von uns. Daher dürfen Sie sich auch nicht die Schuld geben.«

Lillian schüttelt den Kopf. »Es geht nicht nur um Theresa, sondern auch um Margaret.« Sie bekommt den Namen nur mit Mühe über die Lippen. »Ich habe auch sie umgebracht.«

Ihre Worte klingen überzeugt und felsenfest. Ich staune über die hypnotische Wirkung, die sie auf Kent haben. Er wendet sich vom Meer ab, sieht plötzlich aus wie ein alter Mann und setzt sich schweigend auf die Bank.

»Erinnern Sie sich daran, wie Theresa mich gebeten hat, meinen Laptop wegzupacken, Dave?«, fährt sie fort. »Als wir abgestürzt sind, hat er irgendwie …« Sie starrt die leblose Gestalt auf ihrem Schoß an und zupft mit den Fingern zärtlich ein paar Haarsträhnen beiseite, die Margaret ins Gesicht gefallen sind. Sie schiebt sie hinter Margarets Ohr und enthüllt so eine klaffende Wunde, aus der noch immer Blut dringt. »Er hat sie am Kopf getroffen. Ich habe ihn auf ihrem Schoß entdeckt, als ich sie vom Sicherheitsgurt befreit habe. Wenn ich nicht so sorglos gewesen wäre, wenn ich auf meinem Platz sitzen geblieben wäre, wenn ich mich mehr für die Mutter meines Mannes interessiert hätte als …«

»Hören Sie auf damit!«, fahre ich ihr über den Mund. »Sie haben niemanden getötet.«

»Ich weiß nicht so recht, Dave. Sie hat einige gute Argumente«, meint Kent. Instinktiv balle ich die Fäuste.

»Halten Sie den Mund, Kent! Sie sind so ein Idiot! Lassen Sie sie einfach in Ruhe!«

Er setzt sich etwas aufrechter hin und mustert mich, als wolle er abschätzen, was für ein Gegner ich bin. Er plustert sich auf wie ein Kampfhahn. Lillian streckt beschwörend eine Hand in unsere Richtung aus.

»Hören Sie auf damit! Lassen Sie mich ausreden, Dave«, sagt sie, als würde ich ihr auf die Nerven gehen. Ich mustere Kent noch eine halbe Sekunde lang, bevor ich mich resigniert zurücklehne und mich mit meinem Dasein als Zuschauer zufriedengebe.

»Was ich damit sagen will, ist, dass ich mich für die beiden Todesopfer heute verantwortlich fühle. Ich weiß wirklich nicht, was ich tun würde, wenn es noch ein drittes gibt. Wenn Sie ins Wasser gehen, dann werden Sie das dritte Opfer sein, Kent.« Sie deutet auf die Wellen, die uns umgeben. »Ich erwarte nicht, dass Sie mir verzeihen, aber bleiben Sie bitte hier.«

Kent sitzt einfach nur da und bewegt sich im Rhythmus des Bootes, das von den Wellen hin und her geworfen wird. Als ich schon glaube, dass er in einen Schockzustand gefallen ist, wendet er sich auf einmal ab und sieht sich erneut auf dem Meer um. Er legt seine gewaltige, zerfurchte Stirn in Falten. Man kann ihm ansehen, dass er Theresa noch immer liebt, und jetzt ist sie für immer fort. Ich kann mir nicht einmal vorstellen, wie das für ihn sein muss.

Was wäre, wenn Beth noch in diesem Flugzeug wäre? Wenn ich wüsste, dass ich nie wieder aufwache, weil sie ihre kalten Füße gegen meine Beine presst, oder dass ich nie wieder ihr Seufzen über meine schlechten Witze hören werde? Was wäre, wenn ein kurzer Augenblick uns alles genommen hätte, was wir geplant haben, einschließlich unserer Träume von einem Kind, das wir eines Tages in den Armen halten werden?

Eine Sekunde lang vergesse ich die Kälte und die Nässe, und meine Kehle fühlt sich so wund an, dass ich beinahe glaube, sie würde bluten. Dann treffe ich eine Entscheidung: Wenn er wirklich wegen Theresa zurückgehen will, dann werde ich ihn nicht aufhalten.

Er stellt eine letzte Frage. »Sind Sie sicher? Sind Sie sich absolut sicher, dass sie tot ist?« Er strahlt eine seltsame Ruhe aus, und wie alles andere an Kent – dass er so ein aufbrausendes Temperament hat und dass er einem nie direkt in die Augen sieht – macht mich auch das nervös.

Lillian nickt. »Ja, leider bin ich mir sicher.«

Er öffnet den Mund, als wollte er sich erneut streiten, aber dann hält er inne und sackt auf seiner Bank zusammen.

»Dann … bleibe ich hier.«

Ein trauriges Lächeln blitzt kurz auf Lillians Gesicht auf, bevor sie die Hände vor das Gesicht schlägt und anfängt zu weinen. Ich würde sie am liebsten trösten, so wie sie mich nach Beths Anruf getröstet hat. Okay, wenn ich ehrlich zu mir bin, muss ich mir eingestehen, dass ich mich auch nach Wärme sehne und danach, einen lebendigen Menschen im Arm zu halten. Denn im Moment gehe ich eher davon aus, dass ich diese Nacht nicht überleben werde.

Ich rutsche über das rechteckige Rettungsboot, bis ich nahe genug bin, um ihr auf die Schulter tippen zu können. Aber ich zögere einen Augenblick zu lange, und eine gewaltige Welle bricht über uns herein und bewirkt, dass das Boot fast schon vertikal im Wasser steht. Das Boot schwankt unter uns, und ich greife wild nach allem, woran man sich festhalten kann, um nicht herauszufallen, aber da gibt es nicht viel. Im Stürzen schlinge ich vor lauter Verzweiflung die Arme um meinen Körper.

Danach liege ich sehr lange Zeit zusammengerollt da, auch noch als das Boot wieder ruhig im Wasser liegt, der Regen nachlässt und sich das Meer beruhigt. Ich kann einfach nicht loslassen. Nach und nach überkommt mich ein unruhiger Schlaf. Dankbar gebe ich mich ihm hin, denn ich bin körperlich dermaßen erschöpft, dass mein Körper einfach in die Schwere des Schlafs abstürzt. Meine einzige Hoffnung ist, dass meine Albträume, falls ich welche haben sollte, besser sein werden als die Realität.

# 9

## Lillian

*Gegenwart*

Als Lillian auf dem obersten Treppenabsatz ankam, übermannte sie die Erschöpfung. Sie hielt sich am Treppengeländer fest, um nicht umzufallen. Ihre Füße in den schicken, aber engen grünen Versace-Pumps, die unter der Designerjeans hervorlugten, pochten. Es konnte doch unmöglich sein, dass sie nach eineinhalb Stunden, in denen sie nur herumgesessen und geredet hatte, auf einmal derart müde war.

Sie schob einen Zeigefinger unter den Fersenriemen und streifte sich die Schuhe ab. Jill hatte das Outfit für sie ausgesucht und saß vermutlich jetzt zu Hause und amüsierte sich köstlich darüber. Lillian nahm sich vor, mal ein ernstes Wörtchen mit ihr zu reden, wenn diese Sache vorbei war.

Jill hatte behauptet, dass das tief ausgeschnittene smaragdgrüne Wickeltop Lillians Augenfarbe gut zur Geltung bringen und sie schlanker wirken lassen würde, aber stattdessen fühlte sie sich darin nur kurvig und attraktiv, was ihr wiederum unangenehm war. Es war vorn so weit ausgeschnitten, dass sie sich gerade hinsetzen musste, damit der Ausschnitt nicht zu tief herunterrutschte und sie der Kamera nicht zu viel Dekolleté präsentierte.

Ihr fiel es noch immer schwer, sich an ihre neue BH-Größe zu gewöhnen. Sie hatte den Großteil ihres Lebens Körbchengröße B getragen, sogar während der Schwangerschaft und Stillzeit, doch in den vergangenen Monaten kam sie sich fast vor wie während der Pubertät, und sie hatte nicht nur in Bezug auf ihre Brustweite zugelegt.

Nachdem sie eineinhalb Jahre ständig gegen den Hunger angekämpft hatte, wurde Lillian einfach nicht mehr satt. Es brauchte nicht viel, nur ein leichtes Hungergefühl, und schon war diese überwältigende Panik wieder da, und ein fast schon tierischer Instinkt ergriff von ihr Besitz. Acht Monate nach ihrer Rettung lag sie konstant bei knapp zehn Kilo über ihrem »Vorher«-Gewicht und fünfundzwanzig über ihrem »Insel«-Gewicht.

Trotz allem mochte sie ihre neue, vollere Figur, auch wenn sie früher immer dünn gewesen war, ohne sich große Mühe geben zu müssen. Das leichte Scheuern des Stoffes an ihrer Taille war ein ständiges Versprechen, dass sie nicht die ganze Zeit hungrig sein musste und sich bei einem kurzen Abstecher in die Speisekammer den Bauch vollschlagen konnte.

Als sie mehr als zwei Wochen nach der Rettung an Jerrys Seite das Krankenhaus verlassen hatte, musste sie sich an ihn drücken und vor den Blitzen und Kameralinsen in Sicherheit bringen. Jerry hatte sie jedoch nicht an sich gezogen. Stattdessen schwebte sein Arm neben ihrem dürren Körper und berührte ihre Haut kaum, sodass sie sich schon vorkam, als wäre sie aus Glas.

Sie war sich sicher, dass er sie nicht mehr liebte und das so zum Ausdruck brachte oder dass er möglicherweise enttäuscht war, weil sie noch lebte. Als sie jedoch später im Hotel vor einem Ganzkörperspiegel stand, begriff sie endlich, warum er sie auf Abstand hielt.

Ihr Körper war nicht nur schlank, sondern schon fast skeletthaft dürr. Sie fuhr sich mit den Fingern neugierig über die Hüftknochen, die so weit hervorstanden, dass sie schon Angst hatte, darauf zu drücken, weil sie fürchten musste, dabei die Haut zu verletzen. Dann strich sie sich über den Bauch. Die lockere, von silbernen Dehnungsstreifen gezeichnete Haut hing schlaff unter dem geschrumpften Bauchnabel. Sie kniff sich in die schrumplige Haut und wurde ganz nostalgisch, war aber auch endlich einmal froh über die Streifen, da sie sie daran erinnerten, warum sie so hart darum gekämpft hatte, am Leben zu bleiben.

Abgesehen von diesen kaum sichtbaren Linien gehörte der Körper, den sie da im Spiegel erblickte, einer Fremden. Es kam ihr vor, als wäre eine einst vertraute Landschaft von einer schrecklichen Naturkatastrophe verwüstet worden. Während sie ihre Rippen zählte, die unter der dünnen Haut gut zu erkennen waren, liefen ihr die Tränen über die Wangen, und ihr fiel erst jetzt auf, dass ihre einst so strahlenden Augen tief in den Augenhöhlen lagen. Auf einmal verstand sie, warum Jerry sie ablehnte, und sie konnte es ihm nicht verdenken, dass er vor der Frau, die sie da im Spiegel sah, zurückschreckte. Sie empfand diese Fremde auch nicht gerade als anziehend.

Aber jetzt sah die Sache anders aus. Lächelnd rieb sich Lillian die kribbelnden Füße. In letzter Zeit fühlte es sich wieder so an, als wären sie gerade frisch verheiratet. Wann immer sie in seiner Nähe war, berührte er ihre glatte, gut gepolsterte Haut, und wenn sie mitten in der Nacht aufwachte, was sie immer noch tat, spürte sie, wie er sich von hinten an sie drückte und den Kopf auf ihre Schulter oder ihren Arm gelegt hatte.

Wenn ein paar zusätzliche Pfunde und neue Kleidung nötig waren, um diesen Funken zu erhalten, dann machte ihr das nichts aus. Widerstrebend zog sie die Schuhe wieder an, auch wenn es sich so anfühlte, als wären ihre Füße in der Minute, in der sie keine Schuhe getragen hatte, um eine Schuhgröße gewachsen. Sie drückte die Schlafzimmertür auf und versuchte, nicht zu schwanken, als sie den Raum betrat. Jerry lag auf dem Bett, trug seine Lesebrille und tippte wie ein Verrückter, während sein hellbraunes Haar noch ordentlich gekämmt und gescheitelt war. Er trug seinen blauen Nadelstreifenanzug, der für Hochzeiten und Beerdigungen vorbehalten war – und den er auch auf ihrer Beerdigung getragen hatte.

Unbewusst rieb er seine nur mit Socken bekleideten Füße aneinander, wie es auch Daniel immer tat, wenn er völlig von einem Film gefesselt war. Wären da nicht der glänzende schwarze Arbeitslaptop auf seinem Schoß und der Berg an Papieren auf dem breiten Himmelbett gewesen, hätte sie sich sofort auf ihn gestürzt. Stattdessen schlich Lillian durchs Zimmer, und ihre Schritte waren dank des dicken schokoladenfarbenen Teppichs nicht zu hören.

»Hey, wie kommst du voran?«, flüsterte sie und strich über das glatte Kirschholz eines Bettpfostens. Jerry sah vom Bildschirm auf und nahm seine Lesebrille ab. Ein strahlendes Lächeln stahl sich auf seine Lippen.

»Oh, hallo. Das ist ja eine nette Überraschung. Wie läuft es da unten? Stehst du die Sache durch?«

»Ja. Wir sind zwar noch nicht mal halb fertig, aber eines der Kamera-Batteriepacks hatte eine Fehlfunktion, daher machen wir eine Pause.«

»Hmmm«, murmelte er und biss in den mit Gummi überzogenen Brillenbügel. »Dann verrat mir doch mal, wie die berüchtigte Genevieve Randall so ist. Ist sie wirklich so unheimlich, wie sie im Fernsehen wirkt?«

Jerry war kein Fan von Genevieve Randall. Er bezeichnete sie immer als falsch und überkandidelt. Lillian fand das unglaublich süß von ihm.

»Noch schlimmer. Ich glaube fast, sie ist ein Roboter.«

»Aha, ein guter oder ein böser?« Jerry zog schelmisch die Augenbrauen hoch.

»Natürlich ein böser, andere gibt es doch gar nicht.«

»Touché.« Er lachte. »Und, wie behandelt der Roboter meine Frau? Versucht er bereits, ihren Körper zu übernehmen?«

»Das waren doch die Körperfresser. Du solltest dein Sci-Fi-Wissen mal wieder auf Vordermann bringen.«

»Entschuldige. Roboter sind also keine Körperfresser. Verstehe.« Er klappte seine Brille zusammen und setzte sich etwas aufrechter hin. »Jetzt aber mal im Ernst: Wie ist sie so? Unterscheidet sie sich irgendwie von den anderen?«

Lillian schüttelte den Kopf, starrte einen unsichtbaren Fleck am Bettpfosten an und versuchte, möglichst beiläufig zu klingen. »Nein, sie ist wie all die anderen Reporter. Sie versucht, Emotionen und die ›wahre Geschichte‹ aus mir rauszuholen. Du weißt schon, was ich meine.«

»Ja, ich weiß.« Er klappte den Laptop zu und schob ihn unter das Bett. »Komm her und entspann dich ein wenig.« Er rutschte ein Stück und zerknitterte dabei einige der Papiere, um dann auf die freie Stelle neben sich zu klopfen.

»Ich glaube nicht, dass ich da hinpasse.« Lillian seufzte und musterte den freien Platz auf dem Bett, wobei sie an ihren neuerdings beachtlichen Hüftumfang denken musste. Doch er wiederholte die tätschelnde Bewegung und ließ ihre Ausrede nicht gelten. Sie streifte ihre hochhackigen Schuhe ab und zog skeptisch eine Augenbraue hoch, was Jerry jedoch ignorierte. Er legte ihr einen Arm um die Taille und hielt sich mit den Fingern an einer Gürtelschlaufe fest.

»Ach, wir sorgen schon dafür, dass es passt.« Mit einem schnellen Ruck zog er sie auf die warme Stelle, auf der er eben noch gesessen hatte, und legte seine Beine um ihre. Er drückte ihren Kopf unter sein Kinn, sodass ihre Wange direkt über seinem Herzen lag.

Ihr stieg der Geruch seines guten Rasierwassers in die Nase, das sie ihm bei *Macy's* gekauft hatte, als er im Jahr vor ihrer

Fidschireise zum Partner in seiner Kanzlei gemacht worden war. Er trug es nur bei besonderen Gelegenheiten wie an einem wichtigen Tag bei Gericht oder wenn sie mal richtig ausgingen und nicht nur schnell bei Taco Bell etwas aßen oder sich bei Walmart nach Stapelkisten umsahen. Aber er war auch nicht wie andere Männer, die sich mit Rasierwasser übergossen, bis sie leicht entflammbar waren. Nein, wie bei allem anderen war auch dieser Aspekt seines Lebens gemäßigt und konservativ; daher genehmigte er sich nur einen Sprühstoß. Lillian vergrub die Nase in seiner Kehlgrube und atmete tief ein.

»Du weißt, dass du das nicht tun musst.«

»Ja, das weiß ich.« Sie hielt inne und überlegte, wie sie es ihm ein weiteres Mal erklären konnte. »Aber ich möchte es.«

Jerry lag ganz still, hatte den rechten Arm um seine Frau gelegt und streichelte ihren freien Arm. Seine leichte Berührung bewirkte, dass sie erschauderte. Sie legte den Kopf in den Nacken, damit sie seinen Hals küssen konnte.

Währenddessen versuchte sie, sich vorzustellen, was gerade in Jerrys Kopf vor sich ging. In solchen Augenblicken wollte sie am liebsten einfach die ganze Geschichte erzählen, damit es keine Geheimnisse mehr zwischen ihnen gab. Aber dann kam sie doch immer wieder rechtzeitig zur Besinnung, erinnerte sich daran, warum sie standhaft bleiben musste, und rief sich ins Gedächtnis, was sich alles verändern würde, wenn er Bescheid wüsste.

»Aber warum möchtest du das alles noch einmal durchmachen? Ich dachte, du verabscheust den Presserummel?« Sie spürte seinen warmen Atem an ihren Haaren, als er ihr einen Kuss auf den Kopf drückte.

»Ich möchte, dass es vorbei ist, und ich hoffe, dass man uns in Ruhe lassen wird, wenn alle endlich die ganze Geschichte gehört haben. Und du hast gesagt, dass diese Exklusivklausel im Vertrag bindend ist. Das wird das letzte Interview sein, das ich jemals geben werde.«

Er lachte und rieb die Lippen über ihr Haar, als er den Kopf schüttelte. »Ja, das stimmt schon, aber selbst dieser Vertrag hat Schlupflöcher. Du hast zwar einen hervorragenden Anwalt, aber ich muss dir leider sagen, dass diese Geier mehr als ein einziges Interview brauchen, damit sie uns endlich in Ruhe lassen.« Nach einer kurzen Pause fügte er hinzu: »Dann hat Dave ebenfalls zugestimmt und lässt sich interviewen?«

Bei der Erwähnung dieses Namens schlug ihr Herz schneller. Lillian sprach nicht gern mit Jerry über ihn, obwohl dieser behauptete, die Eifersucht wäre verschwunden, diese brennende, leidenschaftliche Eifersucht, die ihre Ehe beinahe wie ein Waldbrand dahingerafft hätte. Aber wenn sie Daves Namen aus Jerrys Mund hörte, ging sie noch immer automatisch in die Defensive.

»Es sieht ganz danach aus.« Sie versuchte, desinteressiert zu klingen. »Einer der Handlanger des Roboters hat es mir heute erzählt. Er sagte, sie fliegen nächste Woche nach Kalifornien, um seinen Teil zu drehen.«

»Dann hast du nicht mit ihm gesprochen?«, hakte er hoffnungsvoll nach.

»Nein, Jerry«, fauchte sie. »Ich habe nicht mit David gesprochen …« – Lillian knirschte mit den Zähnen. Sie sollte ihn wirklich nicht mehr so nennen – »… ich meine Dave …, seitdem du mich gebeten hast, es nicht mehr zu tun. Und das ist fast fünf Monate her.« Sie bekam die Worte nur stockend heraus. Wenn Jerry gewusst hätte, was für eine gute Lügnerin sie war, dann hätte er ihre armselig hervorgebrachte Verteidigung nicht angezweifelt. Wirklich gute Lügen wurden eloquent vorgebracht und waren gut durchdacht. Die Wahrheit wirkte dagegen oft armselig. Aber Jerry hatte ja keine Ahnung.

Er nahm seine Hand von Lillians Arm und ließ sie über die Bettkante baumeln. »Hmmm, okay. Als ich das letzte Mal mit Beth gesprochen habe, sagte sie mir, dass sie keine Interviews mehr geben würden. Daher hat es mich einfach überrascht.«

»Wann hast du denn mit Beth gesprochen?« Sie rückte ein Stück von ihm ab, damit sie ihm ins Gesicht sehen konnte. Jerry und Beth hatten sich in den Tagen nach dem Absturz kennengelernt und danach trotz der Entfernung Kontakt gehalten. Sie war sich allerdings nicht bewusst gewesen, dass sie noch immer miteinander sprachen. Solange es diese direkte Verbindung gab, konnte Lillian sich nicht sicher fühlen.

»Ach, vor ein paar Monaten.« Er wedelte abwehrend mit einer Hand in der Luft herum. »Sie hat mich im Büro angerufen, da sie ein paar Fragen zu dem Carlton-Vergleich hatte. Sie sagte, sie würden keine Interviews mehr geben, weil sie erneut versuchen, ein Kind zu bekommen, und sie nicht wollen, dass der Stress sich negativ darauf auswirkt.« Jerry zuckte mit den Achseln. »Vielleicht ist das aber auch kein Problem mehr, jetzt, da sie bereits schwanger ist.«

»Das ist gut möglich.« Lillian hob eine Schulter und machte Jerrys lässige Bewegung nach, auch wenn sie viel lieber losgeheult hätte. Jerry legte eine Hand zwischen ihre Schulterblätter und zog sie an sich.

»Und, worüber habt ihr bisher gesprochen?« Offensichtlich wollte er lieber das Thema wechseln, und das war Lillian nur recht.

»Über den Absturz und das, was direkt danach passiert ist. Wir waren noch nicht sehr weit gekommen, als die Kamera ausfiel. Aber ich kann dir versichern, dass Genevieve Randall bis jetzt nicht zufrieden ist.«

»Ich dachte, Roboter hätten keine Gefühle.«

»Tja, der da unten kann zumindest genervt sein, so viel steht fest.«

Jerry lachte und ließ nicht locker. »Was kommt als Nächstes?«

»Ähm, bei den nächsten Fragen auf meiner Liste geht es vor allem ums Überleben. Ist dir schon mal aufgefallen, dass alle diesen Teil besonders spannend finden? Genevieve wird jedoch ziemlich enttäuscht sein, weil ich daran so gut wie keinen Anteil hatte. Dave und Kent haben den Großteil erledigt. Ich war die Sammlerin und die beiden Männer gingen auf die Jagd – völlig sexistisch.«

»Ich denke, die Feministinnen werden es dir verzeihen.«

»Das werden wir ja sehen. Bestimmt bekomme ich wieder tonnenweise Briefe, in denen das Gegenteil steht. Irgendwie scheint die ganze Welt eine Meinung zu allem zu haben, was ich sage, auch wenn ich sie gar nicht hören will. Wie dem auch sei …« Sie drückte sich fester an ihn und schob ihre Hände, die auf einmal kalt geworden waren, unter seinen Körper. »Danach werden wir über die anderen reden, über Margaret, David, Kent – und zu guter Letzt … Paul.«

Sie flüsterte den letzten Namen, als wäre er ein Geheimnis. Jerrys Unterkiefer verspannte sich; sie spürte es an ihrem Kopf. Sie war froh, dass sie ihn jetzt nicht ansehen musste.

»Das wird Genevieve Randall bestimmt so richtig auskosten.« Er klang wütend, aber Lillian war sich nicht sicher, auf wen genau er wütend war. »Vielleicht komme ich gegen Ende eine Weile runter, wenn du bei eurer Rettung angekommen bist. Nach dem Teil mit … Na ja, du weißt schon.« Er sprach nicht weiter, und obwohl sie einander umschlungen hatten, kam es ihr in diesem Augenblick so vor, als lägen Meilen zwischen ihnen.

»Weißt du was, Jer? Bleib lieber oben. Das ist in Ordnung. Wenn es dir so schwerfällt, dann musst du dir das nicht antun.«

»Mein Gott, du weißt, dass ich diesen Teil der Geschichte kaum ertragen kann. Ich möchte das nie wieder hören.«

Lillian drückte sich von Jerrys Brust weg und setzte sich aufrecht hin. »Tja, es tut mir wirklich leid, dass das schwer für dich ist, Jerry, denn wir wollen ja auf gar keinen Fall, dass *du* dich bei der Sache unwohl fühlst. Anscheinend hast du vergessen, dass es für mich nicht nur irgendeine *Geschichte* ist. Es ist mein *Leben.*«

Jerry stützte sich auf einen Ellbogen. »Kannst du mir das denn verdenken? Allein die Art, wie du über ihn redest. Wie sehr du ihn geliebt hast. Wie sollte ich da nicht eifersüchtig sein?«

»Keine Ahnung. Ich kann nachvollziehen, dass du eifersüchtig auf David bist – das kann ich wirklich. Er ist nur ein paar Stunden entfernt in Kalifornien. Aber Paul? Paul ist tot, Jer. Wie kannst du da noch eifersüchtig sein?«

Jerry rieb an einem der dunkelblauen Knöpfe an seinem Sakko herum. »Du liegst verdammt richtig damit, dass ich eifersüchtig auf *David* bin, da der Kerl ganz offensichtlich in dich verliebt ist. Aber damit kann ich leben. Du hast mich ihm schließlich vorgezogen. Nachdem du nach Hause gekommen bist, hättest du mit Dave zusammen sein können. Er würde die arme Beth wahrscheinlich jetzt noch ohne zu zögern verlassen, wenn du ihn darum bittest.«

»Das ist doch lächerlich.«

»Nein, lächerlich ist nur, dass du es noch immer leugnest. Du siehst eben nicht, was ich sehe, und es abzustreiten, wirkt einfach nur naiv.« Er klang, als wäre er der Ankläger im Gerichtssaal, und Lillian ärgerte sich über seine herablassende Haltung.

»Ich bin naiv? Was ist denn mit der ›armen Beth‹? Du bist doch selbst total naiv. Wenn du wüsstest, was ich alles über diese Frau weiß, dann würde sie dir nicht so verdammt leidtun.« Sie schlug auf die cremefarbene Tagesdecke.

»Das musst du mir jetzt aber erklären. Ich bin ganz Ohr. Denn das eben« – er deutete mit einem zitternden Zeigefinger auf sie – »klang für mich eher nach einer eifersüchtigen Geliebten als nach einer besorgten Freundin.«

»Nein, da ist nichts dergleichen.« Sie wedelte kapitulierend mit den Händen in der Luft herum. »Vergiss es bitte. Ich möchte diese ganze Dave-Geschichte nicht noch einmal mit dir durchkauen.«

Mit gerunzelter Stirn musterte er ihr Gesicht. Lillian war sich nicht sicher, was er darin zu sehen hoffte. Sie hielt den Kopf erhoben, als hätte sie nichts zu verbergen. Dann sah sie, dass seine sonst so harten Augen glänzten und sein Blick unsicher wirkte. Es kam nicht sehr häufig vor, dass dieser ansonsten so selbstsichere Mann an sich zweifelte. Der Knopf, an dem Jerry herumgedreht hatte, fiel auf das Bett. Er hob ihn mit einer Miene auf, bei der man denken konnte, er hätte etwas wesentlich Bedeutenderes als einen simplen Knopf verloren.

»Wir sind anscheinend noch immer nicht so weit, dass wir über ihn reden können«, meinte er und starrte weiterhin den Knopf an. »Aber damit komme ich klar. Du hast dich für uns entschieden. In gewisser Hinsicht tut mir Dave sogar ein bisschen leid. Versteh mich nicht falsch, ich kann den Kerl trotz allem nicht ausstehen, aber zumindest verstehen wir einander. Ich bin eifersüchtig auf die Zeit, die ihr beide zusammen verbracht habt, und er ist neidisch darauf, dass wir eine gemeinsame Zukunft haben. Das kann ich ihm nicht verdenken. Aber Paul?« Er hielt inne und sah sie unsicher an. »Ich denke, es gibt nichts, was du nicht für ihn tun würdest. Du würdest all das hier aufgeben, wenn du ihn dadurch zurückbekommen könntest.«

Lillian klappte den Mund auf und wollte es schon leugnen, aber sie konnte es nicht. Paul zu verlieren und ihn neben Margaret in dem heißen, trockenen Sand der Insel begraben zu müssen, war das Schrecklichste, was sie in ihrem Leben erlebt hatte. All das Leid auf der ganzen Welt konnte es nicht mit dem aufnehmen, was sie in diesem Moment empfunden hatte. Sie hatte neben seinem Grab gelegen, bis Dave sie schließlich weggezerrt hatte. Als sie ihn verlor, war in ihr nichts als Trauer gewesen, und sie hatte geglaubt, da würde nie wieder Platz für etwas anderes sein. Das zu leugnen wäre fast so, als würde sie behaupten, er hätte nie existiert. Das wäre so, als würde sie ihn noch einmal verlieren.

Jerry wischte ihr eine Träne von der Wange und legte kurz seine Hand darauf.

»Hab ich es mir doch gedacht.« Er setzte sich auf, und die Papiere, die er völlig vergessen hatte, knisterten unter ihm. »Sein Tod war eine Tragödie. Es tut mir sehr leid, dass du das durchstehen musstest, aber ich wünsche mir mehr als alles andere auf der Welt, dass du ihn loslässt und an deine Familie denkst, die noch immer da ist und die dich braucht.« Jerrys Stimme brach, und ihm stiegen Tränen in die Augen. Als Lillian ihn derart zusammenbrechen sah, war es um ihre Selbstbeherrschung geschehen.

»Er fehlt mir so sehr, Jerry. Er hätte nicht sterben müssen. Warum konnte ich ihn nicht beschützen? Du hättest ihn kennenlernen sollen, dann würdest du mich verstehen. Ich finde es ganz furchtbar, dass du das nicht kannst. Und es tut so weh, über ihn zu reden und das alles wieder und wieder durchmachen zu müssen. Weißt du«, sagte sie und fuhr langsam mit einem Finger über seine dunkelblaue Seidenkrawatte, »manchmal wünschte ich mir, ich hätte weder dir noch sonst jemandem je von ihm erzählt.«

Jerry legte seine große Hand auf ihre, die darunter völlig verschwand.

»Manchmal wünsche ich mir das auch.« Er legte einen Arm um sie und zog sie an seine Brust, wo sie ihr Gesicht vor Jerry und all den Erinnerungen, die sie seiner Meinung nach vergessen sollte, verbarg.

»Es tut mir leid, dass ich dieses Thema angeschnitten habe«, flüsterte er ihr ins Ohr. »Nach dem heutigen Tag musst du nie wieder über ihn reden, wenn du das nicht willst. Ich liebe dich, und du bist zu Hause, das ist alles, was zählt.« Sie nickte und rieb die Nase an dem festen Stoff seines Oberhemds. »Ich möchte es wiedergutmachen. Lass uns heute Abend ausgehen, nur wir beide. Ich besorge uns einen Babysitter, während du das restliche Interview durchstehst, okay?«

»Das ist wirklich süß, aber ich möchte heute Abend nicht weggehen, Jer«, erwiderte sie und wischte sich die Nase am Blusenärmel ab, wobei sie einen dunklen Strich auf dem teuren grünen Stoff hinterließ. »Verdammt! Das hat mir gerade noch gefehlt!«

»Keine Sorge. Wir bringen das schon wieder in Ordnung.« Er schob ihr einige lose Haarsträhnen hinter die Ohren, die an den Tränenspuren in ihrem Gesicht klebten. »Aber heute Abend bringe ich die Kinder ins Bett und mache was zu essen. Was hältst du davon, wenn wir uns dann einen Film ansehen? Nichts mit Flugzeugabstürzen und Naturkatastrophen, das verspreche ich.«

Er schenkte ihr ein reumütiges Lächeln, wie es Josh auch immer aufsetzte, wenn er Schmutz im Wohnzimmer verteilte, oder Daniel, wenn er lieber Pizza statt Hühnchenauflauf zum Abendessen haben wollte. Der Macht dieses Lächelns war sie einfach nicht gewachsen.

»Jetzt kümmer dich aber erst mal um dein Aussehen, bevor sie weiterdrehen wollen.« Er tätschelte ihr Haar, das dank zahlreicher Festiger und Sprays fast wie ein Helm saß. »Mein Hemd hat leider einen Teil deines Make-ups abbekommen.« Auf dem Stoff zeichneten sich Mascara- und Eyelinerflecken ab, ebenso wie Überreste der pudrigen Grundierung.

»Oh nein, dein Lieblingshemd.« Lillian strich über die Flecken und Streifen und fügte das Hemd innerlich zu der Liste an Dingen hinzu, die sie ruiniert hatte.

»Mach dir keine Sorgen, das geht schon wieder raus.« Jerry winkte ab. »Und selbst wenn nicht, ist es bloß ein Hemd.«

»Ja, aber …«, wollte Lillian schon dagegenhalten, doch er beugte sich vor. Als sich ihre Lippen berührten und es sich so gut wie immer anfühlte, wurde es in ihrer Brust ganz warm, und sie konnte spüren, wie sein Herz unter ihren Fingerspitzen klopfte. Er nahm ihre Schultern, drückte sie auf das mit Papieren übersäte Bett und brachte sie zum Kichern, während er sie weiter küsste. Als er einen heißen Pfad aus Küssen über ihren Hals und ihre Schulter bahnte und dann in ihr Dekolleté vordrang, vergaß sie die chaotischen Gedanken, die ihr durch den Kopf rasten, und spürte ganz deutlich, was ihr so viel bedeutete: Sie war zu Hause.

# 10

## Lily – Tag 2

*Irgendwo im Südpazifik*

Wärme dringt durch mein Shirt, und ich erwache aus dem unruhigen Schlaf, in den ich irgendwann im Laufe der Nacht gefallen bin. Dann stürzt alles wieder auf mich ein. Die Erinnerungen an den Absturz fluten über mich hinweg, drohen mich zu überschwemmen und sind so erschreckend klar, als wären sie in HD-Qualität aufgezeichnet worden. Das heftige Rucken des Flugzeugs, das schreckliche Geräusch, das Theresas Körper beim Aufprallen an der Decke machte, das viele Blut, das dick und heiß über Margarets Gesicht floss, Kents wilder, irrer Blick. Wenn ich mich zu lange auf eine Erinnerung konzentriere, wird das Video vor meinem inneren Auge erneut abgespielt und mir ist, als müsste ich es noch einmal durchleben.

Aber ich will mich nicht erinnern, jedenfalls nicht so. Das ist zu schmerzhaft und zu frisch. Also spule ich vor zu den endlosen Stunden nach dem Absturz und zu dem betäubenden, kalten Regen. Ich erinnere mich nicht mehr an viele Einzelheiten außer dem Geräusch meiner klappernden Zähne, das trotz des Donners zu hören war, und dem Schlagen der Wellen. Doch diese Erinnerung ist viel besser.

Jetzt, da die Sonne auf uns herabscheint, weiß ich nicht, wie viel Zeit seit dem Absturz unseres Fliegers vergangen ist. Die Sonne brennt auf meiner Haut, was bedeutet, dass ich am Leben bin – aber natürlich auch, dass wir noch nicht gerettet wurden. Meine Augen schmerzen, als würden sie versuchen, aus dem, was von meinen Körperflüssigkeiten noch übrig ist, Tränen zu machen. Das Sonnenlicht, das durch meine Augenlider dringt, ist hellgelb und tut schon weh, bevor ich die Augen überhaupt aufmache. Grund Nummer siebenundfünfzig, es gar nicht erst zu tun.

Es ist grässlich, dass meine Gedanken keine Ruhe finden und immer wieder alle Möglichkeiten durchgehen, über die ich eigentlich gar nicht nachdenken will. Eine Erkenntnis sorgt schließlich dafür, dass ich schlagartig hellwach werde: Mein Schoß ist leer. Margaret ist verschwunden.

Selbst in diesen trüben letzten Erinnerungen, bevor mich der Schlaf und die Leere übermannt haben, tröstete mich der Gedanke, sie schwer auf meinen Beinen zu spüren. Nun ist da eine seltsame Leere. Es erinnert mich daran, wie ich zum ersten Mal Josh in den Armen hielt und wusste, dass dieses Geschöpf sich zuvor an der jetzt leeren Stelle in mir befunden hatte. Ich muss Margaret finden, nach Hause bringen und neben Charlie begraben.

Nur mit Mühe bekomme ich meine verklebten Augen auf, und Sand reibt über meine Augäpfel. Nein, das ist kein Sand, vielmehr reiben sich die Unterseiten meiner Lider an den Augen, als hätte ich keine Tränenflüssigkeit mehr. Bin ich schon so dehydriert?

Erst nachdem ich gefühlte tausend Mal geblinzelt habe, schaffe ich es, die Augen offen zu halten. Selbst dann werde ich noch vom Sonnenlicht geblendet und komme mir vor wie ein Maulwurf, der seinen sicheren unterirdischen Tunnel verlässt. Als ich schon glaube, ich wäre auf Dauer blind geworden, kommt auf einmal ein Tränenschwall. Wieder schließe ich die Augen und will keinen Milliliter der kostbaren Flüssigkeit vergeuden, bevor sich meine Augen wieder anfühlen, wie ich es gewohnt bin. Irgendwann muss ich sie allerdings aufmachen. Davon, dass ich die Augen geschlossen halte, wird sie ja auch nicht wieder lebendig.

Das erinnert mich an dieses seltsame Experiment aus dem Physikunterricht auf dem College, bei dem die Katze in der verschlossenen Kiste gleichzeitig tot und lebendig ist. Was haben diese Irren gesagt? Erst wenn man hinschaut, erkennt man, dass nur eins von beiden wirklich der Fall ist. Ich schätze allerdings, dass man irgendwann hinsehen *muss,* wenn man nicht am Ende eine verweste Katze in der Kiste haben will.

Ich öffne langsam die Augen und blinzle, da es so unglaublich hell ist. Anscheinend befinde ich mich noch an derselben Stelle, an der ich eingeschlafen bin. Auf der gegenüberliegenden Seite des Bootes sitzt Kent mit dem Rücken zu mir und hält wohl immer noch Ausschau nach Theresa in dem endlosen Blau, das uns umgibt.

Seine Schädeldecke ist leuchtend rot, und auch unter seinem dünnen, kurz geschnittenen Haar zeichnet sich ein Sonnenbrand ab. Sein weißes Pilotenhemd steht offen, und darunter sieht man ein enges, dünnes Unterhemd, das er in seine mit einem Gürtel versehene Khakishorts gesteckt hat. Seine Knie haben dieselbe Farbe wie sein Schädel. Meine Nase schmerzt, als ich mir die Augen reibe und sie dabei berühre. Offenbar habe ich dort auch einen Sonnenbrand.

Zu meiner Rechten schläft Dave tief und fest. Sein Kopf liegt auf der Seite des Bootes und wackelt bei jeder noch so kleinen Welle auf und ab, und er hat sein Gesicht tief in seinen verschränkten, von der Sonne gebräunten Armen verborgen. Offenbar gehört er zu den Menschen, die einfach braun werden und keinen Sonnenbrand bekommen. Da hat er großes

Glück, denn die Sonne steht hoch am Himmel über uns. Er atmet ruhig, und bei seinem Anblick lässt meine Angst ein wenig nach.

Ich bewege den Kopf zu allen Seiten, was zwar ein wenig schmerzt, mich jedoch auch ablenkt. Mitten in der Bewegung halte ich inne, als ich einen Stofffetzen neben Dave entdecke. Es ist Margarets Hosenanzug, der neben Dave auf der Bank liegt und viel zu groß und verbeult aussieht, um leer zu sein.

Vorsichtig bewege ich mich über die Bank, und meine Arme schmerzen, als hätte ich gestern Abend im Fitnessstudio hart trainiert. Meine Schulter tut auf andere und neue Weise weh, aber ich kann mir nicht die Zeit nehmen, um die Ursache dafür herauszufinden. Ich muss Margaret helfen. Um meine Schulter kann ich mich kümmern, wenn wir gerettet worden sind.

Ihre Füße zeigen in Daves Richtung, der noch immer schläft. Ihr Kopf und ihre Schultern sind von ihrem Blazer bedeckt, der auf einer Seite rot verfärbt ist von dem Blut, das ich in der vergangenen Nacht mit ihm aufgewischt habe. Ich schlucke schwer, und meine Kehle fühlt sich so trocken an, als würde die Haut in meinem Inneren aneinanderkleben.

Ich möchte mich nicht daran erinnern, wie sie letzte Nacht ausgesehen hat. An das Blut – wie heiß es sich anfühlte –, an ihre klaffende Wunde und daran, wie ich bei näherem Hinsehen den Schädelknochen darunter erkennen konnte. Mein leerer Magen zieht sich zusammen. Will ich wirklich sehen, was sich unter ihrem Blazer befindet?

Ja, ich muss sie noch einmal anschauen. Ich muss mich vergewissern, dass sie tot ist. Ein Großteil der letzten Nacht kommt mir eher vor wie ein Albtraum, und ich muss wissen, dass das alles wirklich passiert ist. Ich strecke eine zitternde Hand aus, bis meine Fingerspitzen den weißen Stoff berühren, der von Blut und Salz ganz steif geworden ist. Mit Daumen und Zeigefinger hebe ich ihn langsam an.

Zuerst sehe ich ihr sandfarbenes Haar. Es sieht ganz weich aus und erinnert mich an eine Pusteblume. Ich will es schon berühren, aber als ich den Blazer weiter anhebe, entdecke ich schwarze Flecken aus getrocknetem Blut, das sich in dicken Klumpen in ihrem Haar gesammelt hat.

Ich muss das jetzt ganz schnell machen, sonst verlässt mich die Kraft. Nachdem ich mir noch einmal über die Lippen geleckt habe, bohre ich meine Fingernägel in den Polyesterstoff und nehme meinen ganzen Mut zusammen. Mit einer schnellen Bewegung reiße ich den Blazer hoch, woraufhin er auf meinen Schoß fällt. Dann zwinge ich mich, hinzusehen.

Eigentlich hatte ich mit einer entstellten Gestalt gerechnet, mit offenen Augen, blutiger Haut und Knochen … aber stattdessen sehe ich nur eine schlafende Frau. Jemand hat ihren Kopf verbunden und ihr Gesicht gewaschen. Ihre Augen sind geschlossen, und sie sieht auf gewisse Weise friedlich aus. Ich streiche mit einem Finger über die nicht bandagierte Seite von Margarets Gesicht und fahre über die Lachfalten und die feinen Fältchen rings um ihren Mund. In diesem kurzen Moment liebe ich sie und trauere um sie, als wäre sie meine Mutter gewesen.

Etwas blitzt im Sonnenlicht auf. Eine Goldkette ruht in den Falten an Margarets Hals und fällt über ihr Schlüsselbein. Margaret trägt Charlies Ehering immer an einer Goldkette bei sich. Immer. Mir ist es egal, dass ihre Haut kalt und steif sein wird oder dass ich meine Hand in ihr mit schwarzem Blut verkrustetes Haar schieben muss, um die Schließe zu finden. Ich will diesen Ring haben. Er symbolisiert für mich Jerry und mein Zuhause.

Als ich mir die Kette ansehe, die durch Blut und Schweiß an ihrer Haut klebt, scheint sich das schlangenartige Band leicht zu bewegen. Das muss eine Lichtspiegelung sein. Ich kneife die Augen zusammen und sehe etwas: Unter Margarets Haut zeichnet sich eindeutig und unmissverständlich ein Pulsschlag ab.

»Du bist ja wach, Lillian.« Es ist Dave. Er hat sich aufrecht hingesetzt, und seine schwarzen Locken liegen an einer Seite platt am Kopf an. Mein Mund ist zu trocken, als dass ich einen Ton herausbringen könnte. Ich deute geschwächt auf den Stoffhaufen vor mir und grunze.

David lächelt traurig und nickt. »Sie ist am Leben.«

Meine Augen brennen, als müsste ich weinen, aber es kommen keine Tränen, was vermutlich ein gutes Zeichen ist.

»Sch, sch, ganz ruhig. Es ist okay.« Das Boot schwankt, und auf einmal sitzt Dave neben mir. Als er den Arm um mich legt, kommt es mir ganz natürlich vor, dass ich mich an ihn lehne, meinen Kopf an seiner Schulter vergrabe und weine.

Er hält mich fest, und obwohl er nach Schweiß und Salzwasser riecht, rede ich mir ein, er wäre Jerry, und denke: *Alles wird wieder gut.* Irgendwann lässt mein Schluchzen nach und ich höre auf zu weinen, aber ich bleibe so sitzen. Ich mag nicht von ihm abrücken.

»Hat das geholfen?« Seine Hand liegt warm auf meiner Wange und schiebt mein verknotetes Haar nach hinten.

»Ja, hat es … Wie hast du das gemacht?« Eigentlich möchte ich viel lieber wissen, ob Margaret überleben wird, aber die Antwort auf diese Frage kenne ich bereits.

»Ich habe überhaupt nichts gemacht.« Dave schnaubt, als hätte ich etwas Witziges gesagt. »Kurz vor dem Morgengrauen hat es endlich aufgehört zu regnen und ich habe versucht zu schlafen, aber es war so kalt, dass ich nicht einschlafen konnte … Und dann habe ich jemanden reden gehört. Als ich die Augen aufgemacht habe, saß sie da, kreidebleich wie ein Geist, und sagte die verrücktesten Sachen, die ich je gehört habe. Mit dem getrockneten Blut im Gesicht und in den Haaren sah sie aus, als wäre sie das Opfer in einem Horrorfilm. Dann, einfach so« – Dave schnippt mit den Fingern – »verlor sie wieder das Bewusstsein. Ich habe vorsichtig ihren Puls und ihre Atmung überprüft, und sie war definitiv am Leben. Das ist sie vermutlich immer noch.«

»Und dann hast du ihren Kopf verbunden?« Ich versuche, ihn direkt anzusehen, aber der stechende Schmerz in meiner Schulter verhindert, dass ich mich bewegen kann.

»Nein, das war Kent.«

»Kent?«

»Ja, anscheinend war er mal bei den Pfadfindern oder so.«

»Das ist echt beeindruckend. Ich habe wirklich geglaubt, du hättest das gemacht.«

»Tja, das wollte ich auch, aber ...«

»Aber er hat es so verkehrt angefangen, dass ich das lieber übernommen habe«, unterbricht ihn Kent und zieht die Augenbrauen hoch. »Dein Freund hier hat fast den ganzen Reinigungsalkohol an Oma verschwendet, aber wir müssen schon noch was davon für uns aufheben, wenn wir diesen Scheiß hier überleben wollen.« Bei dem Wort »Freund« versteift sich Dave und lässt mich los.

»Vielen Dank, wem immer er auch gebührt.« Ich schaue zwischen den beiden Männern hin und her. »Das ist mein Ernst. Mir ist klar, dass es ihr sehr schlecht geht, aber wenn sie noch etwas länger durchhält, dann kann ihr vielleicht die Rettungsmannschaft helfen, wenn sie eintrifft.«

»Pff, ja, vielleicht.« Kent verdreht die Augen.

»Kent, benimm dich doch mal für einen Augenblick wie ein Mensch«, weist Dave ihn zurecht.

»Ach, Schätzchen, ich meine es doch nicht böse.« Jetzt macht er sich über mich lustig. »Es ist ja nicht so, als würde ich wollen, dass Oma es nicht schafft. Ich wünsche ihr doch auch, dass sie bald wieder Tennis spielen oder sonst wie ihre Zeit totschlagen kann. Ich will damit nur sagen, dass wir nicht darauf zu hoffen brauchen, so bald aus dieser blauen Wüste gerettet zu werden. – Die Zeit wird immer knapper«, fährt er fort. »Der

Absturz ist fast vierundzwanzig Stunden her, Schätzchen, und eines kann ich dir mit Sicherheit sagen.« Er deutet mit einem dicken, fleischigen Finger direkt auf mich. »Sobald sie unser Flugzeug entdecken, das jetzt auf dem Meeresboden liegt, werden sie nicht mehr sehr intensiv nach uns suchen. Das kann ich ihnen auch nicht verdenken. Wir haben kein Wasser außer dem salzigen Zeug um uns herum.« Er breitet die Arme aus und deutet auf das Wasser um uns herum, als hätten wir nicht selbst längst gemerkt, dass wir uns mitten auf dem Ozean befinden. »Wir haben nichts zu essen und auch nichts, das wir als Signal benutzen können, um unsere Position anzuzeigen. Die Batterie der Bake, die an diesem armseligen Boot befestigt war, ist nicht zu gebrauchen. Daher sollten wir nicht damit rechnen, dass uns irgendjemand findet.« Dann beugt er sich vor, verschränkt seine schwielenbedeckten Hände vor sich und sieht mir in die Augen. »Baby, du solltest lieber traurig darüber sein, dass deine Mama noch atmet, denn sie hätte den einfachsten Ausweg aus dieser Situation nehmen können.«

Tja, eins muss ich zugeben: Kent hat so eine gewisse Art an sich, die Dinge direkt und auf brutal ehrliche Weise beim Namen zu nennen. Das ist wie ein Schlag ins Gesicht – es tut einen Moment lang weh, aber wenn der Schreck vorüber ist, hat man auf einmal einen viel klareren Kopf.

»Großer Gott.« Ich streiche mit einer Hand über Margarets zarte Löckchen, die unter dem schützenden Blazer hervorlugen. Möglicherweise hat er recht.

»Schön, dass hier wenigstens mal einer auf mich hört«, murmelt Kent, dem meine Qualen eine Art perverser Befriedigung zu verschaffen scheinen.

»So langsam wünsche ich mir, wir hätten dich doch ins Wasser springen lassen, Kent.« Dave starrt ihn wütend an und nimmt meine Hand, was mich zuerst erschreckt. Eigentlich habe ich nichts dagegen, aber ich habe diesen Mann doch gerade erst kennengelernt. »Okay, die Sache sieht nicht gut für uns aus, das ist mir auch klar. Aber wir müssen uns zusammenreißen, Lillian. Man weiß nie, was passiert. So leicht wird uns Carlton-Joghurt nicht aufgeben. Das ist ein PR-Albtraum, wenn ihr meine professionelle Meinung hören wollt. Selbst wenn sie uns nicht finden, könnten wir einem Fischerboot begegnen, eine Schifffahrtsroute kreuzen oder von einem Hubschrauber entdeckt werden. Es gibt so viele Möglichkeiten. Allerdings wird es eine Weile dauern. Wir müssen Geduld haben und warten, so schwer es uns auch fällt.«

»Aber Margaret hat diese Zeit nicht. Wir wissen doch alle, dass sie hier draußen nicht lange überleben wird.« Ich deute auf ihren reglosen Körper. »Und alles, was ich denken kann, ist: Wir sind die Nächsten.«

»Du musst an die schönen Dinge denken, Lillian. Denk an deine Kinder, an dein Leben zu Hause und an deinen Mann. Ach … da ist noch etwas«, sagt er derart gut gelaunt, dass es gar nicht zu unserer ernsten Lage passen will. Er lässt meine Hand los und stolpert auf seine Seite des Bootes.

»Jetzt bin ich aber gespannt.« Kent bleibt weiterhin zynisch.

Dave watet durch die Ansammlung aus Salzwasser, Blut und Seetang am Boden des Bootes und kommt wieder zurück. Als er sich neben mich setzt und mich dabei anstößt, fährt mir ein sengender Schmerz durch die Schulter.

»Als ich die Schwimmweste für Margaret geholt habe, ist mir auch noch was von dir in die Hände gefallen.« Er macht eine dramatische Pause und holt dann meinen babyblauen JanSport-Rucksack hervor. Die untere Hälfte ist ziemlich durchnässt, und oben zeichnet sich ein Salzrand an der Stelle ab, an der das Wasser im Sonnenlicht verdunstet ist. Aber ansonsten ist es dieselbe alte Tasche, die ich seit fünfzehn Jahren mit mir herumschleppe und die schon fast ein Teil von mir geworden ist.

»Wie in aller Welt hast du ihn retten können?« Ich greife danach und streichle fast schon zärtlich den glatten, ausgeblichenen Stoff.

»Das ist eine sehr lange und langweilige Geschichte, die ich dir eines Tages erzählen werde; aber zuerst müssen wir von diesem Boot runter. Siehst du? Es gibt doch noch Dinge, über die man sich freuen kann.« Er zwinkert mir zu und reicht mir die Tasche. »Hier.«

Als ich sie zu mir ziehen will, habe ich das Gefühl, als würde sich ein Angelhaken in mein Schulterblatt bohren. Ich keuche auf und halte inne.

»Bist du verletzt?« Dave lässt die Tasche ein wenig sinken und neigt den Kopf leicht nach links.

»Nein, nein, mir geht es gut. Ähm, könntest du den Rucksack bitte aufmachen? Da müsste noch eine Wasserflasche drin sein.« Dave mustert mich skeptisch, fummelt dann aber doch am Reißverschluss herum. Der klemmt, und Dave muss fest daran ziehen. Sein Ellbogen stößt gegen meinen Arm, und ich zucke zusammen. Langsam hole ich zweimal tief Luft und stoße sie wieder aus. »Die Flasche muss in der Mitte des Rucksacks sein. Sie ist noch voll; ich habe sie gar nicht aufgemacht.« Ich wage einen kurzen Blick zu Kent. »Damit steigen unsere Chancen doch, oder?«

Kent zuckt nur mit den Achseln, setzt sich jedoch etwas gerader hin und sieht immer wieder zu meinem Rucksack hinüber, während Dave ihn langsam öffnet. Ich gehe in Gedanken durch, was sich noch darin befinden könnte: Wasser, Müsliriegel, Margarets Portemonnaie und Schminktäschchen, mein Make-up, mein Buch, Kleidung zum Wechseln, mein völlig ruiniertes Handy, ein Notizbuch sowie einige andere Kleinigkeiten von zu Hause.

Dave wirft einen Blick hinein und zieht den Reißverschluss ganz auf. Dann macht er ein überraschtes Gesicht, steckt seinen Arm hinein und holt eine Halbliterflasche Wasser heraus.

»Na, das ist ja ein Ding!«, sagt Kent erstaunt. Dave wirft ihm die Flasche quer über das Boot hinweg zu, wo Kent sie begierig und so vorsichtig, als wäre sie aus kostbarem Kristall, auffängt. »Pass auf! Diese kleine Flasche enthält unser Lebenselixier. Wir können wenigstens zwei Tage damit auskommen, wenn wir genau dosieren, wie viel wir trinken. Was hast du denn noch so in der Wundertasche?«

Wieder sieht mich Dave an, als wollte er mich stillschweigend um Erlaubnis fragen, bevor er in meinen Habseligkeiten herumwühlt. Ich nicke, und der Schmerz in meiner Schulter bewirkt, dass mir leicht übel wird. Kurz darauf holt er Margarets Portemonnaie und Schminktasche heraus, in dem sich auch Spiegel befinden, mit denen wir Flugzeugen Signale geben können, sowie ein Nähset und diverse Arzneifläschchen, die teilweise noch von der Jahrtausendwende stammen.

Die Stimmung im Boot wandelt sich langsam von fast schon apokalyptisch zu ansatzweise optimistisch. Die Männer sehen sich jeden Gegenstand genau an, sortieren dann alles nach Nützlichkeit und verpacken die Dinge in diversen benutzten Plastiktüten unterschiedlicher Größe. Die Ablenkung ist ebenso ein Gewinn wie die Dinge, die sie aus dem Rucksack holen.

»Sieh mal, Lillian, was ich gefunden habe! Ich kann es nicht fassen, dass es überhaupt noch ganz ist! Wenn es trocken ist, kannst du es vermutlich noch einmal lesen.« Dave tippt mir mit der Schnulze, auf deren Cover sich ein halb nacktes Paar umarmt, auf die Schulter.

»Lass das, du Idiot!«

Dave zuckt zusammen. »Was hab ich denn getan?«

»Nichts … Es ist meine Schulter.« Ich versuche, genug Luft zu bekommen, um weiterreden zu können. »Als du mich eben berührt hast, hat das echt wehgetan.« Wenn ich es nur schaffe, ganz ruhig zu sitzen, wird der Schmerz bestimmt gleich nachlassen.

Dave verschränkt die Arme und sieht mich mit zusammengekniffenen Augenbrauen an, zwischen denen sich eine kleine Falte bildet. Ich wünschte, er würde sich keine Sorgen um mich machen, sondern sich eher um Margaret kümmern.

»Es ist schon okay, mir geht es gut.« Ich gebe mir die größte Mühe, unbeschwert zu klingen.

»Wenn deine Stimme nicht so zittern würde, könnte ich dir das beinahe glauben.«

»Ich … Es ist nicht …« Aber er hat recht, meine Stimme vibriert wie die einer Opernsängerin.

»Siehst du?«, sagt er und legt den Kopf schief. »Darf ich mir die Sache jetzt vielleicht mal ansehen? Möglicherweise bist du schwer verletzt, und wenn wir hier tatsächlich festsitzen, wie *er* zu glauben scheint, dann wollen wir doch nicht, dass sich die Wunde infiziert.«

»Okay.« Mir fällt keine Ausrede mehr ein, also lasse ich zu, dass er die Verletzung untersucht. Ich beiße mir auf die Unterlippe, während er die empfindliche Stelle an meinem rechten Schulterblatt unter die Lupe nimmt.

»Hier ist verdammt viel Blut.« Er saugt mit zusammengebissenen Zähnen die Luft ein. »Ja, das habe ich mir schon gedacht. Lillian, das Blut ist getrocknet, und jetzt klebt dein T-Shirt an der Wunde. Ich weiß nicht, was ich machen soll …« Er hält inne und ruft dann über das Boot: »Kent, kannst du uns mal zur Hand gehen?«

»Ich hab's dir ja gesagt: Wir haben diesen Verbandskasten geleert, bevor der Tag zu Ende ist! Und was dann?« Er kommt langsam zu Dave und mir herüber.

Nachdem er den Platz mit Dave getauscht hat, erkundet Kent mit seinen rauen Fingern die blutige Stelle durch mein T-Shirt. Er öffnet den Verbandskasten und kramt darin herum, bis er ein Päckchen gefunden hat, das er mit den Zähnen aufreißt, um dann das abgerissene Stück ins Meer zu spucken. Das

Boot schwankt, als er einen Arm über den Rand hält und die Hand patschend im Meer bewegt.

»Was hast du …?« Ich kann meine Frage nicht beenden, da ich auf einmal einen stechenden Schmerz spüre. Kent drückt etwas Feuchtes gegen meine Schulter. Wenn ich nicht wüsste, dass Dave einschreitet, sobald mir Kent mit Absicht wehtut, würde ich nicht so stillhalten und langsam und kontrolliert atmen. Abrupt zieht er meinen Arm nach hinten, und es tut so höllisch weh, dass mir schwarz vor Augen wird.

»Du musst nicht so grob sein«, zischt Daves Stimme irgendwo in meinem Rücken.

»Das nennt man Gegendruck. Wenn du das nicht übernehmen willst, dann halt einfach die Klappe.«

»Ist ja gut.« Dave klingt jetzt weniger streitlustig. »Aber sei vorsichtig.«

»Ich muss dein T-Shirt hochziehen.« Kent streicht mir mit einer Hand über den nackten Rücken und zieht den Stoff langsam nach oben. »Das wird jetzt wehtun«, warnt er mich, als er den Stoff aus der Wunde zieht. Dann höre ich erneut zerreißendes Papier, und etwas Grobes wird auf die Wunde gedrückt. Plötzlich brennt der Alkohol in der Wunde, dessen beißender Geruch mir in die Nase steigt, und ich wimmere leise.

»Tut mir leid, Süße, aber die Wunde ist sehr tief.« Er klingt fast so, als würde er es ernst meinen. »Ich muss sie anständig säubern, bevor ich sie schließe.«

»Du willst die Wunde schließen? Wie in aller Welt willst du das denn hinkriegen?«, fragt Dave irritiert.

Ich bin nur noch halb bei Bewusstsein. Wieder wird etwas zerrissen und mit Alkohol getränkt, und dieses Mal reibt Kent fest über meine Verletzung, und es fühlt sich an, als würde er mit Sandpapier hantieren.

»Die Wunde ist zu tief, als dass ich sie einfach verbinden könnte«, erklärt Kent. »Wenn wir sie nicht schließen, wird sie sich infizieren, und dann geht es unserer Kleinen hier bald nicht mehr gut. Schließlich können wir ihr ja nicht einfach ein Antibiotikum geben.«

»Was genau hast du vor, Kent?«, fragt Dave, der immer ungeduldiger klingt.

»Du hast doch gesagt, dass in dem magischen Rucksack auch ein Nähset war, oder? Tja, das probieren wir jetzt gleich mal bei einem kleinen Experiment aus.«

»Vielleicht sollten wir lieber auf das Rettungsteam warten«, erwidert Dave. »Ich will deine Fähigkeiten ja nicht anzweifeln, aber ich gehe davon aus, dass sie für so was ausgebildet wurden.«

»Hast du völlig den Verstand verloren?«, braust Kent auf, wirft das letzte mit Alkohol getränkte Tuch ins Meer, um sich dann aufzusetzen und zu dehnen. »Vergiss nicht, dass uns niemand auf magische Weise retten wird, zumindest nicht in absehbarer Zeit. Wenn wir uns nicht um alles selbst kümmern, finden sie nur noch ein Boot voller Leichen.«

»Es ist in Ordnung«, sage ich leise. »Näh die Wunde jetzt … bitte.«

»Bist du dir sicher, Lillian? Wir können auch noch ein bisschen damit warten, wenn du willst.« Dave versucht, mir einen Ausweg zu verschaffen, aber ich will nicht warten. Ich will es hinter mir haben.

»Mach es jetzt, Kent.«

»Kluges Mädchen«, lobt mich Kent, und ich komme mir vor wie ein folgsames Pferd oder ein Hund. Dave sagt nichts mehr, und ich bemühe mich, Kent zuzuhören, der mir erklärt, was er jetzt vorhat. »Okay, Kleine, jetzt versuch, ganz still zu sitzen.«

Die kalte Metallnadel ist spitz. In dem Moment, in dem er sie in meine Haut bohrt, zucke ich unwillkürlich zusammen. Es tut höllisch weh.

»Verdammt! Sitz ruhig!«, murmelt er zwischen zusammengebissenen Zähnen hindurch.

Ich versuche, mich an die Visualisierungstechniken zu erinnern, die ich im Geburtsvorbereitungskurs gelernt habe. Zen, ich bin ganz Zen. Als Kent die Finger um die Wunde legt, gehe ich tiefer in mich hinein und nutze all die Bilder, die Schwester Karen mir im Lamaze-Kurs beigebracht hat. Da ich bei der Geburt meiner Kinder letzten Endes doch eine Rückenmarksspritze bekommen habe, konnte ich die ganzen Techniken bisher noch nicht wirklich auf die Probe stellen. Als ich die Luft langsam wieder ausstoße, drückt Kent die Nadel in meine Haut und tut es dieses Mal etwas schneller. Ich spüre tatsächlich, wie der Faden hindurchgleitet. Dann sticht er sie auf der anderen Seite der Wunde wieder hinein. Ich verliere meine Coolness und zucke vor diesem winzigen Folterwerkzeug zurück. Hinter mir ertönt ein Schwall Flüche.

»Hör mal, Schätzchen.« Seine Stimme zittert fast ebenso wie mein Körper. »Wenn du nicht aufhörst, dich zu bewegen, wirst du nur noch schlimmer verletzt. Hast du mich verstanden?«

»Ich versuche es ja!«, brülle ich zurück und klinge derart nach Josh, dass ich selbst überrascht bin. Vor Frustration und Schmerz steigen mir die Tränen in die Augen.

»Nein, nein, nein … Fang jetzt nicht an zu weinen. Großer Gott.« Er wirft die Hände in die Luft und schlägt sich auf die Oberschenkel. »Komm hier rüber, Dave, und mach dich zur Abwechslung mal nützlich. Setz dich vor sie, und halt sie fest.«

Dave kommt herübergeeilt und setzt sich so hin, dass wir einander ansehen. »Du schaffst das. Ich weiß, dass du das kannst.« Seine kleine Sorgenfalte ist wieder da. Aufgrund der Schmerzen würde ich ihn am liebsten anbrüllen und ihm entgegenschreien, dass er mich doch überhaupt nicht kennt, aber ich nicke nur.

»Sind wir bereit?«, will Kent wissen.

»Warum hast du es denn so eilig, Kent? Hast du heute noch was vor? Nein? Dann gib uns noch einen Moment«, sagt Dave selbstsicher und zieht mich an sich, sodass meine rechte Wange an seiner Kehlgrube liegt. Sanft stützt er seinen Kopf auf meinen, als würden wir das schon seit Jahren tun. Seine Bartstoppeln kratzen an meinem Ohr.

Er streicht über meine Arme und nimmt dann entschlossen meine Hände, wobei er mit den Daumen über meine Haut streicht. Es ist, als hätte er auf einen Knopf gedrückt, denn ich sacke gegen ihn und mir ist, als hätten mir seine Finger eine Dosis Morphium injiziert.

»Bist du bereit, Lillian?« Seine Stimme ist so glatt wie vom Meer umspültes Treibholz.

»Hmm.«

»Dann los«, fordert er Kent auf.

Der erste Stich brennt in meiner Haut, als hätte er ein heißes Schüreisen benutzt, aber als ich mich verspanne, zieht mich Dave enger an sich. »Es ist okay. Du machst das großartig.« Irgendwie glaube ich ihm.

Der nächste Stich schmerzt nicht mehr so sehr, und Kent führt die Nadel jetzt schneller, als hätte er den Dreh langsam raus, wie man menschliche Haut zusammennähen muss. Es wäre gelogen, wenn ich behaupten würde, die restlichen der gleichmäßig platzierten Stiche wären leichter zu ertragen oder ich spürte das Stechen nicht, wenn das Metall meine glatte Haut durchbohrt, aber in Daves Armen gelingt es mir, den Schmerz auszuhalten. Kent muss noch acht weitere Stiche setzen – die Nadel durch die Haut bohren, den Faden festziehen, zubinden, abschneiden und den nächsten Stich machen.

»Fertig.« Kent rückt von mir ab.

Die Wunde pocht noch immer, und bei plötzlichen Bewegungen könnte ich vor Schmerzen schreien, aber es ist besser als vorher. Sehr viel besser. »Danke, Kent. Das war sehr nett von dir.«

Er winkt ab und kramt im Rucksack herum, bis er ein Medikamentendöschen gefunden hat.

»Hier, nimm die.« Er wirft es in meine Richtung, und es landet in meinem Schoß. Darauf stehen der Name Margaret Linden und die Jahresangabe 2006. Alte Antibiotika sind vermutlich immer noch besser als eine bakterielle Infektion.

»Lass mich dir helfen.« Dave schraubt das Döschen auf und reicht mir die offene Wasserflasche. Ich nehme einen Schluck und einige der länglichen weißen Tabletten.

»Danke. Du warst heute einfach unglaublich.« Hoffentlich vermittelt das Lächeln, das ich Dave schenke, die Worte, die mir nicht einfallen wollen.

»Du musst dich jetzt ausruhen.« Er legt den Rucksack, in dem alles wieder verstaut worden ist, neben Margarets Kopf. »Versuch, ein bisschen zu schlafen.«

Ich lege mich auf die Bank und merke kaum, dass er meine Beine auf seinen Schoß zieht. Seine warme Berührung bewirkt, dass meine Augenlider schwer werden und ich sie nicht einmal mehr aufbekomme, um nachzusehen. Stattdessen gebe ich nach, falle in einen tiefen Schlaf und tue so, als wäre ich zu Hause.

# 11

## Dave

*Gegenwart*

»Wie lange waren Sie auf dem Boot, Dave?«

»Es kam mir wie eine Ewigkeit vor. Zwischen dem Absturz und dem Moment, in dem wir auf Land stießen, vergingen beinahe drei Tage«, antwortete Dave und schlug das linke Bein über das rechte. »Ehrlich gesagt hatten wir alle ein paar dunkle Momente, in denen wir schon glaubten, wie würden nie von diesem Boot runterkommen.«

»Wie haben Sie diese Tage denn überstanden?«, wollte Genevieve wissen und rieb ihre Fingerspitzen aneinander, als wären sie mit einer klebrigen Substanz benetzt. Sie klang inzwischen nicht einmal mehr so, als wäre sie neugierig auf das, was Dave zu sagen hatte, aber er blieb trotzdem misstrauisch. So leicht würde sie ihn nicht aus der Reserve locken können.

»Es war größtenteils Glück. Beim Verlassen des Flugzeugs hatte Lillian ihren Rucksack mitgenommen. Darin befanden sich eine Wasserflasche und ein paar andere Kleinigkeiten, die wir gut gebrauchen konnten. Außerdem hatten wir ja noch den Verbandskasten, den Kent mitgebracht hatte. Ohne diese beiden Dinge hätten wir die ersten vierundzwanzig Stunden vermutlich nicht überstanden.«

»Und das Land?«, griff sie ihm voraus und übersprang gleich mehrere Fragen, auf die sich Dave vorbereitet hatte. »Wann haben Sie Land gesehen?«

Daves Antwort kam nicht sofort, da er einige Augenblicke lang schweigend an diese quälenden, endlosen Stunden auf dem Boot denken musste, die Genevieve Randall derart achtlos mit einem Satz abtat. Er musste sich ins Gedächtnis rufen, dass weniger oft mehr war. Wenn die Reporterin die Geschichte bis zu ihrer Rettung abkürzen wollte, dann sollte ihm das nur recht sein.

»Etwa gegen Mittag am dritten Tag«, erwiderte er schließlich. »Die Sonne stand hoch am Himmel und verbrannte mir die Stirn. Wir hatten nur noch ganz wenig Wasser in der Flasche, und Margaret war ins Koma gefallen. In diesem Moment verloren wir alle langsam die Hoffnung.« Ihm lief der Schweiß den Nacken herunter, fast so, als würde sich sein Körper an die unerträgliche Hitze auf diesem Boot erinnern. »Zuerst dachte ich, es wäre nur eine Illusion, weil ich so geschwächt war. Wir waren alle kurz vor dem Zusammenbruch. Dennoch hat keiner von uns der Versuchung nachgegeben und Meerwasser getrunken, weil Kent sagte, dass einen das in den Wahnsinn treiben kann. Aber für eine Weile habe ich meine geistige Gesundheit infrage gestellt. Ich saß da und sah bestimmt eine Stunde lang zu, wie der winzige grüne Fleck vor mir immer größer wurde, bevor ich die anderen darauf hinwies.«

»Was haben Sie in diesem Moment empfunden?«, wollte sie wissen.

»Zuerst konnte ich es nicht glauben, aber dann war ich aufgeregt und voller Hoffnung. Wir hatten ja keine Ahnung, ob es eine große Insel war und ob dort jemand wohnte. Auf jeden Fall fühlten wir uns anfangs alle so, als wären wir gerettet worden und hätten das Schlimmste hinter uns.«

Dave erinnerte sich an die erwartungsvolle Vorfreude, die sich in seinem leeren Bauch breitgemacht hatte, als die Wellen das Boot langsam immer näher an den größer werdenden Fleck herantrugen. Er war sich so sicher gewesen, dass sie der Rettung immer näher kamen. Er hatte damit gerechnet, dass sie von ihrem kleinen Boot aus an Land gehen und Menschen erschrecken würden, die am Strand in der Sonne lagen. Sein von der Sonne gemartertes Gehirn hatte sich ausgemalt, wie sie zur Strandbar laufen und sich eine große, köstliche Limonade bestellen würden.

»Wie sind Sie ohne Ruder oder Motor an Land gekommen?«, fragte Genevieve, aber nicht auf diese skeptische Weise, auf die sie sich nach Theresa erkundigt hatte, sondern eher wie ein Roboter oder als ob sie es eingeübt hatte.

»Sobald uns klar war, dass wir wirklich Land vor uns hatten, wurde aus unserer Freude schnell Frustration. Wir hingen in einer Strömung fest, die uns zwar der Insel näher brachte, aber uns nicht direkt an Land spülte. Wir bewegten uns so langsam, dass wir jede Menge Zeit zum Planen und Organisieren hatten. Zuerst versuchten wir, mit unseren Händen zu paddeln, aber das brachte uns nicht wirklich aus der Strömung raus. Vergessen Sie bitte nicht, dass wir alle dehydriert, halb verhungert und von der Sonne verbrannt waren, sodass wir kaum noch Kraft hatten. Dann kam Kent die Idee, wir sollten ins Wasser gehen und das Floß durch Wassertreten anschieben.«

»Sie waren im Wasser?«, unterbrach sie ihn und legte den Kopf schief. »Hatten Sie denn keine Angst vor Haien und anderen Tieren?« Sie zog die honigfarbenen Augenbrauen hoch, wobei eine ein Stück höher zu sitzen schien als die andere. Dave fragte sich, ob diese Ungenauigkeit das Werk der Natur oder eines Schönheitschirurgen war.

»Hätten wir damals gewusst, was wir jetzt wissen, dann hätten wir es vermutlich nicht getan. Aber wir waren so verzweifelt und wollten unbedingt von diesem Boot runter. Schließlich dachten wir, auf dieser Insel würden uns etwas zu essen, andere Menschen und Kommunikationsmöglichkeiten erwarten. Aber ich glaube, selbst wenn wir darüber nachgedacht hätten, wären wir dieses Risiko eingegangen. Es war unsere einzige Möglichkeit.«

»Bitte erzählen Sie mir, wie es war, als Sie an Land gekommen sind. Wie sah die Insel aus, und wie ging es den anderen Passagieren?«

»Die erste Nacht war die schlimmste.« Er erschauderte, als würde der Wind sein durchnässtes Polohemd flattern lassen. »Als wir die Küste erreichten, war es bereits dunkel. Wir hatten kein Feuer, kein frisches Wasser und nichts zu essen. Mir ist vor allem im Gedächtnis geblieben, wie dunkel es war. Lillian hat sich um Margaret gekümmert, Kent war fast augenblicklich verschwunden, und ich habe den Großteil der Nacht im Boot geschlafen.«

Die Reporterin schien aufzuhorchen, als er den Namen von Lillians Schwiegermutter aussprach. »Und Margaret, wie lange hat sie noch durchgehalten?« Wie konnte sie nur den Tod einer Frau so auf eine einzige respektlose Frage reduzieren? Er hatte vor, Margaret den Respekt zu verschaffen, den sie verdient hatte.

»Margaret ist keine vierundzwanzig Stunden, nachdem wir auf der Insel gelandet waren, gestorben. Wir konnten nichts mehr tun, um ihr zu helfen. Sie brauchte einen Arzt und ein Krankenhaus mit einem gut ausgestatteten OP. Ich glaube, dass Lillian wieder Hoffnung geschöpft hat, als wir die Insel gesehen haben. Aber nachdem wir gelandet waren und realisierten, dass da niemand war, wurde uns allen klar, dass Margaret nicht überleben würde.«

»Ein Gerichtsmediziner hat sie untersucht, bevor sie neben ihrem Mann in Iowa die letzte Ruhe gefunden hat. Hatten Sie schon die Gelegenheit, seinen Bericht zu lesen?« Er wusste nicht einmal, dass es eine Autopsie gegeben hatte.

»Äh, ähm … Nein, das ist mir neu.« Er schluckte schwer und hoffte, dass der Kloß in seinem Hals bald wieder verschwinden würde. Warum hatten sie in Bezug auf Margaret überhaupt gelogen? Damit man Lillian nicht die Schuld gab? Würden es ihr die Leute wirklich übel nehmen, dass sie ihren Laptop auf dem Sitz hatte liegen lassen? Würde Jerry es tun? Er bezweifelte es. Hätte Dave einen klareren Kopf gehabt, als sie sich die Geschichte ausdachten, dann wäre ihm klar gewesen, dass es eine unnötige, aber möglicherweise folgenschwere Lüge war. Wenn ihnen Genevieve Randall auch nur in einer Sache nachweisen konnte, dass sie gelogen hatten, dann würde sie wissen, dass sie etwas vor der Welt verbargen.

Sie zog einen Ordner aus der Tasche hinter ihrem Stuhl. »Ich habe ihn mitgebracht.« Dann zog sie ein paar Blätter heraus und ging sie vielsagend durch. »Da ist es. Hier steht, sie wäre durch eine schwere Stirnverletzung gestorben, die einem stumpfen Trauma entspricht.« Sie legte die Papiere beiseite und beugte sich bei ihrer nächsten Frage vor. »Wie ist es dazu gekommen?«

»Äh, keine Ahnung. Vermutlich beim Flugzeugabsturz.«

Das angedeutete Lächeln in ihren Mundwinkeln beunruhigte Dave.

»Natürlich. Haben Sie diese Verletzung behandelt?«

»Wir haben es versucht, die Wunde gesäubert und so gut es ging verbunden, aber sie hätte professionelle Hilfe benötigt.«

»Hmm, verstehe.« Sie strich sich mit der Zunge über ihre dünnen, kaum sichtbaren Lippen. »Ich kann nachvollziehen, dass sie beim Flugzeugabsturz verletzt wurde, aber eine Sache irritiert mich dennoch: Ich habe nahezu jedes Interview, das einer der Überlebenden gegeben hat, gesehen oder gelesen, und in keinem davon wurde Margarets Todesursache erwähnt. Wie kommt das?«

Als Dave ihren anschuldigenden Tonfall hörte, musste er seine zitternden Hände unter seine Oberschenkel schieben, damit sie nicht bemerkte, dass er es mit den Nerven zu tun bekam. Er hatte fünf Sekunden, um zu entscheiden, ob er wirklich in Schwierigkeiten war oder ob er den Coolen spielen sollte, als ihm auf einmal etwas einfiel.

»Ich schätze, dass uns niemand danach gefragt hat.« Er lächelte die Reporterin herzlich an, zog die Hände unter den Beinen hervor und strich sich mit einer durchs Haar. Lillian hatte immer gesagt, dass Frauen diese Geste mögen würden, und ihr hatte sie immer gefallen. »Ich bin sehr beeindruckt, wie gründlich Sie sich vorbereitet haben, Miss Randall.«

Bei diesem Kompliment saugte sie an ihren glatten Zähnen, legte den Kopf kaum merklich schief, sodass es vermutlich niemand außer Dave überhaupt bemerkte, und klappte den Ordner zu. Sie blickte nicht nach unten, sie machte sich keine Notizen mit ihrem Stift, dessen Kappe sie längst abgenommen hatte, und sie unterbrach den Blickkontakt nicht. Dave spürte die Eiseskälte in ihren Augen, die den Schweiß in seinem Nacken abkühlte und bewirkte, dass er auf den nackten Unterarmen eine Gänsehaut bekam.

»Wenigstens haben Sie sie begraben, anders als die arme Theresa«, murmelte Genevieve. Diese Aussage würde garantiert im Schneideraum rausgeschnitten und sollte Dave nur aus dem Konzept bringen. Schließlich konnte sie während des Interviews tun und lassen, was sie wollte. Was immer er sagte, würde in kleine, handliche Häppchen geschnitten, sodass in seine Antworten alles Mögliche hineininterpretiert werden konnte. Am liebsten hätte er mit der Faust auf das Kissen neben sich geschlagen. Er hatte ihnen diese Macht verliehen und sich ihnen ausgeliefert. Das erinnerte ihn wieder daran, wie machtlos er sich auf dem Rettungsboot gefühlt hatte. Jetzt trieb er auf Genevieve Randalls Ozean dahin.

# 12

## David – Tag 4

*Irgendwo im Südpazifik*

Zwanzig Stunden. Zwanzig. Weniger als ein Tag. Im Kindergarten ist es mir sehr schwer gefallen, das Zählen bis zwanzig zu lernen. Mein Dad ging die Zahlen jeden Tag beim Zähneputzen mit mir durch. Eins bis zehn war einfach, auch elf, zwölf und alles bis neunzehn, aber die Zwanzig entfiel mir immer wieder. Mit fünf war die Zwanzig für mich zu groß; ihre Bedeutung konnte ich nicht begreifen. Zwanzig Dollar waren ein Vermögen, zwanzig Spielzeuge eine wahre Schatztruhe und zwanzig Minuten eine Ewigkeit, während ich mir zwanzig Jahre nicht einmal vorstellen konnte.

Heute komme ich mir wieder vor, als wäre ich fünf Jahre alt und könnte nicht bis zwanzig zählen. Meine wasserdichte Uhr ist stehen geblieben – um genau 15.45 Uhr. Neunzehn Stunden und fünfundvierzig Minuten, nachdem wir auf dieser Insel gelandet sind. Sie ist verbeult und hat einen Riss entlang des analogen Ziffernblatts, und sie bleibt in genau dem Augenblick stehen, in dem ich mich an unser erstes Feuer setze, um unsere erste richtige Mahlzeit auf dieser Insel zu mir zu nehmen.

Es ist ein einfaches Mahl, das aus einem kleinen Fisch besteht, den Kent gefangen hat, etwas geröstetem Kokosnussfleisch und einigen Wurzeln, die ich gesammelt habe. Kent hat große Steine in die Mitte des Feuers gelegt, das wir mithilfe von Margarets Lesebrille entfacht haben. Nachdem er den armseligen Fisch mit dem Messer, das in der Tasche auf dem Boot gewesen war, ausgeweidet hatte, legte er ihn zum Grillen auf die erhitzten Steine. Schon bald schwebte ein köstliches Aroma in der Luft. Ich hoffe, dass Lillian bald zurück ist, da ich nicht weiß, ob Kent und ich uns so lange zurückhalten können, dass für sie noch etwas übrig bleibt.

Kent geht vor dem Feuer auf und ab und piekt immer wieder in die rohen Fischteile. Ich starre das Essen an, als würde ich zu Hause auf meiner Couch sitzen und mir den Rose Bowl auf meinem Flachbildfernseher ansehen. Kent knurrt irgendetwas, das im Brutzeln des Fisches untergeht.

»Was?«, frage ich, wende den Blick widerstrebend vom Feuer ab und ärgere mich, dass Kent diese faszinierende Show unterbricht.

»Hol die Kleine. Das Essen ist fast fertig.«

Ich starre das rosafarbene Fischchen an, das sich langsam verfärbt. Ist das etwa Kents Versuch, mich loszuwerden, damit er das Essen für sich alleine hat? Nein, es ist besser, dass ich sie hole, als wenn Kent es tut. Sein Taktgefühl passt auf einen Teelöffel, und das ist noch übertrieben.

Ich stoße mich von dem sandigen Baumstamm ab, der am Feuer liegt, und stapfe in Richtung Wasser, wo unser Boot seit dem Vortag liegt. Mit zusammengekniffenen Augen blicke ich den Strand entlang, aber Lillian ist nirgendwo zu entdecken. Ich schaue zu den Bäumen, zum Boot und wieder zum Wasser, bis mir klar wird, wo sie stecken muss.

Angetrieben vom Hunger und der Angst, dass Kent bei unserer Rückkehr nur noch die ausgelutschten Gräten des

Fisches übrig gelassen haben wird, sprinte ich zu dem kleinen Strand links von unserem Lager. Als ich an der Felszunge mit den Kokosnussbäumen vorbeikomme, sehe ich sie. Sie steht auf der sandigen Halbinsel, die in den unfreundlichen Ozean hineinragt, und blickt aufs Wasser hinaus. Eine Brise zerrt an ihren langen, zerzausten Haaren. Sie trägt ihre abgeschnittenen Shorts über ihrem Badeanzug, und ich kann die grellrote Wunde auf ihrer linken Schulter erkennen. Kents Stiche sind gleichmäßig, aber unsauber, und selbst wenn sich die Wunde nicht infiziert, wird eine hässliche Narbe zurückbleiben.

Sie ist so allein dort draußen. Sie steht mit leicht gespreizten Beinen und den Händen in den Hosentaschen und sieht so aus, als würde sie sich der ganzen Welt entgegenstellen. Ich weiß nicht, was Lillian denkt, und ich habe auch zu große Angst davor, es zu erfahren. Ich bin ihr hier den ganzen Tag aus dem Weg gegangen. Kent hätte ich ebenfalls gern gemieden, aber das ist bei ihm nicht gerade einfach. Es fällt mir schwer, in ihrer Nähe zu sein, über das zu reden, was wir zurückgelassen, möglicherweise sogar für immer verloren haben, und zu begreifen, dass die beiden alles sind, was ich noch habe, ob es mir nun gefällt oder nicht.

* * *

Als Margaret noch am Leben war, benahm sich Lillian anders. Sie hatte diese sturköpfige Hoffnung, die uns allen Wärme schenkte und einfach nicht auszulöschen war. Dann übernahm Kent die Verwaltung unseres Wasservorrats, von dem wir immer nur eine Verschlussfüllung bekamen, und sagte ihr, dass Margaret ihre Ration nicht mehr bekommen würde, da ihr das Wasser sowieso nur über das Gesicht lief und somit seinen Worten zufolge vergeudet wurde. Doch auch da bekam Lillian keinen Knacks. Sie verlangte das Wasser nicht zurück, das schließlich aus ihrem Rucksack stammte und das sie gnädigerweise mit uns beiden teilte. Nein, stattdessen teilte sie ihre eigene armselige Ration mit ihrer Schwiegermutter.

Aber nachdem wir die Insel gesehen hatten und uns klar geworden war, dass sie nicht nur eine Einbildung oder Halluzination war, mussten wir uns eingestehen, dass Margaret nicht mehr zu retten war, und ab diesem Zeitpunkt hat sich Lillian verändert.

Einen Tag lang haben wir Wasser getreten, uns ausgeruht und geschwächt mit den Armen gepaddelt, bis die Brandung unser kleines Boot endlich mitnahm. Wir mussten unsere Beine zu Hilfe nehmen, um das Riff zu überqueren, das die Insel umgibt, und landeten am sandigen Ufer, als die Sonne gerade im Meer versank.

Sobald das Boot sicher am Strand lag, lief ich zu Lillian, um ihr dabei zu helfen, Margaret ans Ufer zu tragen. Dort entdeckten wir eine Banyan-Feige mit hoch aufragenden Wurzeln, die fast so aussahen, als hätte der Baum Jahre damit verbracht, genau so ein Dach zu bilden, wie wir es jetzt brauchten. Die Stelle darunter war gerade groß genug für zwei Personen, daher ging ich zum Boot zurück.

Es wurde immer schneller dunkel, und als ich im Boot war, überkam mich eine übermächtige Müdigkeit. Sobald ich lag, fiel ich auch schon in einen tiefen Schlaf. Eine kalte Brise und die Wellen, die an den Strand schwappten, weckten mich einige Stunden später. Es war dunkel. Nein, die Nacht war pechschwarz.

»Lillian? Kent? Seid ihr da?«, rief ich.

Aus der Finsternis kam ein neues Geräusch, das an ein sehr hohes Jaulen erinnerte und meine Trommelfelle malträtierte. Mit jedem neuen Aufheulen schöpfte ich Hoffnung. War das ein Motorengeräusch? Eine Sirene? Nein. Es klang, als würde es von einem lebendigen Wesen ausgestoßen, vielleicht einem Tier.

Jede »Animal Planet«-Sendung, die ich je gesehen hatte, schoss mir durch den Kopf. In den Folgen, an die ich mich am besten erinnern konnte, ging es vor allem um Riesenschlangen, Giftspinnen und gigantische Ratten mit leuchtenden Augen.

Ich drückte mich flacher auf die Bank des Gummibootes, aus dem langsam die Luft entwich, und hoffte, dass die Wand aus sechzig Zentimeter zusammensackendem Plastik mich vor dem Untier beschützen würde, das dieses Geräusch ausstieß. »Schlaf weiter. Schlaf weiter. Schlaf … weiter.«

Die unglaubliche Müdigkeit, die mich wie unter Betäubung hatte einschlafen lassen, war verschwunden, und jetzt bewirkte dieses Geräusch, dieser ebenso herzergreifende wie unheimliche Klang, dass ich in höchster Alarmbereitschaft war. Der Mond und die Sterne waren hinter Wolken verschwunden, und die Palmen wankten im starken Wind, sodass ich mich schon fragte, ob der nächste Sturm aufzog. Selbst das Wetter schien sich gegen uns verschworen zu haben.

»Aaaaah!«, schrie ich und versuchte, Dampf abzulassen, als könnte ich meine aufgestauten Emotionen durch ein Ventil herausströmen lassen. »Wo seid ihr denn?!« All die Fragen, die sich Lillian und Kent immer wieder laut gestellt hatten, schossen mir auf einmal durch den Kopf, suchten mich heim, legten sich schwer auf meine Brust und ließen mich kaum noch atmen. Wie sollten wir hier genug zu essen finden? Genug Wasser? Würde man uns irgendwann finden oder einfach aufgeben?

»Dave?« Eine Stimme in der Ferne rief meinen Namen.

»Bist du das, Lillian?«, schrie ich mit immer noch zitternder Stimme zurück.

»Ja, ich bin hier drüben bei den Felsen. Wo bist du?«

»Im Boot, aber wenn du weiterredest, finde ich den Weg zu dir.« Ich kniff die Augen zu, als könnte ich so die Dunkelheit durchdringen, und überlegte, welchen Weg ich einschlagen musste. »Red weiter, dann komme ich in deine Richtung.«

Ich machte einen Schritt in die Richtung, aus der ihre Stimme kam. Einige Sekunden lang hörte und spürte ich nichts als den Sand unter meinen Füßen und das Wasser, das träge ans Ufer schwappte, bis mein Fuß gegen etwas Festes stieß und ich aufschrie.

»Bist du an den Felsen?«, rief Lillian daraufhin.

»Ja. Red weiter. Ich folge deiner Stimme.«

»Ja, okay.« Sie machte eine Pause und wirkte verunsichert. »Was soll ich sagen?«

Ich ging weiter in ihre Richtung. In diesem Tempo würde ich nicht vor Tagesanbruch bei ihr ankommen. Ich musste ihr Fragen stellen, die eine längere Antwort erfordern.

»Wo ist Kent?«

»Ähm, er muss hier irgendwo sein. Als wir gelandet sind, ist er weggegangen, und seitdem habe ich ihn nicht mehr gesehen.«

Na, großartig. Kent und ich haben die beiden am schwersten verletzten Überlebenden nur wenige Minuten nach der Landung auf der Insel im Stich gelassen. Das sind die tapferen Ritter von heute. Ich lief weiter und hörte zu meiner Linken, wie Lillian das Gewicht verlagerte.

»Und wie geht es Margaret? Ist sie stabil?«

»Sie ist tot.«

»Tot.« Ich wiederholte das Wort und fühlte mich schlecht, weil mich diese Nachricht nicht überraschte. »Das tut mir so leid, Lillian.«

Dann fing sie an zu weinen. Ich hatte sie in den letzten Tagen des Öfteren weinen gehört, aus Schmerz, Angst oder Schuldgefühlen, aber dieses Weinen klang anders. Das war eher ein Jaulen, das mit einem Schrei vermischt war. Ich wollte, dass sie aufhörte, aber selbst ihr Atmen war ein Schluchzen und keuchendes Wimmern. Dieses Geräusch erkannte ich sofort wieder – Lillian war das verwundete Tier, vor dem ich mich gefürchtet hatte.

Als ich sie so hörte, blieb ich erschrocken stehen. Es war nicht schwer, sie zu finden. Ich folgte den Geräuschen, als wären sie ein Seil, aber stattdessen wäre ich lieber weggerannt. Ich hatte keine Ahnung, wie ich diese Art von durchdringender Trauer lindern sollte.

Um genau zu sein, ängstigte mich diese Erkenntnis mehr als die Aussicht, zu verhungern oder zu verdursten: Denn wenn ich nicht einmal sie trösten konnte, wie sollte ich es dann bei mir selbst schaffen?

Eine salzige Träne lief mir in den Mundwinkel, und mir wurde klar, dass ich das hier nicht allein schaffen konnte. Ich brauchte Lillian, und sie brauchte mich. Ohne nachzudenken, taumelte ich auf ihre Stimme zu und war dankbar für die Dunkelheit. Lillian musste jetzt nicht auch noch mein vom Weinen gerötetes und geschwollenes Gesicht sehen. Als mein Fuß gegen ihr Bein stieß, keuchte sie erstickt auf.

»Dave?«

»Nein«, witzelte ich mit tiefer Stimme, »hier ist Elvis.«

Sofort nahm sie meine Hand, die tränennass war. »Da bist du ja«, flüsterte sie, und ich konnte mir nicht vorstellen, dass diese Stimme eben noch diese durchdringenden Schreie ausgestoßen hatte. Sie verschränkte die Finger mit meinen.

»Das war ja fast wie Blindekuhspielen, nur nicht so lustig.« Ich versuchte, die Tatsache zu ignorieren, dass mich ihre Finger ganz nervös machten.

»Entschuldige, dass ich dir keine große Hilfe gewesen bin.« Der Umriss ihres Kopfes wurde nach und nach so körnig wie auf einem Polaroidbild sichtbar.

»Machst du Witze? Ich würde mir noch immer auf dem Boot die Augen ausweinen, wenn du mich nicht hergerufen hättest.«

»Komm her und setz dich.« Sie zog mich auf eine leere Stelle im Sand, wo ich mich im Schneidersitz neben ihr niederließ.

»Wie geht es dir? Hältst du durch?«, fragte ich ermattet und rieb mit dem Daumen über ihren Handrücken, was sie ebenso wie mich trösten sollte. Sie ließ sich an mich sinken, legte den Kopf auf meine Schulter, und mir wurde am ganzen Körper warm.

»Nicht wirklich.«

»Morgen früh können wir uns auf die Suche nach etwas Essbarem machen und uns einen Unterschlupf bauen, und dann sehen wir weiter. Jetzt, wo wir an Land sind, haben wir viel mehr Optionen, und das ist doch was Gutes.« Ich versuchte, so zu klingen, als wüsste ich, wovon ich rede, während ich ihren Arm auf meinen Schoß zog.

»Ich mag jetzt noch gar nicht an morgen denken.« Sie drückte ihr Gesicht gegen meine Schulter. »Jetzt, wo Margaret tot ist, kommt es mir so vor, als würde die Sonne nie wieder aufgehen und als müssten wir bis in alle Ewigkeit in diesem dunklen Loch festsitzen.«

»Das gefällt mir so an dir«, neckte ich sie. »Du bist immer so optimistisch.«

»Es gibt keine Chance.« Sie ignorierte meinen Witz. »Niemand wird kommen und uns retten.«

»Nein, ich schätze nicht.« Es brachte ja doch nichts, sie anzulügen. Sie holte tief Luft und stieß sie langsam wieder aus.

»Dann werden wir auf dieser Insel sterben.«

»Nicht unbedingt.«

Sie schüttelte den Kopf, der auf meiner nassen Schulter lag. »Wenn uns niemand sucht, dann sitzen wir hier fest und werden früher oder später sterben, genau wie Margaret.«

»Niemand lebt ewig, Lillian.« Ich rieb mit der Wange über ihr zerzaustes Haar. »Nicht auf einer Insel und nicht zu Hause in St. Louis. Aber wir haben bis zu unserem Tod noch sehr viel Zeit. Wir werden nicht einfach auf dieser Insel sterben, wir werden auch hier leben.«

»Aber ich will nicht den Rest meines Lebens hier verbringen, Dave. Ich möchte bei meinen Kindern sein, bei Jerry, bei Margaret, bei meinen Brüdern, meinen Eltern und meinen Freunden.« Plötzlich drehte sie sich zu mir um, und ihr warmer Atem streifte mein Gesicht. »Nehmen wir mal an, wir finden einen Weg, hier zu leben. Aber was für ein Leben wäre das in den nächsten zehn, zwanzig oder wie viel auch immer Jahren? Hier auf diesem Sandhaufen. Wie könnte ich hier glücklich werden?« Ihre Stimme versagte, und ich wusste, dass das nicht nur an Margarets Tod lag. Sie würde ihre Kinder nie wiedersehen. Ihre Söhne mussten ebenfalls davon ausgehen, dass sie bei dem Flugzeugabsturz gestorben wäre.

»Ich weiß. Ich möchte auch nach Hause, und vielleicht gelingt es uns ja auch. Aber bis dahin müssen wir das Beste aus dieser Situation machen.« Ich holte nach jedem Satz kurz Luft. »Wir müssen uns umeinander kümmern. Wir *werden* das Beste daraus machen.« Dieses Mal glaubte ich es sogar selbst.

Sie sah mir mit verletzlicher Miene aus weit aufgerissenen Augen ins Gesicht und atmete immer schneller. Dann leckte sie sich mit der Zungenspitze über die Lippen und stieß die Luft aus, die die Stoppeln an meinem Kinn kitzelte.

»Vermutlich hast du recht«, meinte sie dann und klang resigniert. Sie legte den Kopf wieder auf meine Schulter, und ich veränderte meine Haltung ein wenig, damit sie ihre verletzte Schulter nicht belasten musste. »Ich bin so müde und habe einen Riesenhunger. Ich weiß nicht … was …« Sie war schon eingeschlafen, bevor sie den Satz beenden konnte. Vorsichtig ließ ich sie auf den Sand sinken, um sie nicht zu wecken, legte mich daneben und starrte zum Himmel hinauf.

Eine kleine Wolke widersetzte sich dem Befehl des Wettergottes und schob sich zur Seite, sodass ich einen winzigen Teil des Himmels und das Licht unzähliger Sterne sehen konnte. Wie viele Sonnensysteme konnte ich durch diesen schmalen

Spalt in den Wolken erkennen? Ich versuchte, die Sterne zu zählen, als wären es Schafe, bevor sich die Wolkendecke wieder schloss und ich eindöste.

Kent rüttelte uns bei Tagesanbruch wach. Im Laufe der Nacht war Lillian in einen halb katatonischen Zustand gefallen, wirkte fast wie ein Zombie und achtete darauf, immer einen gewissen Abstand zu Margarets Leiche zu halten, die inzwischen blau angelaufen war.

Auch als Kent ihr eine Kokosnuss in die Hände drückte, deren süße Milch aus dem Loch, das er hineingebohrt hatte, herausquoll, tat sie nur wenig mehr, als die Nuss an die Lippen zu setzen und zu trinken. Danach zeigte uns Kent, wie man die Nuss mithilfe seines Messers aufbrach, um an das saftige Fruchtfleisch zu kommen, aber Lillian nickte nur und aß das, was er ihr reichte.

»Die Frau ist verrückt«, knurrte Kent und warf die leeren Nussschalen ins Meer.

»Lass sie doch in Ruhe. Ihre Schwiegermutter ist vor nicht einmal einem Tag gestorben. Sie braucht ein bisschen Zeit, um damit klarzukommen.« Diese Frau hatte etwas an sich, das meinen Beschützerinstinkt weckte.

»Mag sein, aber ich habe auch jemanden verloren und drehe nicht so am Rad wie sie.« Er musterte Lillian wie ein Wissenschaftler, der ein Untersuchungsobjekt vor sich hatte. »Sie wird nicht lange durchhalten. Ich glaube, sie hat den Verstand verloren.« Kent warf die Nussschalen nacheinander ins Meer und schleuderte sie dabei wie Frisbeescheiben, während er weitersprach. »Sie isst nicht, sie trinkt nicht, und sie trägt nichts zum Lager bei. Mir ist es egal, wenn sie sich aufgegeben hat, aber sie stellt ein weiteres Maul dar, das wir stopfen müssen, und ich habe eine strikte Regel, die besagt, dass nur der was zu essen kriegt, der auch was dafür tut.«

»Ach, jetzt hast du schon Regeln dafür, wie man sich verhält, wenn man auf einer Insel gestrandet ist?«

»Spiel nicht den Klugscheißer.« Er hielt inne, um ein Stück aus einer der Kokosnüsse zu essen, die Lillian nicht angerührt hatte. »Ich werde sie nicht sehr lange durchfüttern, ohne dass sie etwas dafür tut.«

Ich stand mit nackten Füßen am Rand des Wassers und war verblüfft über Kents unverblümte Rede, die klang, als wäre er der König der Insel und ich nur sein niederer Untergebener. Zuerst wollte ich ihm eine entsprechende Erwiderung an den Kopf werfen, aber dann ließ ich es doch sein. Nach allem, was ich über Kent wusste, war mir klar, dass er nicht auf die Stimme der Vernunft hören würde.

»Ich werde versuchen, mit ihr zu reden.«

»Okay«, murmelte er und saugte an einem großen Kokosnussstück. »Warte.« Er kramte tief in der Tasche seiner Cargoshorts herum. »Hier, das solltest du nehmen.«

Er drückte mir ein Plastikstück in Grellorange in die Hand, als wäre ich sein Page und bekäme von ihm Trinkgeld. Als ich die Finger öffnete, sah ich am Ende des Plastiks die scharfe Metallspitze, die in der Sonne glitzerte. Es sah aus wie ein aufgemotztes Cuttermesser. Kent musste mir die Verwirrung angesehen haben, da er sogleich eine Erklärung nachlieferte.

»Das ist ein Messer … vom Boot. In der Tasche waren zwei – damit man es vom Flugzeug losschneiden kann. Ich finde, du solltest eins davon haben, na ja, für den Fall der Fälle.«

Ein Messer, das Messer, das Lillian benutzen sollte, um das Boot loszuschneiden. Sie musste es wieder in die Tasche gesteckt haben. Ich war erstaunt, dass mir Kent das Messer gab, schließlich waren wir auch jetzt nach dem Absturz nicht gerade die besten Freunde. Als ich die Finger um den Griff legte, fühlte ich mich gleich viel mächtiger. Abgesehen von der Kleidung, die ich am Leib trug, und meinen ruinierten Lederschuhen, die noch immer am Feuer trockneten, war das mein einziger persönlicher Besitz. Ich schwor mir zu lernen, wie ich es zu meinem Vorteil nutzen konnte.

Rasch steckte ich es in meine Hosentasche und bemerkte, dass mich Kent mit alarmierter Miene beobachtete und die Entscheidung, es mir zu geben, möglicherweise schon bedauerte. Daher ging ich schnell weg, bevor er versuchen konnte, es mir wieder abzunehmen.

Kent folgte mir dicht auf den Fersen und wischte sich die Hände an seiner kurzen Hose ab, die er nun die ganze Zeit tragen musste. Zwar konnte er selbst durchaus einschüchternd wirken, aber in diesen Shorts sah er immer aus wie ein übergroßer Junge, der versuchte, Schwester Agathas züchtigendem Lineal zu entkommen. Er erstellte einen Plan für den Tag und übernahm die Rolle des Anführers, ohne dass wir überhaupt darüber abgestimmt hätten. Mir war nicht nach Streiten zumute, daher ließ ich ihn den Boss spielen und genoss es, wie sich das Messer in meiner Tasche gegen meinen Oberschenkel schmiegte.

Als Erstes begruben wir Margaret. Zwar klang es aus Kents Mund ziemlich gefühllos, aber er hatte recht damit, dass sie in der Hitze und der Sonne zu verwesen beginnen und somit Raubtiere und Aasfresser anlocken würde. Er entschied sich für die Halbinsel als Begräbnisort, da sie ein Stück vom Lager und vom Dschungel entfernt lag. Ich hielt es für passend, Margaret in der Nähe des Meeres zu begraben, wo wir sie alle sehen konnten und an das erinnert wurden, was wir verloren hatten.

Es dauerte zwei Stunden, mithilfe von Bambusstäben ein Loch auszuheben, das tief genug war, damit ihre Leiche nicht von Tieren ausgebuddelt werden konnte. Der Sand rutschte immer wieder in die Grube, und ich dachte, wir würden nie fertig werden. Schließlich stießen wir auf feuchten Sand, und ab da ging das Graben schneller. Keiner von uns sagte ein Wort.

Kent bestand darauf, dass wir eine Gedenkfeier für die beiden beim Absturz gestorbenen Frauen abhielten, aber Lillian weigerte sich, etwas zu sagen, nachdem wir Margarets steife Leiche mit Sand bedeckt hatten. Sie umklammerte eine Goldkette und drückte Margarets blutbefleckten Blazer an sich, als könnte sie Margaret so von den Toten zurückholen.

Schließlich sagte Kent ein paar Worte über Theresa, bis seine Stimme brach und er verkündete, er würde auf die Jagd gehen. Lillian setzte sich neben Margarets Grab auf den Boden und schloss die Augen. Ich wusste nicht, ob sie schlafen oder beten wollte, beschloss jedoch, sie lieber nicht zu stören.

* * *

Sie blickt noch immer auf das Meer hinaus, als könnte sie ihr Haus sehen, wenn sie sich nur genug Mühe gibt. Ich weiß, dass ich sie aus diesem Zustand rausholen muss, damit sie nicht einfach kapituliert und mich hier mit ihm allein lässt. Mit ihr an meiner Seite kann ich das Leben auf dieser Insel überstehen, möglicherweise schaffe ich es auch allein, aber niemals ohne sie und mit Kent.

Das ist meine Gelegenheit, mit ihr zu reden.

Als ich näher an sie herantrete, bekomme ich schweißnasse Hände. Aus der Nähe sieht ihre Wunde noch viel schlimmer und schmerzhafter aus. Am liebsten würde ich den Arm ausstrecken, ihn um sie legen und ihre mit Sommersprossen bedeckte Haut wärmen, aber stattdessen stelle ich mich neben sie und verschränke die Arme, um den Wind abzuwehren. Ich warte darauf, dass sie mich bemerkt, aber das tut sie nicht.

»Lillian.« Sie blinzelt, dreht sich aber noch immer nicht um. »Lillian. Kent hat etwas zu essen gemacht. Es sieht köstlich aus. Fisch und irgendwas anderes. Du solltest mitkommen und etwas essen. Es ist genug für uns alle da.« Ich glaube, dass sie den Kopf schüttelt, aber es könnte auch nur der Wind gewesen sein, der durch ihre Haare fährt. »Bitte komm mit, Lillian. Wir machen uns Sorgen um dich. *Ich* mache mir Sorgen um dich. Bitte iss etwas mit uns.« Ihr läuft eine Träne die Wange herunter und tropft von ihrem Kinn. Sie fängt an zu weinen.

»Ich weiß, wie du dich fühlst, aber ich brauche dich jetzt, auch wenn das unglaublich egoistisch klingen mag.« Ich mache einen Schritt auf sie zu. »Ohne dich würde ich hier den Verstand verlieren.«

Ich lasse die Worte in der Luft hängen wie Wäschestücke an einer Leine und tue dann so, als würde ich ebenfalls aufs Meer hinaussehen. Vielleicht hat sie bei ihrem langen Starren etwas in dem Nichts gefunden, auf das sie sich konzentrieren kann. Mein Magen knurrt laut, da sich nichts als ein paar Kokosnussstücke darin befinden. Drüben am Feuer wartet richtiges Essen auf uns, und der Teil meines Gehirns, der für mein Überleben zuständig ist, sagt mir, ich soll hingehen und meinen Teil beanspruchen, bevor alles weg ist. Aber ich kann sie nicht wieder zurücklassen so wie letzte Nacht, als Margaret gestorben ist.

»Schade, dass das nicht in deiner Akte stand«, flüstert Lillian und schnieft laut.

»Was denn? Dass ich ein egoistischer Idiot bin?« Ich werfe ihr einen Seitenblick zu.

»Nein, ich wünschte, sie hätten mir gesagt, dass du so ein guter Mensch bist.« Sie blickt zu mir auf, und ihr trauriges Gesicht wird von der Andeutung eines Lächelns erhellt. Unwillkürlich erwidere ich es und muss an unser Gespräch im Flugzeug vor dem Absturz denken.

»Dann sind wir jetzt wohl quitt.« Ich deute über den Strand hinweg zum Lager. »Lass uns was essen.« Die Meeresbrise drückt uns vom Wasser weg. Lillian erschaudert, aber mir ist nicht kalt. Ich bilde mir ein, das Licht in Lillians Augen wieder zum Leuchten gebracht zu haben, und das erfüllt mich mit Wärme.

# 13

## Lillian

*Gegenwart*

»Wir haben in einiger Entfernung vom Lager ein Loch gegraben«, erklärte Lillian und versuchte, Genevieves angeekelten Gesichtsausdruck zu ignorieren. »Anfangs haben wir es alle benutzt, aber nach einer Weile war es so eklig, dass wir es zugeschüttet haben. Nachdem wir in die Lagune gezogen waren, gab es eine neue Regel und wir haben einfach nicht mehr darüber gesprochen. Solange sie wenigstens zehn Meter vom Lager entfernt war, konnte jeder sich die Stelle selbst aussuchen. Das hat sehr viel besser funktioniert.«

»Als ich nach der persönlichen Hygiene gefragt habe«, unterbrach Genevieve sie und schluckte hörbar, »da meinte ich eher so was wie das Baden, das Waschen der Wäsche, Seifenersatz … all solche Dinge.«

Anscheinend musste man nur ein paar Klogeschichten erzählen, um die sonst so unerschütterlich wirkende Genevieve Randall aus der Fassung zu bringen. Das gefiel Lillian. Sie würde noch einhundert solcher Geschichten erzählen, wenn sie die Reporterin damit wie eben gerade zum Würgen bringen konnte.

»Dann wollen Sie also nicht wissen, was wir als Toilettenpapier benutzt haben?«, fragte Lillian und klapperte unschuldig mit den Wimpern. Genevieve presste die Lippen aufeinander. Vielleicht war es doch besser, dass Jerry nicht runtergekommen war, sonst würden sie jetzt beide anfangen zu lachen.

»Nein!« Die Stimme der Reporterin wurde vor lauter Panik schrill. *Diese Frau hat ganz offensichtlich keine Kinder,* dachte Lillian und musste kurz daran denken, wie Josh und Daniel gelernt hatten, aufs Töpfchen zu gehen.

Sie waren solche Babys gewesen, als sie diese Reise angetreten hatte, erst fünf und sieben Jahre alt, aber als sie nach Hause gekommen war, waren ihre Jungs schon ernste sieben und nervöse neun gewesen.

* * *

Sie warteten auf sie, umgeben von einem Haufen Kameras und geborgen in Jills Armen. Jill sah auf den ersten Blick genauso aus wie bei Lillians Abreise, als sie kurz vorher noch einmal zusammen Kaffeetrinken gewesen waren. Damals hatte Jill herumgeflachst und gemeint, Lillian müsste an jedem Ort ein Foto von den Kellnern machen und es ihr per E-Mail schicken, damit sie an den »guten Aspekten« des Urlaubs teilhaben konnte.

Alles von ihrem kurzen roten Haar, das stachelförmig abstand, bis hin zu ihrer topmodernen knallengen schwarzen Jeans und dem lockeren lilafarbenen Shirt, das ihr bis zu den Knien reichte, schrie förmlich: »Original.« Und genau das war Jill auch, ein echtes Unikum. Lillian kam sich neben Jill immer wie ein nichtssagendes Weißmehlgebäck neben einem extravaganten Siebenkornbrot vor, aber abgesehen von diesen Unterschieden waren sie die besten Freundinnen.

Als sie drei Schritte weitergegangen war, konnte sie Jill besser in Augenschein nehmen. Ihre markanten Wangenknochen stachen noch mehr hervor als sonst, und die dunklen Ringe unter ihren Augen wurden von einer Lage Make-up nur notdürftig verdeckt. Ihre Arme, die unter dem weiten Oberteil hervorlugten, waren dürr und weiß wie Knochen, und sie hatte einen um Josh und den anderen um Daniel gelegt. Jill sah aus wie ein riesiger lilafarbener Vogel, der seine piependen Küken beschützte. Nur, dass es nicht ihre Küken waren.

*Jill würde doch nie versuchen, mir die Kinder wegzunehmen, oder?* Als Lillian sie so sah, derart vertraut und ineinander verschlungen, hatte sie das Gefühl, sie hätte sie für immer verloren.

Jerry drückte beruhigend ihre Hand. Er hatte sie schon wieder in den Blick genommen. So langsam hatte sie das Gefühl, dass er sie nie aus den Augen ließ. Sein ständiges Beobachten belastete sie – sogar noch mehr als die unablässige Aufmerksamkeit der Presse und der gaffenden Öffentlichkeit.

»Möchtest du die Jungs begrüßen?«, flüsterte Jerry ihr zu. »Sieh nur, wie aufgeregt sie sind.«

Josh war wenigstens zehn Zentimeter gewachsen. Sein blondes Haar hing ihm lang über die Ohren und in die Augen, wobei es sich an den Spitzen lockte. Wäre Lillian zu Hause gewesen, dann hätte sie es schon vor langer Zeit geschnitten, aber sie musste zugeben, dass es ihm stand.

Sein schlaksiger Körper steckte in einem langärmligen Hemd, das vermutlich extra für diesen Anlass gekauft worden war. Die vertikalen grünen und grauen Streifen betonten seine ohnehin schon unfassbar langen Arme nur noch mehr und riefen ihr ins Gedächtnis, dass er ein Kind auf der Schwelle zum Teenager war. Jeder Teil von ihm schien sie anzuklagen: »Das alles hast du verpasst!« Seine Schneidezähne waren keine Milchzähne mehr und wirkten viel zu groß für sein Lächeln. Wie oft war die Zahnfee während Lillians Abwesenheit gekommen?

*Wie kann sie es wagen zu kommen, wenn ich nicht da bin?*, dachte Lillian und war wütend darüber, dass das Leben offenbar problemlos ohne sie weitergegangen war. Mit einem Mal hasste sie die Zahnfee mit ihren glitzernden kleinen Flügeln und dem Zauberstab. Lillian schüttelte den Kopf, um dieses Bild wieder loszuwerden. *Dreh jetzt nicht durch, Lillian. Sei normal. Sei einfach normal.*

Dummerweise erinnerte sie sich nicht mehr daran, wie *normal sein* ging. Jerry hatte ihr an diesem Morgen beim Zuknöpfen der Bluse und Auftragen des Lippenstifts helfen müssen. Während der Fahrt zum Flughafen hatte er ihr von jeder Sekunde im Leben ihrer Söhne erzählt, die sie verpasst hatte, als wäre er der Babysitter und sie käme gerade von einem netten Abend nach Hause. Lillian war in Bezug auf ihre Kinder immer die Expertin gewesen, aber jetzt kam sie sich vor, als wäre sie in deren Leben nichts weiter als ein Zaungast.

Sie blickte auf Jills andere Seite, auf der das Gesicht des kleinen Daniel halb von dem ausgebeulten lilafarbenen Shirt verdeckt wurde. Er schien perfekt an Jills Hüfte zu passen, als wäre er es gewohnt, dort Trost zu finden. Als Jill den Arm bewegte, konnte Lillian Daniels Kopf sehen und hatte ihre Eifersucht sofort vergessen. Bei ihrer Abreise hatten die Haare des Jungen im Kindergartenalter die Farbe des Sandes auf ihrer Insel gehabt, und im Sommer färbte die Sonne die Spitzen des hellbraunen Haares blond. Aber in den vergangenen zwanzig Monaten war sein Haar dunkler geworden, und jetzt bedeckten mahagonifarbene Locken seinen Kopf.

Jill tippte ihm auf die Schulter und flüsterte ihm etwas ins Ohr, das ihn dazu brachte, Lillian direkt anzusehen. Als sich ihre Blicke trafen, hielt sie den Atem an. Er hatte ihre smaragdfarbenen Augen – oder zumindest die Augenfarbe, die sie früher gehabt hatte – und sie sahen ebenso hell und strahlend aus wie ihre. Seine kleinen rosafarbenen Lippen verzogen sich zu einem schüchternen Lächeln. Mit einer kleinen Hand umklammerte er ein Schild, auf das mit Buntstift »Willkommen zu Hause,

Mom!« geschrieben worden war. Wenn diese Worte doch nur stimmen und sie sie wirklich wieder zu Hause willkommen heißen würden!

Der Lärm um sie herum drang immer mehr auf sie ein, und irgendjemand aus dem Pulk rief ihren Namen und übertönte das Dröhnen ihres Herzschlags.

»Lillian! *Lillian!*« Sie hörte es erneut und sah sich in der Menge der Fremden, die sich gegen die nicht sonderlich stabile Absperrung drückten, nach einem weiteren vertrauten Gesicht um. Doch da war nur eine Mauer aus Farben, Ballons und Blumen, die mit der Masse der Menschen und dem Tumult der Gesichter verschwammen. Alle lächelten, riefen ihren Namen oder brüllten irgendwas, das sie nicht verstand.

Aber ihre Blicke drückten gegen ihre Haut, und ihre Schreie taten ihr in den Ohren weh. Eine Frau streckte ihre Hand durch die Absperrung und griff weinend nach Lillian. Was wollte sie von ihr? Was wollten all diese Menschen? Das war zu viel auf einmal. Zu viele Leute, zu viel Aufregung, eine zu große Erwartungshaltung. Sie musste hier weg.

Sie entwand Jerry ihre Hand, denn Händchen halten war beim Weglaufen doch eher hinderlich. Der enge Metallriemen um ihren Fußknöchel schoss ihr durch den Kopf, der verhinderte, dass sie die dummen Schuhe einfach abstreifen konnte. Warum hatte sie keine Sportschuhe anstelle der dünnen Sandalen angezogen, die ihr irgendjemand heute Morgen in Guam hingestellt hatte? Selbst ihre alten Nikes, die es nicht von der Insel heruntergeschafft hatten, wären besser zum Laufen geeignet gewesen. Und jetzt wollte sie nichts lieber tun als wegzulaufen.

Das Flugzeug, aus dem sie gestiegen waren, hatte wieder abgehoben und flog jetzt nach Chicago. Selbst wenn sie in einen anderen Flieger steigen würde – wo sollte sie hinfliegen? Sie konnte nicht zurück auf die Insel gehen und dort allein leben. Dieser Ort war von zu vielen Erinnerungen kontaminiert. Und in das Krankenzimmer, in dem sie die letzten beiden Wochen eingesperrt gewesen war, würde sie keinen Fuß mehr setzen. Aber es gab noch eine andere Option: David. Er würde wissen, was zu tun war.

Die Vorstellung, mit ihm zu reden, beruhigte sie ebenso wirkungsvoll wie eine Valium. Sie plante es bereits im Kopf, dass sie nach Kalifornien fliegen, aus dem Flugzeug steigen, sein Lächeln sehen und ihm in die Arme fallen würde, wie es sich richtig anfühlte. Aber wie war es zu erklären, dass sie so lange Zeit davon geträumt hatte, nach Hause zurückzukehren, nur um jetzt das Gefühl zu haben, völlig fehl am Platz zu sein? Sie konnte sich die finstere Miene genau vorstellen, die sein Gesicht zeigen würde, wenn sie zugab, dass alle besser dran gewesen wären, wenn man sie nie von dieser Insel gerettet hätte. Dieser Gedanke war noch schmerzhafter als all die Blicke der Umstehenden. Sie wollte lieber hier bleiben als Gefahr zu laufen, dass David sie noch mehr hasste.

Jerry legte ihr einen Arm um die knochigen Schultern, berührte sie dabei jedoch kaum. »Die Jungs haben dich so sehr vermisst.« Sein Atem roch nach Pfefferminzbonbons. Die lutschte er immer beim Start und während der Landung, um den Druck in seinen Ohren zu lindern. Bei dieser Erinnerung musste Lillian lächeln und schmiegte sich an ihn. »Soll ich sie herrufen?«, fragte er, blind dafür, dass gerade alles über sie hereinbrach. Am liebsten hätte sie es abgelehnt, aber sie nickte trotzdem und fragte sich, ob es möglich war, auch auf dem Trockenen zu ertrinken.

Als Jerry die Jungs zu sich winkte, lehnte sich Lillian an ihn, da sie schon befürchtete, die beiden würden den Kopf schütteln und sich abwenden. Daniel hatte immer Angst vor Fremden gehabt, und Lillian war davon überzeugt, dass sie für ihn jetzt wie eine Fremde aussehen musste. Aber sobald ihre Söhne ihre Namen hörten, ließen sie Jill los und rannten zu Lillian.

»Mom!«, rief Josh mit seiner Große-Jungen-Stimme und klang so vertraut.

»Mommy!«, brüllte Daniel und rannte so schnell auf sie zu, dass seine Beine vor ihren Augen verschwammen. Sie wappnete sich für den Aufprall, und dann waren sie auch schon da. Daniel erreichte sie als Erster und warf die Arme um ihre Beine, und dann kam Josh, der ihre Taille umklammerte. Bei dieser Kollision verflogen all ihre Zweifel auf einen Schlag. Anstatt tiefer in das Loch zu fallen, das sie sich selbst gegraben hatte, sah sie endlich einen winzigen Lichtschimmer, der ihr zeigte, in welche Richtung sie klettern musste.

* * *

Nein, Genevieve Randall hatte keine Kinder, da war sich Lillian ganz sicher. Eine Mutter war mit dem alltäglichen Ekel vertraut und konnte über einen guten Toilettenwitz lachen. Aber so unterhaltsam es auch war, sie zu ärgern, so wollte Lillian doch auch, dass das Interview weiterging – und irgendwann ein Ende fand.

»Okay, also die persönliche Hygiene?« Lillian rieb die Hände aneinander und machte sich bereit, die Frage zu beantworten. »Das ist nicht weiter schwierig. Wir hatten alle unsere eigenen Vorlieben, die von nie bis hin zu einmal die Woche reichten.«

Genevieve rümpfte wie in Zeitlupe die Nase, als könnte sie die drei selbst jetzt noch riechen. Im Hintergrund kam Jerry die Treppe herunter und setzte sich hinter Genevieve Randall auf einen leeren Sessel, sodass er sich genau in Lillians Blickwinkel befand. Er hatte ein anderes Hemd angezogen, eines mit Nadelstreifen. Als er bemerkte, dass Lillian ihn ansah, formte er mit den Lippen lautlos »Roboter«. Lillian schlug die Hand vor den Mund und tat so, als müsse sie husten.

»Sie sprechen jetzt vom Baden?«, fragte Genevieve hoffnungsvoll und fand dieses Thema offenbar sehr viel interessanter als die Latrinen. »Im Meer oder im Süßwasser?«

»Meist in dem Süßwasserteich, den wir in der Nähe der Lagune entdeckt hatten. Er wurde von einer unterirdischen Quelle gespeist, daher war das Wasser erstaunlich frisch. Wir haben natürlich dafür gesorgt, dass wir es nicht unnötig verunreinigten.« Lillian konnte nicht widerstehen, vielsagend mit den Augenbrauen zu wackeln. »Einmal die Woche, meist sonntags, habe ich am Teich unsere Wäsche gewaschen, so gut es ging, und danach gebadet. Eine Zeit lang habe ich die Seife aus Margarets Kulturtasche benutzt, doch nach einer Weile beschloss ich, sie für besondere Gelegenheiten wie beispielsweise Feiertage aufzuheben.«

Würden sie jetzt die computergenerierte Inselkarte einblenden? Darauf würde eine rot gepunktete Linie den Weg zur Lagune, zum Süßwasserteich und zu der sandigen Halbinsel mit Margarets Grab am alten Strand markieren.

Oder waren sie sogar hingeflogen? Hatten sie ein Kamerateam hingeschickt, um die Überreste ihres Heims zu filmen? Bei diesem Gedanken erschauderte sie, als würde sie einen Einbrecher dabei beobachten, wie er nachts in ihr dunkles Haus einstieg, all ihre Habseligkeiten berührte und gierig nach Wertgegenständen suchte.

»Und die Männer?«

Lillian zuckte mit den Achseln. »Ich weiß, dass sie sich gewaschen haben, zumindest Dave hat das getan, aber bei Kent bin ich mir nicht so sicher. Er roch immer sehr männlich, ja, er stank fast schon. Sie waren beide oft im Wasser, um zu fischen, und haben das vermutlich ebenfalls als Baden angesehen. Wir alle haben die meiste Zeit nicht gerade gut gerochen.«

»Sie müssen es ja wissen, da Sie jede Nacht zusammen geschlafen haben«, meinte Genevieve und zog die Augenbrauen hoch, sodass sich Lillian fragte, ob sie damit etwas andeuten wollte.

Diese Nächte, so dunkel und lautlos, in denen sie zwischen den beiden Männern gelegen hatte, deren Körperwärme sie von beiden Seiten einhüllte. Eine Hand, die über ihre Haut und unter den Saum ihres T-Shirts glitt, um über ihre Wirbelsäule und ihre Rippen zu streichen … Lillian blinzelte mehrmals langsam.

»Ja, jede Nacht«, erwiderte sie.

# 14

## Lily – Tag 65

*Irgendwo im Südpazifik*

Waschtag. Nach einer Woche, in der es immer wieder geregnet hatte, ist die Morgensonne am wolkenlosen Himmel aufgegangen. Rasch lässt sie die Regenwasserpfützen verdunsten, die sich in den großen Löchern im Sand gesammelt haben. Endlich kann ich meine Arbeit erledigen.

Die Männer sind schon seit einer Weile auf den Beinen, das erkenne ich an der Größe des Feuers und an den kalten leeren Matten rechts und links neben mir. Aus irgendeinem Grund haben sie beschlossen, mich schlafen zu lassen. Ich will mich deswegen nicht beschweren, aber ich bezweifle, dass das wenige, was noch in unserem Obstkorb liegt, mir bis zum Mittag reichen wird.

Ich wische mir so gut es geht den Sand von den Füßen und ziehe meine verbeulten grauen Nikes an. Das einst blaue Nike-Logo ist jetzt schmutzig-schwarz, und die Schnürsenkel am rechten Schuh werden über kurz oder lang reißen. Im Sand stehend dehne ich mich, um meine verspannten Muskeln zu lockern, denen die Nacht auf dem Bambusboden nicht sehr gut getan hat.

Trotz der Sonne ist die Luft relativ kühl. Ich ziehe Margarets Blazer an und tue so, als würde ich die rostig braunen Flecken auf der einen Seite nicht sehen. Aber sie fallen mir natürlich trotzdem auf. Das tun sie immer. Ich habe die Jacke in den letzten sechs Wochen mehrmals gewaschen und werde es heute wieder tun, da ich es nicht ausstehen kann, mich jede Nacht in etwas einzuwickeln, das mit ihrem Blut befleckt ist, nur um es warm zu haben.

Dann gehe ich um die Feuerstelle herum und schaue in die gewebte Tasche mit den Früchten, die ich im Verlauf der letzten Woche an trockenen Tagen gesammelt habe. Zwei grüne Bananen und eine überreife Mango sind alles, was mir die Heuschrecken, mit denen ich zusammenlebe, übrig gelassen haben. Ich zucke mit den Achseln, stecke alles in die Jackentaschen und hebe mir das armselige Mahl auf, bis ich am Teich sitze, an dem ich immer die Wäsche mache. Er liegt zwanzig Minuten von unserem Lager entfernt, aber in der Ruhe unter den Bäumen, deren Blätter sich grün im stillen Wasser spiegeln, schmeckt alles immer besser. Ich genieße dort immer die wenigen Augenblicke, in denen ich ganz allein sein kann.

Dieser Teich ist unsere Rettung. Ohne ihn hätten wir nur dank des Regens Süßwasser gehabt. Das klingt zwar gar nicht so schlimm, aber Regen lässt sich viel schwerer sammeln, als man es immer in Filmen sieht. Während unserer ersten beiden Tage auf der Insel war es trocken. Wir haben Kokosmilch und Mangosaft getrunken, um am Leben zu bleiben, aber wir hatten immerzu Durst, und der Fruchtsaft hat unsere Verdauungstrakte in Aufruhr versetzt. Dann tauchte Kent mit richtigem, klarem, kühlem Wasser auf, das wie flüssiger Himmel schmeckte.

Die erste Flasche haben wir gierig geleert, ohne auch nur darüber nachzudenken, wo das Wasser herkam und ob es sauber war. Sobald wir die Flasche ausgetrunken hatten, wollte Dave von Kent wissen, wo die Quelle ist, aber er hat sich natürlich geweigert, es uns zu verraten. Das ist typisch für ihn.

Am nächsten Tag haben wir uns erst versteckt und sind Kent dann unbemerkt um die halbe Insel herum durch ein wahres Labyrinth aus Dschungelpflanzen gefolgt. Auf einmal wurden die Bäume lichter und wir sahen sie: eine dunkle Wasserfläche von der Größe eines Hotelpools. Kent trank direkt aus dem Teich und füllte die Wasserflasche auf, als er fertig war, um dann in den Dschungel zu gehen, wo er vermutlich jagen wollte. Wir warteten, vermutlich länger als nötig, bis wir ganz sicher waren, dass er nicht wiederkommen würde. Dann drehten Dave und ich durch und sprangen komplett angezogen ins Wasser.

Zuerst trank ich, indem ich mir das Wasser mit der Hand in den Mund schöpfte, auch wenn mein seit Tagen so gut wie leerer Magen protestierte. Es war sandig und schmeckte nach Algen, aber wir nahmen einfach an, dass es trinkbar sein musste, da wir von dem, was wir am Vortag getrunken hatten, nicht krank geworden waren. Zu guter Letzt gab ich alle Zurückhaltung auf, tauchte das Gesicht ins Wasser und trank die belebende Flüssigkeit direkt aus der Quelle. Seit diesem Tag ist der Teich mein Zufluchtsort.

Ich ziehe Margarets Jacke aus und lege sie auf den Boden, sodass das glänzende weiße Satinfutter nach oben zeigt. In der hintersten Ecke unseres Unterschlupfs liegt ein kleiner Haufen mit Schmutzwäsche, den Kent und Dave am Vorabend auf meine Bitte hin angelegt haben. Daves Hemd, Kents Boxershorts, ein Paar ehemals weiße und jetzt dunkelbraune Socken. Ich lege alles auf die Jacke und füge den grau-weißen BH und den Slip hinzu, die ich seit eineinhalb Tagen in meiner Gesäßtasche verstecke.

Indem ich die Ecken der Jacke verknote, erschaffe ich einen behelfsmäßigen Sack, wobei ich darauf achte, dass mein Frühstück nicht verloren geht. Ich werfe mir den Sack wie eine Landstreicherin über die Schulter und gehe zum Strand. Dort sehe ich mich in beide Richtungen um und versuche, die Männer zu entdecken, schaue auch aufs Wasser hinaus – vielleicht ist ja einer von ihnen beim Fischen –, aber ich bin anscheinend allein.

Allein. Nach dem Absturz hat mir diese Vorstellung erst eine Heidenangst eingejagt, aber jetzt kommt es nur sehr selten vor, dass ich mal etwas Zeit für mich habe. Eigentlich bin ich nur in meinen Träumen allein. Selbst mein Bett muss ich mir mit Dave und Kent teilen.

Sie schlafen neben mir, Dave auf der linken und Kent auf der rechten Seite. Ich weiß nicht genau, wie sich das entwickelt hat, aber die beiden Männer können sich nicht ausstehen und haben wohl stillschweigend beschlossen, so weit wie möglich voneinander weg zu schlafen. In manchen Nächten, meist nach einem Sturm, drücken wir uns aneinander, um eine Insel der Wärme zu schaffen, wie es zusammengebundene Palmwedel oder Strandhafer nicht vermögen.

Da ich in der Mitte liege, muss ich nie frieren, weil die beiden Männer nah an mich heranrücken und wie menschliche Heizöfen wirken. Wenn es heiß ist, rollen sie sich in die andere Richtung und lassen den erfrischenden tropischen Wind herein, der durch unseren Unterschlupf weht.

Aber dieses dicht aneinandergedrängte Schlafen hat auch Nachteile. Die Moskitos sind schreckliche kleine Vampire, die nie genug zu kriegen scheinen. Wir haben versucht, Teile des Rettungsbootes, das auf dem Weg in die Lagune von den Korallen aufgerissen worden war, nachts über unser Lager zu rollen, um die Insekten fernzuhalten. Meist ist es aber zu heiß und stickig. Trotz des Windes ist der Geruch der beiden verschwitzten Männer neben mir in diesem umschlossenen Bereich fast erdrückend. Lange Zeit bin ich mit einem Arm über Mund und Nase eingeschlafen, um das Würgen zu unterdrücken.

Kent ist der Schlimmere von beiden. Ich vermute fast, er genießt es, nicht baden zu müssen, als wäre er ein dickköpfiger

Sechsjähriger, der viel zu sehr mit dem Spielen beschäftigt ist, um ein Bad nehmen zu können. Wenigstens scheint sein Gestank die Moskitos auf Abstand zu halten. Vermutlich stimmt es, dass man sich mit der Zeit an alles gewöhnt, aber in letzter Zeit ist sein Körpergeruch nicht das Einzige, was unerträglich ist.

Wenn die Nacht am dunkelsten ist, erstirbt unser Feuer zu Glut und die Brise, die vom Meer herüberweht, ist nicht mehr erfrischend, sondern kalt. Wir schlafen aneinandergedrängt, und ich habe gelernt, mit dem Gesicht in Daves Richtung zu schlafen, da er weniger stinkt als Kent. Dave ist ein guter Bettgenosse. Er kommt mir nie zu nahe, scheint meine Bewegungen vorauszuahnen, und wenn es kalt ist, finde ich bei ihm immer eine warme, sichere Stelle zum Ankuscheln.

Anders als bei Kent hinter mir, dessen Gewicht es mir unmöglich macht, mich auch nur einen Zentimeter in diese Richtung zu bewegen. Immer häufiger wache ich auf und stelle fest, dass er mir unangenehm nah ist und seinen Körper gegen mich presst. Und dann ist da noch dieses »Träumen«.

* * *

Es fing damit an, dass er mir unerträglich nah kam, aber das war es nicht, was mich geweckt hatte. In den letzten Nächten war ich manchmal aufgewacht und hatte festgestellt, dass sein Arm unter der gewebten Matte, die ich für uns angefertigt hatte, schwer über meinem Körper lag. Wir überqueren diese unsichtbare Linie während der Schlafenszeit nicht, das ist ein ungeschriebenes Gesetz – keine Berührung außer den notwendigen, um einander warmzuhalten.

Als es zum ersten Mal passiert ist, murmelte er auf seltsame Weise etwas vor sich hin, was ich nicht verstehen konnte, und sein saurer Atem wehte gegen mein Ohr, das ganz feucht wurde. Dann bewegte er die Finger ganz langsam, fing an meinem

Rücken an und schob sie lautlos weiter. Ich war noch im Halbschlaf und glaubte erst, es wäre ein Käfer oder eine Ratte, aber als seine mit Schwielen bedeckten Fingerspitzen unter mein T-Shirt und über meine nackte Haut glitten, war ich mit einem Schlag hellwach.

»Kent, Kent, wach auf«, wisperte ich eindringlich. Ich war davon überzeugt, dass er erschrocken sein würde, wenn er erwachte und feststellte, was er getan hatte. Aber seine Hand erschlaffte nur und verschwand wieder, fast so, als hätte er überhaupt nicht geschlafen.

Ich verdrängte diesen Gedanken und setzte alle Entspannungsmethoden ein, die ich jemals gelernt hatte. Den Rest der Nacht lag ich schlaflos da und hatte Angst, erneut zu spüren, wie er mich begrapschte, oder – noch schlimmer –, dass ich es erst spüren würde, wenn er zu weit gegangen war.

Am nächsten Morgen kletterte ich müde und mit verquollenen Augen aus dem Unterschlupf, und Dave fragte, ob es mir nicht gut ginge. Ich habe es ihm nicht gesagt. Ich habe ihn auch nicht gebeten, den Platz mit mir zu tauschen. Teils aus Scham, teils, weil ich es noch immer leugnete, aber vor allem hatte ich Angst, dass er daraus eine große Sache machen würde. Sollte Dave es mit Kent aufnehmen wollen, dann war schon vorher klar, dass Kent als Sieger aus der Auseinandersetzung hervorgehen würde.

Die nächsten beiden Nächte verbrachte ich eher in einem Dämmerzustand und wartete darauf, dass es erneut geschah. In der dritten Nacht gelang es mir nicht, wach zu bleiben. Wir hatten den ganzen Tag Nüsse gesammelt, waren dabei auf Bäume geklettert und hatten anschließend die Nüsse geöffnet und ausgehöhlt. Da ich am wenigstens wog, hoben mich die Männer immer in die Bäume. Ich legte die Arme um den schmalen Stamm und drückte die Füße gegen die glatte Borke, um hochzuklettern. Abends war ich völlig erschöpft und hundemüde.

In dem Augenblick, in dem mein Kopf auf dem Polster aus Bambus lag, fiel ich in einen tiefen und traumlosen Schlaf und merkte nicht einmal mehr, wie sich Dave vor und Kent hinter mich legten. Auch die kühle Luft, als sie unter unsere behelfsmäßige Decke schlüpften, weckte mich nicht. Ich hörte nicht, wie Dave im Schlaf atmete und Kent schnarchte. Und ich spürte auch nicht, wie Kent irgendwann im Laufe der Nacht eine Hand unter mein T-Shirt schob und über meine Rippen und meinen nackten Bauch strich. Erst als die Sonne bereits aufging, kurz bevor der schwarze Himmel heller wurde, verschwand meine Erschöpfung und ich wusste, dass irgendetwas nicht stimmte.

Was genau er alles berührt hatte, werde ich nie erfahren, aber seine Hand lag über dem Schlüsselbein auf meiner Schulter – unter meinem T-Shirt und zwischen meinen Brüsten. Ich hätte am liebsten laut aufgeschrien. Ganz langsam befreite ich mich aus seiner Umklammerung und schob seine Hand weg, wobei seine Finger wie Sandpapier über meine Haut rieben. Als ich endlich frei war, taumelte ich zur Rückwand unseres Unterschlupfes, legte die Arme um meine Beine und schnappte zitternd nach Luft. Obwohl ich vollständig bekleidet war, fühlte ich mich nackt und wäre am liebsten in den Dschungel gelaufen, wo mich niemand sehen konnte. Aber weglaufen war sinnlos, da ich nur auf der anderen Seite der Insel landen würde, die trotz allem vom Meer umgeben war. Ich konnte nicht entkommen. Frierend und wie geprügelt legte ich meinen schweren Kopf auf meine Knie und weinte leise.

Falls Kent wusste, was in der Dunkelheit passiert war, so ließ er sich nichts anmerken. Die beiden Nächte nach Kents Albtraum – oder was immer das gewesen war – schlief ich am Feuer. Dave war vermutlich nicht glücklich darüber, dass er sich an Kent ankuscheln musste, aber keiner der beiden sagte ein Wort.

Dann fing es wieder an zu regnen, sodass ich erneut bei ihnen schlafen musste. Ich blieb während der meisten Nächte wach, rollte mich in Fötushaltung zusammen und rückte ungewöhnlich dicht an Dave heran. Er schien die Veränderung entweder nicht zu bemerken oder auf den Regen zu schieben – möglicherweise besaß er aber auch genug Anstand, um es einfach nicht zu erwähnen.

Einige Male döste ich ein und glaubte, es erneut zu spüren – Finger, die den Saum meines T-Shirts oder den Bund meiner Shorts berührten und auf der Suche nach Haut waren. Schon bald lernte ich, dass er aufhörte, wenn ich mich nur ein bisschen weiter nach links drehte, hustete oder ein anderes Geräusch von mir gab.

* * *

Ich will, dass es aufhört.

Ich weiß nicht, wie lange ich diesen quälenden Schlafentzug noch aushalte. Endlich kann ich für eine Weile allein sein, fern von den einzigen Menschen, die ich in den letzten beiden Monaten gesehen habe, fern von der Monotonie der Wellen und dem Geruch nach Salz und Schweiß, der in unserem Unterschlupf herrscht, damit ich wieder einen klaren Kopf bekomme.

Das Bündel wird immer schwerer, und meine Schulter tut weh, als ich endlich an der Kokospalme mit der Markierung ankomme, was mir signalisiert, dass es Zeit ist, auf den fast unsichtbaren Pfad einzubiegen, über den man unsere Oase erreicht. Ich reibe mit den Fingern über den Stamm und sehe das dunkle, knorrige X, das Dave eingeritzt hat, damit wir den Weg auch ohne Kents Hilfe finden. Heute brauche ich diese Hilfestellungen. Der Regen hat dafür gesorgt, dass einige der Büsche im Unterholz in überraschende Richtungen ausgetrieben haben und ich ein- oder zweimal stehen bleiben muss, um mich zu vergewissern, dass ich noch auf dem richtigen Weg bin.

Kurz darauf lichten sich die Bäume, und der Boden wird feuchter und matschiger. Auf einmal stehe ich knöcheltief im klaren Wasser des Teichs, der nach dem vielen Regen in den letzten Tagen über die Ufer getreten ist. Mein bevorzugter Waschstein, der normalerweise am Rand des Teichs steht, ist jetzt vom Wasser umgeben. Ich möchte keine nassen Schuhe bekommen, da sie ewig brauchen, bis sie wieder trocken sind, daher hänge ich mein Wäschebündel in der Nähe an einen Ast und ziehe die Schuhe, meine Shorts und das löchrige grüne T-Shirt mit V-Ausschnitt aus. Das Tankini-Top, das ich darunter trage, hängt nur noch an einem Träger. Es ist schon längst nicht mehr elastisch, bedeckt aber noch immer die wichtigsten Teile. Ich lege meine Kleidung und meine Schuhe in das Bündel, hieve es auf meinen Rücken und wate durch das kühle dunkle Wasser.

Die verjüngenden Eigenschaften des Teiches setzen bereits ein, als ich durch das knietiefe Wasser zu meinem Waschstein gehe. Mit letzter Kraft lasse ich das Bündel auf den mit Moos bedeckten Stein fallen und seufze, wobei ich versucht bin, auch auf den Stein zu klettern und das Bündel als Kopfkissen zu benutzen. Aber irgendeine Arbeitsethik, wie sie Müttern wohl eigen ist, befiehlt mir, mich erst auszuruhen, wenn meine Arbeit erledigt ist. Na dann, ein Hoch auf die Selbstdisziplin!

Meine Waschroutine ist einfach: Zuerst wasche ich die Kleidung und dann mich. Es dauert nicht lange, die paar Kleidungsstücke auszuschütteln und auszuwaschen, wobei ich Margarets Jacke immer bis zum Schluss aufhebe und diesen rostfarbenen Blutfleck in der Hoffnung bearbeite, dass der Schmerz über ihren Verlust zusammen mit dem Fleck verschwinden wird. Zu guter Letzt schwimme ich zu der kleinen Felsnische, die das Herzstück der Lichtung bildet, und stecke eine Hand tief in eine Ritze. Ich habe sie vor einigen Wochen entdeckt, und sie hat genau die richtige Größe für Margarets Kulturbeutel.

Ebenso wie uns der Verbandskasten das Leben gerettet hat, sorgt dieser Beutel dafür, dass ich nicht den Verstand verliere. Ich habe darin einige kleine Pflegehelfer wie eine Nagelschere und eine Pinzette gefunden. Außerdem befand sich darin eine erstaunlich große Ansammlung an Shampoos, Seifen, Zahnpasta und Bodylotions, die sie aus Hotels mitgenommen hatte, sowie eine Bürste und ein Waschhandschuh. Ich war fast schon enttäuscht, dass sie nicht auch noch einen Bademantel eingepackt hatte.

Diese winzigen Fläschchen machen mich wieder zum Menschen. Es ist schon erstaunlich, was eine erbsengroße Menge duftenden Shampoos bei mir bewirkt. Kent und Dave wissen von meinem Vorrat – und schätzen und nutzen sowohl die Nagelschere als auch die Pinzette –, aber abgesehen von einem kleinen Seifestück, das Dave irgendwo in der Nähe des Lagers aufbewahrt, hat sich keiner von ihnen für meine Schätze interessiert. Damit habe ich kein Problem, denn so bleibt mehr für mich übrig.

Ich schwimme wieder zu dem Felsen und wasche mein Badezeug, das ich langsam ausziehe, durch das klare Wasser ziehe und auf dem Stein zum Trocknen liegen lasse. Nackt und zufrieden seife ich mich ein, sodass sich auf meinem ganzen Körper Schaum bildet. Ich bin richtig schlank und muskulös geworden, mein Bauch ist flach und fest, und nur einige dunklere Dehnstreifen erinnern daran, dass ich zwei Kinder zur Welt gebracht habe. Die Haare auf meinen Beinen und unter meinen Armen sind unglaublich lang geworden. Anfangs war mir das peinlich, aber inzwischen ist diese Haardecke ebenso ein Teil meines neuen Körpers geworden wie meine dürren Oberschenkel und meine hervorstehenden Hüftknochen. Aber mir fehlt das seidenartige Gefühl, das ich immer spürte, wenn ich nach dem Rasieren über meine Beine gestrichen habe.

Während ich mich einseife, kitzelt mich der Blumengeruch des Shampoos in der Nase und meine Haut zieht sich an der Luft zusammen, nachdem ich sie mit der nach Stärke riechenden Hotelseife abgerieben habe. Nach dem gründlichen Schamponieren meiner Haare tauche ich ins Wasser und wackle mit dem Kopf, um meine zerzausten Locken auszuspülen. Es fühlt sich unglaublich gut an, wieder sauber zu sein.

Seufzend komme ich wieder an die Wasseroberfläche. Mein kleiner Urlaub vom Lagerleben ist vorbei. Durch eine Lücke im Blätterdach kann ich erkennen, dass die Sonne wieder hinter Wolken verschwunden ist. Schon jetzt wird die Luft kühler, was bedeutet, dass wieder ein Sturm aufzieht. Ich kämme mir die Haare, wate zum Stein und reibe am Saum von Daves Hemd. Es ist fast trocken. Am besten packe ich schnell alles ein und gehe zurück zum Lager, bevor meine harte Arbeit noch vom Regen zunichtegemacht wird.

Ich nehme meine noch feuchte Unterwäsche vom Stein und ziehe sie im Wasser an. Die beigefarbene Spitze des Slips klebt unangenehm an meiner Taille. Als ich gerade den BH überstreife, knackt es laut im Dschungel. Es klingt ganz so, als wäre ein Ast zerbrochen, und zwar hier in der Nähe, erschreckend nah sogar. Auf dieser Insel gibt es zahlreiche kriechende Wesen, an die ich mich noch nicht richtig gewöhnt habe: Schlangen, Echsen und Ratten … so viele Ratten. Die Liste geht mir schneller durch den Kopf, als ich mitzählen kann.

»Hallo? Ist da jemand?« Meine Stimme hallt über die Lichtung, obwohl ich geflüstert habe.

Ich schleiche aus dem Wasser und auf den weichen Schlamm, um mich vorsichtig an der Stelle dem Baumrand zu nähern, von der das Geräusch gekommen ist. Eigentlich will ich gar nicht wissen, was dieses Geräusch hervorgerufen hat, aber ich kann nicht anders. Dann höre ich es wieder, und dieses Mal bin ich mir sicher, dass sich etwas Großes durch die Büsche bewegt. Ich bücke mich hinter einer Banyan-Feige, auf die ich dummerweise nicht klettern kann, da der Stamm glatt ist und sich der niedrigste Ast in zweieinhalb Metern Höhe befindet.

Es ertönt ein lautes Rumsen und ein Schmerzensschrei, der nicht unbedingt nach einem Menschen, aber auch nicht nach einem Tier klingt. Etwas Großes kommt auf mich zu. Wir haben auf der Insel noch keine Raubtiere gesehen, aber das heißt noch lange nicht, dass es keine gibt. Ich drehe mich auf dem Absatz um, tauche ins Wasser und schwimme zu meinem Versteck, in dem ich den Kulturbeutel verstaue. Dann kraule ich schnell zurück und packe die feuchte Kleidung, meine Schuhe und mein Frühstück, das ich noch nicht einmal angerührt habe, zusammen. Mit dem Bündel auf der linken Schulter renne ich barfuß zwischen den Bäumen hindurch in Richtung Strand.

Endlich verlasse ich den Dschungel, betrete den Strand und breche auf dem Sand zusammen, wo ich alles fallen lasse und nach Atem ringe.

»Was war das?«, flüstere ich, während ich auf allen vieren im Sand hocke.

»Was war was?«, fragt eine tiefe Männerstimme.

Als ich mich aufrappele, kommt Kent den Strand entlang. Er trägt seine normale Uniform: zerschlissene Shorts, nackter Oberkörper und einen Speer in der Hand. Sein kurzes blondes Haar ist seit dem Absturz gewachsen, liegt ihm jedoch nicht platt am Kopf an, sondern steht in alle Richtungen ab, wodurch seine hohe Stirn nur noch mehr auffällt.

*Ach, es ist nur Kent.* Mein Herzschlag beruhigt sich wieder. »Ich weiß es nicht. Ich habe gerade unsere Kleidung gewaschen, als ich dieses Geräusch gehört habe. Es war laut und kam direkt auf mich zu. Es klang wie ein riesiges wildes Tier.«

Kent starrt mich an, zieht seine weißen Augenbrauen skeptisch hoch und verschränkt die Arme vor seiner nackten, haarigen Brust. »Und wie hat diese geheimnisvolle Kreatur ausgesehen?«

»Das weiß ich nicht. Ich hab doch nicht auf sie gewartet. Aber was immer es war, es war groß und hat sich schnell bewegt.« Meine Atmung beruhigt sich langsam, und ich kann wieder sprechen. »Könnte das ein Eber, ein Wildschwein oder so was gewesen sein?«

»Keine Ahnung, gut möglich.« Er zuckt mit den Achseln, legt sich den Speer über die Schultern und verhakt beide Ellbogen an den Enden. »Und aus diesem Grund stehst du pitschnass und nur in deiner Unterwäsche am Strand?« Er mustert mich von oben bis unten. »Hatte Rotkäppchen Angst vor dem großen bösen Wolf?«

Ich lege die Arme um meine Taille und werde mir erst jetzt bewusst, dass ich fast nackt bin. So gehe ich zwar fast ständig schwimmen, aber als ich hier so stehe und sehe, wie Kent die Augen aufreißt und meinen Körper begutachtet, möchte ich mir am liebsten etwas überziehen. Vor Scham werde ich puterrot, und mir steigen Tränen in die Augen. Ich versuche, nicht zu weinen. Kent soll mich nicht so schwach sehen.

»Warum musst du immer so ein Arschloch sein, Kent? Besitzt du denn überhaupt kein Mitgefühl?«

Ich wende mich ab und versuche, mein Gesicht vor ihm zu verbergen und den Wäschehaufen aufzuheben, der jetzt voller Sand ist. Meine Mango rollt hinunter zum Wasser, wo sie von der Brandung hin und her gespült wird. Ich taumele hinterher, als wäre es die letzte Frucht auf dieser Insel, auch wenn ich die Mango durch den Tränenvorhang kaum sehen kann. Als ich mein noch nicht verspeistes Frühstück mit den Fingerspitzen berühre, packt Kent meinen nackten Arm und zieht mich auf die Beine.

»Jetzt werd nicht gleich hysterisch. Ich wollte deine zerbrechlichen Gefühle nicht verletzen.«

Sein Griff ist fest, und seine langen Fingernägel bohren weiße Halbkreise in meine Haut. Er zieht mich an sich, bis sein Brusthaar meinen Unterarm kitzelt. Sein Atem riecht sauer, und ich muss würgen und bin froh, dass ich noch nichts gegessen habe. Ich versuche, mich loszureißen, aber er hält mich mit eiserner Hand fest.

»Lass mich los, Kent!« Er ignoriert es und kommt noch näher.

Auf einmal greift er nach meinem feuchten Haar. Er wickelt sich eine Strähne um den Zeigefinger, bis seine Haut ganz darunter verschwunden ist. Dann lässt er sie los. Sie dreht sich auf wie eine Korkenzieherlocke, die er sich unter die Nase hält.

»Du riechst gut«, knurrt er. Er lässt mein Haar los, greift mit beiden Händen nach meinen Armen, zieht mich an sich, obwohl ich mich widersetze, und presst seinen Körper gegen meinen. Schnüffelnd reibt er die Nase über meinen Hals.

Ich würde am liebsten weglaufen, aber ich stehe wie erstarrt da, als wäre ich ein Opossum, das hofft, vom Raubtier übersehen zu werden. Aber als sein Mund neben meinem Ohr ist, bekomme ich bei seinem beschleunigten Atem Angst.

»Jetzt schlafe ich nicht, Kent. Lass mich sofort los, oder du findest irgendwann, wenn du mal aufwachst, eine Schlange in deiner Hose«, knurre ich ihn an. »Und das ist jetzt nicht als Anspielung gemeint.«

Er lässt mich los, taumelt nach hinten und sieht ungewöhnlicherweise mal erstaunt aus. »Ich habe nicht die geringste Ahnung, wovon du sprichst, du Schlampe. Geh nach Hause zu Daddy, und erzähl ihm von den bösen Monstern im Wald.« Seine rechte Hand liegt lässig auf dem Griff seines Messers, das praktischerweise im Bund seiner Shorts steckt. »Und denk nicht mal daran, mir irgendwas vorzuwerfen.«

Ich schlinge die Arme enger um mich und erschaudere, als er meinen halb nackten Körper noch einmal ausgiebig von oben bis unten mustert, bevor er weggeht und leise etwas vor sich hinmurmelt. In diesem Augenblick ist mir klar, dass das Raubtier, das in den dunklen Ecken dieser Insel lauert, Kent ist. Als ich mir sicher bin, dass er weg ist, packe ich meine Sachen und laufe zum zweiten Mal an diesem Tag vor einer Gefahr davon – nur dass sie dieses Mal real ist.

Wenige Minuten später erreiche ich das Lager und renne völlig außer Atem an Dave vorbei. Das Feuer schwelt; vier kleine Fische stecken auf Spießen und warten darauf, als Mittagessen gegrillt zu werden. Ich lasse das Bündel mit der ruinierten Wäsche vor dem Unterschlupf auf den Sand fallen und gehe direkt zum Feuer. Dort strecke ich die Hände aus und sehe zu, wie mich der Rauch, der zum Himmel steigt, liebkost. Er dringt in mein Haar und meine Haut ein und vertreibt den Hauch von Flieder, der mich bis ins Lager zurückbegleitet hat.

# 15

## Dave

*Gegenwart*

»Wie schwer ist es, auf einer verlassenen Insel zu überleben?«, fragte Genevieve direkt. Angesichts ihrer lustlos wirkenden Miene konnte er sich wieder entspannen. Endlich ein sicheres Thema.

»Das ist in der Tat sehr schwer. Ich weiß nicht, wie es die Menschheit vor der Erfindung der Handys, der industriell verarbeiteten Lebensmittel und der Elektrizität geschafft hat.« Dave kicherte leise. Die Leute wollten immer hören, wie sie gegessen, geschlafen und sich einen Unterschlupf gebaut hatten. Wenn sie nur gewusst hätten, dass nicht der Hunger ihr größtes Problem gewesen war, sondern ihre eigene Menschlichkeit.

»Erzählen Sie uns über Ihr Zuhause, die Insel. Wie war sie so?« Genevieve zog einen Mundwinkel hoch, und Dave vermutete, dass das ein Lächeln sein sollte.

»Äh, sie war klein und hatte gerade mal einen Durchmesser von vier bis fünf Kilometern. Dort gab es einige Obstbäume, eine Lagune mit Fischen und im Dschungel einen kleinen Teich mit Süßwasser, das aus einer Quelle im Boden kam. Wir hatten großes Glück, auf einer so kleinen Insel Süßwasser zu finden.«

Dave empfand einen seltsamen Stolz, als er den Ort beschrieb, an dem sie so lange gelebt hatten. Die Wahrheit zu sagen machte viel mehr Spaß, als zu lügen.

»Wie haben Sie es geschafft, die Insel bewohnbar zu machen? Was hatten Sie für Annehmlichkeiten?« Genevieve ging ihre Fragen mit Lichtgeschwindigkeit durch, aber Dave dachte gründlich über die Antworten nach und genoss die Sicherheit, die er bei diesem Teil ihres Gesprächs empfand.

»Wir haben uns mithilfe von Bambus, den wir mit Palmwedeln abdeckten, und ein paar abgeschnittenen Teilen des Gummibootes als Schutz vor dem Regen einen Unterschlupf gebaut. Kent hat einen komplizierten Wassersammler aus anderen Bootsteilen gebastelt, durch den wir unser Trinkwasser erhielten, bevor wir die Quelle entdeckten. Wir haben Schnecken von den Felsen gesammelt und mit dem Speer einen Fisch gefangen, wenn wir Glück hatten.« Dave sah deutlich die Lagune vor sich, hatte das blaue Wasser vor Augen, die Steine, an denen sie Schnecken gesammelt hatten und sich dabei vor den giftigen Seeschlangen in Acht nehmen mussten, den leuchtend weißen Sand, der sich wie ein Gürtel um den nie endenden meeresfarbenen Rock schlang.

»Hmm«, erwiderte Genevieve und übersprang eine ganze Reihe von Fragen auf Daves Liste, bei denen es um ihre Art des Fischens und das Beschaffen von Kokosnüssen ging. »Und wie war die Dynamik auf der Insel so? Gab es einen Anführer?«

Dave unterdrückte einen Seufzer. Wieder waren sie bei den aggressiven Fragen und den Unterstellungen angelangt. »Kent war ganz klar der Boss«, sprudelte es aus ihm heraus. »Er war als Pilot daran gewöhnt und gut darin, spontane Entscheidungen zu treffen, bei denen es um Leben und Tod gehen konnte. Lillian und ich hatten kein Problem damit, ihn in seiner Führungsrolle anzuerkennen. Das schien uns das Logischste zu sein.«

Es fiel ihm schwer, etwas Nettes über Kent zu sagen, selbst wenn einiges davon der Wahrheit entsprach, aber es war wichtig. Das gerissene Glänzen in Genevieves Augen flackerte wieder auf.

»Und welche Rollen haben Sie und Lillian gespielt?«

*Oh, wir waren eine glückliche Familie.* Er würde es ihnen schon vermitteln. Daher setzte er sein strahlendstes Lächeln auf, bei dem das Grübchen auf seiner rechten Wange zum Vorschein kam, und antwortete mit erzwungener Lockerheit.

»Wir haben alle dieselbe Arbeit gemacht, Früchte gesammelt und Vorräte gesucht. Unsere Regel lautete, dass jeder, der das Lager verlässt, wenigstens ein Stück Feuerholz mit zurückbringen muss. Wir sind auf die Jagd gegangen. Kent war zwar der Beste von uns, aber nach einiger Zeit haben wir uns auch ganz gut geschlagen.«

Genevieve stieß mit zusammengepressten Lippen ein Brummen aus. »Dann hat es Ihnen nichts ausgemacht, dass Kent, der Ihrer eigenen Aussage zufolge ein ziemlich grimmiger und sauertöpfischer Kerl war, nun den Boss spielte?«

»Eigentlich nicht«, antwortete Dave schnell. Er hatte nicht gezögert, und zumindest darauf konnte er stolz sein. »Ich bin schon lange genug im Geschäft, um zu wissen, dass die Person, die den Job am besten macht, mir nicht immer sympathisch sein muss. Aber solange der Job erledigt wird, ist mir die Persönlichkeit egal.« Er schlug lässig die Beine übereinander und hoffte, dadurch würde er entspannt rüberkommen.

Genevieve saß im Gegensatz zu ihm angespannt auf der Stuhlkante und zappelte nervös mit ihrem Stift herum. »Okay …« Sie zog den letzten Vokal in die Länge und starrte ihre Karteikarten an. »Und was war mit dem Schlafen?«

»Wir haben natürlich alle im Unterschlupf geschlafen. Wir haben Palmwedel aneinandergeflochten, um eine Matte zu haben, auf der wir schlafen konnten, und eine zweite zum

Zudecken. Dann schliefen wir aneinandergedrängt, um von der Körperwärme der anderen zu profitieren. In stürmischen Nächten haben wir abwechselnd das Feuer bewacht, damit es nicht ausging.«

»War das nicht seltsam, neben einer Frau zu schlafen, bei der es sich nicht um Ihre Ehefrau gehandelt hat?«

»Nein, dabei ging es ums reine Überleben. In einigen Nächten hat Lillian auf das Feuer aufgepasst und Kent und ich haben gekuschelt wie kleine Mädchen.«

Einige aus der Crew lachten, und Daves Anspannung ließ ein wenig nach. Genevieve Randall war nicht daran gewöhnt, während eines Interviews die Kontrolle zu verlieren. Zwischen den Fragen knirschte sie derart mit den Zähnen, dass es bei den Soundleuten im Van bestimmt ein Störgeräusch gab.

»Und emotional?«, hakte sie gespannt nach und hatte offensichtlich mit ihren eigenen Emotionen zu kämpfen – mit ihrer Frustration und ihrer Wut. »Wie sind Sie und die anderen Überlebenden damit klargekommen, dass Sie von Ihren Familien getrennt waren?«

»Es war nicht leicht, das kann ich Ihnen versichern.« Dave rutschte auf seinem Stuhl herum. Er wusste, dass er jetzt über *sie* reden musste. »Lillian hat ihren Mann und ihre Kinder sehr vermisst. Wir haben ihre Geburtstage auf der Insel gefeiert und all ihre Lieblingsfeiertage. Sie hat mir gesagt, dass sie jeden Abend beim Einschlafen und jeden Morgen beim Aufwachen an sie gedacht hat.«

Er musste sich zusammenreißen, um nicht noch mehr zu sagen, denn er hätte noch viel mehr über Lillian erzählen können, auch wenn er gar nicht so viel über sie wissen durfte. Also richtete er seinen Fokus schnell auf Kents Verhalten.

»Kent hat der Verlust von Theresa mehr zu schaffen gemacht als alles andere. Er hat nie über die Menschen gesprochen, die zu Hause auf ihn warteten. Ich könnte mir sogar vorstellen, dass

Kent für immer auf der Insel geblieben wäre, wenn Theresa den Absturz überlebt hätte.«

Die Reporterin holte tief Luft, bevor sie eine weitere Frage stellte, eine, die ihn wie ein Wachhund biss und ihm sagte, dass er sich nicht sicher fühlen durfte. »Und Sie, Dave, wie ging es Ihnen ohne Ihre Frau?«

Dave sah zu Beth hinüber, deren Gesicht so unbewegt wie das einer Porzellanpuppe war. »Ich habe sie mehr vermisst, als ich in Worte fassen kann.«

Da war wieder dieses Brennen im Magen, wie ein Geschwür, das er immer spürte, wenn er log. Er überlegte, ob er ihr eine Kusshand zuwerfen sollte, empfand es jedoch als übertrieben.

Genevieve ging ihre Karten durch und merkte offenbar, dass sie von der Spur abgekommen war. Sie entschied sich für eine und las die Frage ab, als wäre sie eine Sechsjährige in einer Schulaufführung. »Lillian erwähnte, dass Sie und die anderen Spitznamen füreinander hatten. Stimmt das?«

»Ja, aber das war Zufall. So etwas passiert, wenn man so viel Zeit miteinander verbringt.«

»Was war Ihr Spitzname, Dave?«

»Dave ist ja bereits ein Spitzname, aber manchmal benutzten sie meinen richtigen Namen und nannten mich David.«

Diese Antwort schien Genevieve zu gefallen. »Gibt es dazu eine Hintergrundgeschichte?«

Dave hätte am liebsten die Augen verdreht, unterdrückte diesen Drang jedoch. »Sie sagten, ich wäre wie David aus der Bibel. Sie wissen schon, die Geschichte von David und Goliath. Wenn ich auf der Jagd oder fischen war, hat Kent immer wieder diesen Witz gemacht, sobald ich etwas gefangen hatte. Wenn ich auch nur einen winzigen Fisch fing, hieß es immer, ich hätte Goliath besiegt.«

»Okay, verstehe. Dann war Kent also religiös? In diesem Fall müssen er und Lillian sich ja gut verstanden haben. Ihr

Vater war Pfarrer und ihre Mutter Lehrerin in der Sonntagsschule. Das klingt, als hätten sie viele gemeinsame Interessen gehabt.«

Er musste sich sehr zusammenreißen und in Erinnerung rufen, dass niemand dieser Frau erzählt hatte, was wirklich auf der Insel passiert war – das hätte nur Lillian tun können. Und sie hatte noch mehr Gründe als er, darüber Stillschweigen zu bewahren.

»Ich bin mir nicht sicher, ob das so war, Miss Randall, ich weiß nur, dass er mich so genannt hat«, meinte Dave und wusste genau, dass sein ganzes Lügengebilde augenblicklich über ihm zusammenstürzen würde, sobald diese Frau auch nur einen lockeren Stein darin fand.

»Und was ist mit Kent? Wie haben Sie ihn genannt?«

»Wir haben Kent fast nur ›Pfadfinder‹ genannt, weil er immer wusste, was wir tun mussten, um zu überleben. Er hat beispielsweise Margarets Lesebrille benutzt, um Feuer zu machen, und Lillian und mir beigebracht, wie man ein Strohdach aus Palmwedeln baut und Seile aus Kokosnussschalen dreht. Irgendwie hatte er immer eine Lösung parat.«

»Das klingt, als hätten Sie großes Glück gehabt, dass er bei Ihnen war«, hakte Genevieve nach, deren Stimme leicht sarkastisch klang.

»Sogar sehr großes Glück. Wäre dieser Mann nicht gewesen, dann würde ich jetzt nicht hier sitzen.« Er hatte zum Glück genug Übung darin, seine Abscheu zu verbergen, die er für diesen Mann noch immer empfand. Blickkontakt und viel lächeln halfen in diesem Fall sehr.

»Aha, verstehe.« Sie ging zum nächsten Punkt über. »Dann erzählen Sie mir doch bitte, welchen Spitznamen Lillian hatte.«

Dave sah seine Frau an, deren Gesicht wie eine bleiche, gleichgültige Maske wirkte. Manchmal vermutete er, dass Beth eine bessere Lügnerin war als sie alle zusammen. Es fiel ihm schwer, hier, in seinem Zuhause, über Lillian zu reden. Er achtete darauf, nicht zu lange den Blick abzuwenden, bevor er antwortete.

»Manchmal nannten wir sie Lily«, erklärte er kurz und bündig.

»Steckt dahinter auch eine besondere Geschichte?«, fragte sie so honigsüß, dass es schon verdächtig war.

»Nein«, stellte er klar.

»Hat Kent diesen Namen auch benutzt?«

»Äh, ja, klar. Ihm war Lillian viel zu steif, daher hat er sie lieber Lily genannt.« Dave lehnte sich zurück in das weiche weiße Kissen.

»Wenn Kent für jeden auf der Insel einen Spitznamen hatte, dann doch bestimmt auch für Paul. Richtig?«

Paul. Bei diesem Namen begann die Ader an seiner rechten Schläfe wütend zu pochen. Warum musste Genevieve ihn denn jetzt schon erwähnen? Paul war bei Weitem die schwerste Lüge. Es gab da so vieles, über das sie nicht reden durften. Über seine Gefühle für Paul, über Lilys Gefühle für ihn und darüber, wie schlimm alles nach Pauls Tod geworden war.

»Da bin ich mir nicht sicher.« Dave räusperte sich. »Am besten fragen Sie Lillian danach, sie hat sich das bestimmt besser gemerkt.«

»Dann haben Sie nicht viel Zeit mit Paul verbracht?«

»Wenn man zusammen auf einer Insel festsitzt, kann man einander nicht aus dem Weg gehen«, entgegnete er leicht gereizt.

»Ach, dann wollten Sie Paul und Lillian also aus dem Weg gehen?«, wollte sie wissen und drehte ihm die Worte im Mund um. »Aus welchem Grund?«

Dave wurde immer aufgebrachter, wie eine Kobra, die man zu oft gereizt hatte, und die bereit war, zuzuschnappen. »Ich wollte niemandem aus dem Weg gehen«, stellte er zischend klar. »Ich sage nur, dass Sie *Lily* die Fragen über ihn stellen sollen.«

Er verstärkte seine Worte, indem er immer wieder mit der Faust auf sein Knie schlug.

Genevieve fiel ein wenig in sich zusammen und ging auf arrogante Art die Karten in ihrer Hand durch, als wollte sie den Moment noch in aller Ruhe auskosten. »Dann werde ich *Lily* fragen, wenn ich die Gelegenheit dazu bekomme«, entgegnete sie nur kühl.

# 16

## David – Tag 81

*Die Insel*

Vor drei Monaten hätte ich nicht im Traum damit gerechnet, dass es irgendwann zu meinen täglichen Aufgaben gehören würde, mit einem Speer bewaffnet knietief in einem kalten, ruhigen Teich zu stehen.

Mit nacktem Oberkörper, meine lange Khakihose bis zu den Knien hochgerollt, komme ich mir sehr primitiv, männlich und eins mit der Erde vor. Das Aufwachen in unserem schlichten Unterschlupf, das Feuermachen mit einer Lesebrille und das Ankuscheln an praktisch fremde Menschen, um nachts nicht zu frieren, kommen mir schon fast alltäglich vor.

Heute steht Lillian hoch über mir zwischen einigen Felsen, die über unsere kleine Bucht hinausragen. Mit ihrer sonnengebräunten Haut und dem Haar, das wild durch die Luft wirbelt, wirkt sie ebenso einheimisch, wie ich mich fühle. Ihre Muskeln bewegen sich athletisch unter ihrem ausgebleichten grünen Badeanzug, während sie sich anmutig zwischen den spitzen Felsen bewegt. Sie streicht sich das Haar hinter die Ohren und bückt sich, um einige Muscheln von den Steinen zu sammeln, wobei sich die Mittagssonne in etwas Goldenem spiegelt. Lillian trägt Margarets Halskette, an der mehrere Ringe hängen.

Sie sieht in meine Richtung und winkt mit einer Hand, während sie in der anderen ein großes Blatt mit ihrer Ausbeute trägt. Ich tue so, als würde ich ins Wasser starren, bevor ich einen Daumen in die Luft recke. Hoffentlich hat sie nicht bemerkt, dass ich sie beobachte – ehrlich gesagt fällt es mir schwer, es nicht zu tun. Sie balanciert anmutig wie eine Seiltänzerin da oben, außerdem ist sie unglaublich begehrenswert.

Ich versuche, ein Grinsen zu unterdrücken und mich weiter aufs Fischen zu konzentrieren. Wenn ich mich ablenken lasse, könnte das in einer Katastrophe enden. Lillian macht weitaus mehr, als nach Krustentieren zu suchen – sie rettet mir möglicherweise das Leben.

Als wir drei Tage nach unserer Landung diese Lagune entdeckten, schien sie auf der ganzen Insel der beste Ort für ein Lager zu sein, da sie vor den Wellen und dem Wind durch große Felsen geschützt ist. Die Lagune ist voller kleiner, träger Fische, und an den Bäumen hängen massenweise Kokosnüsse, Brotfrüchte, Bananen und Mangos.

Außerdem kann man an keinem anderen Strand der kleinen Insel Fische fangen, sondern nur vom Riff aus. Unter normalen Umständen könnte ich die paar Hundert Meter rüberschwimmen und problemlos mit dem Speer in der Hand nach Fischen tauchen. Ich habe auf meinen Reisen auf den Fidschi-Inseln sogar ein paar Erfahrungen beim Speerfischen sammeln können. Aber nachdem wir bei dem Absturz beinahe ertrunken sind, auf dem Ozean trieben und ein Boot mit den letzten Kräften als menschliche Propeller vorwärts bewegten, will keiner von uns dieses Risiko eingehen.

Der Strand dieser Lagune liegt überdies an einer miserablen Position, da mögliche Retter unser Lager vom Wasser aus nicht sehen können. Kent hat ein SOS-Zeichen am größten Strand auf der Westseite der Insel und ein weiteres auf unserer Seite direkt jenseits der Felsen aufgebaut. Wir haben ein großes Signalfeuer, das wir jederzeit anzünden können, und eine Fackel, die wir trocken und griffbereit im Lager aufbewahren. Es ist zwar sehr aussichtslos, aber das regelmäßige Umschichten und Neubestücken des Signalfeuers erinnert mich daran, dass es noch einen Funken Hoffnung gibt.

Außerdem sind da draußen im Riff die Haie. Ich habe den Großteil meines Lebens in Kalifornien gelebt und war öfter am Strand, als man zählen kann, aber Haie kenne ich nur aus dem Aquarium. Aus Mangel an Erfahrung und aufgrund der Informationen aus den Medien bin ich immer davon ausgegangen, dass Haie diese riesigen Monster mit den toten Augen sind, wie man sie aus Filmen kennt. Daher dachte ich, im flachen Wasser wäre ich in Sicherheit. Aber das Meer hat mir rasch beigebracht, dass es mehrere Arten von Haien gibt.

* * *

Als ich meinen ersten Hai sah, hatte ich keine Angst. Er war fast schon niedlich. Als ich beim Fischen war, sauste ein Minihai durch die blaue Lagune, schwamm hinaus in die Tiefen des Riffs und kehrte zu mir zurück, als wollte er nachsehen, was ich so treibe. Er erinnerte mich an einen verspielten Welpen und war auch in etwa so groß. Ich dachte mir bereits Namen für meinen kleinen Freund aus, als ich endlich einen Fisch entdeckte und das Glück hatte, ihn aufzuspießen. Begeistert versuchte ich, den zappelnden Fisch aus dem Wasser zu heben, als das winzige Raubtier ihn von meinem Speer riss und den dünnen Bambusstab dabei in zwei Teile zerbrach.

Der Hai schüttelte den kleinen Fisch direkt vor meinen Augen, bis er in kleine Stücke zerfiel, die auf meinen nackten Füßen landeten. Das Wasser trübte sich durch Blut und

Fischteile und brodelte, als mehrere andere kleine graue Haie aus dem Nichts auftauchten, um sich an dem Festmahl zu beteiligen.

Da setzte mein Adrenalinschub ein, und ich taumelte entsetzt zur Seite und erinnerte mich daran, dass ich mal auf *Discovery Channel* gesehen hatte, wie Haie in einen Fressrausch verfielen. Da meine Beine nicht Teil ihres Festmahls werden sollten, sah ich zu, dass ich Land gewann, wandte den Blick aber erst von ihnen ab, als ich mit klopfendem Herzen endlich aus dem Wasser spurtete.

»Haie! Im Wasser. Geh da nicht rein«, stieß ich keuchend aus. Lillian, die gerade etwas webte, sprang auf und kam mir entgegen.

»Ein Hai? Oh, Dave. Hat er dich gebissen?« Sie wedelte mit den Händen in der Luft herum und hielt Ausschau nach Bissspuren, Blut oder etwas Ähnlichem.

»Was redest du da von einem Hai?« Kent kam mit einem Messer in der Hand aus dem Dschungel angelaufen.

»Nicht nur ein Hai, gleich mehrere. In der Lagune.« Ich konnte langsam wieder ruhig atmen.

»Warte kurz.« Kent kratzte sich an seiner kahlen Stelle auf dem Kopf. »Du meinst diese winzigen grauen Viecher?«

Ich nickte. »Er hat mir den Fisch direkt vom Speer gerissen.«

Kent lachte schallend. »Ach, Scheiße. Du bist echt ein Mädchen. Die tun dir doch nichts. Versuch beim nächsten Mal, einen von denen aufzuspießen, dann kannst du hier rumschreien.« Er steckte das Messer wieder ein und ging zurück in den Dschungel, um das zu beenden, was immer er dort angefangen hatte.

»Komm, setz dich zu mir.« Lillian führte mich zu einem Baumstamm, vom dem aus man auf das Meer hinaussehen konnte. Sie nennt ihn unsere Fischerbank. »Kent hat heute

Morgen ein paar Ratten gefangen, also brauchst du ein oder zwei Tage nicht zu fischen.«

»Okay«, erwiderte ich.

Es dauerte zwei Tage und verdammt viele Beleidigungen von Kent, bis ich freiwillig wieder ins Wasser ging. Ich schlich mich nach Sonnenaufgang weg, damit niemand zusah, falls ich scheiterte, aber als ich mit meinem frisch geschärften Speer über der Schulter den Strand entlangging, hörte ich Schritte hinter mir.

Lillian.

Sie behauptete, erneut die Felsen nach Schnecken absuchen zu wollen, obwohl sie am Vortag bereits eine Menge gesammelt hatte, die für zwei Tage reichen sollte. Ich tat so, als wäre mir nicht klar, dass sie mich eher aus Sorge denn aus Notwendigkeit begleitete. Erst nach einigen inneren Dialogen fühlte ich mich geschmeichelt von ihrer Sorge und nicht entmannt von ihrem Wunsch, mich zu beschützen.

Wie immer erwies sich Lillian als unschätzbare Hilfe. Von ihrer erhöhten Position auf den Felsen aus stellte sie schnell fest, dass sie größere Fischschwärme im kristallklaren Wasser ebenso gut erkennen konnte wie den unheilvollen dunklen Schatten der Raubfische. Daraufhin überzeugte sie mich und sogar Kent, dass wir immer in Teams fischen sollten, wobei wir uns mit den Positionen an den Felsen und im Wasser abwechselten.

* * *

Heute ist mein Lieblingstag innerhalb der Rotation. Lillian und ich sind ein gutes Team. Wenn sie auf den Felsen ist, weiß ich, dass ich in Sicherheit bin. Kent ist natürlich effizient und wir haben mehr zu essen, wenn *er* den Speer in der Hand hält, aber ich vertraue ihm nicht im Geringsten. Sobald Kent Ausschau hält, sehe ich mich auch noch selbst im Wasser um, da ich nicht weiß, ob er mir *überhaupt* Bescheid sagen würde, selbst wenn ein Riesenhai hinter mir auftauchte. Wenn Lillian mit ihm fischt, bleibe ich am Strand in der Nähe, da ich ihre Sicherheit nur ungern in seine unzuverlässigen Hände lege.

Lillian schreit oben an den Felsen auf. Sie steht auf den Zehenspitzen und winkt panisch. Ich kneife die Augen zusammen und versuche, ihre Hände zu erkennen. Wenn sie einen Hai sieht, legt sie die Hände aufeinander und zeigt mit den Fingern der oberen Hand gen Himmel. Sieht sie einen großen Fischschwarm, hält sie die Hände nebeneinander und wackelt damit. Ich hoffe auf Fische, achte aber im Wasser um mich herum auch auf große dunkle Schatten.

Bevor ich ihre Warnung einordnen kann, bin ich von einem Schwarm gelber Thunfische umringt. Die Thunfische sind riesig, haben eine knochige Finne am Rücken und sehen fast so gefährlich aus wie die Haie, aber sie haben nicht dieselben Zähne.

Es kommt nur selten vor, dass sich Thunfische so nah an die Insel heranwagen, aber Kent sagt uns seit Wochen, dass bestimmte Arten sich während der Monsunsaison ans Ufer werfen. Ich habe keine Zeit, mich darüber zu ärgern, dass er recht gehabt hat.

Ich hebe den Speer an und mache mich angriffsbereit. Zwei Dinge habe ich bei meinen Crashkursen im Speerfischen gelernt: Stich schnell zu und oft.

Die Fische umgeben mich, ihre Schwanzflossen berühren immer wieder federleicht meine Knie, und ich steche mit schnellen Bewegungen auf das Wasser ein. Der Speer erzeugt normalerweise ein spritzendes Geräusch, wenn er ins Wasser eindringt und ich ihn wieder herausziehe. Dieses Mal spritzt es nicht.

Als Lillian mich endlich erreicht, habe ich einen glitzernden gelben Thunfisch am Ende meines Speers hängen, unter dessen Gewicht sich der Bambusstab durchbiegt.

»Das war unglaublich!«, stößt sie keuchend aus und ist ganz außer Atem. »Du warst wie ein Ninja mit dem Ding. Kent wird vor Neid umkommen, wenn er das sieht.«

Ich grinse so breit, dass mir die Wangen wehtun. »Ich bin genauso überrascht wie du.«

Sie springt durch das Wasser und greift nach meinem Arm, der den Speer hält. »Jetzt komm erst mal aus dem Wasser. Du hast gerade einen Riesenfisch getötet, und du weißt ja, was Haie gern fressen.«

»Du machst dir zu viele Sorgen.« Ich versuche, selbstsicher zu klingen, da sie mich nicht für einen Schlappschwanz halten soll, aber als sie sich abwendet, blicke ich mich panisch im Wasser um. Puh, keine Flossen zu sehen.

Als wir an Land ankommen, lässt sie sich auf den Strand fallen. Sand klebt an ihren nassen, bronzefarbenen Beinen, die aus ihrer abgeschnittenen Shorts herausragen. Ich werfe den noch immer zuckenden Fisch zu Boden, setze mich neben sie und bin aufgedreht und glücklich.

»Hmmm, ich kann den Fisch fast schon schmecken. Filets für uns alle – perfekt.« Sie schüttelt große Wassertropfen aus ihrem Haar, das sie hochgebunden hat.

»Ich habe ihn gefangen, daher sollte ich mir die Stücke aussuchen dürfen. Wer sagt denn, dass noch was übrig ist, wenn ich damit fertig bin?«

»Hey, ich habe dich vor den Haien gerettet und sollte dafür entlohnt werden. Kent kann ja die ganzen Schnecken essen, die ich gesammelt habe.« Sie zieht die Augenbrauen hoch, wie sie es immer tut, wenn sie in meine Witzelei einsteigt.

»Ja, das ist eine gute Idee. Das würde ihm bestimmt gefallen.« Ich hebe eine glatte weiße Muschel hoch, die mir die Tide vor die Füße spült, und reibe schweigend mit den Fingern darüber. »Von wegen – du erzählst ihm von den Schnecken und die Sache ist geritzt. Er würde mich doch glatt umbringen, wenn ich ihn vom Essen fernhalte, erst recht von frischem Fisch.«

»Ich werde es ihm sagen.« Ihre Augen werden stahlhart. »Ich habe keine Angst vor diesem Mann. Ist dir aufgefallen, dass er mich noch nicht ein Mal mit meinem Namen angeredet hat? Er nennt mich immer nur ›Babe‹, ›Schätzchen‹ oder so was.« Sie rümpft die Nase, als hätten diese Namen einen üblen Geruch an sich.

Ich drehe mich auf die Seite, damit ich sie ansehen kann. Ihr Kopf liegt auf ihren Ellbogen, und sie blickt mit zusammengekniffenen Augen in die Nachmittagssonne. »Ich glaube, das liegt an deinem Namen. Irgendwie mag er den nicht.«

»Wie bitte? Hat er dir das gesagt?«

»Er hat möglicherweise mal so was erwähnt.«

Sie lacht, schiebt die Finger tief in ihre Mähne, und ihre grünen Augen funkeln in der Farbe des Meeres. Irgendwie ist sie immer noch so schön wie an dem Tag, an dem ich sie zum ersten Mal im Flugzeug gesehen habe. Ich streiche mit einer Hand über meine dicken Locken. Eigentlich hatte ich vor dem Abflug in Kalifornien noch zum Friseur gehen wollen, und jetzt rächt es sich, dass ich es nicht getan habe. Mit meinem lockigen Haarschopf und dem dichten Bart komme ich mir beinahe vor wie Bigfoot.

»Er passt nicht wirklich zu dir. Lillian. In meiner Familie würden wir dich Lily nennen, die Lilie.«

»Wirklich? Lily? Wieso bist du dir da so sicher?« Zum Glück habe ich meine anfängliche Nervosität in ihrer Nähe überwunden, aber es gibt immer noch Momente, wenn wir allein sind und uns wirklich unterhalten, in denen ich sie nicht ansehen kann, ohne dass mein Herz schneller klopft. Ich konzentriere mich auf den Sand und hoffe, dass sich mein Puls bald wieder verlangsamt.

»Ob du es glaubst oder nicht, mein Vater war Blumenhändler. Als Kind habe ich sehr viel Zeit in seinem Laden verbracht.

Er hieß ›Der verzauberte Florist.‹« Ich verdrehe instinktiv die Augen, da ich diesen Namen immer gehasst habe. »Lilien jeder Art waren seine Lieblingsblumen. Er hätte dich ganz bestimmt Lily genannt.«

»Das gefällt mir.« Sie tippt sich nachdenklich gegen die Zähne. »Ich würde deinen Dad gern mal kennenlernen, wenn wir nach Hause kommen. Er könnte mir beibringen, wie man Blumen arrangiert, und ich würde ihm vielleicht sogar gestatten, mich Lily zu nennen.« Wir reden häufig darüber, dass wir wieder nach Hause kommen, und schmieden Pläne – als würde das wirklich passieren.

»Ich hätte dir meinen Dad wirklich gern vorgestellt. Er war der beste Mann, den ich je gekannt habe. Aber er ist vor ein paar Jahren gestorben.«

»Oh, das tut mir so leid, Dave. Ich wollte nicht …«

»Nein, nein, das ist schon okay. Mir geht es gut.« Ich schiebe die an mir nagende Trauer beiseite. Sie befindet sich hinter verschlossenen Türen, wo sie mir nicht wehtun kann. Hier draußen werde ich sie ganz bestimmt nicht hervorholen; sie würde mich einerseits zwar ablenken, aber andererseits auch verzehren. »Das ist jetzt fünf Jahre her. Wir standen uns sehr nahe. Meine Mom hat uns verlassen, als ich drei war, daher gab es mein ganzes Leben lang nur meinen Dad und mich.« Ich setze mich auf und male vor mir einen Kreis in den Sand. »Ich bin froh, dass er nicht lange genug gelebt hat, um jetzt zu Hause zu sitzen und sich Sorgen um mich zu machen.«

»Es ist schön, dass ihr euch so nah gestanden habt. Das war bei mir und meinen Eltern nie der Fall. Mein Vater ist Pfarrer, und ich weiß, dass er mich liebt, aber ich bin mir nicht sicher, ob er auch stolz auf mich ist. Alles, was ich im Leben getan habe, ist gut, aber nicht gut genug.« Sie bohrt die Zehen in den Sand, und ich kann an den Zehnägeln immer noch Überreste von Nagellack erkennen.

»Wieso das, hast du etwa eine geheime Vergangenheit mit Drogendelikten und zu schnellem Fahren?«

»Neiiiin.« Sie kichert. »Daddy wollte, dass ich Mike Henshaw heirate, den Juniorpastor unserer Heimatgemeinde, und dass ich Pfarrersfrau werde. Ich habe es versucht, ich habe mich wirklich angestrengt, aber wir haben einfach nicht zusammengepasst.« Sie schaut auf das Wasser hinaus, und ihr Gesicht ist ernst geworden.

»Da war der arme Mike bestimmt enttäuscht.«

»Das bezweifle ich. Er hat später ein Mädchen geheiratet, das er auf einer Missionsreise kennengelernt hat, und zwar ein Jahr nach Jerrys und meiner Hochzeit. Jetzt hat er sechs Kinder und eine eigene Kirche in Tennessee. Ich hätte ihn nicht glücklich machen können, aber Dad war der Ansicht, ich wäre egoistisch.«

»Ich denke nicht, dass du egoistisch bist. Ich glaube, dein Dad wollte aus dir jemanden machen, der du nicht bist. Er hat dich behandelt, als wärst du ein defektes Möbelstück von Ikea.« Ich höre auf zu reden, als ich merke, dass meine Stimme vor Wut zittert.

»Kann sein.« Sie beißt sich auf die Innenseite der Wange. »Was immer es auch gewesen ist, ich habe mich damit abgefunden und lasse mich von dem, was er denkt, nicht mehr so stark beeinflussen. Nachdem wir Josh und Daniel bekommen hatten, wurde unser Verhältnis besser. Jetzt können sie ihre Besessenheit an den Jungs ausleben.«

»Du musst mich deinen Eltern vorstellen. Danach werden sie Gott dafür danken, dass er ihnen eine Tochter wie dich geschenkt hat.«

»Ha, ha. Da irrst du dich aber.« Sie legt den Kopf schief und mustert mich. »Meine Eltern würden dich mögen. Du bist witzig, du bist gebildet, und die allerwichtigste Eigenschaft besitzt du ebenfalls: Du bist konfessionell ungebunden. Daddy würde sich auf dich stürzen, als wärst du eine Schale selbst gemachtes Eis.«

»Wow, das klingt … interessant.«

»Aber ich sollte dich warnen: Er wird dich David nennen, genau so, wie er zu Josh Joshua sagt. So ist er nun mal. Er mag die biblischen Namen aus ganz offensichtlichen Gründen.«

»David? So wie David und Goliath?« Ich rümpfe die Nase.

Sie nickt. »Ja, genau der David. Aber er hat nicht nur einen Riesen getötet. Er war auch einer der größten Könige Israels und der Vater eines weiteren berühmten Königs: Salomon. Mein Dad sagt, der Stammbaum Jesu geht bis auf David zurück, wie es im Alten Testament vorhergesagt wurde.« Sie senkt die Stimme, als würde sie mir ein Geheimnis anvertrauen. »Er war also ein ziemlich wichtiger Mann.«

»Na, in diesem Fall kannst du – und Kent natürlich auch – mich von jetzt an ›Eure Majestät‹ nennen.«

»Das hättest du wohl gern.« Sie schlägt mir spielerisch auf den Arm.

»Ich finde, das hört sich richtig gut an. König David. *König David.*« Ich versuche mich an einer tiefen und donnernden Stimme, um königlich zu klingen. Lillian verzieht das Gesicht. »Das würde deinem Dad gefallen, selbst wenn du es blöd findest.«

»Nein, ich denke, er würde es als ›respektlos und frevelhaft‹ bezeichnen«, sagt sie und scheint seine Stimme zu imitieren. »Aber – David …« Sie seufzt. »Ich finde, der Name passt zu dir.« Sie schürzt die Lippen, und ich stelle mir vor, wie es sein muss, sie zu küssen. *Himmel noch mal, Dave, reiß dich zusammen!*

»Wenn du mich David nennst, dann darf ich Lily zu dir sagen.«

»Ich glaube, das gefällt mir«, erwidert sie und wirft ihr Haar in den Nacken. »Dann haben wir jetzt ja unsere Inselidentitäten, unsere Geheimnamen. Da wir nicht mehr dieselben

Menschen sind wie vorher, können wir das ja auch auf diese Weise zum Ausdruck bringen, findest du nicht?«

»Das ist eine super Idee. So machen wir es, Lily«, sage ich und reiche ihr meine Hand. Sie schüttelt sie zweimal und lässt sie dann wieder los.

»In Ordnung, David. Nun, da wir das geregelt haben, kannst du mir vielleicht beibringen, wie man einen Fisch ausnimmt?« Als sie so vor mir kniet, sieht sie aus wie ein kleines Mädchen, das begierig darauf wartet, seine Geburtstagsgeschenke auspacken zu dürfen.

»Na klar, wenn du das wirklich wissen willst.« Ich hoffe, dass dem so ist, damit ich ein paar weitere Minuten damit verbringen kann, mich mit ihr zu unterhalten.

»Aber sicher.« Sie steht auf und wischt sich die Hände an den Beinen ab. »Hast du dein Messer dabei?«

»Natürlich. Wir können ihn da drüben am Stein ausnehmen.« Ich fasse an meine rechte Gesäßtasche und befühle die Wölbung, die sich wie immer dort abzeichnet. Ich lasse das Messer nie zurück, niemals. Aber da ist noch etwas anderes, etwas, über das ich mit ihr reden will. »Da fällt mir ein, dass ich dir noch was geben wollte. Komm wieder her und setz dich.« Ich umklammere ihre Fingerspitzen.

Lily zieht erstaunt die Augenbrauen hoch und setzt sich wieder, dieses Mal mit verschränkten Beinen. Meine Nervosität ist wieder da, und ich kann nur hoffen, dass ich mein Frühstück, das aus Schnecken und Kokosmilch bestand, bei mir behalte. Ich hole ein kleines Päckchen aus Palmwedelstücken aus der Tasche, die etwas Pfeilförmiges umschließen. Dieser Pfeil zeigt jetzt direkt auf Lily. Das Päckchen ist nicht länger als meine Handfläche und etwa zwei Finger breit.

»Hier.« Ich reiche es ihr. Die Sonne ist jetzt direkt hinter ihr, und ich muss die Augen zusammenkneifen, um Lilys Gesicht erkennen zu können.

»Oh. Womit habe ich denn das verdient?« Ich lasse das Päckchen auf ihre Handfläche fallen, und das Geräusch scheint mir durch Mark und Bein zu gehen.

»Sieh es einfach als vorgezogenes Weihnachtsgeschenk. Eigentlich wollte ich warten, aber …« Ich finde nicht die richtigen Worte. »Mach es auf.«

Sie fummelt an dem Schnürsenkel herum, mit dem ich die Blätter eng zusammengebunden habe. Dabei beeilt sie sich so sehr, als könne sie spüren, wie unglaublich gespannt ich auf ihre Reaktion bin. Dann liegt es in ihren Händen: Stein, Holz und Stoff, in unzähligen Stunden durch meine Hände für sie zusammengefügt.

»Ein Messer? Was? … Wie? … Hast du das gemacht?«

»Nein, ich habe es im Baumarkt gekauft … Natürlich habe ich es gemacht. Gefällt es dir?«

Sie legt die Finger um den Griff und streicht mit dem Daumen über den zusammengedrehten Stoff, der den hölzernen Griff bedeckt. Dann begutachtet sie die knapp zehn Zentimeter lange Klinge.

»Da fragst du noch? Es gefällt mir sehr gut. Es ist einfach unglaublich. Ich kann es nicht fassen, dass du das gemacht hat. Funktioniert es auch? Kann ich es an dem Fisch ausprobieren?« Sie deutet mit der kurzen Klinge auf den Thunfisch, der inzwischen tot ist.

»Ja, es funktioniert.« Ich muss ihr ausweichen, da sie mit dem Messer herumwedelt. »Sei vorsichtig damit, die Klinge ist scharf. Ich habe sie eine ganze Woche lang geschärft.«

»Das hast du also gemacht, als du immer mal wieder stundenlang verschwunden warst. Das war wirklich clever. Kent wird unglaublich neidisch sein.« Sie führt einen kleinen Freudentanz auf. Warum muss sie sich so freuen? Jetzt kommt der Teil unserer Unterhaltung, vor dem ich mich am meisten fürchte.

»Lillian … Lily.« Sie lächelt, als ich ihren neuen Spitznamen verwende, aber ich kann ihr Lächeln nicht erwidern. »Ich möchte, dass du Kent nichts von dem Messer erzählst. Es soll … ein Geheimnis bleiben.«

»Aber warum? Ich dachte, du hättest es mir geschenkt, damit ich es im Lager einsetzen kann. Was habe ich denn davon, wenn ich es geheim halten muss? Das begreife ich nicht.«

Das ist doch schwerer, als ich erwartet hatte. Während der Stunden, die ich den Stein und den Holzgriff bearbeitet habe, gingen mir tausend Möglichkeiten durch den Kopf, wie ich ihr das sagen könnte.

»Kent ist gefährlich, du darfst ihm nicht trauen«, sage ich schnell. Sie klappt den Mund auf und will möglicherweise protestieren, aber ich lege ihr sanft die Hände auf die Schultern. »Du brauchst dieses Messer für mehr als deine alltäglichen Pflichten. Es ist dafür da, dass du dich schützen kannst.«

»Wie bitte?« Sie starrt das Messer an, als würde es ihr die Hand verbrennen. »Wovor soll ich mich denn damit schützen? Willst du etwa andeuten, du hast mir dieses Messer gemacht, damit ich mich vor Kent schützen kann?«

Ich lege ihr die rechte Hand auf die Wange, sodass meine Fingerspitzen das krause Haar in ihrem Nacken berühren. »Keiner von uns ist in seiner Nähe wirklich sicher, aber du bist noch gefährdeter als ich.«

»Warum?« Sie schnauft und entzieht sich mir. »Weil ich eine Frau bin?«

»Nein. Ich meine, ja, in gewisser Weise schon.« Ich fange an zu stottern.

»Danke für deine Besorgnis, aber ich kann auf mich aufpassen. Was soll er denn deiner Meinung nach tun, mich überfallen? Mich mit seiner überwältigenden Frauenfeindlichkeit zu Tode nerven?« Jetzt hält sie die Waffe so, als wollte sie sie mir zurückgeben, und geht ein wenig auf Abstand. Ich kann ihre finstere Miene nicht so recht deuten.

»Nein, aber ich habe gesehen, wie er dich ansieht, Lily. Er schaut dich an wie ein Raubtier, das seine Beute beobachtet. Er denkt, er könnte auf dieser Insel alles tun und damit durchkommen. So langsam frage ich mich, ob er damit nicht recht hat. Ich will damit nur sagen, dass du in seiner Nähe nicht sicher bist und dass es nur eine Frage der Zeit ist, bis …«

»Bis was, Dave?« Ihre Stimme zittert, und mir ist nicht klar, ob sie wütend ist oder Angst hat. Ich nehme ihre Hand, die, mit der sie das Messer festhält, biege ihre Finger um den Griff und halte sie so fest, als könne sie das Messer dann nicht mehr hergeben.

»Bevor er mehr macht, als dich nur anzustarren. Sei wachsam und vorsichtig, denn wenn dir irgendetwas zustößt, weiß ich nicht, wie ich jemals damit fertigwerden soll.«

Die Vorstellung, wie Kent sie berührt, verbrennt mich von innen heraus. Sie muss es in meinen Fingerspitzen spüren, da sie mir ihre Hand entzieht, das Messer aber weiterhin umklammert. Inzwischen zittert sie.

»Mach keine Dummheiten, Dave. Versuch nicht, dich mit ihm anzulegen. Er ist kein zwölfjähriger Pfadfinder, der nur so tut, als wäre er gefährlich.« Ihre Stimme bebt, und ihre vorgetäuschte Maske aus Tapferkeit bekommt kurz Risse, sodass ich erkennen kann, wie verletzlich und zerbrechlich sie ist. »Ich werde das Messer behalten, wenn du dich dann besser fühlst, aber du musst mir versprechen, dass du nicht auf eigene Faust versuchen wirst, etwas gegen ihn auszurichten. Ich behalte es nur, wenn du mir das auch versprichst.«

Die Ader an ihrem Nacken pocht unglaublich schnell. Großer Gott, bitte sag, dass das nicht wahr ist. Sie verschweigt mir etwas, etwas Schlimmes, etwas, das ich nicht wissen soll. Ich will sie danach fragen, traue mich dann aber doch nicht.

»Ich habe eigentlich nicht vor, ihn anzugreifen, aber ich mache mir Sorgen um dich. Hoffentlich bin ich in dieser Hinsicht übervorsichtig, aber ich möchte trotzdem, dass du dich in Acht nimmst. Okay?«

»Okay.« Sie nickt, schiebt das Messer dann in die schützende Scheide aus Palmblättern zurück und holt zitternd Luft. »Jetzt aber genug der ernsten Themen. Wirst du mir nun endlich zeigen, wie man einen Fisch filetiert, bevor er in der Sonne verdorrt?«

»Aber klar.« Ich ziehe einen Mundwinkel hoch und hoffe, dass das als Grinsen durchgeht.

Sie springt mit dem Messer in der Hand auf und läuft zu dem glänzenden silbrig-gelben Thunfisch hinüber, der eher wie ein kleiner gestrandeter Wal als wie ein Fisch aussieht. Zuerst beugt sie sich vor und versucht, das Monster anzuheben, aber dann winkt sie mich zu sich. Ihr Lachen klingt wie immer, so als würde der Wind ein Windspiel erklingen lassen.

Wenn ich in Lilys Nähe bin, vergesse ich immer, wie sehr ich mein Zuhause eigentlich vermisse. Selbst wenn ich von meinem früheren Leben träume, kann ich mir irgendwie nicht mehr vorstellen, dass sie kein Teil davon sein soll. Ich weiß, dass sie das nicht so empfindet und mich ohne nachzudenken gegen Jerry eintauschen würde, aber ich könnte ohne sie das Leben auf dieser Insel nicht überstehen. Wie sollte ich weiterleben, wenn sie nicht mehr da wäre?

Ein schrecklicher Schmerz breitet sich in meiner Brust aus, und auf gewisse Weise bin ich froh, dass ich nicht danach gefragt habe, was zwischen ihr und Kent vorgefallen ist, was passiert ist, dass sie so sehr zu zittern begonnen hat. Ich weiß, dass ich sie dazu bringen könnte, es mir zu erzählen, aber wenn sie das tut … dann werde ich ihn möglicherweise umbringen müssen.

# 17

## Lillian

*Gegenwart*

»Wir haben vor dem ersten Weihnachtsfest eine Woche lang die besten Früchte gesammelt. Morgens sind Dave und Kent dann fischen gegangen, damit wir später am Tag ein großes Festmahl abhalten konnten. Wir haben einander Geschenke gebastelt aus den Dingen, die wir auf der Insel gefunden hatten, und sie abends nach dem Essen überreicht. Wir hatten sogar ein bisschen dekoriert, indem wir Blumen gepflückt und Girlanden aufgehängt haben. Es war zwar völlig anders als jedes Weihnachtsfest zu Hause, aber wir haben uns Mühe gegeben«, berichtete Lillian langsam. Diese Geschichte gehörte zu ihren Lieblingserinnerungen.

»Erinnern Sie sich noch, welche Geschenke Sie genau ausgetauscht haben?« Wie immer bei den schönen Erinnerungen wirkte Genevieve gelangweilt, als würden ihr gerade wenigstens zehn Dinge einfallen, mit denen sie diese Zeit effizienter nutzen könnte.

»Ich habe für die Männer Hüte aus Palmwedeln geflochten. Sie haben immer so schnell einen Sonnenbrand bekommen, vor allem Kent mit seinem hellen Haar. Ich hielt das für sinnvoll.

Kent hat mir eine mehrfarbige Muschel geschenkt, die ich später an eine Halskette gehängt habe. Von Dave habe ich meinen eigenen Fischspeer bekommen. Vorher hatte ich mir immer den von Kent ausborgen müssen, weil ich es nicht hinbekommen habe, mir selbst einen zu schnitzen. Vermutlich waren sie es leid, ihn mir immer leihen zu müssen.«

»Aber das muss ein schwerer Tag für Sie gewesen sein, ohne Ihre Familie und so weit weg von zu Hause.«

»Ja, das war es.« Lillian musste sich zwingen, nicht ausgiebiger zu antworten. »Das war es allerdings.«

»Haben Sie Ihre Familie gefragt, wie sie das erste Weihnachtsfest ohne Sie verbracht hat? Was haben sie getan, während Sie auf der anderen Seite der Welt mit Palmen und spitzen Speeren gefeiert haben?«

»Sie waren zu Hause und meine Eltern waren auch da.«

Genevieve nickte, als wüsste sie besser als Lillian, was sich während ihrer Abwesenheit ereignet hatte. »Ihre Beerdigung fiel doch auch in die Weihnachtszeit, wenn ich mich recht erinnere.«

Lillians Nasenflügel flatterten, und sie überlegte, ob sie sich das Mikrofon abreißen und nach draußen stürmen sollte. Auf einmal kam es ihr im Zimmer heiß und stickig vor, als hätte sie vergessen, die Klimaanlage einzuschalten. »So wurde es mir zumindest erzählt.«

»Die Suche wurde eine Woche, nachdem man das Flugzeugwrack gefunden hatte, abgeblasen. Kurz darauf hat man Sie und die anderen Passagiere für tot erklärt. Warum hat Ihre Beerdigung erst so viel später stattgefunden?«

Lillian starrte Jerry über Genevieves schmale Schulter hinweg an und wusste nicht, wie sie das erklären sollte. Jill hatte ihr erzählt, dass Jerry sich geweigert hatte, sie aufzugeben. Er brauchte ihre Ersparnisse auf, um Hubschrauber und Charterboote zu mieten. Anscheinend hatte ihn Beth dabei unterstützt und ihm mit Geld, viel Lauferei und ebenso großen Hoffnungen unter die Arme gegriffen. Erst als ihr Vater aufgetaucht war, wollte Jerry überhaupt darüber nachdenken, ohne Lillian und Margaret nach Hause zurückzukehren. Aber Pastor Rob war in solchen Notfallsituationen gut zu gebrauchen. Sein Bruder Noah hatte immer gewitzelt, dass er während seiner Ausbildung auch Kurse in Krisenmanagement gemacht haben musste.

Schließlich gab Jerry nach und flog mit Pastor Rob nach Hause, weigerte sich jedoch, einen Gedenkgottesdienst abhalten zu lassen. Tage wurden zu Wochen und schließlich zu Monaten. Irgendwann traten dann Lillians Mutter und Jill auf den Plan und organisierten eine Gedenkfeier in Wildwood für Lillian und eine in Fairfield, Iowa, für Margaret. Außerdem ließen sie auf dem Familiengrab in Fairfield zwei Grabsteine aufstellen. Margarets wurde direkt neben dem ihres Mannes platziert, und Lillians stand neben einer leeren Grasfläche, in der eines Tages Jerry bestattet werden würde. Sie war am Tag von Margarets Beerdigung daran vorbeigekommen. Die Inschrift lautete: »Liebevolle Ehefrau, Mutter und Freundin. Viel zu früh von uns gegangen.« Am nächsten Tag hatte Lillian dafür gesorgt, dass der Stein wieder entfernt wurde.

»Da war immer noch Hoffnung.« Lillian sah ihrem Mann noch einen Moment lang in die Augen, bevor sie sich wieder auf Genevieve konzentrierte. »Ich glaube, dass Jerry die Hoffnung nie aufgegeben hatte. Ganz tief in seinem Inneren muss er immer gewusst haben, dass ich noch am Leben war.«

»Was hat Ihre Familie an diesem ersten Weihnachtsfest getan?«

»Da kann ich Ihnen nur berichten, was man mir erzählt hat.« Lillian stützte sich auf die steife Armlehne des Ohrensessels. »Meine Eltern sind in Missouri geblieben und haben das Haus geschmückt und den Baum aufgestellt.«

Genevieve runzelte die Stirn. »Dann haben sie direkt nach der Beerdigung ihrer Tochter ein großes Weihnachtsfest gefeiert?«

»Bei Ihnen klingt das so herzlos«, fauchte Lillian. »Das Weihnachtsfest war mir immer das liebste Familienfest, und sie wollten, dass es in jenem Jahr etwas ganz Besonderes war. Auch, um wieder etwas mehr Normalität in das Leben meiner Kinder zu bringen.« Sie konnte ihren Eltern gar nicht genug dafür danken, dass sie all diese Dinge getan hatten, zu denen Jerry aufgrund seiner Trauer nicht imstande gewesen war. Sie hatten den Großteil der Weihnachtsgeschenke für die Jungs gekauft und eingepackt, Kekse gebacken, Geschichten vorgelesen, daran gedacht, die Türchen des Adventskalenders zu öffnen, und waren mit den Kindern zur Weihnachtsmesse gegangen.

Genevieve nickte etwa siebenundvierzigmal, als wäre sie völlig und absolut derselben Meinung wie Lillian. »Dann war es für die Jungs eine schwere Zeit?«

Lillian wollte eigentlich nicht mehr länger darüber reden. Sie konnte den ganzen Tag lang von der Insel und dem Absturz erzählen, aber wenn es um ihre Kinder ging, war sie kurz angebunden. Jetzt wedelte sie mit den Händen vor ihrem Gesicht herum, als müsse sie eine aufdringliche Fliege verscheuchen, und beschloss, der emotionalen Manipulation, die Genevieve Randall hier versuchte, ein Ende zu setzen. »Es war kein sehr schönes Weihnachtsfest für sie, aber Sie wissen ja, wie Kinder sind. Wenn der Weihnachtsmann vor ihnen steht, dann können sie nicht lange traurig sein.«

Als Genevieve ihr flapsige Fragen zu den Dekorationen und Geschenken stellte, war Lillian froh, dass die Kamera auf sie und nicht auf Jerry gerichtet war. Sie wusste, wie man eine Maske aufsetzte und Apathie vortäuschte, was Jerry nie hinbekommen hatte. Sie konnte eine ruhige Stimme behalten und ihr falsches Lächeln auch auf die Augen übergehen lassen. Sie war in der Lage, Sorglosigkeit vorzutäuschen, damit niemand ihren Kummer bemerkte. Das war ihr größtes Talent, das Bemerkenswerteste, was sie gelernt hatte, nachdem sie auf der tropischen Insel gestrandet war – und das war noch beeindruckender als Speerfischen, Früchte sammeln oder Decken aus Palmwedeln knüpfen. Sie wusste, wie man log.

»Haben Sie auch andere Feiertage gefeiert? Was ist mit Silvester? Gab es da Palmenhüte und kleine Geschenke aus Kokosnüssen?«

Silvester. Wenn Weihnachten den Tiefpunkt für Jerry dargestellt hatte, dann war es für Lillian Silvester gewesen. Das Loch, in dem sie noch immer gefangen war und in das nicht einmal mehr von oben Licht fiel, war an diesem Tag gegraben worden. Aber anstatt zusammenzuzucken und ohne auch nur eine rebellische Träne wegblinzeln zu müssen, antwortete sie prompt: »Nein, das war für uns ein ganz normaler Tag.«

# 18

## Lily – Tag 112

*Die Insel*

Ich lasse mich auf dem Rücken im blau-schwarzen Wasser treiben, während die Sonnenstrahlen, die durch das Blätterdach dringen, meine Augenlider kitzeln und ein Farbenspiel erzeugen, zu dem mein Verstand die passende Melodie erklingen lässt. Mit weit ausgebreiteten Armen bade ich in meinem eingebildeten Meisterwerk und versuche, die Erinnerungen an zu Hause zu verdrängen, die mich seit Weihnachten nicht mehr loslassen.

* * *

Vor genau einer Woche habe ich mir am ersten Weihnachtstag selbst etwas geschenkt: einen ganzen Tag, an dem ich mich erinnern darf. Bis dato hatte ich gut darauf geachtet, ja nicht an die Vergangenheit zu denken – es war weniger schmerzhaft, diese Erinnerungen zu vermeiden, als sich damit auseinanderzusetzen. Aber am Weihnachtsmorgen bin ich eingeknickt.

Ich habe David und Kent Geschichten über meine Söhne erzählt, manche sogar zweimal. Ich habe berichtet, wie Josh Daniel das ABC beigebracht hat, indem er die Buchstaben mit

Edding auf unseren brandneuen Flachbildfernseher schrieb. Ich erzählte ihnen von Joshs Phase, in der er nur orangefarbene Kleidung tragen wollte, und wie unglaublich stolz ich gewesen bin, als Daniel seiner Kindergärtnerin gesagt hat, dass er am liebsten grüne Bohnen isst.

Dann erzählte ich von meinem ersten Weihnachtsfest mit Jerry, bei dem wir einander etwas Besonderes geschenkt haben, obwohl wir eigentlich gar kein Geld hatten, und dass ich den kleinen hölzernen Schminktisch, den er mir in jenem Jahr gebaut hat, noch immer jeden Morgen nutze. Ich habe sie mit den Geschichten fast in den Wahnsinn getrieben, bis Kent sich irgendwann in den Unterschlupf verzog, um mir zu entrinnen, und bis ich endlich Davids gezwungen höfliches Lächeln bemerkte.

Doch auch wenn sie mir nicht mehr zuhörten, drehten sich meine Gedanken weiterhin um dieses Thema. Ich ging ganze Tage meines Lebens von Sonnenaufgang bis Sonnenuntergang durch. Manche davon hatten stattgefunden, als die Jungs noch Babys waren, ich sie stundenlang stillte und zu einer Meisterin im Windelnwechseln wurde. Andere waren erfüllt mit unzähligen Aufgaben und meinen Söhnen, die vor Langeweile beinahe durchdrehten.

Meine Lieblingserinnerungen, die ich ganz in Ruhe durchging und wie ein gutes Buch genoss, waren die faulen Tage, an denen Jerry zu Hause bei seiner Familie war. Manchmal kamen auch Margaret oder meine Eltern darin vor. Ich stellte überrascht fest, dass ich mich nach stundenlangem Üben auf die Bilder konzentrieren und sogar klare Details erkennen konnte. Jedes Mal, wenn ich die Augen schloss, war mir so, als würde ich nach Hause zurückversetzt.

Was ich nicht vorausahnen konnte, war, dass sich mein Geschenk, das mir die Erinnerungen gestattete, gegen mich wenden würde wie ein Welpe, den man zu Weihnachten geschenkt bekommt und der dann die Wohnung verwüstet. In der Woche nach Weihnachten versuchte ich, diesen »Heimatkanal« wieder abzustellen und zurück zum »Überlebenskanal« zu wechseln, aber das war nicht gerade einfach. Die Bilder, Gefühle und Gerüche drangen in jeder ruhigen Minute auf mich ein, und hier auf der Insel war fast jede Minute ruhig.

Beinahe wäre ich heute nicht zu meiner Lieblingsstelle am Teich gegangen, da es hier immer so unheimlich ruhig ist, aber ich bin froh, dass ich es doch getan habe. Es ist, als würde das Wasser des Teichs alle Überreste der schmerzhaften Erinnerungen wegwaschen, die dann in die Atmosphäre aufsteigen, sodass ich mich nach und nach wieder sauber fühle.

Widerstrebend gehe ich zu den Steinen, auf denen ich die Wäsche zum Trocknen ausgelegt habe. Ich hebe meine Shorts hoch und stelle erleichtert fest, dass sie noch nass sind. David möchte, dass ich zur zweiten Hälfte seiner Neujahrsfeier komme, aber ich bin von der vergangenen Nacht noch ziemlich erschöpft.

Kent hat sich geweigert, an unserer Party teilzunehmen, und im Unterschlupf tief und fest geschlafen, während wir am Feuer alberne Lieder gesungen und Geistergeschichten erzählt haben. Das Highlight des Abends war für mich die Stunde vor dem Zeitpunkt, an dem unserer Meinung nach Mitternacht sein musste. Wir haben in dieser Zeit die Geschichten verschiedener Lifetime-Filme verglichen, um herauszufinden, wer von uns die schlechtesten gesehen hat. Es war ein enges Rennen, aber David gewann mit seiner dramatischen Erzählung von *My Son, My Lover, My Friend*. Ich habe seit Monaten nicht mehr so viel gelacht.

Irgendwann sind wir einander gegenüber am Feuer eingenickt. Ich habe seit dem Zwischenfall mit Kent am Strand jede Nacht dort geschlafen. David schläft normalerweise im Unterschlupf, aber es hat gestern so großen Spaß gemacht, mit ihm am Feuer zu sitzen. Es hat mich an die wenigen Pyjamapartys während meiner Teenagerzeit erinnert, an denen teilzunehmen mir meine Eltern erlaubt haben.

Doch anstatt bis zum Mittag auszuschlafen, wie ich es mit sechzehn getan hätte, wurde ich noch vor Anbruch der Dämmerung wach, als das Feuer heruntergebrannt und die Luft richtig kalt geworden war. Das hatte ich mir bereits angewöhnt, als ich noch im Unterschlupf schlief und mich vor Kents Händen in Acht nehmen musste. Jetzt werde ich diese Angewohnheit nicht mehr los und kann nicht einmal dann länger schlafen, wenn Kent gar nicht in der Nähe ist.

Das Weihnachtsfest war schwer für uns alle, aber auf Kent hatte es eine merkwürdige Wirkung. Am Heiligabend verschwand er im Dschungel und kam erst zwei Tage später wieder zurück. Ich hatte mit David schon darüber gesprochen, dass wir mal nach ihm sehen müssten, um sicherzugehen, dass er nicht in ein Loch gefallen oder beim Fischen ertrunken sei, aber David schien sich keine Sorgen zu machen. Tatsächlich war er sogar ausgeglichener als sonst, weil uns mal eine Pause von Kents ständiger Kritik gegönnt wurde. Es war nicht so, als hätte ich Kent vermisst, aber ich fühle mich sicherer, wenn ich ihn sehen und seine Handlungen vorausahnen kann.

Aber David behielt recht, denn Kent ging es gut. Zwei Tage später kam er mitten in der Nacht aus dem Dschungel spaziert und legte sich hinter mich, wobei er nach Fisch und ungewaschenem Menschen roch. Ich verfluchte mich, weil ich so dumm gewesen war zu glauben, ich könnte während seiner Abwesenheit im Unterschlupf schlafen, aber als er dieses Mal erneut versuchte, mich anzufassen, tat ich nicht so, als würde ich schlafen. Ich sprang auf, lief zum Strand und verbrachte die Nacht an unserer Fischerbank, wo ich zitternd im feuchten Sand lag. Kent hat seitdem kein Wort mit mir gesprochen, aber ich spüre, wie er mich beobachtet.

* * *

Ich klettere auf einen der Steine, die in dem kleinen, von der Sonne beschienenen Fleck liegen, wo auch unsere Sachen trocknen. Als die Sonne meine Haut berührt, kann ich einen wohligen Seufzer nicht unterdrücken – dies ist meine Inselversion eines Wellnesstags. Das Wasser verdunstet auf meiner Haut, und mein papierdünner BH und mein Slip sind nach wenigen Minuten in der Sonne wieder trocken. Ich lege mich entspannt auf einen flachen Felsen und lasse mich von den Geräuschen des Dschungels einlullen, während meine Gedanken zur Ruhe kommen und ich einschlafe.

Ein Kitzeln an meiner Wange reißt mich zurück in die Realität. Eigentlich habe ich meine für Mädchen typische Schreckhaftigkeit überwunden, aber dies hier ist etwas anderes. Irgendetwas ist da in meinem Gesicht, und meine Finger zucken, um das, was da auf mir rumkrabbelt, zu verscheuchen.

Also schlage ich nach dieser phantomhaften Kreatur, kneife die Augen zu und hoffe, dass es irgendwann aufhört. Ich muss etwas richtig gemacht haben, denn nachdem ich meine Arme entspannt und mein Gewicht so auf dem Stein verlagert habe, dass ich bequem liege, hört das Kitzeln auf.

Auf einmal spüre ich eine Hand auf meinem Mund.

Ich reiße die Augen auf. Kent steht über mir und hält mir so fest den Mund zu, dass ich keine Luft mehr bekomme. Dabei drückt er meinen Schädel gegen den Stein. Ich packe seinen Arm und versuche, ihn wegzuziehen. Meine Fingernägel bohren sich in seine Haut, aber er zuckt nicht einmal mit der Wimper. Sein Unterarm scheint so unbeweglich wie ein Baumstamm zu sein. Meine Schneidezähne werden in meine Lippen gedrückt und fühlen sich an wie Rasierklingen, und mein Mund füllt sich mit Blut. Der widerliche metallische Geschmack lässt mich würgen, während mir das Blut die Kehle herunterrinnt. Ich trete wie wild um mich, schaffe es aber irgendwie nicht, ihn zu treffen.

Meine Lunge brennt, und um mich herum wird es langsam dunkel. Es passiert so schnell, mein Körper liegt einfach still und meine Lungenflügel stellen die Arbeit ein. Da ist kein Platz für Schmerz oder Reue, während ich das Bewusstsein verliere. In der trüben Dunkelheit meines Verstands entsteht ein Vakuum, das ebenso Angst einflößend wie beruhigend ist. Es gibt mir zu verstehen, dass ich nichts mehr zu befürchten habe, dass es in Ordnung ist, loszulassen und mich in seine verlockende samtene Strömung ziehen zu lassen. Die Versuchung, einfach aufzugeben, ist überwältigend, als würde mich die Schwerkraft nach und nach hinunterziehen. Dann, als ich schon über dem dunklen Abgrund hänge, ist die Hand auf einmal weg und ich kann wieder atmen.

Das Licht dringt schmerzhaft auf mich ein, und ich wünsche mir fast, ich könnte an diesen sicheren dunklen Ort zurückkehren. Bevor ich einen klaren Gedanken fassen oder meine zerstückelten Erinnerungen zusammensetzen kann, läuft mir das Blut aus dem Mund in den Hals und ich muss mich aufsetzen, um nicht zu ersticken. Hustend und röchelnd spucke ich das Blut aus und wische es mir mit dem Handrücken von Mund und Kinn. Jemand ist hinter mir her. *Kent* hat es auf mich abgesehen.

Ich kneife die Augen zusammen, da ich alles nur verschwommen erkennen kann. Doch im Teich und in der näheren Umgebung ist niemand zu sehen. Ich krabble rückwärts zum Rand des Steins und falle einen Meter tief auf den schlammigen Boden. Bei dem Aufprall muss ich schon wieder würgen. Sofort drehe ich mich um, stütze mich auf die Hände und Knie und erbreche eine klumpige Mischung aus Blut und Früchten, wobei mir die Magensäure in der Kehle brennt. Mein Herz schlägt wie wild, und ich kann noch immer nicht klar sehen.

Ein Zweig zerbricht hinter mir, und ich kralle mich mit schlammverkrusteten Fingern in den Boden und versuche wegzukriechen, bevor Kent mich erneut erwischen kann. Der Schlamm ist wie Treibsand – je mehr ich mich anstrenge, um an den Rand zu gelangen, desto tiefer sinke ich ein. Schwer atmend ziehe ich die Hände heraus, wobei ein lautes Schmatzen zu hören ist, und drücke sie ein Stück weit entfernt wieder auf den Boden. Anstatt vorwärtszukommen, werde ich nach unten gezogen und lebendig begraben. Mein pochendes Herz bewirkt, dass mir das Blut warm und widerlich aus meiner aufgerissenen Lippe strömt.

»Wo willst du denn hin?«, knurrt Kent hinter mir und klingt gleichzeitig amüsiert und genervt. Seine Füße platschen durch den Matsch, und es klingt, als würde ein Vater sein vom Weg abgekommenes Kleinkind zurückholen. Er kommt näher. Ich mache den Mund auf, um zu schreien, aber es kommt nur ein armseliges Gurgeln heraus.

Er kichert. Ich drehe mich nicht um.

*Krabble zu den Bäumen, und dann renn weg.* Der dichte, sichere Dschungel ist nur ein paar Meter entfernt, aber es könnte genauso gut ein Kilometer sein. Je mehr ich mich anstrenge, um wegzukommen, desto langsamer bewege ich mich.

Er steht neben mir, seine Füße versinken in dem matschigen Schlick. An seinen Beinen zeichnen sich braune Spritzer ab, die sich in den dichten Haaren dort verfangen haben und schnell trocknen. »Warum läufst du denn weg, Süße? Du musst doch keine Angst vor mir haben«, spöttelt er. »Komm schon, Schätzchen, steh auf. Wir müssen dich sauber machen.«

Ich versuche, ihm ins Gesicht zu sehen, aber er krallt die Finger in mein schlammverschmiertes Haar. Dann zerrt er mich hoch, bis ich knie. Ich will seiner Aufforderung nicht Folge leisten, aber ich habe keine andere Wahl. Meine Beine zucken nutzlos unter mir.

*Steh auf*, schreie ich mich innerlich an. *Bitte, lass mich aufstehen!* Er zerrt meinen Kopf nach hinten, bis ich spüre, wie er mir die Haare ausreißt, und seine hellblauen Augen durchdringen mich mit einem messerscharfen Blick.

»Du solltest dich lieber benehmen, Kleine. Das Ganze hier würde weitaus friedlicher ablaufen, wenn du versuchen würdest, nett zu mir zu sein.«

»Kent, was … was willst du?«, stottere ich und stecke noch immer halb im Schlamm.

»Was ich will?« Er lacht laut. »Ich will, dass du augenblicklich aufstehst, hast du verstanden?«

Er wirft ein Büschel Haare, die er mir ausgerissen hat, in den Schlamm und greift wieder zu, um mich auf die Beine zu ziehen.

»Weißt du, was ich noch will?« Er hält mich so fest, dass ich ihm ins Gesicht sehen muss und sein saurer Atem gegen meine Wange weht, und ich muss mich zusammenreißen, um mich nicht auf seine Brust zu übergeben. »Ich will Theresa zurückhaben. Ich will, dass sie diejenige ist, die neben mir in dieser widerlichen Hütte schläft. Aber das ist nicht möglich, nicht wahr? Warum nicht, Lily? Hm?« Er macht eine Pause, als würde er auf meine Antwort warten. »Weil du es verhindert hast! Du warst zu sehr damit beschäftigt, mit dem Werbefuzzi zu flirten, und bist nicht auf deinen Platz zurückgekehrt. Jetzt läufst du hier halb nackt herum und spielst heile Familie mit diesem Dämlack Dave, und du besitzt auch noch die Frechheit, so zu tun, als wärst du viel zu gut für mich!« Seine Stimme wird immer schriller, ein Vogelschwarm stiebt ängstlich auf. Aus seinen Mundwinkeln fliegt Spucke durch die Luft. Dann zerrt er noch einmal heftig an meinen Haaren und grinst. »Aber das ist jetzt vorbei, hast du verstanden? Ich bin deine Spielchen leid. Und jetzt geh ins Wasser oder ich stecke dich eigenhändig rein.«

Die nächsten Sekunden verschwimmt alles vor meinen Augen. Ich weiß nicht genau, wie ich vom Rand des Teichs hüfttief ins Wasser gekommen bin, aber auf einmal stehe ich dort und er ragt hinter mir auf, hat eine Hand noch immer in meinen Haaren und lenkt mich wie ein Puppenspieler.

»Hier, wasch dich damit.«

Er drückt mir eine kleine, glatte Flasche in die Hand. Shampoo aus Margarets Tasche. Auf dem Etikett sind weiße Freesienblüten abgebildet. Mit zitternden Fingern schraube ich den Verschluss auf. Er rutscht mir aus der Hand und fällt mit einem Plopp ins Wasser. Als ich danach greifen will, hält er mich fest.

»Vergiss den Deckel«, knurrt er. »Wasch dich, und zwar sofort.«

Ich reibe meine schlammigen, blutigen Hände aneinander, sodass die Lauge wie Pudding zwischen meinen Fingern hervorquillt. Dann wasche ich mich, schrubbe mein Gesicht, meine Arme, meinen Körper, meine Beine. Er reißt mir die Flasche aus der Hand und schüttet den restlichen Inhalt auf mein Haar, um es grob einzuschäumen. Die Wunden auf meiner Kopfhaut schmerzen. Danach schubst er mich ins Wasser.

»Bitte nicht, bitte, bitte nicht«, jammere ich, wedele schwach mit den Armen und bin davon überzeugt, dass er mich ertränken will.

»Was ist? Hast du etwa Angst vor einem bisschen Wasser? Es scheint dir aber gut zu gefallen, wenn du dich jede Woche darin amüsierst – wenn du darin nackt herumspringst, während du uns erzählst, du würdest hier arbeiten. Und jetzt willst du nicht mal untertauchen? Du kannst dich wohl nie entscheiden, was? Tja, damit ist es jetzt vorbei. Ich treffe für dich die Entscheidungen. Geh ins Wasser.« Er drückt mich weiter nach unten, bis nur noch mein Gesicht über der Oberfläche ist. »Na los, spül dich ab.«

Schon drückt er mich ganz in das dunkle Wasser. Es sticht und dringt mir in Nase und Mund. Würgend versuche ich, wieder an die Oberfläche zu kommen. Luftblasen wirbeln wild um mich herum, als mein erster und vielleicht auch letzter Schrei ungehört im Wasser verhallt. *Ich kriege keine Luft!*

Mit den letzten Kraftreserven, die ich aufbringen kann, drücke ich die Füße in den schlammigen Boden unter mir und widersetze mich seinem eisernen Griff. Mein Kopf durchbricht die Wasseroberfläche. Luft dringt in meine Lunge. Ich huste panisch und spucke unfassbar viel Wasser aus. Kent steht da, hat die Arme vor der nackten Brust verschränkt und wartet. Als ich endlich aufhöre zu zucken, hält er mich auf Armesweite von sich weg und begutachtet mich wie ein Paar schmutzige Socken.

»Das ist schon besser«, murmelt er und führt mich in flacheres Wasser.

»Braves Mädchen«, lobt er mich dann. Ein paar Meter von der Felszunge entfernt schiebt er mich von sich weg. Ich stoße mir die Zehen an den scharfen Steinen am Rand der rauen, grauen Felsen. »Steig aus dem Wasser und zieh dich aus. Mach schon.«

Ich weiß, dass er mich nackt sehen will, und mir ist klar, was danach passieren wird, aber die Schläge gegen mein Gesicht und meinen Kopf haben mir demonstriert, dass er noch zu weitaus mehr fähig ist. Zitternd klettere ich auf den Stein und zwinge mich dazu, langsam zu atmen und gegen die Übelkeit anzukämpfen, die erneut in mir aufsteigt, als ich wieder Blut im Mund schmecke. Ich bin mir sicher, dass er sehen kann, wie meine Hände zittern, wann immer ich sie hochhebe, um mich an dem Stein festzuhalten. Zwar ärgere ich mich, weil er weiß, dass ich eine Heidenangst habe, aber ich komme nicht gegen das Zittern an. Ich ziehe mich an dem Stein hoch, dessen scharfe Kanten sich in meine Handflächen bohren.

»Steh auf«, faucht er. Ein widerliches, erwartungsvolles Grinsen breitet sich in seinem mit Schlamm beschmierten Gesicht aus.

Mit weichen Knien richte ich mich zu voller Größe auf. Er mustert meinen Körper so gründlich, als wäre ich bereits nackt. In diesem Augenblick fühle ich mich schmutziger als gerade mit dem ganzen Schlamm auf der Haut.

»Zuerst das Oberteil«, ordnet er an, und meine Finger zittern noch heftiger, als ich den Arm verdrehe und nach dem Verschluss meines BHs greife. Ich schiebe den Zeigefinger unter den Stoff, lege den Daumen darauf und schiebe die beiden Seiten gegeneinander, um den Haken von der Öse zu lösen, so wie ich es jeden Tag seit unzähligen Jahren mache. Aber es passiert nichts.

»Gibt es ein Problem?«, fragt Kent und tippt sich mit dem Messer gegen den Oberschenkel. Er erwartet keine Antwort, nur das Befolgen seiner Befehle. Ich versuche es noch einmal in der Hoffnung, dass dann der Groll aus seinem Blick verschwinden wird, der mir sagt, dass er mir wehtun will.

»Ich kriege … Ich kriege ihn nicht auf.« Ich komme mir vor wie ein unbeholfenes Kind.

»Und wieder einmal muss ich alles selbst machen. Komm hier rüber«, knurrt er und stellt sich an den Rand des Felsens. Wenn ich tue, was er sagt, wird er mich nicht mehr schlagen, aber es wird mich auch nicht retten. Ich blicke an ihm vorbei und überlege, wie weit es zum tiefsten Teil des Teiches ist, wo ich untertauchen und verschwinden könnte. Als Kents rechte Hand vorschießt und mein Handgelenk packt, krümme ich die Zehen, spanne die Wadenmuskeln an und springe los. Aber anstatt drei Meter weiter im Wasser zu landen, wo es knapp zwei Meter tief ist, falle ich direkt neben Kent einen Meter tief ins Wasser, mache einen Bauchklatscher und liege sofort auf dem Grund. Dichter, sandiger Schmutz steigt auf und drückt mir die Haare aus dem Gesicht. Untergetaucht stoße ich mich mit den Füßen vom weichen Boden ab und versuche, es in die schwärzesten Tiefen des Teiches zu schaffen, um mein Leben zu retten.

Der erste Schwimmstoß geht problemlos. Ich bewege mich mühelos im Wasser, als würde ich fliegen und nicht schwimmen. Ich schöpfe neuen Mut und beginne zu hoffen, dass ich es schaffen werde. Ich kann entkommen!

Dann spüre ich seine Hand an meinem Fußknöchel. Er zieht mich durch das Wasser, während ich im Dunkeln mit den Armen wedle und versuche, mich irgendwo festzuhalten und die Rückwärtsbewegung aufzuhalten, die mich in Richtung Land, Schmerz und schrecklicher Dinge, die ich mir nicht einmal vorstellen möchte, zieht. Aber da ist nichts.

Er zieht mich aus dem Wasser und wirft mich ans Ufer. Ich spucke erneut Wasser, bis es sich so anfühlt, als wäre mein Magen von innen nach außen gekehrt worden. Während ich mich am Boden winde, sieht Kent mir mit zufriedener Miene zu.

»Jetzt reicht's aber mit den Spielchen.« Er setzt sich rittlings auf mich, während ich mit dem Bauch auf dem Boden liege. Seine dicken, mit Schwielen bedeckten Finger packen meine Hände und zerren sie hinter meinen Rücken. Ich spüre, wie er ein satinartiges Material um meine Handgelenke legt und so fest zieht, dass meine Schultern höllisch schmerzen.

»Das ist schon besser«, murmelt er und lässt mich mit dem Gesicht nach vorn in den Schlamm fallen, der mir in den Mund dringt und zwischen meinen Zähnen knirscht. Er greift nach meiner goldenen Halskette und scheint die Ringe zu zählen: Margarets, Charlies und seit Neuestem auch meiner hängen daran. Nachdem ich so viel abgenommen hatte, habe ich ihn lieber auch an die Kette gehängt, um ihn nicht zu verlieren. Aber jetzt scheint ohnehin alles verloren zu sein. »Die wirst du nicht mehr brauchen, nicht wahr? Was wird dein Mann denken, wenn er herausfindet, was du für eine Schlampe bist?«

Er zerrt fest daran, und die Kette schneidet kurz in meine Kehle, bevor sie wie eine Angelschnur zerreißt. Die Ringe fallen neben meinem Gesicht in den Schlamm, und ich sehe mit an, wie die letzten Hinweise auf mein früheres Leben rasch von dem braunen Morast verschlungen werden.

Es ist leichter, das zu beobachten, als daran zu denken, was er tun wird, was mich als Nächstes erwartet. Ich möchte ihn beobachten, damit ich zumindest weiß, wann genau er diese Grenze überschreitet und sich alles für immer ändern wird. Jetzt bereue ich es, dass ich nicht auf David gehört und das Messer immer in meiner Nähe behalten habe, denn dann würde es jetzt schwer in meiner Hand liegen und nicht mehrere Meter entfernt in der Gesäßtasche meiner Jeansshorts, die zusammen mit der anderen Wäsche auf dem Stein trocknet.

In der Ferne schreit ein Vogel. Er klingt, als hätte er ebenso große Angst wie ich. Wenigstens bin ich nicht allein. Das Vogelzwitschern erinnert mich an den letzten Vers eines Liedes, das mir meine Mutter immer vorgesungen hat, wenn ich als kleines Mädchen Albträume hatte. Sie hatte es als Kind gelernt, als sie mit ihren Eltern, die Missionare waren, in Australien lebte. Ich habe es meinen Söhnen auch immer vorgesungen. Die Worte hallen durch meinen Kopf, und ich kann sie nicht bei mir behalten. Stattdessen singe ich.

»*Kookaburra sits on a rusty nail.*« Der uralte Text dringt aus meinem Mund und klingt nicht gerade melodisch. Während ich singe, spüre ich das kalte Messer, mit dem er die Träger meines BHs aufschneidet. »*Gets a boo-boo in … his … tail.*« Ich kann sein grausames Kichern hören, als er den BH in den Schlamm wirft. »*Cry … Kookaburra … cry … Kookaburra …*« Jetzt befingert er meinen Rücken. »*Oh, how life … can … be.*«

Ich spüre, dass es gleich so weit sein wird. Wieder möchte ich singen, damit wenigstens ein Teil von mir frei ist, aber selbst diesen kleinen Akt der Rebellion bringe ich nicht mehr zustande.

Dann, als er gerade die Klinge unter den Stoff an meiner Hüfte schiebt, bricht etwas schreiend durch das Unterholz.

»*Kent!*«, brüllt eine wütende Stimme.

In mir keimen gleichzeitig Hoffnung und Furcht auf – es ist David.

# 19

## Dave

*Gegenwart*

»Seien Sie ehrlich, Dave. Sie und Kent waren nicht gerade die besten Freunde, stimmt's?«

»Wie kommen Sie auf die Idee?« Es fiel ihm schwer, so zu tun, als hätte er diesen Mann nicht mit jeder Faser seines Wesens gehasst.

»Tja, Sie können mich ja für verrückt halten, aber Ihre Stimme scheint immer einen sarkastischen Unterton anzunehmen, wenn Sie Geschichten über den ›Pfadfinder‹ erzählen, falls Sie ihn wirklich so genannt haben. Das alles klingt irgendwie so, als wäre er allein dafür verantwortlich gewesen, dass Sie die ersten Monate überlebten, allerdings scheinen Sie ihm dafür nicht besonders dankbar zu sein«, sagte sie und zog anschuldigend die Augenbrauen hoch. War er derart leicht zu durchschauen?

»Er war kein besonders umgänglicher Mensch. Gut, er wusste eine Menge, das gebe ich gern zu, aber er war auch nicht gerade das, was man als offen und zugänglich bezeichnen würde.«

»Das wurde mir aber anders erzählt«, widersprach ihm Genevieve. »Seine Familie sagt, er sei sehr lebenslustig gewesen.

Aufgrund seiner positiven Ausstrahlung hätte man dem Umgang mit ihm geschätzt. Außerdem wurde mir berichtet, dass er und Theresa noch sehr verliebt gewesen wären und kurz davor gestanden hätten, sich zu verloben.«

Dave wusste ganz genau, dass Theresa das auf gar keinen Fall gewollt hatte, schließlich hatte sie sich schon einige Wochen vor diesem verheerenden Flug von ihm getrennt. Und zu Kents Familie, die nur aus Irren bestand, fiel ihm ohnehin nichts mehr ein. Seitdem er diese Leute kennengelernt hatte, wunderte er sich nicht mehr darüber, dass Kent so geworden war. Nach ihrer Rettung und der Zeit im Krankenhaus waren die Überlebenden alle in die Vereinigten Staaten zurückgekehrt. Kurz darauf wurden sie von Interviewanfragen überschwemmt. Vor allem das Frühstücksfernsehen stürzte sich auf sie. Eigentlich liebte sie jeder. Aus der ganzen Welt kamen Briefe und E-Mails, und die Überlebenden wurden über Nacht zu Prominenten. Aber einige Leute, vor allem zwei ganz bestimmte, gehörten nicht zu ihren Fans, und das waren Joan und Jim Carter, Kents Eltern.

»Natürlich hatte seine Familie ein anderes Bild von ihm als wir. Wir befanden uns in einer lebensbedrohlichen Situation und waren dem Tod nur knapp entronnen. Ich bin mir sicher, dass er ein toller Sohn war. Das habe ich nie infrage gestellt«, erwiderte Dave, der immer noch versuchte, jeden, der etwas mit Kent zu tun gehabt hatte – und vor allem dessen Eltern –, zu besänftigen.

* * *

Erst Janice von Carlton hatte ihm die Wahrheit erzählt. Sie sagte, dass die Fluggesellschaft und Carlton-Joghurt nach dem Fund der Blackbox Kent als Buhmann hingestellt hätten. Angeblich hätte der Absturz auf menschlichem Versagen beruht, genauer gesagt: Kents Versagen. Das Resultat war, dass seine Familie nicht an der Zehn-Millionen-Dollar-Auszahlung beteiligt wurde, die Lillians und Daves Familien erhielten. Die Carters waren stinksauer.

Es kam zu einem langwierigen Rechtsstreit zwischen der Familie und der Fluggesellschaft, und Janice meinte, es wäre sehr unschön und emotional geworden. Anscheinend war Kent 1999 wegen Fliegens unter Alkoholeinfluss angeklagt worden und hatte seine Fluglizenz für die USA für ein Jahr verloren. Aus diesem Grund war er in den Südpazifik gezogen und hatte sich einen Job bei der winzigen Fluggesellschaft Kanaku besorgt, die sich auf Charterflüge mit Privatjets spezialisiert hatte. Das alles ergab ein unschönes Bild, und Kents Familie verlor den Prozess, der damit endete, dass der Richter ihren noch immer vermissten Sohn als Mörder bezeichnete.

Nachdem Dave wieder eine Woche zu Hause war, begannen die anonymen Anrufe. Es ging immer los, wenn Dave und Beth gerade zu Bett gehen wollten. Das Telefon klingelte drei- oder viermal, dann herrschte Schweigen auf dem Anrufbeantworter, bevor aufgelegt wurde. Dave ließ ihre Telefonnummer viermal in einem Monat ändern.

Eines Nachts stand er gerade in der Küche und bereitete sich einen Snack zu, während Beth schon ins Bett gegangen war. Als er gerade Senf auf eine Brotscheibe strich, klingelte das Telefon schrill. Dave zuckte zusammen und ließ das Brot mit der Senfseite nach unten auf die Arbeitsplatte fallen. Das Telefon klingelte erneut. Also wischte er sich die Hände am Handtuch neben dem Spülbecken ab, rannte zum Telefon und hoffte, dass Beth nicht vom Klingeln wach geworden war. Als er auf das Display sah, rechnete er mit einem Anruf ohne angezeigte Kennung, was in diesem Fall bedeutet hätte, dass es Lily gewesen wäre. Aber als er das Telefon vom Ladegerät nahm, stand auf dem Display eine Nummer, die er schon oft gesehen hatte – viel zu oft.

*So langsam wird es lächerlich*, dachte Dave. Er drückte wütend eine Taste und versuchte, seine Stimme unter Kontrolle zu halten, während seine Verärgerung langsam zu Wut wurde. »Was wollen Sie von mir?«

Schockiertes Schweigen drang aus der Leitung, und er hörte jemanden atmen und einen Fernseher im Hintergrund.

»Ich weiß nicht, wer Sie sind, aber Sie sollten jetzt den Mund aufmachen, denn morgen werde ich diese Nummer sperren lassen. Also ist das jetzt Ihre Gelegenheit. Ich weiß, dass Sie noch dran sind … Ich kann Sie hören.«

»Warum erzählen Sie Lügen über meinen Sohn?«, fragte eine vom vielen Rauchen heisere Frauenstimme.

»Es tut mir leid, Ma'am, aber kennen wir uns? Kenne ich Ihren Sohn?« Warum versuchte er, rational mit dieser verrückten Person zu sprechen, die ihn stalkte? Fast rechnete er schon damit, dass sie auflegen würde.

»Oh ja, Sie kennen meinen Sohn«, stieß sie schnaubend aus. »Er ist der Mann, der Ihnen das Leben gerettet hat. Der, vom dem Sie so tun, als wäre er nicht da gewesen.«

»Kent?«, entgegnete er und hatte das Gefühl, einen Schlag ins Gesicht zu bekommen.

»Ja. Kent. Kent Carter.« Ihre Stimme wurde schneidend. »Wissen Sie überhaupt, was Sie ihm antun? Was Sie aus seinem Ruf machen? Sie müssen doch nur sagen, dass er nicht getrunken hat, dass es nicht seine Schuld war, und dann würden alle die Wahrheit kennen. Zumindest das sind Sie ihm doch schuldig.«

»Ich dachte, wir hätten klar zum Ausdruck gebracht, dass uns Kent eine große Hilfe gewesen ist und dass wir immer wieder nur dank ihm überlebt haben. Was soll ich denn noch sagen?«

Ein entnervter Seufzer, und dann hörte sich ihre Stimme an, als würde sie mit einem Kleinkind sprechen. »Das, was ich eben gesagt habe: dass er nicht getrunken hat. Hätten Sie das gesagt, wäre alles anders gekommen.«

Dave schüttelte den Kopf, auch wenn sie das nicht sehen konnte. »Wie ich bereits der Presse gesagt habe, weiß ich nicht, ob er getrunken hatte. Ich habe keinen Alkohol gesehen oder an ihm gerochen, und das ist alles, was ich weiß. Lillian weiß sogar noch weniger, weil sie ihn erst nach dem Absturz kennengelernt hat.«

»Haben die Anwälte Sie schon angerufen? Was haben Sie ihnen gesagt?«, verlangte sie zu erfahren.

Die Anwälte. Jetzt wusste Dave, wie der Hase lief. Wenn er ihnen sagte, dass Kent nichts getrunken hatte, dann würden auch die Carters viel Geld bekommen.

»Mich haben keine Anwälte angerufen, Mrs Carter, und falls sie es tun, dann werde ich ihnen ebenfalls die Wahrheit sagen. Mehr kann ich nicht machen.«

»Sie widerlicher Mistkerl«, fauchte sie. Daher hatte Kent also seinen Charme und seine Umgänglichkeit. »Von Abschaum wie Ihnen hätte ich auch nichts anderes erwarten sollen. Eines Tages werden die Leute die Wahrheit über meinen Kent erfahren, und dann wird es Ihnen leidtun.«

»Das mit Kent tut mir jetzt schon leid, Mrs Carter.« Er seufzte. »Ich wünsche Ihrer Familie nur das Beste. Aber es ist spät, und ich muss jetzt auflegen.«

»Wie Sie meinen«, murmelte sie, und damit war das Gespräch beendet.

Dave ließ das Telefon auf den kalten Stein der Quarzarbeitsplatte fallen und musste sich sehr zusammenreißen, um nicht lauthals die ganzen Beleidigungen hinauszuschreien, die ihm gerade durch den Kopf schossen. Er schlug mit den Fäusten auf die Arbeitsplatte, sodass das Telefon heftig wackelte. Dann hob er es auf und wollte es schon quer durch den Raum schleudern, hielt jedoch im letzten Moment inne. Stattdessen gab er mit Lichtgeschwindigkeit die vertraute Nummer ein, die seinen Körper gleichzeitig warm und taub werden ließ.

»Hallo?«

»Hey, Lily, wie war dein Tag?« Dave lehnte sich an die Wand und ließ sich zu Boden gleiten, wo er die Beine anzog und sich darüber freute, ihre Stimme zu hören.

»Ich hatte einen tollen Tag. Wir waren im Park und haben ein Picknick gemacht«, berichtete sie sofort. »Daniel hat endlich gelernt, allein auf das Klettergerüst zu steigen. Als wir nach Hause gingen, hatte er Blasen an den Handflächen, war aber so stolz auf sich, dass ihm das völlig egal war.« Ihre Stimme klang noch viel wärmer, wenn sie von ihren Kindern sprach. »Was ist mit dir? Wie war dein Tag?«, erkundigte sie sich. Dave konnte hören, dass sie auf einem Fingernagel herumkaute.

»Er war gut.« Er stieß die Luft aus und versuchte, ruhig zu bleiben. »Bis vor fünf Minuten.«

»Oh nein«, sagte sie verständnisvoll. »Hast du dich wieder mit Beth gestritten?«

»Nein.« Er seufzte. Verdammt, von wie vielen Streitereien hatte er ihr eigentlich erzählt? Er musste damit aufhören, mit ihr darüber zu reden, vor allem, da sich Lily nie über Jerry beschwerte. Doch er schüttelte diesen Gedanken ab. »Ich hatte einen verrückten Anruf.«

»Wirklich? Nur einen? War es der Kerl, der behauptet, wir wären von Aliens entführt worden und hätten die letzten beiden Jahre bei ihnen verbracht? Hat er wieder nach der Handynummer der Aliens gefragt?«

»Schön wär's. Das klingt unterhaltsamer als die Frau, mit der ich gerade telefoniert habe.« Er hielt inne und überlegte, ob er ihr wirklich davon erzählen sollte. »Es war Kents Mutter.«

»Wie war es?« Ihre Stimme zitterte. Dave hätte am liebsten den Arm ausgestreckt und ihr die Schultern gerieben.

»Es war … interessant. Wir sollen aussagen, dass Kent am Tag des Flugzeugabsturzes nicht betrunken gewesen ist. Ich vermute, dass sie auf das Geld scharf ist, aber dafür müssten wir aussagen.«

»Was hast du ihr gesagt? Du hast doch nicht versprochen, dass wir das machen, oder? Ich will das nicht tun, David.« Er würde alles tun, was sie wollte, wenn sie seinen Namen so aussprach. Dann fühlte er sich unverwundbar.

»Sch, Lily, ganz ruhig. Du musst das nicht machen, und ich auch nicht. Wenn sie den Mumm haben, uns vorzuladen, dann sagen wir, was sie wollen.«

»Aber wenn wir vereidigt werden, dann müssen wir die Wahrheit sagen!«, brüllte sie. Er fragte sich, wie sie es schaffte, nicht ihre ganze Familie damit aufzuwecken.

»Du musst überhaupt nichts sagen, was dich belasten könnte«, rief er ihr ins Gedächtnis. »Aber sie werden uns gar nicht darum bitten. Sie werden uns auch nicht vorladen. Wow, wir messen diesem Anruf echt verdammt viel Gewicht bei, was?«

Lily schien nicht ganz seiner Meinung zu sein. »Vielleicht.« Sie schwieg einige Sekunden lang. »Vielleicht sollte ich mit Jerry darüber sprechen. Er ist Anwalt und kann uns beraten.«

Jerry. Das würde alles ruinieren.

»Hast du das auch gut durchdacht, Lily? Du müsstest ihm mehr als nur das mit Kent erzählen. War Jerry nicht der Grund dafür, dass wir mit dieser albernen Lügerei überhaupt erst angefangen haben?«

»Ich weiß nicht«, flüsterte Lily. »Er ist jetzt viel sanfter, aber ich glaube, hier würde sich vieles ändern, wenn er die Wahrheit kennen würde. Und nicht zum Guten. Ich möchte es ihm eigentlich nicht sagen, auch wenn ich mir wünsche, dass ich es tun könnte. Vor all dem hatten wir keine Geheimnisse voreinander, aber jetzt … Jetzt habe ich das Gefühl, dass ich ihn ständig anlüge.«

»Das liegt daran, dass du ihn tatsächlich ständig anlügst.« Zu diesem Thema fiel ihm einfach nichts Nettes mehr ein, und es war ohnehin schon schwer, sich unter Kontrolle zu behalten, wenn sie über Jerry sprachen. »Okay, wie wäre es, wenn ich es ihm sage? Dann würde er wenigstens alles über Margaret und Kent wissen. Hmmm, aber würde er dann nicht auch die Wahrheit über Paul erfahren wollen? Diese kleine Geschichte würde ich ihm nur zu gern erzählen. Na los, weck ihn und hol ihn ans Telefon. Nein, warte, dabei will ich sein Gesicht sehen. Vielleicht sollte ich zu euch rüberfliegen.«

»Das würdest du nicht tun.«

»Ich denke schon. Ich bezweifle, dass er so verständnisvoll sein wird, wie du es dir erhoffst, und dann hätte ich endlich einen Platz in deinem Leben und nicht ein geheimes Telefongespräch um ein Uhr früh.«

Schweigen. »Du hast recht«, gab sie zu. »Er darf es nie erfahren. Komm nicht auf dumme Gedanken, David. Wenn du es ihm je erzählen solltest, werde ich nie wieder ein Wort mit dir reden.«

Die Endgültigkeit dieser Worte wirkte auf ihn wie ein Messerstich direkt ins Herz.

»Das war doch nur Spaß«, versicherte er ihr. »Ich … ich weiß nicht, was ich tun würde, wenn ich deine Stimme nicht mehr hören könnte.«

»Du sollst mir nicht so was sagen, David.«

»Ich weiß. Tut mir leid.« Dave versuchte, seinen Fehler schnell wiedergutzumachen. »Keine Sorge, wir werden das ebenso durchstehen wie all die Interviews«, meinte er. »Und wir werden es Jerry ganz bestimmt nicht erzählen.«

»Ja, ich weiß.«

Dave hatte so das Gefühl, dass sie diese Unterhaltung noch öfter führen würden. Eines Tages würde sie seinen Bluff vielleicht durchschauen.

»Wir sollten Joan Carter vorerst vergessen. Ich vermute, dass sie sich für eine Weile mit diesem Anruf zufriedengeben wird. Und ich werde gleich morgen früh ihre Nummer sperren lassen. Sie wollen jedenfalls nicht, dass die Wahrheit über Kent ans Licht kommt. Es dürfte uns nicht schwerfallen, ihnen zu beweisen, wie wenig sie tatsächlich über ihren Sohn gewusst haben.«

»Hoffentlich kommt es nicht so weit«, erwiderte Lillian und stöhnte. »Ich will an das alles nicht mehr denken müssen. Erzähl mir eine Geschichte, David. Sorg dafür, dass ich einschlafen kann.«

Er lehnte den Kopf an die Wand und ließ die Augen zufallen. »Schließ die Augen. Denk an die Wellen, höre, wie sie brechen und ans Ufer schlagen. Rieche den Duft der Blumen und der Meeresbrise, die sich vereinen und dich umgeben. Spüre die kühle Nachtluft auf der Haut …« Dave rief Erinnerungen wach, bis ihm Lilys ruhiger Atem verriet, dass sie eingeschlafen war.

Wie sie aus ihrem Versteck im Schrank des Gästezimmers zurück ins Schlafzimmer kam, ohne dass Jerry Verdacht schöpfte, fragte er sie nie, und auch nicht, ob ihr Mann die endlosen Gespräche, die sie jede Nacht führten, auf der Telefonrechnung entdeckt hatte. Wäre Lily *seine* Frau gewesen, dann wäre er vor Eifersucht förmlich durchgedreht. Aber sie war nicht seine Frau. Sie war eine Freundin und würde nie mehr sein als das.

* * *

»Gab es einen besonderen Grund, aus dem Sie ihn nicht mochten?«, bohrte Genevieve weiter. »Was hat er getan, um Sie zu verärgern?«

Während in Dave all diese gefährlichen Gefühle aufstiegen, unterdrückte er den Drang, mit den Zähnen zu knirschen. Das würde man in der Aufzeichnung bestimmt hören. Stattdessen lächelte er wieder und versuchte, sein lang erprobtes PR-Talent einzusetzen.

»Ich kann nicht behaupten, dass ich Kent vor dem Absturz gut gekannt hätte, aber die Menschen reagieren nun mal unterschiedlich auf Traumata. Theresas Tod hatte ihn sehr mitgenommen, und ich weiß, dass er dadurch noch ungeselliger geworden ist. Es stimmt natürlich, dass er uns sehr geholfen und uns vielleicht sogar gerettet hat. Und auch wenn wir nicht gerade die besten Freunde waren, heißt das noch lange nicht, dass wir einander gehasst hätten.«

»Nein …« Genevieve zuckte mit den Augenbrauen und versuchte, die Stirn zu runzeln. »Aber es ist offensichtlich, dass Sie uns nicht alles über ihn erzählen. Warum sind Sie nicht ehrlich zu uns?«

Er hätte ihr am liebsten in aller Deutlichkeit zu verstehen gegeben, warum er Kent gehasst hatte. Wie er über Lily gestanden hatte, mit dem Messer in seiner fetten Pranke, die Beine rechts und links neben ihrem Körper, als wäre sie ein Tier, das er auf der Jagd gefangen hatte, und nicht etwa der interessanteste, fürsorglichste und klügste Mensch, dem Dave je begegnet war. Weil dieses Erlebnis eine Leere in Lilys Augen hervorgerufen hatte, die nie wieder ganz verschwunden war.

»Sie wollen, dass ich ehrlich bin? Okay. Wir waren keine Freunde. Ich bezweifle, dass irgendjemand diesen Mann als seinen Freund bezeichnet hätte. Was seine Familie auch behaupten mag, ich weiß, dass er schon vor dem Absturz ein Arschloch gewesen ist, und die Insel und die Isolation haben seiner Persönlichkeit nicht gerade gut getan. Er hat nie ein freundliches Wort für mich übrig gehabt, und in Lillians Gegenwart … war er …« Genevieve Randall beugte sich vor und schien Daves Antwort mehr zu genießen, als er erwartet hatte. Er hörte sofort auf, setzte sich gerade hin, holte tief Luft und sprach entspannter weiter. »Wir hatten, wie gesagt, unsere Differenzen, aber auch Respekt voreinander, und das hat unsere Beziehung ausgemacht.«

»Okay … Nur noch eine weitere Frage zu Kent.« Ihr Lächeln war widerwärtig süß. »Was würden Sie sagen, Dave, wenn ich Ihnen verrate, dass Kent laut den Worten seiner Familie ein hervorragender Schwimmer gewesen ist?«

»Da bin ich ganz Ihrer Meinung«, sagte Dave und nickte. »Aber niemand kann schneller schwimmen als ein Hai, Miss Randall.«

# 20

## David – Tag 113

*Die Insel*

Als die Sonne über dem Horizont aufgeht, tauche ich die Hände in die flache Pfütze, die sich an einer tiefergelegenen Stelle in der Nähe unseres Strandes gebildet hat. Mit einer Handvoll Sand scheuere ich mir wutentbrannt die fast schon blutenden Hände ab, auch zwischen den Fingern und an den Handgelenken, während ich mir wünsche, es wäre etwas Stärkeres wie beispielsweise Bleiche.

Bleiche, die könnte ich jetzt gut gebrauchen. Ich möchte alles wieder sauber bekommen, das weißeste Weiß, wie es in der Werbung so schön heißt. Ich möchte die Erinnerungen an gestern auslöschen, sie wie einen Fleck aus einem Hemd waschen. Was hat Lady Macbeth gesagt? *»Fort, verdammter Fleck!« Ich will das, was ich gestern gesehen habe, als ich zwischen den Bäumen hervorkam, für immer vergessen.*

* * *

»Dreh dich um und geh wieder, Dave«, befahl Kent, als würde ich wie ein trainierter Affe jeden seiner Befehle befolgen. Vielleicht hat er vergessen, dass ich ihn hasse oder dass er mir ein Messer gegeben hat. Aber vermutlich sah er mich einfach nur nicht als Bedrohung an. Ich ging nicht.

»Runter von ihr, Kent.« Ich zog mein Messer aus der Hosentasche und aus der selbstgebauten Scheide. Selbstsicherheit durchströmte mich, als ich daran dachte, wie lange ich vorletzte Nacht damit verbracht habe, es zu schärfen. »Ich schwöre dir, wenn du ihr wehtust, dann werde ich …«

»Was?«, spottete er und sah kaum in meine Richtung. »Glaubst du wirklich, du könntest irgendwas gegen mich ausrichten, Kleiner? Du scheinst ja ziemliche Wahnvorstellungen zu haben. Wenn du so clever bist, wie ich glaube, dann verschwindest du einfach wieder und überlässt mir die Kleine.«

Ich wollte ihn zwingen, die Klappe zu halten und Lily in Ruhe zu lassen. Mit zwei großen Schritten stürmte ich auf ihn zu.

»Ist das dein Ernst? Du willst dich wirklich mit mir anlegen? Na schön.« Er entfernte sich ein Stück von Lily, die sich im Schlamm wand. *Lauf weg, Lily, lauf weg.*

»Denk nicht mal daran, dich zu bewegen«, warnte er sie. »Du kannst ruhig versuchen, wegzulaufen, Kleine, aber vergiss nicht, dass wir auf einer Insel sind. Und ich kenne mich hier besser aus als einer von euch.« Er richtete das Messer abwechselnd auf sie und mich. »Ich werde euch finden, wo immer ihr euch auch versteckt.«

»Hör nicht auf ihn, Lily«, schrie ich und starrte Kent an. »Du solltest verschwinden. Auf der Stelle.«

»Ja, Lily, warum verschwindest du nicht?«, zischte er und kam auf mich zu wie eine Raubkatze, die sich an ihre Beute anschleicht. »Dann musst du nicht mit ansehen, wie ich deinen Freund umbringe.«

Lily drehte sich im Schlamm auf die Seite. Ihr Gesicht schwoll langsam an, vermutlich hatte er ihr die Nase gebrochen. Ich legte die Finger fester um den Messergriff.

»David, ich möchte, dass du gehst«, stieß sie trotz ihrer geschwollenen Lippen hervor.

»Das kannst du vergessen.«

Sie rappelte sich auf, bis sie kniete, und atmete schwer. Ihre grünen Augen leuchteten in dem dunklen Schlamm, der langsam auf ihrem Gesicht trocknete.

»Bitte geh, David. Das hier ist es nicht wert, dass du dein Leben riskierst.«

»Sei still, Lily«, bat ich sie und machte noch einen Schritt auf Kent zu, während ich innerlich Bilanz zog. Wasser zu meiner Rechten, Dschungel zu meiner Linken, ein verrückter, mordlustiger Kerl direkt vor mir. Es sah nicht gut aus.

Lily, die jetzt aufgestanden war, flehte: »Hör auf, Kent.« Sie spuckte eine rot-braune Mischung aus Speichel, Blut und Schlamm aus. »Ich werde mit dir gehen, wenn du mir versprichst, dass du ihn in Ruhe lässt.«

»Sei still«, knurrte ich sie an.

»Das ist ein nettes Angebot, Süße, aber ich bin gerade beschäftigt. Keine Sorge.« Er kicherte und bleckte die Zähne. »Um dich kümmere ich mich später. Ich gehe gern auf die Jagd.«

»Lauf weg!«, schrie ich Lily an, als Kent auf mich zusprang und das Messer auf meine Brust richtete.

Mit leichter Verzögerung drückte ich mich mit den Fußballen vom weichen Boden ab und umklammerte mein Messer so fest, dass es wehgetan hätte, wenn ich nicht derart im Adrenalinrausch gewesen wäre. Kents bulliger Körper rammte meine abgewandte rechte Schulter, und seine harten Fingerknöchel trafen meinen Unterkiefer.

Ich schwang beide Fäuste und versuchte, einen ersten Treffer zu landen. Kent spielte wie immer nicht fair und trat mir mit dem Knie in die Weichteile. Während ich mich krümmte, schlug er mir das Messer aus der Hand. Es flog ins Unterholz, und ich sah Sterne. Die Schmerzen in meinem Unterleib waren kaum zu ertragen.

Bevor ich wusste, wie mir geschah, hatte er mich auf den Rücken geworfen und presste seine stämmigen Oberschenkel auf meinen Torso. Ich riss abwehrend die Hände in die Luft, um mein Gesicht vor seinen steinharten Fäusten zu schützen. Da er mich dort nicht treffen konnte, schlug er an anderen strategisch günstigen Stellen wie meinen Ohren zu und landete auch einen oder zwei Glückstreffer an meinem Hals.

»Hättest du mich nicht einfach gewähren lassen können?«, knurrte Kent und legte die Finger um meine Kehle. Ich machte den Mund auf, um ihn anzuschreien, aber meine Luftröhre gab bereits nach unter dem Druck, den seine Daumen ausübten.

*Das war's.* Meine Gliedmaßen sanken nutzlos zu Boden, und mein Blickfeld bekam einen schwarzen Rand, der immer breiter wurde. *Jetzt werde ich sterben.* Es war nicht friedlich, und da war kein Licht am Ende eines Tunnels oder so was. Ich spürte nur meine Angst und das Bedauern, so vieles nicht getan zu haben.

Meine letzten, meine allerletzten Gedanken galten Lily. Ich sah ihr Gesicht, wie ich es im Flugzeug im Licht der untergehenden Sonne gesehen hatte, die fürsorgliche Wärme in ihren Augen, als sie sich neben mich setzte, ihre tapfere Miene, als Kent auf dem Rettungsboot ihre Schulter genäht hatte, ihre ungeheure Trauer nach Margarets Tod, das vielsagende Lächeln, das ihre Lippen umspielte, wenn sie einen Witz machte. Und der letzte Gedanke, der mir durch den Kopf schoss, war eine Erkenntnis, die ich bisher nie zugelassen hatte: Ich liebe sie.

Dann starb ich.

Der Schmerz war fort, und anstatt im flachen Wasser des trüben Teiches zu kämpfen, trieb ich in einem größeren, unbewegten Teich und blinzelte gegen das Sonnenlicht an, das durch die Blätter der Bäume hindurchdrang. Kleine Gestalten bewegten sich am Ufer. Sie sahen aus wie Kinder. Zwei Mädchen und ein kleiner Junge spielten dort – nein, sie tanzten, wie Feen –, und ihr Kichern hallte durch die Luft. Ein feiner blauer Nebel erfüllte die Lichtung und wirbelte bei jedem Sprung der Kinder am Ufer herum, ebenso wie ihre durchscheinende weiße Kleidung.

Benommen setzte ich mich auf und sah mich um. Ich stellte fest, dass das Wasser keinen halben Meter tief war. Um den Teich herum standen Bäume. Es waren aber keine Palmen wie auf unserer Insel, sondern riesige Rotholzbäume, wie die, die mir mein Vater gezeigt hat, als ich ein kleiner Junge war. Ich schaute zum Ufer hinüber und rechnete unbewusst schon damit, dass er zwischen den Bäumen auf mich wartete. Mir war nicht kalt, ich hatte keine Schmerzen, und ich wusste, dass ich ruhig und glücklich sein sollte, aber das war ich nicht. Ein Gedanke zerrte am Rand meines Bewusstseins an mir, wie ein Wort, das man vergessen hat und das einem bei aller Grübelei nicht wieder einfallen will. Ich sollte nicht hier in diesem nebligen Wald sein, sondern irgendwo anders. Ich musste …

So plötzlich, wie ich auf die Waldlichtung versetzt worden war, riss mich das aufspritzende Wasser des Teiches zurück in die Realität. Kent war noch immer da, hatte aber die Hände nicht mehr an meinem Hals. Stattdessen lag er flach auf mir und dünstete seinen üblichen Gestank aus Körpergeruch und Fischeingeweiden aus. Als sich der Nebel des Todes, der mein Gehirn eingehüllt hatte, lichtete, versuchte ich, ihn von mir runterzuschieben. Er wehrte sich nicht.

»Lily! Lily«, stieß ich keuchend aus, und meine Kehle schmerzte an der Stelle, an der Kent sie beinahe zerquetscht hatte. Nach einigen Mühen konnte ich unter dem bewusstlosen Kent hervorrutschen. Mein linkes Bein war taub. Ich humpelte in Richtung Baumlinie, war jedoch zu schnell aufgestanden, sodass vor meinen Augen alles verschwamm. Beim Blinzeln spürte ich Überreste von Schlamm in den Augen.

Ich versteckte mich im dichten Unterholz und sah mich nach Lily um. Am Teich war sie nicht zu entdecken und auch nicht zwischen den Bäumen auf der anderen Seite. Ich ging davon aus, dass sie in der Nähe geblieben war, um mitzubekommen, was passierte, aber genug Abstand zwischen sich und Kent bringen wollte, um fliehen zu können. Aber sie war nicht da. Meine Angst wurde immer größer, und ich sah in die andere Richtung, während ich die Sekunden zählte, die mir noch blieben, bis Kent aufwachte und wir weglaufen mussten.

»Wo steckst du, Lily?«, flüsterte ich.

Dann entdeckte ich sie. Sie hockte hinter den mit Wäschestücken bedeckten Steinen und hatte das Gesicht in den Händen verborgen. Ich warf einen schnellen Blick zu Kent hinüber und verließ den sicheren Grund unter den Bäumen, wobei ich einen weiten Bogen um Kent schlug. Dann lief ich zögernd auf die Felsen zu.

Sie sah so winzig aus, wie sie sich zusammengesunken gegen den großen Stein drückte. Ich ließ sie nicht aus den Augen, damit sie nicht mit dem Schlamm und den Felsen verschmelzen konnte. Sie war so dünn, und die Knochen an ihren Armen ragten auf unnatürliche Weise hervor. Warum war mir das bisher noch nie aufgefallen?

Als ich ihr Versteck erreichte, fiel ich vor ihr auf die Knie, sodass der Schlamm überall herumspritzte. Ich wollte sie in den Arm nehmen und ihr sagen, dass alles wieder gut werden würde und dass ihr niemand mehr etwas tun konnte, aber als ich sie berühren wollte, zuckte sie vor mir zurück.

Ich zog ihre Hände von ihrem Gesicht weg und sah ihre Panik und die Tränenspuren, die sich über ihre schmutzigen Wangen zogen, dazu das Blut, das sich in ihren Mundwinkeln gesammelt hatte. Es dauerte ganze zwei Sekunden, bis sie begriffen hatte, wer ich war. Als es ihr dann bewusst wurde, zitterte ihre Unterlippe und ihr stiegen erneut Tränen in die rot umrandeten Augen.

»Es geht dir gut«, flüsterte sie überrascht. »Ich dachte … Ich dachte, du wärst tot.«

»Das dachte ich auch«, erwiderte ich erleichtert.

»Schsch.« Sie streckte eine zitternde Hand aus und legte sie auf meine Lippen, um mich zum Schweigen zu bringen. »Ich will das nicht hören. Du bist am Leben. Du bist am Leben!« Ich nahm ihre Hand, küsste ihre Fingerspitzen und ignorierte das Blut darauf.

»Geht es dir gut, Lily? Hat er …« Ich suchte nach Worten, die mich nicht dazu bewegen würden, Kent umzubringen. »Bin ich zu spät gekommen?«

Lily zog die Hand weg, als hätte ich hineingebissen.

»Nein.« Sie erschauderte. »Aber es war knapp.«

Ich griff wieder nach ihr, zögerte dann jedoch. Das Einzige, was ihre Beine und ihren Oberkörper bedeckte, war der Schlamm, und ihr Slip hatte dieselbe dunkelbraune Farbe angenommen. Ich konnte mir gut vorstellen, was mit dem BH passiert war, den sie sich an die Brust presste und dessen zerschnittene Träger an ihren Schultern herunterbaumelten. Sofort griff ich auf den Stein und zog das erstbeste Kleidungsstück herunter, das ich finden konnte. Glücklicherweise war es mein abgewetztes blaues Poloshirt und nichts, was Kent gehörte.

»Beug dich vor.« Sie bewegte den Oberkörper nach vorn und lehnte sich an ihre blutigen Knie. Ich zog ihr das feuchte Shirt über den Kopf. Als meine Fingerknöchel ihren Hinterkopf berührten, zuckte sie zusammen, und ich entdeckte dunkle Klumpen aus Dreck und Blut in ihrem Haar. Dann führte ich ihre Arme durch die Ärmellöcher und zählte dabei die Stellen, an denen sie blaue Flecken oder schlimmere Verletzungen hatte.

Ihre Handflächen, Ellbogen und Knie waren dunkelrot und bluteten, und ihr Gesicht schwoll immer mehr an und blutete auf einer Seite, als wäre sie mit einem Stein geschlagen worden. Sogar ihre Zehen bluteten, und ein Zehennagel war ganz abgerissen worden. *Oh, Lily. Was hat er nur mit dir gemacht?* Ich wollte gar nicht mehr hinsehen.

Ich ließ das Shirt los und griff nach dem Kragen, wobei ich darauf achtete, ihre Haut nicht zu berühren, um ihr nicht noch mehr wehzutun. Nachdem ich es zugeknöpft hatte, verharrte ich noch eine Sekunde so, da ich sie nur auf diese Weise berühren konnte, ohne ihr Schmerzen zuzufügen.

Als ich den Stoff endlich losließ, schnellte Lilys Hand aus dem Schlamm und legte sich um mein Handgelenk. »Danke, dass du mich gerettet hast, David. Vielen Dank.« Sie verschränkte ihre Finger mit meinen, und ihr Zittern bewirkte, dass mir mein Scheitern umso deutlicher bewusst wurde.

»Es tut mir so leid, Lily. Das hätte nie passieren dürfen. Ich hätte es nicht zulassen dürfen.« Ich hatte eine Zeit lang nicht nach Kent gesehen und spürte ein seltsames Kribbeln, als würde mich jemand beobachten. Aber als ich versuchte, über den Stein zu schauen, hielt Lily mich fest. »Ich muss aufstehen, Lily.« Ich bekam langsam Panik. »Ich muss dafür sorgen, dass du in Sicherheit bist. Bitte lass mich.«

Sie ließ noch immer nicht los. »Er ist nicht da, er ist weg.«

»Was?« Ich löste ihre Finger von meinen und spannte jeden Muskel an, um mich auf einen weiteren Kampf vorzubereiten. Dann schlich ich am Felsen entlang und spähte über den Teich, während ich im Kopf gleichzeitig meine Verteidigungsmaßnahmen durchging. Aber Kent lag noch immer reglos da. Erleichterung machte sich in mir breit. Wir hatten noch Zeit, um unsere Flucht zu planen.

Rasch hockte ich mich wieder hin. »Er ist immer noch nicht wieder zu sich gekommen. Ich weiß, dass du verletzt bist und Angst hast, aber wir müssen hier weg, bevor er aufwacht. Kannst du aufstehen?«

»Er ist weg.« Lily krümmte sich. »Er ist weg, er ist weg«, wiederholte sie immer wieder.

»Nein, Lily, er ist noch da. Wir müssen verschwinden!« Wieder zerrte ich an ihrem Arm und wollte sie schon hochheben und tragen.

Aber als ich ihr die Hand vom Gesicht zog, starrte sie mich wütend an. »Würdest du mir bitte zuhören, David? Er kommt nicht zurück, und wir müssen auch nicht weglaufen. Er ist weg!«, schrie sie. »Er ist weg, weil ich ihn getötet habe. Ich habe das Messer genommen, das du für mich gemacht hast, und als er auf dir hockte, habe ich …«

»Was? Wie meinst du das?« Die Worte fegten wie ein Schneesturm um mich herum, und ich konnte ihre Bedeutung irgendwie nicht erfassen.

Sie holte zitternd Luft, wie sie es immer tat, wenn sie versuchte, nicht durchzudrehen, zog ihre Knie noch enger an sich und zupfte am Saum des Poloshirts herum.

»Als er dich angegriffen hat, bin ich losgerannt und habe mein Messer aus dem Wäschehaufen geholt. Ich schwöre dir«, sie hielt eine Hand hoch, als würde sie vor Gericht stehen, »dass ich ihm nur drohen wollte, aber er hat mich ignoriert. Er hat nicht mal gezuckt, sondern dich einfach weiter gewürgt. Dein Gesicht war schon ganz blau, David. Dann hast du dich nicht mehr gewehrt, und ich habe Angst bekommen.« Sie zog etwas aus dem Schlamm und hielt es hoch. Das Messer. Ich hatte dieses Stück Stein stundenlang in den Händen gehalten, es bearbeitet, geschärft und in eine Waffe verwandelt. Es war mit Blut bedeckt.

»Du hast ihn erstochen?«

»Ja«, murmelte sie und starrte den Boden an, als könnte sie mir nicht in die Augen sehen. »Ich habe ihn erstochen.« Sie ließ sich ihr völlig verdrecktes Haar ins Gesicht fallen.

Ich setzte mich neben sie und lehnte mich zur Seite, bis sich unsere Arme berührten. Als sie nicht wegrückte, schob ich meine Hand in ihre Richtung. Sie drehte die Handfläche nach oben, und ich verschränkte die Finger mit ihren. Indem sie meine Hand drückte, besänftigte sie unwissentlich die Schmerzen in meinem Kopf und meiner Kehle. Auch ihr musste es so gehen, denn sie lehnte sich an meine Schulter.

Wir saßen da, ohne ein Wort zu sagen, bis ich einen Krampf im Bein bekam. Ich lauschte den Vögeln und dem Wind, und ein Teil von mir wartete darauf, dass der Mann von den Toten auferstand. Ich weiß nicht, was sie gedacht hat. Ich konnte mich nicht überwinden, sie zu fragen. Stattdessen zählte ich ihre Atemzüge und dankte Gott, dass sie verschont worden war. Kurz darauf begann sie, immer gepresster zu atmen.

»Schsch. Es ist okay.« Ich legte meinen Kopf auf ihren, wobei ich darauf achtete, die wunden Stellen nicht zu berühren. »Du bist in Sicherheit. Ich werde nicht zulassen, dass dir jemals wieder jemand etwas tun kann. Das verspreche ich.«

»Ich habe ihn getötet«, wiederholte sie ganz benommen. »Ich habe ihn wirklich getötet.«

»Du hast mir das Leben gerettet, Lily. Du hattest keine andere Wahl.«

»Ich habe ihm das Leben genommen. Ich hätte aufhören können, aber das habe ich nicht getan. Als er dich gewürgt hat, habe ich beschlossen, ihn zu töten. Als ich das Messer aufgehoben habe … da wusste ich genau, was ich tun würde. Das ist Vorsatz. Ich bin eine Mörderin.«

»Er hat nicht aufgehört, als er die Gelegenheit dazu hatte, oder? Du hast dich nur selbst verteidigt und auch mich. Ohne dich wäre ich jetzt tot.«

Sie zögerte, als würde sie nach einem Gegenbeweis suchen. »Glaubst du, dass ich ins Gefängnis komme?«

Jetzt verlor sie offenbar den Verstand. »Was?« Ich versuchte, nicht laut loszulachen. »Wie denn das? Will der Professor etwa mit seinem Kokosnusstelefon die Polizei rufen?« Ich sah sie an, weil ich wissen wollte, ob sie grinste.

»Das ist nicht witzig, David.« Sie zog meinen Arm auf ihren Schoß. »Falls wir hier rauskommen, werden sie ihn ausbuddeln, damit seine Familie ihn zu Hause begraben kann. Sie werden feststellen, dass er erstochen worden ist und mehrere Einstiche im Rücken hat. Ich habe im Fernsehen gesehen, wie Leute schon mit weitaus weniger Beweisen schuldig gesprochen wurden. Das könnte mir auch passieren. Möglicherweise verlasse ich dieses Gefängnis nur, um direkt in ein anderes zu wandern.«

»Auf gar keinen Fall. Ich war ja hier und habe gesehen, was er dir und mir angetan hat. Ich kann es ihnen sagen.« Ich wollte sie beruhigen, aber so, wie sie es darstellte, war ihrer Logik nicht beizukommen. Was würde passieren, wenn wir gerettet wurden und man Kents Leiche fand?

»Dann würde man dich als meinen Komplizen ansehen.« Sie drückte meine Hand, und ihre verdreckten Fingernägel bewegten sich über meine Fingerknöchel. »Außerdem warst du bewusstlos, als es passiert ist. Ich weiß, das klingt paranoid, aber so langsam wird mir klar, dass solche schlimmen, schrecklichen Dinge jedem passieren können.«

»Soll ich mal nachsehen, Lily? Damit wir es auch sicher wissen?«

Sie nickte. Wir mussten uns dem früher oder später ohnehin stellen. Wenn er tot war, konnten wir ihn wohl kaum hier am Rand des Teichs liegen lassen. Dies war unsere Süßwasserquelle, und falls wir sie nicht schon längst durch die Kämpfe verunreinigt hatten, dann würde es mit Sicherheit geschehen, wenn wir Kent hier verrotten ließen.

Aber wenn er nicht tot war … Bei diesem Gedanken stieg mir vor Hass die Magensäure die Speiseröhre hoch. Was würden wir dann tun? Dann würden wir uns um ihn kümmern müssen. Das wollte ich zwar auf gar keinen Fall tun, aber mir war klar, dass Lily mir nicht gestatten würde, ihn absichtlich sterben zu lassen.

Widerstrebend löste ich meine Finger aus ihren. Der Schweiß unserer Hände hatte sich mit dem Schlamm vermischt, sodass sich meine Haut klebrig und kühl anfühlte, als ich mich von Lily löste und aufstand. Die Schwerkraft traf mich mit voller Kraft, als würden mich mehrere tausend Kilo rammen, und ich brauchte mehrere unbeholfene Schritte, bis ich aufrecht stehen konnte.

Kent lag noch immer mit dem Gesicht nach unten im Schlamm. Nach wenigen Schritten sah ich das Blut, rot wie Lebensmittelfarbe, das den Rücken seines weißen Pilotenhemds bedeckte. Ich zählte die Einschnitte im Stoff … einer, zwei, drei, vier … vielleicht fünf. Wenn zu jedem eine Stichwunde gehörte, dann hatte Lily recht und Kent war tot.

Wenn Lily recht hatte … Dieser Satz ließ sich auf viele verschiedene Arten beenden. Wenn Lily recht hatte, würde ich seinen leblosen Körper umdrehen und seinen Hals oder sein Handgelenk auf der Suche nach seinem Puls berühren müssen. Ich würde in seine leblosen Augen sehen und wissen, dass mein Gesicht unter ihm das Letzte war, das Kent in seinem Leben gesehen hatte. Wenn Lily recht hatte, dann musste ich seine Leiche entsorgen, damit niemand erfahren würde, was passiert war.

Lily hatte recht. Kents Haut war bereits kalt, als ich ihn umdrehte, und man musste kein Arzt sein, um zu erkennen, dass das Blut, das ihm am Kinn heruntergelaufen war, von inneren Verletzungen stammte. Etwas an der Art, wie seine Augen erstarrt waren, erinnerte mich an Theresas Tod. Ich hatte immer geglaubt, ein Mensch würde im Augenblick seines Todes friedlich die Augen schließen. Margaret war so gestorben. Aber bei

Menschen, die auf grausame Art ums Leben kamen, schien das anders zu sein, als wären sie für immer zusammen mit der Emotion im Moment ihres Ablebens erstarrt.

Ich schloss nacheinander seine Augen, und die schleimigen, feuchten Augenlider gaben problemlos nach. Danach fiel es mir leichter, ihn anzusehen. Ich hockte mich auf die Fersen, holte tief Luft, schloss die Augen und hoffte, dass mir zusammen mit dem Sauerstoff auch eine Idee eingeflößt würde, was wir jetzt, wo es kein Zurück mehr gab, tun sollten. Selbst tot bereitete uns Kent noch Probleme. Aber als ich die Augen wieder aufschlug, sah ich einige Meter von Kents Leiche entfernt ein Stück orangefarbenes Plastik. Das Messer, das er mir gegeben und während des Kampfes aus der Hand geschlagen hatte, war wie als Antwort auf meine flehentliche Bitte wieder aufgetaucht.

Lily saß noch genau so da, wie ich sie verlassen hatte, an die Steine gedrückt und mit dem Kopf auf den Knien. Als ich näherkam, sah sie mich mit hoffnungsvoller Miene an.

»Er ist tot, nicht wahr?«

»Ja, das ist er.«

»Ich wusste es, ich wusste es, ich wusste es«, trällerte sie.

»Dreh jetzt nicht durch, Lily. Ich werde mich darum kümmern.« Ich kniete mich vor sie, als wollte ich sie anflehen, nicht noch weiter in ihren Schockzustand zu versinken. »Niemand wird es je erfahren.«

»Was hast du vor?« Sie stellte die eine Frage, die ich nicht beantworten wollte.

»Mach dir deswegen keine Sorgen. Ich kümmere mich um alles. Lass uns zum Unterschlupf gehen. Da kannst du dich am Feuer aufwärmen und deine Kleidung trocknen, und ich werde dafür sorgen, dass du nie wieder an diesen Tag denken musst.« Sie wollte schon protestieren, aber ich hatte ihr den Wind aus den Segeln genommen, und sie gab auf.

Ich half Lily zurück ins Lager, wobei ich unsere Kleidung über meine schmerzende Schulter warf. Meine Schmerzen ignorierte ich, da mir klar war, dass es Lily noch sehr viel schlechter ging. Wir schwiegen beide, den ganzen Weg zurück ins Lager und auch, als ich das Feuer wieder entfachte. Keiner von uns wagte es, das ernste Schweigen zu brechen, auch dann nicht, als ich sie zum Baden ins Meer brachte und sie aufschrie, weil das Salz in ihren Wunden brannte.

Dann hielt ich sie in meinen Armen und drückte sie eng an meine Brust, während sie weinte und weinte, bis die Sonne hoch am Himmel stand und sie in einen unruhigen Schlaf fiel. Ich genoss es, sie in meinen Armen zu spüren. Es schien mir, als wäre ich die ganze Zeit eine falsch justierte Waage gewesen, die endlich richtig eingestellt worden war.

Ich beobachtete sie, während sie schlief, und als das Pochen in meinem Kopf zu einem dumpfen Pulsieren geworden war, ließ ich Lily sanft auf den Boden sinken, als würde ich ein Baby ins Bett legen. Inzwischen hatte ich einen Plan. Wenn er funktionierte, dann würde es keine belastenden Beweise mehr geben.

So kehrte ich auf die Lichtung zurück, auf der Kents Leiche lag, und hatte das Messer in der Tasche. Als ich mich seiner steifen Leiche näherte, musste ich einige Ratten verscheuchen. Ich hob eines seiner nackten Beine an. Das würde nicht einfach werden.

Ich zerrte ihn an den Füßen durch den Dschungel und musste immer wieder Pausen machen, um mich auszuruhen. Er kam mir unglaublich schwer vor, und ich war mir nicht sicher, ob ich es schaffen würde. Nach etwa einer Stunde dachte ich darüber nach, ihn zwischen den Bäumen liegen zu lassen, damit die Insekten und Tiere sich an ihm gütlich tun konnten. Aber ich hatte Lily versprochen, dass ich die Sache regeln würde.

Als ich endlich die Baumlinie erreichte, ging die Sonne bereits im Meer unter und ich war schweißgebadet. Kent sah noch schlimmer aus als ich, viel schlimmer, seine Arme bedeckt mit vielen Schnittwunden von Steinen und scharfem Blätterwerk. Wir zogen eine dunkle Blutspur hinter uns her.

Bei den Felsen angelangt, schob ich die Arme unter seine Achseln und zerrte ihn rasch über den Rand der Klippen. Schwer atmend zog ich mein Messer aus der Tasche. Es war noch immer mit verkrustetem Schlamm bedeckt. Kent hatte mir dieses Messer gegeben, ohne zu ahnen, dass ich es eines Tages an ihm einsetzen würde.

Zuerst schnitt ich seine Kleidung Schicht für Schicht herunter, bis sein Körper nackt auf dem Stein lag. Das Messer in meiner Hand fühlte sich an, als wäre es gierig auf mehr als Kleidung. Auf gewisse Weise wünschte ich mir, ich hätte die Befriedigung verspüren können, Kent getötet zu haben, oder ich wäre zumindest bei Bewusstsein gewesen, um sein Gesicht zu sehen, als Lily zum ersten Mal zustach. Zuvor hatte ich geglaubt, mir würde die Sache schwerfallen, aber ich hatte mich geirrt.

Die Sonne war schon fast untergegangen, und ich wusste, dass es Zeit wurde. Ich drückte das Messer gegen Kents kalte Haut und schlitzte sie auf, wobei ich der dicken blauen Vene auf seinem Unterarm folgte. Die Klinge erzeugte ein unheimliches, reißendes Geräusch, und dickflüssiges Blut drang aus dem langen, schmalen Schnitt. Ich nahm sein anderes Handgelenk, setzte auch dort einen tiefen Schnitt und hielt kurz inne, um sein Gesicht mit dem jetzt purpurroten Pilotenhemd abzudecken, als ich seinen Hals aufschlitzte.

Ich hatte beinahe damit gerechnet, dass das Blut wie eine Fontäne herausspritzen würde, aber er war schon so lange tot, dass es nur langsam hervorsickerte. Mir fiel wieder ein, was Kent getan hatte, wenn er einen Seevogel oder ein Nagetier erwischte: Er hatte dem Tier die Kehle aufgeschnitten und es aufgehängt. Lily hatte die Sauerei immer gehasst, da sie Insekten und Ratten anzog und weil es schrecklich stank, wenn es nicht jeden

Tag regnete. Aber jetzt brauchte ich Blut, und ich konnte nur darauf hoffen, dass eine sehr wichtige Aufräummannschaft in Bereitschaft war.

Dann schob ich ihn nach vorn, bis er mit dem Oberkörper über die Klippe baumelte, und setzte mich auf seine Waden und Füße. Die Schwerkraft übernahm den Rest und ließ sein Blut unter uns ins Meer tropfen. Angeblich fraßen sie immer bei Sonnenaufgang und Sonnenuntergang. Ich wusste, dass sie da draußen waren, und ich konnte nur warten, bis sich ihre spitzen Finnen über der Wasseroberfläche zeigten und ihr Näherkommen ankündigten.

Als ich schon fast nicht mehr die Hand vor Augen sehen konnte, zuckten dunkle Schatten durchs Wasser, und hier und da war eine Finne zu sehen. Perfekt. Ich stieg von Kents Beinen herunter und gab ihm einen letzten Stoß. Wieder kam mir die Schwerkraft zu Hilfe, die seinen Körper ins Meer dirigierte, wo die Raubfische, die sein Blut bereits gerochen hatten, darauf warteten, sein Fleisch zu verschlingen und ihn aufs offene Meer hinauszuziehen, wo man seine Knochen nie wiederfinden würde. Bei diesem Gedanken überkam mich eine derart große Erleichterung, dass ich mich beinahe schämte. Aber nur beinahe.

Während die Sterne am Nachthimmel erschienen, wirbelten die Haie unter mir das Wasser auf. Das war lauter, als ich erwartet hatte, klang für mich jedoch wie Musik. Ich sah nicht zu. Meine plötzlich erwachte makabre Ader reichte dann doch nicht so weit, aber ich blieb auf den kalten Steinen liegen, die von der Flut noch leicht feucht waren, und lauschte. Es dauerte nicht lange, bis das Plätschern leiser wurde, entweder weil der Großteil der Tiere satt war oder weil sie sich langsam mit ihrer Beute entfernten.

Irgendwann war alles still. Ich drehte mich um und starrte zum Himmel hinauf. War es möglich, sich an diese unglaubliche

Schönheit zu gewöhnen? Vielleicht schon. Mir kam es langsam so vor, als könnte man sich an alles gewöhnen.

Kent war tot. Lily hatte ihn erstochen, und ich hatte seine Leiche geschändet und entsorgt. Ich wartete darauf, dass mich die Schuldgefühle übermannten, aber sie setzten nicht ein. Stattdessen schlief ich ein und fühlte mich zum ersten Mal seit Beginn dieses Albtraums sicher.

Dieses Gefühl der Sicherheit ließ mich in einen traumlosen Schlaf fallen, aus dem ich erst erwachte, als die Sonne wieder aufging und ich meine steifen Knochen spürte. Als sich meine Augen an das helle Licht gewöhnt hatten, bot sich mir ein blutiges Szenario dar. Die Felsen waren von geronnenem Blut dunkelrot, ebenso wie meine Hände und meine Kleidung. Ich taumelte zur Klippe und blickte hinunter, wobei ich mich fragte, was ich tun würde, wenn seine Leiche noch immer dort auf dem Wasser trieb. Doch als mich nichts als kristallklares Wasser und Wellen begrüßten, dachte ich: *Wir sind frei.*

* * *

Ich stehe auf und halte meine Hände ins Licht, um sie zu begutachten. Sie sind relativ sauber. Die Pfütze, in der ich mich gerade gewaschen habe, ist jetzt mit dunkelrotem Wasser gefüllt, und ich schiebe sie rasch mit Sand zu. Ich will nicht, dass Lily das sieht, wenn sie aufsteht. Leichter Regen fällt mir auf die Schultern, und zur Abwechslung bin ich mal froh darüber, dass ein Sturm aufzieht. Der Regen wird Kents Blut besser wegwaschen, als ich es jemals könnte. Je weniger Erinnerungen es an gestern gibt, desto besser.

Auf dem Weg zurück zum Lager balle ich Kents zerfetzte Kleidung zu einem Bündel und werfe sie im Vorbeigehen ins Feuer. Der Stoff ist feucht und raucht zuerst nur, fängt dann aber doch an zu brennen. Ich drehe mich nur noch einmal um und sehe, wie Kents gesticktes Pilotensymbol zu Asche zerfällt. Dann gehe ich zum Unterschlupf und sehe nach Lily. Kent ist Vergangenheit. Sie ist meine Zukunft. Ich verbiete mir selbst, jemals wieder zurückzublicken.

# 21

## Lillian

*Gegenwart*

»Können Sie mir etwas über den Tag erzählen, an dem Kent gestorben ist?«, fragte Genevieve.

Lillian war auf diese Frage vorbereitet. Während sie die Geschichte herunterspulte, achtete sie innerlich auf die »absichtlichen Ungenauigkeiten«.

»Es war ungefähr die Zeit unseres ersten Jahrestags auf der Insel (LÜGE). Kent wollte an diesem Morgen am Riff fischen gehen (LÜGE) und war deshalb früher als wir aufgestanden. Normalerweise gingen wir immer paarweise fischen, aber an diesem Tag ist er allein losgezogen (LÜGE). Dave schnitt Früchte klein, und ich war mit Paul im Unterschlupf (LÜGE, LÜGE, LÜGE). Wir hörten einen Schrei (LÜGE). So einen Schrei hatte ich noch nie zuvor gehört, aber er dauerte nur eine Sekunde und war dann nicht mehr zu hören. Dave und ich liefen zu dem großen Felsen, an dem wir immer Krustentiere gesammelt haben (LÜGE). Der Felsen ragte über die Bucht und das Wasser hinaus. Aber wir konnten nichts sehen, deshalb haben wir Kent immer wieder gerufen. Wir liefen an den

Stränden entlang und über die ganze Insel, aber er war einfach verschwunden (LÜGE). Ich schätze, wir werden nie erfahren, was genau passiert ist (LÜGE), aber wir glauben, dass er von Haien angegriffen wurde (WAHRHEIT).«

Sie legte die gespreizten Hände auf ihre Beine. Zehn Lügen in sechzig Sekunden. Das musste doch ein neuer Rekord sein.

»Wie haben Sie diesen Verlust verkraftet, Lillian? Das muss doch sehr … niederschmetternd gewesen sein.«

»Oh ja, ich habe tagelang geweint, bis meine Augen und mein Kopf wehgetan haben. Ich weiß wirklich nicht, wie wir ohne ihn überlebt haben.«

Lillian beobachtete Genevieve Randall, die diese Worte verdaute, und spürte etwas wie einen kleinen Stromstoß, als die Reporterin die Stirn runzelte. Sie hatte es wieder einmal geschafft.

Zu den Dingen, die Lillian am meisten erstaunten, gehörte dieser Rausch beim Lügen. Sie wusste nicht, ob das daran lag, dass sie sonst immer ein braves Mädchen gewesen war, oder ob mit ihren moralischen Richtlinien irgendetwas nicht stimmte, aber jede erfolgreiche Lüge bewirkte, dass sie sich unbesiegbar fühlte – zumindest für einen Augenblick. Doch diese Aufregung hielt nicht lange an. Es war vielmehr wie ein Abend mit viel Alkohol, der Spaß machte, solange er andauerte, aber am nächsten Morgen hatte man einen Kater und bereute das Ganze.

Die einzigen Menschen, die sie ungern belog, waren ihre Familienangehörigen. Insbesondere bei ihren Söhnen fiel ihr das sehr schwer. Sie versuchte immer, sich einzureden, dass sie noch zu jung waren und es sowieso nicht verstehen konnten, doch jedes Mal, wenn sie sie danach fragten, wie Margaret gestorben war, oder mehr über Paul wissen wollten, kam sie sich vor wie eine Betrügerin. Welches Recht hatte sie, diesen Jungs beizubringen, was richtig und was falsch war, wenn sie selbst diese Richtlinien jeden Tag missachtete?

Daher nutzte sie eine Vermeidungsstrategie. Je mehr in ihrem Leben los war, desto weniger Gelegenheiten gab es, über die Vergangenheit nachzudenken. Daher versuchte Lillian, diesen ersten Sommer, in dem sie wieder zu Hause war, so betriebsam wie nur möglich zu gestalten. Sie fuhren ins Schwimmbad und in den Park, suchten in den Regalen der Bücherei die neuesten Bücher über *Captain Underpants* heraus und spielten im Garten jedes Spiel, auf das die Jungs Lust hatten, von Baseball bis hin zu Football mit eigenen Regeln.

Eines ihrer Sommerprojekte bestand darin, Joshs und Daniels Zimmer, das eher auf Kleinkinder zugeschnitten war, in einen Raum für große Jungen zu verwandeln. Dafür planten sie ein ganzes Wochenende ein. Am Freitagabend suchten sie im Baumarkt Farben aus, klebten dann die Decke und Regale ab und aßen dabei Pizza.

Am Samstag malten und malten sie, bis ihre Hände, ihre Gesichter und sogar ihre Haare voller dunkelblauer Farbspritzer waren. Selbst Daniel wurde die anstrengende Arbeit nicht leid. Sie suchten sich abwechselnd ihre Lieblingslieder auf Joshs iPod aus, und so kam es ihnen eher wie eine lustige Party als wie eine Renovierung vor.

Am Sonntag nach einem kurzen Kirchenbesuch aßen sie zu Mittag Hühnchentacos und Maiskolben, um dann nach oben zu eilen und dem Zimmer den letzten Schliff zu geben. Sie arbeiteten schnell, zogen das Klebeband ab, befestigten Aufkleber der Lieblingssportteams der beiden Jungen und warfen die großen Plastikplanen weg, mit denen sie die Möbel und den Teppich abgedeckt hatten. Als das Zimmer fertig war, stellte Lillian sich mit den Jungs in den Türrahmen, und gemeinsam begutachteten sie das Ergebnis ihrer harten Arbeit.

»Das sieht doch super aus!« Lillian drückte die Schultern ihrer Söhne. Daniels Schulter war noch weich, und es fühlte sich an, als wären ihre Finger und seine Haut aufeinander abgestimmt. Er kuschelte sich an sie und vergrub sein Gesicht an ihrer Seite, wie er es wenige Wochen zuvor bei Jill gemacht hatte. Lillian lächelte.

Die dünnen Muskeln unter Joshs Haut erinnerten sie jedoch daran, dass er langsam erwachsen wurde, und sie drückte ein wenig fester zu. Schon bald würde er zu der Erkenntnis kommen, dass Mütter überhaupt nicht cool waren und dass es keinen Spaß machte, das Wochenende mit seiner Familie zu verbringen.

»Es ist toll«, flüsterte Daniel. »Kann ich Emma anrufen, damit sie es sich ansehen kann? Ich habe Tante Jill versprochen, dass wir sie einladen, wenn wir fertig sind.«

»Aber natürlich!« Okay, jetzt klang sie vermutlich etwas zu enthusiastisch. Es gefiel ihr nicht besonders, dass die Kinder Jill als ihre Tante bezeichneten, aber Lillian gab sich die größte Mühe, die Rivalität, die sie ihrer besten Freundin gegenüber empfand, zu überwinden. Außerdem hatten sich die Jungs während der letzten achtzehn Monate mit Jills Töchtern Emma und Jane angefreundet. Daniels Meinung, dass Mädchen blöd seien, war eindeutig in Vergessenheit geraten. Er und die sechsjährige Emma waren inzwischen unzertrennbar, und zwischen Josh und Jane hatte sich ebenfalls eine ruhige Freundschaft entwickelt, bei der sie die meiste Zeit damit verbrachten, die nächste Folge ihrer gemeinsamen Comicserie *Die Abenteuer von J & J* zu schreiben. Lillian hatte alle fünfzehn Folgen gelesen und sie als literarisches Meisterwerk bezeichnet.

»Warum rufst du sie nicht gleich mal an? Wir könnten Sandwiches machen. Frag Tante Jill, ob sie noch Chips hat, die sie mitbringen kann, ja?«, rief Lillian ihrem Siebenjährigen hinterher, der bereits durch den Flur rannte. »Was ist mit dir, Schatz?«, wandte sie sich an Josh. »Wie gefällt dir euer Zimmer?«

Josh warf sich mit der linken Hand das Haar aus der Stirn, was er sich inzwischen angewöhnt hatte, und sah sich mit seinen dunkelbraunen Augen im Zimmer um. »Ja, es ist super. Danke, Mom.« Er legte den linken Arm um Lillians Taille und umarmte sie vorsichtig. Nachdem er eine Sekunde lang so verharrt hatte, ließ er den Arm wieder sinken und strich sich erneut nervös das Haar aus der Stirn.

»Kann ich dich was fragen, Mom?« Seine Stimme zitterte, und sie wusste, dass er sich die größte Mühe gab, nicht zu weinen.

»Was hast du auf dem Herzen, Schatz? Du weißt, dass du mich alles fragen kannst.« Sie drehte sich zu ihm um und stellte fest, dass ihm bereits die Tränen in den Augen standen. Dieses Mal war sie es, die sein Haar zurückschob, damit sie ihm ins Gesicht sehen konnte.

»Wirst du uns wieder verlassen?« Eine winzige Träne rann ihm über die Wange.

Ihr Herz setzte einen Schlag aus. »Wie in aller Welt kommst du auf diese Idee, Josh?«

Er entzog sich ihr. »Du warst sehr lange Zeit weg, und du warst mit diesem Mann, mit Dave, zusammen. Sammy aus der Schule sagt, weil du bei ihm und nicht bei Daddy warst, heißt das, dass du nicht mehr verheiratet sein willst. Seine Eltern haben sich letztes Jahr scheiden lassen, und jetzt nimmt er montags, dienstags und mittwochs den Bus und geht am Donnerstag und Freitag zu Fuß. Er sagt, seine Eltern hätten angefangen, sich ständig zu streiten, und dann haben sie nicht mehr im gleichen Zimmer geschlafen, bis sein Daddy irgendwann zu seiner Freundin gezogen ist.«

Lillian hatte Sammy nie kennengelernt, verspürte aber den starken Wunsch, ihn aufzusuchen und ihm mitzuteilen, dass er sich um seine eigenen Angelegenheiten kümmern sollte. Dummerweise war dies jedoch nicht der Spielplatz bei McDonald's, auf dem sie das Kind eines Fremden freundlich, aber bestimmt darauf hinweisen konnte, dass es ihren Sohn mit seinem

Spielzeug aus dem Happy Meal in Ruhe lassen sollte. Josh war schon fast zehn, und sie konnte nicht mehr länger seine Kämpfe für ihn ausfechten.

Das Körnchen Wahrheit, das in seinen Worten steckte, schmerzte sie sehr. Es war eine Sache, einen Erwachsenen anzulügen, aber eine ganz andere, wenn es um ein Kind ging. In den meisten Nächten schlief sie auf der Couch oder im Gästezimmer ein, nachdem sie stundenlang mit David telefoniert hatte. Bisher hatte Jerry nichts dazu gesagt, dass sie so selten in ihrem Ehebett schlief, und sie war sehr dankbar dafür, da sie keine Ahnung hatte, was sie erwidern sollte, wenn er sie wegen ihrer Telefonrechnung oder seiner verletzten Gefühle zur Rede stellte.

Anscheinend hatten die Kinder das auch bemerkt. Was vor zwei Jahren noch zu kleinen Reibereien geführt hatte – beispielsweise wenn Jerry vergaß, eine neue Rolle Toilettenpapier aufzuhängen, oder wenn ihre Haare den Abfluss der Dusche verstopften –, wurde zu einem ausgemachten Streit, den sie in einem anderen Zimmer fortsetzen mussten, damit die Jungs nicht alles mitbekamen. Die Worte »Ich wünschte, du wärst nie zurückgekommen« oder »Ich möchte nicht mehr mit dir zusammen sein« waren zwar nie ausgesprochen worden, hingen jedoch ständig im Raum, und es bestand immer die Gefahr, dass sie einem doch über die Lippen kamen, was ihr Leben für immer verändern würde.

Als ihr Sohn sie besorgt ansah, legte Lillian ihre Hände auf seine Schultern und sah ihm direkt in die Augen. »Ich werde immer für dich da sein, Josh, immer. Ich lasse nicht zu, dass ich je wieder von dir und deinem Bruder getrennt werde. Als ich auf dieser Insel war, hat mich allein der Gedanke an euch am Leben gehalten.« Josh knabberte nachdenklich auf seiner Unterlippe herum. »Du weißt, dass du mit mir über alles reden kannst?«, drängte sie ihn. »Ist da noch was, das du mir sagen willst, Schatz?«

»Der Grund, aus dem ich mir Sorgen mache …« Als Lillian Josh die Tränen von den Wangen wischen wollte, zuckte er vor ihren mit Schwielen bedeckten Fingerspitzen zurück. »Hör auf damit, Mommy. Ich muss dir was sagen. Daddy hatte eine Freundin.« Er hielt inne und sah Lillian gespannt an, als würde er damit rechnen, dass sie aufgrund dieser Enthüllung zu schreien anfing oder in Ohnmacht fiel. Als sie nichts sagte, fuhr er fort: »Wir sind ihr einmal begegnet und mochten sie nicht. Daddy hat gesagt, es wäre in Ordnung, jemand Neuen zu mögen, da du nicht mehr wiederkommst, und dass du wollen würdest, dass wir glücklich sind. Aber ich wollte das nicht, und ich wollte auch nicht, dass er glücklich ist, und du siehst ja, was dann passiert ist. Du bist doch wiedergekommen, und es war nicht okay, sie zu mögen.«

Lillian musste diese Worte erst einmal sacken lassen. Jerry hatte ihr ganz offen gestanden, dass er ein paarmal mit anderen Frauen ausgegangen war, aber er hatte nie eine Freundin erwähnt und erst recht keine Beziehung, die ernst genug war, dass er die Frau seinen Kindern vorgestellt hatte. Am liebsten wäre sie eifersüchtig geworden, wie es jede Frau in dieser Lage gewesen wäre. Sie sollte eigentlich wissen wollen, wie diese Frau aussah oder wie alt sie war. Das Wissen, dass Jerry diese Frau möglicherweise geküsst hatte oder mit ihr intim geworden war, hätte sie peinigen müssen. Sie wünschte sich, sie könnte die Eifersucht, die sie für Jill empfand, auf diese geheimnisvolle Freundin übertragen. Doch Lillian hatte überhaupt nicht das Recht, über Jerry zu urteilen, denn sie war ja selbst nicht bereit, sich seinem Urteil zu stellen.

»Du hast ein so weiches Herz, Joshua.« Sie nahm ihn in die Arme, und er wehrte sich nicht. Sein Kopf reichte ihr inzwischen schon bis zur Schulter und nicht mehr nur bis zur Brust, aber er roch noch immer so wie früher, nach Waschpulver, Seife und Kleinjungenschweiß. »Dein Daddy hat nichts falsch gemacht. Er wusste nicht, dass ich noch am Leben bin. Es wäre dumm von ihm gewesen, ewig auf mich zu warten. Erinnerst du dich an den Richter, bei dem Daddy vor einem Jahr gewesen ist? Der hat ein Papier unterschrieben, auf dem stand, dass ich tot wäre. Ihr habt mich und Grandma beerdigt. Er hat mich nicht betrogen, Schatz. Ich kann ihn verstehen und bin nicht wütend auf ihn. Aber ich bin stolz, dass du so mutig bist, mir das zu erzählen, und dass du mich so sehr liebst und dir Sorgen um mich machst.«

»Ich will dich nicht noch einmal verlieren, Mommy«, flüsterte Josh an ihrer Schulter und schluchzte leise.

»Keine Sorge, Schatz, ich lasse nicht zu, dass ich noch einmal von meinen Jungs getrennt werde«, versicherte sie ihm und rieb seinen Rücken. Diese Worte meinte sie sehr ernst.

In letzter Zeit hatte sie viel über diese Unterhaltung nachgedacht. Deshalb hatte sie auch dem gottverdammten Interview zugestimmt und die manipulativen Fragen und Andeutungen überstanden. Sie wollte die Geschichte ein letztes Mal erzählen, und zwar richtig, und dann endgültig hinter sich lassen – der Absturz, die Insel, Kent, David und sogar Paul sollten der Vergangenheit angehören. Wenn das bedeutete, dass sie dafür Genevieve Randall und ganz Amerika anlügen musste, dann war das ein fairer Tausch. Als Genevieve Lillian fragte, was sie nach Kents Tod empfunden habe, zwang sie sich, ein trauriges Gesicht aufzusetzen. Sie verdrückte ein paar Tränen, auch wenn ihr das sehr schwerfiel, und antwortete: »Ich war am Boden zerstört.«

# 22

## Lily – Tag 156

*Die Insel*

Es ist wieder Sonntag und sechs Wochen und zwei Tage her, dass ich Kent getötet habe. Vor vierundvierzig Tagen habe ich ihm ein Messer in den Rücken gerammt, es durch seine Haut gebohrt, zwischen seine Rippen gestoßen und dieses widerliche Abprallen des Steins von seiner Wirbelsäule gespürt. Ich weiß noch immer nicht, ob es das Schlimmste war, was ich in meinem Leben getan habe, oder das Tapferste.

David scheint eine eigene Meinung dazu zu haben. Während der letzten Wochen hat er am Feuer geschlafen und ich konnte von Glück reden, wenn er mehr als drei Worte am Stück mit mir gewechselt hat. Allein im Unterschlupf zu schlafen ist eine harte Bestrafung. Manchmal bin ich davon überzeugt, dass ich das verdient habe, und dann verhindern die Geister, die in den dunklen, von Schatten erfüllten Ecken tanzen, dass ich einschlafen kann.

Ich trete ins Sonnenlicht hinaus und sehe, wie David das Feuer schürt und ein Fisch auf dem Kochstein vor sich hin brutzelt. Mein Magen knurrt bei dem köstlichen Duft, aber obwohl ich hungrig bin, möchte ich lieber zur Lagune gehen, bevor

David zurückkehrt. Ich würde lieber verhungern, als beim Essen von ihm angeschwiegen zu werden.

Glücklicherweise dauern meine Vorbereitungen für den üblichen Sonntagswaschtag nicht lange. Mein Bündel, Margarets alter Blazer, ist inzwischen ganz grau geworden und wird auch nach dem Waschen nicht mehr weiß. Aber so fällt der Blutfleck wenigstens nicht mehr auf.

Ich gehe zu dem ausgehöhlten Stamm einer Kokospalme an einem Ende unseres Dschungelcamps. Es ist der Stamm, der dem Meer am nächsten liegt, daher findet man ihn leicht wieder. Nachdem ich den flachen Kalkstein hochgehoben habe, der die Öffnung verschließt, hole ich Margarets alten, zerschlissenen Kulturbeutel heraus und schiebe den Stein mit den Zehen wieder über die Öffnung.

Danach wandere ich am Strand entlang zu meiner Lieblingsstelle in der Lagune. Das Baden im Salzwasser ist schwierig und ich werde nie ganz sauber – meine Haare sind immer sehr steif und von einem weißen Salzfilm überzogen –, aber ich kann noch immer nicht zu dem Süßwasserteich im Dschungel zurückkehren.

* * *

Einmal, direkt nach Kents Tod, habe ich es versucht. Ich dachte, da er nicht mehr da ist, wäre die Angst, die ich mit diesem Ort verband, verschwunden, ebenso wie sein Blut. Aber als meine Füße in dem feuchten Schlamm, der sich rings um den Teich befindet, versanken, erkannte ich meinen Irrtum.

»Er kommt nicht wieder, er ist tot«, rief ich mir ins Gedächtnis. Als ich die Stelle erreichte, an der er mich gepackt hatte, und dann zu dem Punkt kam, an dem er mich mit dem Gesicht in den Schlamm gedrückt hatte, bis ich keine Luft mehr bekam, stand mir auf einmal alles wieder glasklar vor Augen. Wie ich dort liegen musste, hilflos und ohne das Messer erreichen zu können, das mir David geschenkt hatte. Wie kurz davor ich gestanden hatte, Kent einfach gewähren zu lassen.

Ich konnte nicht einen Moment länger dort bleiben. Mein Herz klopfte so wild, dass es in meinen Augen und meinen Ohren pochte. Ich taumelte von dort weg und ließ Margarets Tasche mit dem verwässerten Shampoo und den Überresten der Hotelseifen fallen. Margarets Halskette und ihr Ehering rollten heraus. Ich konnte nicht stehen bleiben und sie aufheben, nicht ohne mich daran zu erinnern, wie die Kette in meinen Hals eingeschnitten hatte, als Kent sie mir abriss und in den Schlamm warf.

Stattdessen rannte ich zwischen den Bäumen hindurch und den sich windenden Pfad entlang in Richtung Meer. Die tief hängenden Äste und Lianen peitschten mir gegen die Arme und ins Gesicht und zogen an meinen Haaren wie kleine Mädchen bei einem Streit auf dem Schulhof. Als ich ins Lager gestürmt kam, bedeckten feine rote Kratzer jeden Zentimeter meiner entblößten Haut.

David war da, und als ich mich auf den Sand fallen ließ, nahm er mich hoch und trug mich zum Unterschlupf. Ohne mich loszulassen, riss er mit den Zähnen das letzte mit Alkohol getränkte Tuch aus dem Verbandskasten auf und reinigte meine Wunden so sanft, dass nicht einmal die sterilisierende Flüssigkeit in meinen Verletzungen brannte. Selbst als sich das Tuch dunkelrot verfärbt hatte und ich wieder normal atmete, ließ er mich nicht los. An diesem Tag hielt er mich stundenlang fest. Das war das letzte Mal, dass ich in seinen Armen eingeschlafen war, dem einzigen Ort, an dem ich mich noch sicher fühlte.

Doch als ich aufwachte, war die Sonne untergegangen und er war nicht mehr da. Das flackernde Feuer spendete genug Licht, dass ich David sehen konnte, der daneben auf dem Boden lag und schlief. Sein von der Sonne gebräunter Oberkörper war nackt, und auf seinem Rücken glänzte der Schweiß, so nah lag er an den Flammen. Sein schwarzes Haar war so lang, dass ihm die Locken bis auf die Schultern reichten, und ein paar Strähnen fielen ihm ins Gesicht. Ich konnte an seinen ruhigen Atemzügen erkennen, dass er tief und fest schlief.

Ich vermisste es, seinen Körper neben meinem zu spüren. Nach Kents Tod hatte ich an Davids Brust gekuschelt geschlafen, mich von seinem Herzschlag zur Ruhe bringen lassen. Aber als ich in dieser Nacht nach ihm griff, lag da etwas Kaltes am Rande der Bambusmatte. Die Kosmetiktasche. Darauf spürte ich die schmale Goldkette mit Margarets und Charlies Eheringen. Wie hatte er sie gefunden? Es war mir völlig egal, dass mein Ehering nicht dabei war. Ich legte mir die Kette, die an der Stelle, an der Kent sie zerrissen hatte, mit einem dicken Knoten geflickt worden war, um den Hals. Das Metall fühlte sich an meiner Brust kühl an.

David schien immer zu wissen, was ich brauchte. Es kam mir egoistisch vor, ihn zu wecken. Stattdessen nahm ich den Beutel und drückte ihn an meine Brust, als wäre ich ein Kind mit seinem Lieblingsteddybär. Ich legte mich wieder hin, mit der Tasche eng an mich gepresst, und beobachtete David, während die Wärme des Feuers die Stelle wärmte, an der er sonst immer lag. Irgendwann schlief ich ein.

* * *

Seitdem ist er nicht mehr in den Unterschlupf zurückgekehrt. Ich kenne noch immer nicht den Grund dafür, und David will anscheinend nicht darüber reden, also sprechen wir dieses Thema einfach nicht an. Wenn wir uns unterhalten, dann meist über das Essen oder das Wetter.

Als ich meine zerschlissenen Jeansshorts ausziehe, versuche ich, das Gefühl der Einsamkeit zusammen mit der Kleidung abzulegen. Warum auch immer er sich von mir fernhält – ich habe keine andere Wahl, als es zuzulassen. Ich ziehe mir das grüne Baumwoll-T-Shirt über den Kopf, löse das Band, mit dem ich mein Haar festgebunden habe, und schüttle die schmutzigen Locken, die mir auf den Rücken fallen. Dann ziehe ich die Überreste meines beigefarbenen Slips hoch, der mir sogar noch tiefer auf den Hüften hängt als letzte Woche. Ich hätte nie gedacht, dass ich meinen Appetit verlieren könnte, aber das passiert anscheinend, wenn man zum Mörder geworden ist. Ich stecke das Shirt und die Shorts in meinen provisorischen Wäschebeutel und wate hinaus ins Meer. Das Wasser ist wie immer himmlisch und hat die Temperatur, die Josh und Daniel bei ihrem Badewasser bevorzugen: warm, aber nicht zu heiß.

Nein. An sie will ich heute nicht denken. Ich lege das Kleiderbündel auf den großen Stein in der Mitte der flachen Lagune. Das Wasser reicht mir hier bis zu den Hüften, was perfekt ist zum Wäschewaschen.

Nachdem ich die Kleidungsstücke gewaschen und zum Trocknen ausgelegt habe, tauche ich ins Wasser, ziehe meinen BH und den Slip aus und hänge sie an den Stein, um sie nach dem Baden ebenfalls durchzuwaschen. Danach öffne ich die schwarze Kosmetiktasche und suche aus dem halben Dutzend winziger, aufgefüllter Fläschchen mit wässrigem Shampoo das mit meinem Lieblingsduft nach Freesien hervor, das Margaret vor unserer Abreise aus dem Marriott in der Nähe unseres Ferienhauses mitgenommen hat. Sie hatte den Großteil davon bereits verbraucht, als wir zu den Fidschi-Inseln flogen, aber das ist der letzte Duft, den ich an ihr gerochen habe, und ich hebe ihn mir für ganz besondere oder verzweifelte Tage auf. Zuletzt habe ich ihn Weihnachten herausgeholt, als David mir die Korallenkette geschenkt hat und Kent noch am Leben war.

Ich massiere meine Kopfhaut, auf der die Wunden endlich verheilt sind und kleine, harte Härchen wie die ersten Triebe im

Frühling hervorsprießen. Der winzige Tropfen Shampoo, den ich auf meine Handfläche gegeben habe, schäumt fast gar nicht, riecht aber dennoch unglaublich gut. Ich lasse mir den zarten Duft in die Nase steigen und stelle mir vor, ich würde mich in einem Hotelzimmer befinden, mit herrlich grässlichen Bildern an den Wänden und steifen Tagesdecken mit Blumenmuster auf den Betten.

Als ich mich gerade abspülen will, habe ich auf einmal das vertraute Gefühl, dass ich beobachtet werde. Ich erschaudere und bekomme eine Gänsehaut auf den Armen. Ich hocke mich ins Wasser und bedecke mich mit einem Arm, während ich mit dem anderen nach meiner Unterwäsche greife. Zwar ist mir klar, dass die einzige andere Person auf der Insel David ist, aber trotzdem suche ich den Strand nach einem Fremden ab.

Ich ziehe mir den viel zu weiten Slip an und streife mir die Träger des BHs über die Schultern. Was macht das schon, wenn ich die beiden Teile diese Woche nicht wasche? Ich lasse die anderen Kleidungsstücke auf dem Stein liegen und wate durch das Wasser zum Strand. Dabei staune ich selbst über meinen unverhofften Mut – bei dem es sich allerdings vor allem um das Verlangen handelt, nicht noch einmal überrascht zu werden.

»Hallo? Wer ist da?«, rufe ich mit zitternder Stimme, worüber ich mich ärgere. »Bist du das, David?«

Ich bleibe auf dem heißen Sand stehen, und ein Mann tritt zwischen den Bäumen hervor. In mir steigt der Drang auf, laut loszuschreien, bis mein Gehirn registriert, dass es sich um David handelt.

»Du hast mich erschreckt!« Ich lache nervös auf. »Hast du noch was zu waschen?«

David schüttelt langsam den Kopf und gibt sich die größte Mühe, mir nicht in die Augen zu sehen. »Nein, ähm … Ich wollte dir nur sagen, dass du auf dich aufpassen sollst. Ich war heute Morgen fischen und habe gemerkt, dass der Sog heute sehr stark ist.«

»Okay, ich werde mich vorsehen.« Es hat sich nichts geändert. Ich lege den Kopf ein wenig schief und versuche, ihm in die Augen zu sehen. Wenn ich genau hinschaue, kann ich ihn meist besser verstehen. Eine einsame dunkle Locke fällt ihm in die Stirn, und seine Augen sind so tiefblau, dass ich mich darin verlieren möchte.

»Du trägst dein Haar offen«, murmelt er, als wäre er gerade erst aufgewacht. Er streckt eine Hand aus und streicht über meine Locken. Ich habe seine Berührung vermisst. Die Wärme, die von seiner Handfläche ausgeht, bewirkt, dass ich nähertrete und meine Wange gegen seine heiße Hand drücke. Er stößt zitternd die Luft aus, und mein Herz schlägt immer schneller.

»Du hast mir so gefehlt«, sage ich und schließe die Augen. Eine Träne dringt unter einem Augenlid hervor und läuft mir über die Wange. David streicht mit einem Daumen über die salzige Spur. Ich mache die Augen wieder auf und rechne eigentlich damit, dass die riesige Mauer wieder da ist, gegen die ich seit Wochen anrenne. Aber ich sehe nur David … und etwas anderes, etwas Neues. Da ist ein Glitzern, das meinen Herzschlag beschleunigt und meine Haut kribbeln lässt.

Mit den Fingerspitzen fährt er mir über den Unterkiefer und hinterlässt eine prickelnde Spur. Er streicht mit einem Daumen über meine Unterlippe, die von meiner Träne noch salzig ist. Ohne nachzudenken, beuge ich mich vor und öffne gierig den Mund.

Sein Blick wandert zwischen meinem Mund und meinen Augen hin und her. Er schätzt meinen Gesichtsausdruck ab und versucht, mein Verlangen zu deuten. Ich kann an nichts anderes mehr denken als daran, seinen Mund auf meinem zu spüren, dass er mich in seine Arme zieht, wir uns aneinander drücken und alles außer uns beiden vergessen. Mein Körper will es ebenso wie mein Herz, und ich kann nur hoffen, dass David das ebenfalls möchte. Ich lege eine Hand auf seine bärtige Wange, schiebe sie in seinen Nacken und ziehe ihn zu mir herunter. Plötzlich erstarrt er. Er lässt die Hand sinken und schiebt mich von sich weg.

»Ich sollte besser gehen«, sagt er und räuspert sich. Auf seinem Gesicht spiegeln sich Scham und Ekel wider, und dann dreht er sich auf dem Absatz um und ist verschwunden.

*Was war denn das?* Meine Füße tapsen über den nassen Sand, als ich zurück ins Meer renne und sofort untertauche, sobald das Wasser tief genug ist.

Die Wellen schlagen über mir zusammen, während ich durch das Wasser gleite, als würde ich hierher gehören. Selbst als mein Schwung nachlässt, bleibe ich unter Wasser, bis meine Lungenflügel brennen. Ich mag dieses Brennen. Es ist anders als das, was ich eben bei David am Strand gespürt habe, weniger verzehrend, dafür eher reinigend. Wenn ich lange genug hier unten bleibe, wird es ihn dann aus mir rausbrennen? Vielleicht brauche ich ihn dann nicht mehr. Ich hasse mich selbst dafür, dass ich ihn so sehr brauche.

Ich kann lange Zeit den Atem anhalten, aber als die Strömung mich in Richtung Riff mitzieht, tauche ich auf. Während ich mir das Salz aus den Augen wische, wünsche ich mir, ich könnte David ebenso leicht aus meinem Kopf vertreiben.

Rasch beende ich mein Bad und wasche dann die Kleidungsstücke, die ich gegen den rauen Stein schlage, um die dunklen Stellen danach mit Sand abzureiben. Auf dem Stein sitzend nehme ich mir das letzte schmutzige Kleidungsstück vor: Davids Khakihose. Ich kann meine ganze Hand durch das Loch an seinem rechten Knie stecken. Er ringt schon seit einiger Zeit mit sich, ob er den unteren Teil der Beine nicht einfach abreißen soll. Eines Tages wird der Stoff einfach abfallen, dann hat sich die Sache erledigt. Ich tauche den zerschlissenen Stoff ins Wasser, wasche ihn schnell und lege ihn zu der restlichen Wäsche zum Trocknen auf den Stein. Eigentlich bin ich fertig, aber ich mag nicht ins Lager zurückkehren, daher lege ich mich wieder ins Wasser, lasse mich treiben und starre den Himmel an.

Von Westen her zieht ein Sturm auf, das spürt man bereits in der Luft. Dunkle Gewitterwolken nähern sich langsam dem ruhigen Blau über mir. Einen ganz kurzen Augenblick gestatte ich mir, an Jerry und die Jungs zu denken und daran, wie Jer bei Sommerstürmen immer auf unserer Terrasse unter dem Vordach gesessen und in den Regen hinausgesehen hat. Unsere Kinder waren die einzigen in der Gegend, die während eines Gewitters besser und nicht schlechter schliefen.

Der vertraute Trennungsschmerz wallt in meiner Brust auf, und ich rufe mir in Erinnerung, dass ich die Hoffnung nicht zulassen darf. Möglicherweise hat Jerry schon längst eine neue Freundin, die die Jungs Mom nennen und die ihre aufgescheuerten Knie küssen darf, und ich bin nichts weiter als ein Foto auf dem Klavierdeckel und dem Nachttisch der Jungs. Ich kneife die Augen zu und versuche, diese Gedanken zu vertreiben, diese schmerzhaften Gedanken, die mich immer wieder heimsuchen. Erst als es so laut donnert, dass ich es in den Knochen spüre, gelingt es mir, diese Gedanken wie Ratten in die dunklen Ecken meines Unterbewusstseins zu scheuchen. Der Sturm ist schon fast da. Ich muss ins Lager zurück.

Außer Atem und mit zitternden Händen komme ich gerade noch rechtzeitig im Lager an, bevor der Regen sturzbachartig einsetzt. Zum Glück brennt das Feuer noch. Ich werfe das klitschnasse Bündel in unseren Unterschlupf und packe die Feuerabdeckung, die wir für solche Fälle gebaut haben. An manchen Tagen reicht unser Unterstand, den wir aus Stöcken, Blättern und Teilen des Rettungsbootes gebaut haben, aus, um zu verhindern, dass das Feuer bei einem Sturm ausgeht, manchmal aber auch nicht. Es ist nicht leicht, ein neues Feuer zu entzünden, und wir versuchen, das zu vermeiden, erst recht jetzt, wo Kent nicht mehr da ist. Kent. Selbst an ihn zu denken tut schon weh, insbesondere an den kahlen Stellen auf meinem Kopf, wo er mir die Haare ausgerissen hat. Ich verdränge ihn aus meinen Gedanken und hänge schnell die Wäsche auf die Bambusstangen, die unter unserem Dach angebracht sind, damit sie zumindest etwas trocknen kann, bevor der Monsun einsetzt. Ansonsten bleibt sie feucht, bis der Sturm nachlässt, und dann kann ich sie erneut waschen.

Ich schüttle den Sand aus meinen Jeansshorts und ziehe mir feuchte Kleidung über, bevor ich die eingerissene gelbe Abdeckung aus dem Gummimaterial des Rettungsbootes herunterziehe. Zwei der vier Seiten sind lang genug, um bis zum Bambusboden zu reichen, wo ich sie festbinden kann. Die anderen beiden Seiten flattern nutzlos im Wind. Der Regen setzt ein, als ich mich gerade in die Ecke an der hinteren Wand drücke, wo ich wenigstens teilweise trocken bleibe. Wo steckt David? Es gefällt mir nicht, dass er während eines Sturms draußen ist, anstatt zusammen mit mir im Trockenen zu sitzen.

Als der Wind stärker wird, nehme ich schnell die halb trockene Kleidung ab und lege sie ausgebreitet in den Unterschlupf. Als das erledigt ist, krabbele ich unter die Decke aus zusammengebundenen Palmwedeln. Es ist wenigstens zehn Grad kälter geworden, und das Feuer erlischt langsam. Ohne die Wärme, die mir Margarets Blazer sonst spendet, der noch immer nass bei der feuchten Wäsche liegt, klappern mir die Zähne. Ich sollte mich eigentlich daran gewöhnt haben, hier frierend und allein zu liegen. Mein Körper erinnert sich auf jeden Fall daran, und ich zittere wie Espenlaub. Was habe ich in der ersten Nacht auf der Insel getan, als ich mit Margarets Leiche auf dem Schoß im Sand gesessen habe? Damals habe ich an bessere Zeiten gedacht, an mein Zuhause und meine Familie.

Ich kneife die Augen zu, als könnte ich so den Wind fernhalten und die Erinnerungen heraufbeschwören.

Ich bin überrascht, welches Gesicht vor meinem inneren Auge auftaucht. Heute gehört es nicht etwa Jerry, sondern David. David, der mir das Fischen beibringt und mit mir vor dem Absturz im Flugzeug lacht, dessen Zähne weiß und gerade aussehen und dessen Haut sauber riecht, als Kent meine Schulterwunde näht. Es dauert nicht lange, bis die Bilder auf mich einströmen. Das waren die schönen Zeiten, wenn er gelächelt hat und wir Freunde waren, bevor ich einen Mann getötet habe, um ihm das Leben zu retten, und er mich unerklärlicherweise verlassen hat.

Auf einmal dringt feuchte Luft unter die Decke und reißt mich aus meinen Erinnerungen. Ich will die Decke wieder runterziehen, zittere aber so sehr, dass ich kaum die Finger bewegen kann. Dann sind Davids warme Hände da und reiben meine Arme.

»Geht es dir gut, Lily?« Mir ist viel zu kalt, als dass ich antworten könnte, daher nicke ich nur ruckartig. »Du bist ja eiskalt«, flüstert er. »Wo ist deine Jacke?«

»Da dr… dr… drüben«, stottere ich. »Sie ist n… n… noch nass.«

Er legt die Arme um mich, und ich drücke meinen Oberkörper an ihn, da ich seine Körperwärme dringender brauche als Luft zum Atmen. Da er kein Hemd trägt, kitzeln seine Brusthaare meine Nase. Ich presse mich enger an ihn und drücke meine kalten Zehen gegen seine Füße, die noch warm vom Sand sind. Ich schiebe das rechte Bein ganz selbstverständlich zwischen seine Beine, lege die Arme um ihn und denke nur darüber nach, wie ich noch näher an die samtene Wärme herankommen kann, die von ihm ausgeht. Schon bald entspannen sich meine Muskeln.

»Besser?«

»Hmmm«, murmele ich. »Viel besser. Du bist der Beste. Danke, David.« Ich muss mich ein bisschen bewegen, damit ich etwas sagen kann, und sein Bart liegt weich wie Fleece an meiner Wange. So könnte ich den ganzen Tag liegen bleiben.

David scheint etwas anderes im Sinn zu haben. Sobald mir das Wort »besser« über die Lippen kommt, fängt er an, unsere Gliedmaßen voneinander zu lösen und mich in Richtung Wand zu schieben.

»Was machst du denn?«, jammere ich. »Du darfst mich nicht loslassen, das war so schön warm.« Ich halte mich fast schon kindisch an ihm fest. Je beharrlicher er versucht, mich wegzuschieben, desto enger lege ich die Arme um ihn. Ich will nicht mehr länger alleine sein.

»Ich … ich muss uns noch Mittagessen besorgen. Nach dem vielen Zittern wirst du Hunger haben.« Er verspannt sich, was sich anfühlt, als würde sich ein Kissen in einen Stein verwandeln. Es ist so offensichtlich, dass das nur eine Ausrede ist, weil er meine Nähe nicht ertragen kann.

»Ich habe keinen Hunger«, versichere ich ihm mit zusammengebissenen Zähnen und bohre die Finger in seine Schultern. »Ich möchte nicht, dass du jetzt gehst.«

»Das ist ja schön für dich, aber ich will gehen.« Er nimmt seine linke Hand von meiner Schulter, wo er mich weggedrückt hat, greift nach meinem rechten Handgelenk und zerrt die Hand von seinem Arm. Nachdem er sich schnell nach links gerollt hat, ist er auch schon weg und hinterlässt nichts als eine schreckliche Kälte an dem leeren Fleck neben mir.

»Wieso hasst du mich denn so sehr?« Ich stehe auf, lasse die Palmwedeldecke zu Boden fallen und zittere erneut, dieses Mal jedoch vor Wut. »Ekele ich dich derart an, dass du nicht einmal mehr in meiner Nähe schlafen kannst? Du hast mir mal gesagt, du könntest allein nicht überleben, aber jetzt verdammst du mich zur Einsamkeit – ich lebe völlig abgeschieden auf dieser

Insel. Wieso tust du mir das an? Du hast jedes Recht der Welt, mich für das zu hassen, was du für mich tun musstest, um Kents Leiche zu entsorgen, aber …«

»Wie kommst du auf die Idee, ich würde dich hassen?«, unterbricht mich David. Er sitzt nur halb unter dem Unterschlupf und starrt aufs Meer hinaus, während er immer nasser wird. »Ich hasse dich nicht.«

»Du magst mich aber auch nicht, so viel steht fest. Du läufst immer vor mir weg, und ich bin es leid, hinter dir herzurennen.«

»Dann lass es!«, faucht er. »Hör auf, hinter mir herzulaufen, Lily. Das wäre für uns beide das Beste.«

»Ich dachte, wir wären die besten Freunde«, sage ich und rücke näher an ihn heran. »Ich dachte, wir würden einander was bedeuten. Sieh dir doch nur an, was wir alles durchgemacht haben. Vermisst du mich denn gar nicht, David?« Ich lege meine eiskalte Hand auf seine Schulter, aber er entzieht sich mir.

»Die Dinge ändern sich, Lillian. Nach Kent, nachdem er …« David laufen Regentropfen an der Nase herunter, und er schüttelt den Kopf. Das Wasser spritzt durch die Gegend und auf meine Arme. »Ich kann das nicht mehr. Es ist das Risiko nicht wert.« Er stützt die Hände auf den Bambusboden vor sich und sieht aus, als wollte er in den Regen hinausspurten. Bevor er das tun kann, nehme ich seine Hand.

»Kannst du mir nicht verzeihen? Ich hätte mit ihm gehen sollen. Dann wäre er jetzt noch am Leben und du würdest mich nicht hassen.« Er springt auf und dreht sich so ruckartig zu mir um, dass sein Haar wie ein Heiligenschein um seinen Kopf herumfliegt.

»Sag so was nie wieder.« Er drückt meine Finger so fest, dass es wehtut. »Du darfst nicht einmal daran denken, dass es besser gewesen wäre, mit diesem Mann mitzugehen.«

»Aber ich habe ihn getötet und dich dazu gebracht, schreckliche Dinge zu tun, um das zu vertuschen.«

»Nein, *er* hat dich dazu gebracht, ihn umzubringen.« Er legt die Finger unter mein Kinn und hebt meinen Kopf an. »Ich bin froh, dass er tot ist und dass ich dir das Messer gegeben habe. Ich bin froh, dass es scharf war und dass wir ihn getötet haben.«

»*Ich* habe ihn getötet.«

»Nein.« David schüttelt den Kopf und legt seine Hand an meine Wange, wie er es zuvor am Strand schon einmal getan hat. »Kent hatte es sich selbst zuzuschreiben. Du darfst dich deswegen nicht schuldig fühlen. Ich tue es jedenfalls nicht.« Ihm kommen die Worte so leicht über die Lippen, aber ich habe nur noch mehr Fragen anstelle von Antworten.

»Warum hasst du mich dann?«, flüstere ich und beiße mir auf die Unterlippe.

»Lass es gut sein, Lillian.«

»Ich werde nicht aufhören, solange ich nicht weiß, wo das Problem ist. Warum kannst du mir nicht mehr in die Augen sehen?« Ich lege einen Arm um seine breiten Schultern. »Du weißt, dass du mir alles sagen kannst.«

»Du gibst wirklich nicht auf, was?« Er sackt in sich zusammen.

»Das solltest du doch inzwischen wissen.« Ich wünsche mir so sehr, dass er lächelt, aber er starrt nur aufs Meer hinaus.

»Ich habe Angst, verstehst du?«, gesteht er mir endlich. »Ich habe Angst davor, so zu werden wie Kent.«

»Das ist doch lächerlich. Du bist völlig anders als er.«

»Du kennst mich nicht, Lily. Du weißt nicht, was in meinem Kopf vorgeht.« Er tippt sich an die Schläfe.

»Ich kann zwar deine Gedanken nicht lesen, aber ich kenne dich.« Ich schiebe eine Hand in sein langes Haar und streichle seinen Nacken. »Du bist ein guter Mann, ein sehr guter Mann.«

»Wenn ich doch nur so gut wäre, wie du glaubst. Wenn du wüsstest …«

»Wenn ich was wüsste, David? Mal im Ernst, so schlimm wird es schon nicht sein, oder?«

Er dreht sich zu mir um und packt grob meine Schultern. »Ich will dich, begreifst du das nicht? Ich begehre dich mehr, als ich je in meinem ganzen Leben eine Frau begehrt habe. Wenn du neben mir schläfst, kann ich nicht schlafen, weil ich nur daran denken kann, dass ich am liebsten jeden Zentimeter deiner Haut küssen würde. Und wenn ich neben dir am Strand sitze, dann wünsche ich mir nichts mehr, als dass du die meine wärst. Dass ich für immer auf dieser Insel bleiben könnte, wenn das nur bedeuten würde, dass ich dich nie mehr hergeben muss.«

Er mustert mich mit wildem Blick, schiebt mich dann von sich weg und schlägt die Hände vors Gesicht. Seine Worte hallen durch meinen Kopf, und mir wird ganz schwindlig. Ich bin schon viel zu lange auf dieser Insel. Inzwischen habe ich alles über die Liebe, Romantik und das körperliche Verlangen vergessen. Das, was Kent von mir wollte, war etwas völlig anderes. Er wollte mich kontrollieren, mich dominieren, aber David? Nein, er würde sich nie so verhalten wie Kent.

»Bitte lauf nie wieder vor mir weg, David.« Ich lasse die Hand in seinem Nacken liegen und wickle eine Locke um meinen Finger. »Heute Morgen am Strand hättest du mich küssen können. Ich hätte es zugelassen.« Ich lege die Hand auf seinen Rücken zwischen seine Schulterblätter. »Aber du bist weggegangen. Kent hätte das nicht getan. Warum bist du gegangen?«

Er sieht mir in die Augen. »Das konnte ich dir nicht antun, nicht nach dem, was er getan hat. Dafür … liebe ich dich viel zu sehr.«

Ich beuge mich vor, ziehe seinen Kopf an mich heran und presse meine Lippen auf seine. Sie sind weicher, als ich vermutet hatte, und schmecken nach Regentropfen. Die Wärme, die uns beim Kuscheln umgeben hat, ist wie ein Streichholz im Vergleich zu dem Feuer, das mich bei diesem Kuss verzehrt. Dann rücke ich von ihm ab und sehe ihn an, während meine Lippen kribbeln. Ich bin glücklich. Er hat die Augen noch immer geschlossen, als würde er träumen. Ich lecke mir über die Lippen und will ihn erneut küssen, aber er zieht sich schnell zurück.

»Tu das nicht, Lily. Bitte.«

»Gefällt es dir nicht?«

»Natürlich gefällt es mir, sogar mehr, als es sollte. Aber du musst mir nichts vorspielen. Ich würde dir nie wehtun und werde auf Abstand bleiben. Du musst das nicht tun.« Er tätschelt meine Hand, und mir stehen die Haare an diesem Arm zu Berge.

»Ich weiß, dass ich das nicht tun muss, aber ich möchte es.« Ich möchte es wirklich. Wie lange empfinde ich schon so für ihn, ohne dass es mir klar gewesen ist? »Das liegt nicht daran, dass ich Angst habe oder mich mit dir gut stellen will, sondern daran … Ich glaube, ich liebe dich.«

Er starrt mich an. »Bist du dir sicher, Lily? Du musst dir ganz sicher sein.«

»Ich weiß nicht, wieso ich so lange gebraucht habe, um es zu begreifen, aber ja, ich liebe dich, und« – ich erröte – »ich begehre dich genauso.«

Schon tritt er vor mich und streicht mir eine feuchte Haarsträhne aus dem Gesicht. Sein Blick erkundet mein Gesicht, als müsse er meine Reaktion abwägen. Als ich eine Augenbraue hochziehe, weil ich das Warten leid bin, stiehlt sich ein Lächeln auf seine Lippen. Er legt seine Hände auf meine Wangen und muss kaum Druck ausüben, um mich an sich zu ziehen. Ich lecke mir die Lippen, die nach dem Schwimmen noch salzig sind.

Zuerst küsst er mich zärtlich und erkundet mich, als wäre er sich nicht sicher, ob ich nicht doch meine Meinung ändern würde. Aber das habe ich nicht vor. Nicht jetzt, nachdem ich ihn geschmeckt habe, diese einzigartige Kombination aus Rauch, Salz und Regen. Jetzt kann ich nicht mehr aufhören. Ich lege die Arme um seinen Hals, ziehe ihn fest an mich und lege den Kopf ein wenig schief, damit wir unsere Nasen nicht zerquetschen. Unter meinen Handflächen spüre ich, wie er die Schultern entspannt, und sein Mund folgt ihrem Beispiel. Er stößt ein leises Stöhnen aus und küsst mich immer leidenschaftlicher und gieriger. Ich halte mich auch nicht zurück. Jeder Zwischenraum zwischen unseren Körpern ist zu viel.

Während wir den Kuss vertiefen, gehen unsere Hände auf Wanderschaft. Seine gleiten unter den Saum meines T-Shirts und auf meinen Rücken. Ich schiebe ihn in den Unterschlupf, wo wir uns auf die feuchte Wäsche legen. Zwischen uns ist Verlangen und Leidenschaft, aber auch diese Zärtlichkeit, die selbst die letzte Zurückhaltung in mir verschwinden lässt. Ich vergesse, wo ich sein sollte und wo ich tatsächlich bin. Stattdessen verliere ich mich in seinen Armen, und mir wird ganz warm bei dem Gedanken, dass ich nie wieder alleine sein werde – selbst wenn wir nie von dieser Insel wegkommen –, solange er mich liebt.

# 23

## Dave

*Gegenwart*

»Ich möchte mal kurz etwas vorgreifen, weil ich in Bezug auf eine Sache neugierig bin.« Genevieve Randalls Neugier konnte nichts Gutes bedeuten, und Dave fühlte sich noch unwohler. »Wie lange waren Sie und Lillian nach Kents Tod noch auf der Insel, bevor Sie gerettet wurden?«

Dave musste kurz nachdenken. Sie waren in folgender Reihenfolge gestorben: Theresa, Margaret, Paul, Kent. Ja. Genau.

»Drei Monate«, antwortete er, und Genevieve nickte. Dave ging davon aus, dass er sich richtig erinnert hatte.

»Wie war das, als Sie nur noch zu zweit waren? Wie war das ohne Kent?«

Wundervoll. Himmlisch. Tatsächlich hatten sie über ein Jahr ohne Kent auf der Insel gelebt. Als er mit Lillian allein war und sie das Trauma des Flugzeugabsturzes überwunden hatten, lernte er sie auf eine völlig neue Weise kennen, und das nicht nur körperlich. Er fand heraus, dass sie sehr viel über den Bürgerkrieg wusste, und an manchen Abenden zeichnete sie ihm ganze Schlachten in den Sand. Allerdings warf er ihr vor, diese zu beschönigen, da er Geschichte nie zuvor derart interessant gefunden hatte. Dave konnte noch immer keinen Fünfdollarschein ansehen, ohne an ihre dramatische Interpretation der Schlacht von Gettysburg zu denken.

Und sie hatten sehr viel zusammen gelacht. Sie kicherte über jedes seiner Wortspiele und konnte sich über unanständige Witze halb kaputtlachen. Einige ihrer Unterhaltungen hätten auch von Zwölfjährigen geführt werden können, die keifend am Mittagstisch saßen.

Aber Dave erinnerte sich auch an sehr viel Leid und Hunger, die sie auf der Insel erlitten hatten, insbesondere in den letzten Wochen vor ihrer Rettung. Daher musste er jetzt nur an die Hoffnungslosigkeit aus dieser Zeit denken, um überzeugend zu wirken.

»Ohne Kent war das Leben sehr schwer.« Er seufzte. »Wir konnten nicht gut genug jagen, um uns auf diese Weise ausreichend zu versorgen. Lillian wurde schwer krank, und ich konnte nichts für sie tun.«

»Sie war dehydriert und kurz vor dem Verhungern, richtig?«

Dave nickte. In dieser Zeit war ihr Lachen verschwunden, und er hatte nur noch Angst gehabt, dass sie sterben würde und er dabei tatenlos zusehen musste.

»Warum sind Sie nicht krank geworden, Dave?«, fragte Genevieve Randall mit ruhiger, gleichmäßiger Stimme.

Dave räusperte sich, da er auf einmal einen trockenen Hals hatte. Die Anschuldigung in ihren Worten gefiel ihm ganz und gar nicht. Wollte sie damit etwa zum Ausdruck bringen, dass er Lily hatte hungern lassen, nur um selbst mehr zu essen zu haben?

»Nachdem Lillian krank geworden war, konnte sie ihr Essen kaum noch bei sich behalten. Ich weiß nicht, ob man je rausgefunden hat, was sie eigentlich hatte. Da müssen Sie schon Lily und Jerry fragen. Wir haben uns seit unserem Krankenhausaufenthalt nur noch wenige Male und auch nur sehr kurz gesehen.«

»Warum?« Genevieve schürzte die Lippen, bevor sie die nächste Frage stellte. »Warum sind Sie und Lillian Linden derart auf Distanz gegangen? Haben Sie sich entfremdet?«

Dave hielt inne und ging im Kopf die möglichen Antworten durch. Jetzt musste er improvisieren. Ihre sorgfältig ausgedachte Geschichte ging nicht über die Zeit der Rettung hinaus.

»Wir haben uns nicht entfremdet«, erwiderte er. »Wir leben mehrere Tausend Kilometer voneinander entfernt und führen ein eigenes Leben mit unseren Familien.« Dave piekte mit einem Finger in sein Knie. »Sie dürfen nicht vergessen, dass wir uns überhaupt nicht kannten, bevor wir in dieses Flugzeug gestiegen sind. Wir haben einander in einer schweren Zeit und unter schwierigen Umständen geholfen, aber so wie ich es sehe, ich es völlig normal, dass wir in unser ›wirkliches‹ Leben zurückgekehrt sind.«

Beth schien seine Lüge nicht zur Kenntnis zu nehmen. Sie war viel zu sehr damit beschäftigt, an ihrem pinkfarbenen Fingernagel herumzukauen und mit ihrem Smartphone herumzuspielen, wobei ihre blonden Locken den Großteil ihres Gesichts verbargen. Dave stellte sich vor, was sie gerade twitterte: »Sehe gerade mit an, wie Genevieve Randall meinen Mann verhört. Werde immer misstrauischer. :) LOL.«

* * *

Überraschenderweise war seine Frau überhaupt nicht misstrauisch, und falls sie es doch war, dann ließ sie es sich nicht anmerken. Im Allgemeinen war sie eher gelangweilt, genervt oder abgelenkt. Das hätte Dave glücklich machen oder zumindest erleichtern sollen, denn sie versuchte nicht einmal, seine Geschichte anzuzweifeln oder nach Ungereimtheiten zu suchen. Aber ihr Verhalten sorgte eher dafür, dass er sich ein kleines bisschen dumm vorkam, als würde er den Flugzeugabsturz über dem Ozean, das Überleben auf der Insel und seine Begegnung mit dem Tod völlig übertrieben darstellen.

Beth war nicht immer so apathisch gewesen. Direkt nach seiner Heimkehr hatte sie sich voller Neugier auf ihn gestürzt und alle Details über jeden Augenblick, den sie verpasst hatte, wissen wollen. Sie hatte nachts neben ihm im Bett gelegen und ihn gefragt, was er an einem bestimmten Tag getan hatte, oder versucht herauszufinden, ob sie möglicherweise zur selben Zeit aneinander gedacht hatten – als hätte das irgendeinen Unterschied gemacht.

In Guam hatte sie endlose Stunden an seiner Seite verbracht, während er am Tropf hing und mit Antibiotika vollgepumpt wurde. Damals war es Dave gewesen, der ihr etwas vorspielen musste. Lillian lag in sehr schlechtem Zustand gleich im Nachbarzimmer, hatte noch nicht das Bewusstsein wiedererlangt und wusste nicht einmal, dass sie gerettet worden waren. Für Dave war es sehr schwer, an etwas anderes als an dieses Zimmer zu denken und auf etwas anderes zu achten als auf das stetige Piepen ihres Herzmonitors, das durch die Wand klang.

Im Krankenhaus wünschte sich Dave, dass er derjenige sein konnte, der Lillians Hand hielt. Stattdessen musste er Beths endloses Geplapper ertragen. Es war eineinhalb Jahre her, dass er zum letzten Mal so getan hatte, als würden ihn ihre Geschichten interessieren, und er stellte fest, dass er aus der Übung war. Wie gut er seine Kommentare auch anbrachte und wie perfekt er die Augenbrauen hochzog, so wusste er doch, dass er sie nicht überzeugen konnte.

Es dauerte nur zwei Wochen, in denen Beth Verständnis vortäuschte und Dave ihren Blödsinn ertrug, bis sich die Dinge zuspitzten. Seit seiner Rückkehr aus dem Südpazifik hatten sie beide kaum mehr als das zueinander gesagt, was die meisten Ehepaare allmorgendlich sagten: »Wie hast du geschlafen?«,

»Hast du heute Morgen auch die Hunde bellen gehört?« oder »Reich mir mal die Zahnpasta«.

Bei den Fernsehinterviews spielten sie ein liebevolles, wieder vereintes Paar, aber zu Hause existierte eine Leere zwischen ihnen, die Worte allein nicht auszufüllen mochten. Eines Sonntagmorgens saßen sie beim Frühstück und waren vom vertrauten Schweigen umgeben.

Dave schaufelte ein Sandwich mit Ei und Käse in sich hinein, das er selbst zubereitet hatte in der Hoffnung, er könne einen Egg McMuffin nachbauen. Er hatte während der vergangenen Woche jeden Morgen in dem Fastfoodrestaurant mit dem gelb-roten Logo gefrühstückt. In einem Interview hätte er das zwar nie zugegeben, aber seit seiner Rückkehr konnte er keinem Drive-in widerstehen. Außerdem waren seine Hosen jetzt ohnehin vier Nummern zu groß, da musste er sich wenigstens keine neuen Klamotten kaufen, wenn er jetzt ein paar Kilo zunahm.

Daher verbrachte er den Großteil seines Samstags nach einigen Telefoninterviews damit, dieses berühmte Sandwich nachzubauen, und stellte fest, dass ihm das die ersehnte Ablenkung verschaffte.

Er biss noch einmal ab, kaute nachdenklich, dachte über die Gewürzmischung nach und überlegte, ob er vielleicht doch richtigen kanadischen Bacon anstatt Kochschinken nehmen sollte. Auf einmal sagte Beth etwas und brach ihren wortlos vereinbarten Waffenstillstand.

»Bist du glücklich, dass du wieder zu Hause bist, Dave?«, fragte sie und stocherte nervös in den matschigen Kleieflakes herum, die in ihrer Schüssel schwammen.

»Was?« Ein Stück des geschmolzenen Käses tropfte auf seinen Teller. Beth legte ihren Löffel so vorsichtig auf den Tisch, als würde sie ein Baby zum Schlafen hinlegen, doch er klapperte trotzdem laut auf dem Esstisch mit der getönten Glasplatte.

»Möchtest du überhaupt hier sein?«, wollte Beth wissen und ballte die Fäuste.

»Wie meinst du das? Natürlich möchte ich hier sein. Okay, ich wäre in diesem Augenblick lieber bei McDonald's, aber meine Arterien brauchen auch mal eine Pause«, witzelte er und ließ das halb gegessene Sandwich auf seinen Teller fallen.

Beth lachte nicht. »Das ist mein Ernst, Dave. Möchtest du wirklich hier sein? Bist du überhaupt glücklich darüber, dass du wieder zu Hause bist?«, verlangte sie zu erfahren, wobei ihre Stimme schwankte, aber ihre hellblauen Augen blieben ruhig und klar.

»Natürlich bin ich das«, beharrte er und legte den Kopf schief. Es sollte doch ganz einfach sein, ihr etwas vorzuspielen. Sie hatte sich noch nie zuvor für seine Gefühle interessiert. »Was ist los, Babe? Warum bist du so nervös?«

Beth schob ihre Schüssel von sich weg und sackte auf ihrem Stuhl in sich zusammen, sodass ihre kleinen blonden Löckchen rings um ihren Kopf tanzten. Sie war noch immer wunderschön.

»Du, Dave, du machst mich so nervös«, entgegnete sie, stieß einen tiefen Seufzer aus und rieb sich die Augen, wobei sie das Make-up verschmierte, das sie in ihrem gewohnten komplizierten Morgenritual aufgelegt hatte. »Ich weiß nicht, ob du es überhaupt merkst, aber du hast dich verändert.«

Sie sah ihn mit großen runden Augen an, sodass in Dave gleichzeitig Schuldgefühle und Zorn aufstiegen, ohne dass er wusste, welches Gefühl zuerst da gewesen war. Den Zorn konnte er allerdings nicht zurückhalten.

»Ich habe mich tatsächlich verändert, Beth«, fauchte er sie an. »Ich habe fast zwei Jahre fern von zu Hause gelebt und wäre beinahe verhungert. Ich musste jeden Tag nach etwas zu essen suchen, damit wir am Leben blieben, und mir Sorgen machen, dass ein Sturm kommen und uns einfach wegpusten könnte.

Jeder Kratzer und jede Wunde hätten tödlich sein können, ganz zu schweigen von den Ratten, Schlangen, Fischen, Haien und zahllosen anderen Kreaturen. So zu leben«, er klopfte mit einem Finger auf den polierten Tisch, sodass alles darauf wackelte, »in ständiger Angst und Verzweiflung, das verändert einen Menschen.«

Beth sah ihn unter ihren Augenlidern hinweg skeptisch an. »Warum macht es dann den Anschein, als würdest du am liebsten wieder zurückkehren? Warum willst du nicht bei mir sein?«, jammerte sie, und etwas in ihrem Tonfall bewirkte, dass Dave an die fünf Jahre zurückdenken musste, die sie vor dem Absturz zusammengelebt hatten.

Das war die Beth, die er so gut kannte und die immer nur an sich selbst dachte. Vielleicht hatte er sich geändert, denn vor drei Jahren hätte er sich entschuldigt, ihre Hand getätschelt und versucht, alles wiedergutzumachen. Aber jetzt schob er seinen Stuhl vom Tisch weg.

»Es geht nicht immer nur um dich, Beth.«

»Genau das meine ich«, sagte sie und schleuderte eine Hand in Daves Richtung, als wollte sie ihm ihre Anschuldigung ins Gesicht werfen. »Ich mache mir keine Sorgen um mich, *David*, sondern um dich, und ich bin wütend und verdammt eifersüchtig, auch wenn ich es nur ungern zugebe!«

»Ich wüsste nicht, dass ich je erlebt hätte, wie du dir über jemand anderen Sorgen machst, Beth.« Er fühlte sich unfassbar mächtig, als er die Worte aussprach, die er schon immer gedacht, aus Mutlosigkeit aber für sich behalten hatte. »Und nenn mich ja nie wieder David!«

Beths Miene, die normalerweise wie versteinert war, schien sich bei seinem Geschrei regelrecht aufzulösen. Sie fummelte am Saum des senfgelben Platzdeckchens herum und richtete langsam jede einzelne Quaste aus, bis sich lauter kleine symmetrische Dreiecke bildeten.

»Weißt du, warum ich auf dich gewartet habe?«, flüsterte sie. »Warum ich die ganze Zeit gewartet habe?«

»Nein.« Er wollte es eigentlich auch gar nicht wissen, aber sie würde es ihm trotzdem sagen, weil Beth sowieso immer machte, was sie wollte.

»Als der Anruf kam, dass dein Flugzeug abgestürzt ist, bin ich völlig zusammengebrochen. Zuerst hatte ich die Babys verloren und dann warst du auch noch weg. Zwei Tage später haben sie das Flugzeug gefunden, aber es war leer, bis auf die Stewardess …«

»Theresa«, fiel er ihr ins Wort. Er war es leid, dass Theresa ständig vergessen wurde.

»Ja, Theresa. Die Taucher stellten außerdem fest, dass das kleine Rettungsboot weg war, und da wusste ich Bescheid. Ich wusste, dass du irgendwo da draußen noch am Leben bist.« Sie strich mit den Fingern über die dünnen, senffarbenen Fäden und brachte die gerade geschaffene Ordnung wieder durcheinander. »Sie haben eine Woche lang gesucht und den Südpazifik durchkämmt. Ich bin auf die Fidschi-Inseln geflogen, um in der Nähe zu sein, wenn sie dich finden. Dann zog ein gewaltiger Sturm auf, und nachdem sie die Suche zwei Tage nacheinander nicht fortsetzen konnten, haben sie sie ganz abgeblasen. Jerry und ich konnten es nicht fassen.«

Dave zuckte zusammen, als sie Lillians Mann erwähnte. Er hatte von Lily schon genug Geschichten über Jerry gehört und wollte nicht auch noch welche von seiner Frau erzählt bekommen.

»Ich wusste es einfach. Ich wusste, dass du irgendwo da draußen warst. So blöd es auch klingen mag, ich bin dann … na ja … zu einem Hellseher gegangen.« Sie starrte ihn an und wirkte in ihrer Konzentriertheit fast schon kindlich.

Dave zog die Augenbrauen hoch.

»Er sagte, dass du noch am Leben wärest und wir dich finden würden. Und dass wir wieder eine Familie sein würden.«

»Und du hast ihm geglaubt?«, erkundigte sich Dave ungerührt.

Beth biss sich auf die Unterlippe und zuckte mit ihren schmalen Schultern. »Er wusste … er wusste von den Babys.«

Darüber hatten sie noch nicht gesprochen. Dave war noch immer nicht bereit dazu. Er nahm seinen Teller und ging mit großen Schritten zum Spülbecken. Dort blieb er einen Augenblick lang stehen und hielt sich an der kalten Quarzarbeitsplatte fest, während er den Nachgeschmack von billigem amerikanischem Käse im Mund hatte. Er konnte Beth nicht ansehen, denn wenn er es tat, würde er etwas sagen, das er nie wieder zurücknehmen konnte.

Fast schon verzweifelt sprach sie weiter. »Er sagte, wir würden noch einmal die Chance erhalten, ein Baby zu bekommen, du und ich, wir beide zusammen.« Ihre Stimme kam jetzt aus seinem Rücken, und er wusste, wenn er sich jetzt umdrehte, musste er nur den Arm ausstrecken, um sie zu berühren – aber das wollte er gar nicht.

»Ich will aber kein Baby mit dir haben«, zischte er und hatte gehofft, es emotionslos aussprechen zu können, stellte dann jedoch fest, dass seine Stimme bei den letzten Worten brach.

»Es war nicht so, wie du denkst. Ich habe es nicht mit Absicht getan.«

»Ja, ich weiß, du hast es ›vergessen‹«, spottete er.

»Nein, ich habe es nicht vergessen«, murmelte sie.

»Was? Willst du etwa zum ersten Mal in deinem Leben zugeben, dass du etwas falsch gemacht hast?«, fragte Dave und spielte den Schockierten.

»Ich … ich war dumm und dickköpfig. Ich habe geglaubt, ich würde es auch allein schaffen, dass ich die Medikamente nicht brauchen würde. Es war einfacher, so zu denken, als mich mit der Tatsache abzufinden, dass ich möglicherweise nie ein Baby bekommen werde, nie ein Kind ansehen und mich fragen werde, ob es meine Augen hat.« Sie legte eine Hand auf seine Schulter. »Das war der größte Fehler meines Lebens, und es tut mir so leid.«

Sie klang, als würde sie es aufrichtig meinen, aber Dave wusste nie genau, ob Beth ihm etwas vorspielte oder ehrlich zu ihm war. Er wollte ihr am liebsten sagen, dass sie gehen und ihn nie wieder anfassen sollte, aber er hatte in diesem Augenblick so viele Bedürfnisse. Und die Zärtlichkeit ihrer Berührung und die Wärme ihrer Hand auf seiner Haut riefen ihm all die Dinge in Erinnerung, die er verloren hatte. Er sehnte sich nach etwas, mit dem er diese Lücke in seinem Inneren ausfüllen konnte, die ihn quälte. Anstatt sie also abzuschütteln, ließ er sie gewähren, und die Stille zwischen ihnen war ebenso tröstlich, wie es die richtigen Worte gewesen wären.

»Es tut mir sehr leid, dass ich dich enttäuscht habe. Du hast etwas Besseres verdient«, flüsterte sie. »Bitte, bitte«, flehte sie dann, »gib mir noch eine Chance. Ich weiß, dass du dich verändert hast, aber ich bin auch nicht mehr dieselbe. Kannst du das nicht erkennen?«

Sie küsste seinen Rücken und seine breiten Schulterblätter, und ihr Atem drang durch den dünnen weißen Baumwollstoff seines Unterhemds. Als sie die Hände unter den Stoff schob und seine muskulöse Brust streichelte, schlug sein Herz schneller.

Die vertraute Berührung fühlte sich gut an. Als sie ihren Körper an seinen presste, reagierte er instinktiv. Er musste nicht mehr denken oder reden.

Sie drehte ihn zu sich um und küsste ihn begierig. Das rief die Erinnerung an die Gier wieder wach, die er so lange unterdrückt hatte. Er gab nach, erwiderte ihren Kuss, zog sie an sich und hielt sie mit eisernem Griff an den Schultern fest. Sie sackten ineinander verschlungen auf den kalten Fliesenboden, und Dave hielt die Augen fest geschlossen und redete sich ein,

Wellen im Hintergrund zu hören und den heißen Sand unter seiner Haut zu spüren.

* * *

»Das ist eine gute Stelle, um eine kleine Pause zu machen«, sagte Genevieve Randall über Daves Kopf hinweg zu den Kameraleuten. Alle im Raum atmeten erleichtert auf. Sie hatten gerade erst angefangen, über Paul zu reden, aber Genevieve schien nicht glücklich darüber zu sein, welche Richtung dieses Interview nahm. »Mal sehen«, sie schaute auf ihre Armbanduhr, »zwanzig Minuten Pause, und dann machen wir an der Stelle weiter.« Dave ging zwar davon aus, dass sie damit den nächsten Fragenkomplex auf der Liste meinte, aber deshalb wusste er noch lange nicht, was ihn erwartete.

Genevieve Randall stand auf, und ihr Rock rutschte raschelnd an ihren Oberschenkeln herunter. Sie blieb mit blitzenden Augen vor Dave stehen.

»Dave, Sie sollten auch eine kleine Pause machen und sich die Beine vertreten. Das wird noch ein anstrengender Nachmittag«, säuselte sie. »Da drüben bekommen Sie was zu essen.« Sie deutete in Richtung Esszimmer, wo auf dem Tisch Tabletts mit Sandwiches und Plundergebäck sowie drei riesige Kaffeekannen standen. »Etwas Süßes bringt Ihnen neue Energie und macht Sie … wach«, meinte sie vielsagend, und Dave hatte das Gefühl, er wäre er gerade gewarnt worden.

Aber er ignorierte sie, so gut er konnte, und starrte den Boden an, bis ihre klappernden Absätze auf dem brasilianischen Wollteppich in seinem Arbeitszimmer, wo die Crew früh an diesem Morgen ihr Hauptquartier aufgeschlagen hatte, nicht mehr zu hören waren. Er war noch immer ein wenig zittrig und rieb sich erneut die Hände an den Hosenbeinen ab, wobei er hoffte, dass er an den Stellen nicht irgendwann Löcher bekam.

»Ist alles okay, Dave?«, hallte Beths Stimme quer durch den Raum. Sie saß noch immer auf ihrem Stuhl, hatte sich vorgebeugt und sah ihn mit besorgter Miene an.

»Ja«, antwortete er heiser. Dann räusperte er sich und versuchte es noch einmal. »Ja, mir geht's gut.«

Er stand von der Couch auf und schlurfte über den Boden, da er die Beine kaum hochbekam, die sich anfühlten, als hätte er Wodka und nicht etwa Wasser getrunken. Als er sich neben Beth auf einen Esszimmerstuhl fallen ließ, fühlte er, wie er sich ein wenig entspannte, obwohl er doch schon den ganzen Vormittag gesessen hatte.

»Du siehst aber nicht so aus«, stellte Beth fest und sah ihm ins Gesicht. »Möchtest du lieber aufhören? Ich kann es nicht ausstehen, wenn du dir das antust.«

»Nein, mir geht's gut. Das kennen wir doch alles längst.« Dave tätschelte die glatte Hand seiner Frau, die neben ihm auf der Armlehne lag.

»Aber sie stellt dir Fragen, die du noch nie zuvor beantwortet hast, und das scheint dich ziemlich aus der Bahn zu werfen. Wie die Frage über Theresa«, fügte sie hinzu. »Ich habe dich noch in keinem Interview so sprachlos erlebt.«

»Nein«, meinte er rasch, da er glaubte, sich kein Zögern leisten zu können. »Ich bin die ganzen dummen Fragen nur langsam leid und werde immer frustrierter. Die sind alle so sinnlos und stehen nicht einmal auf der Liste. Ich habe nicht die geringste Ahnung, worauf sie hinauswill.«

»Ich auch nicht«, flüsterte Beth. Er musste unbedingt das Thema wechseln.

»Wie geht es euch beiden denn? Das ist eine viel wichtigere Frage als alle, die mir heute bisher gestellt wurden.« Er lächelte seine Frau zärtlich an. »Hat dich der kleine Fußballspieler da drin schon wieder getreten?« Dave legte eine Hand auf Beths dicken Bauch, der sich stolz über dem Saum ihrer engen Jeans erhob.

»Er ist herumgesprungen, als ich vorhin einen Orangensaft getrunken habe. Jetzt schläft er offenbar«, erwiderte sie und drückte den Rücken durch, um ihren Bauch besser gegen seine Handfläche pressen zu können. Ihre Haut war gleichzeitig nachgiebig und fest, als würde sich ein Ball in ihr ausdehnen. Dieses Gefühl erstaunte ihn immer wieder.

»Ich scheine es immer zu verpassen«, murmelte Dave und war richtig enttäuscht.

»Du wirst noch genug Gelegenheiten bekommen. Ich spüre ihn selbst ja erst seit ein paar Wochen. Online steht überall, dass alle anderen es erst bis zu einem Monat später spüren.«

»Ein Monat?« Dave runzelte spielerisch die Stirn. »Ich bezweifle, dass ich so lange warten kann. Heute Abend muss ich mich mal mit dem jungen Mann unterhalten, dann werde ich ihn wissen lassen, dass sein Daddy noch diese Woche wenigstens einen schnellen Tritt erwartet. Das ist ein Befehl, sonst gibt es kein Eis zum Nachtisch«, sagte Dave mit gespielt strenger Vaterstimme. Er beugte sich vor und legte ein Ohr an ihren immer dicker werdenden Bauch, als könnte ihm das Baby antworten. Beths Bauch wackelte, als sie lachte.

»Oh nein, das reicht jetzt. Ich lasse hier keine Streitigkeiten zu. Vertragt euch wieder, und umarmt euch, na los!«, beharrte sie.

Dave liebte diese neue, verspielte Seite von Beth. Er war sich noch immer nicht sicher, was während seiner Abwesenheit geschehen war, das sie so verändert hatte, aber eigentlich war es ihm auch egal. Beth hatte ihre ständig feiernden Freunde aufgegeben und schien endlich zu verstehen, dass sich die Welt nicht nur um sie drehte. Es hatte ein paar Monate gedauert, aber als sie mit dem positiven Schwangerschaftstest zu ihm kam, hatte er endlich wieder gelernt, ihr zu vertrauen. Jetzt konnte er sich beim besten Willen nicht vorstellen, dass Beth etwas tat, das ihrem ungeborenen Kind schaden könnte.

Er legte seine Hände um Beths Bauch, in dem sein Sohn heranwuchs. Noch hatte er ihn nicht kennengelernt, aber er liebte ihn bereits von ganzem Herzen. Auf einmal spürte Dave ein leichtes Pochen unter seiner Handfläche, als würde ihn in einem überfüllten Raum jemand antippen, weil er an ihm vorbei wollte.

»Beth? War das ein Tritt?«

»Ja, das war einer, aber ich kann es nicht fassen, dass du das gespürt hast«, erwiderte sie erstaunt. Ohne darüber nachzudenken, wie er dabei aussehen mochte, legte Dave seine Wange auf Beths Bauch.

»Hey, Baby, ich bin dein Daddy. Ich liebe dich und verspreche dir, dass ich dich immer beschützen werde.« Er setzte sich langsam auf und sah seine Frau an, der Tränen in den Augen standen. Dann legte er ihr einen Arm um die Schultern und zog sie an sich, um ihren Kopf mit dem lockigen blonden Haar unter sein Kinn zu drücken. Er seufzte und war zufrieden, weil er zum ersten Mal für längere Zeit nicht an Lily gedacht hatte.

# 24

## David – Tag 201

*Die Insel*

Ich wache auf und erschrecke, weil der Platz neben mir leer ist. Lily ist weg. Schon als ich unter der Decke hervorkrieche, packt mich die Angst. Doch sie ist hier, hockt direkt vor mir am Feuer und brät ein paar Fische. Es dauert eine volle Minute, bis ich wieder ruhig atmen kann. Noch hat sie nicht bemerkt, dass ich sie beobachte, daher genieße ich die Aussicht noch eine Weile.

Sie hat ihr Haar zu einem Zopf gebunden, aber ein paar Löckchen haben sich daraus gelöst und hängen ihr ins Gesicht und in den Nacken. Am liebsten würde ich sie ihr hinter das Ohr streichen. Irgendwann werden sie wieder hervorrutschen und mir einen weiteren Grund geben, sie zu berühren. Sie hat den Oberkörper vorgebeugt, und ich möchte meine Hände um sie legen, ihre mit Sommersprossen übersäte Haut berühren und den Schwung ihrer Hüften und ihres Rückgrats spüren. Ich liebe sie so sehr.

Die letzten Wochen waren geradezu surreal schön. Seit diesem kalten Nachmittag im Unterschlupf, als Lily und mir endlich klar wurde, in welche Richtung sich unsere Freundschaft weiterentwickelt hatte, waren wir unzertrennlich.

Es erstaunt mich noch immer ein wenig, wenn sie auf einmal meine Hand nimmt, mir einen Kuss auf das Ohr haucht und mir zuflüstert, dass sie mich liebt. Irgendwie scheint es mir kaum vorstellbar zu sein, dass dieser Ort, diese Insel, die mir bei unserer Landung eher wie ein Gefängnis vorkam, jetzt ein Ort ist, an dem ich durchaus den Rest meines Lebens verbringen würde.

Sie sieht zu mir herüber, als hätte sie meine Gedanken gelesen, und lächelt auf diese Art und Weise, die mein Herz schmelzen lässt. »Du bist wach!«

Schon hüpft sie über den Sand und kommt zu mir in den Unterschlupf. Sie hat Sand an den Händen, der auf meiner Haut scheuert, als sie die Arme um meinen Hals legt und mich zärtlich küsst. Leidenschaft hat zwar einiges für sich, aber es sind diese Küsse, die mir am meisten bedeuten.

»Hmmm, ich liebe dich«, murmele ich an ihren Lippen.

»Immer?«, fragt sie, wie es in dem kleinen Drehbuch der Dinge steht, die wir einander jeden Tag sagen.

»Immer«, versichere ich ihr, bevor sie sich mir entzieht und sich die Hände an den Oberschenkeln abwischt.

»Wir haben heute eine Menge vor.« Sie plant doch irgendwas.

»Ach ja?« Ich ziehe die Augenbrauen hoch. Es erstaunt mich immer wieder, wie sie sich ständig neue Dinge ausdenkt, die wir zusammen tun können, als wären wir ein ganz normales Paar in einem ganz normalen Urlaub.

»Ja. Wir wandern heute auf die andere Seite der Insel. Die Bäume hier wurden schon viel zu oft abgeerntet, und ich glaube, die Fische haben ein Warnsignal in unserer Lagune aufgebaut, aber vielleicht haben wir woanders ja mehr Glück.« Sie reicht mir eine Kokosnussschale, in der Stücke einer noch nicht ganz reifen Mango und einige kleine Fische liegen. Ich rümpfe die Nase. Diese Fischchen schmecken immer irgendwie komisch.

»Das klingt nach einem wundervollen Tag«, erkläre ich und fange an zu essen. Die Leere in meinem Magen ist doch größer als mein Ekel vor diesen winzigen Korallenfischen.

»Ich weiß, die sind nicht besonders lecker.« Lily reibt meinen Bizeps, und sofort schmeckt es mir besser. Als ich den letzten Bissen herunterschlucke, hält sie auf einmal mit dem Streicheln inne und macht dieses nachdenkliche »Ich schaue aufs Meer hinaus«-Gesicht, das ihre normale Fröhlichkeit von Zeit zu Zeit überschattet. Wenn sie so aussieht, hat sie meist irgendetwas an zu Hause erinnert.

»Ist alles in Ordnung, Lily?«, frage ich und lege ihr eine Hand auf den gebräunten Oberschenkel.

Sie lächelt mich an und verschränkt ihre Finger zärtlich mit meinen. »Ja, ich musste nur gerade an etwas denken, das ist alles.«

Ich drehe ihre Hand um und fahre die Linien auf ihrer Handfläche nach, wobei ich mir wünsche, ich könnte wahrsagen und vorhersehen, wie alles ausgehen wird. »Möchtest du darüber reden? Jemand hat mir irgendwann mal gesagt, ich wäre ein guter Zuhörer oder etwas in der Art.«

»Ha, ich habe gesagt, du bist ein guter Mensch, aber du musst nicht gleich unverschämt werden.« Sie hat die schlechte Angewohnheit, alles auf die Schippe zu nehmen, wenn sie nicht über eine Sache reden will. Das verrät sie sogar noch mehr als ihre abwesende Miene. »Ich muss zwar zugeben, dass du auch gut zuhören kannst, aber ich bezweifle, dass du das hören willst.«

»Ich möchte alles hören, was dir durch den Kopf geht. Ganz im Ernst.« Ich tippe mit dem Zeigefinger auf ihre Handfläche und warte darauf, dass sie eine Entscheidung trifft. Mit der Zeit habe ich festgestellt, dass dies der einzige Weg ist, ihr genug Zuversicht zu verleihen, damit sie ihre Geheimnisse auch wirklich ausspricht.

»Wenn der Kalenderbaum stimmt, dann ist heute Jerrys Geburtstag«, flüstert sie, schließt ihre Hand und hält meine Fingerspitzen fest.

Es ist komisch, Jerrys Namen zu hören. Wir haben seit dem Tag, an dem wir uns unsere Liebe gestanden haben, nicht mehr über Jerry und Beth gesprochen. Aber ich habe ihn nicht vergessen und bin mir bewusst, was ich hier mit seiner Frau mache.

»Möchtest du das feiern?«, will ich wissen und versuche, es ihr leicht zu machen. »So wie wir die Geburtstage der Jungs feiern?«

Im Oktober »backten« wir einen Kuchen aus Sand und Muscheln und schrieben Daniels Namen drauf. Wir aßen ihn natürlich nicht, aber wir sangen, und Lily hat sechs kleine Stöcke ausgepustet und dabei geweint. Schon jetzt sind wir dabei, Joshs Geburtstag im nächsten Monat zu planen. Ich bin mir nicht sicher, was ich dabei empfinden werde, wenn sie für Jerry dasselbe tun möchte, aber ich muss ihr helfen und so tun, als wäre das für mich in Ordnung. Schließlich wäre ich ein unglaublicher Heuchler, wenn ich den Eifersüchtigen spielen würde.

»Nein, natürlich nicht.« Sie schüttelt den Kopf und lehnt sich an meine Schulter. »Es ist nur so seltsam, darüber nachzudenken, was sie jetzt wohl tun. Wir sind seit fast sieben Monaten weg, und ich frage mich, ob sie überhaupt noch an uns denken.«

»Bestimmt«, versichere ich ihr und drücke ihre Hand. »Aber ich kann mir sowieso nicht vorstellen, dass es Menschen gibt, die nicht an dich denken.« Sie stößt mich spielerisch mit der Schulter an. »Aber ich bin mir nicht so sicher, ob man uns auch vermisst. Okay, das nehme ich zurück, Janice wird bestimmt häufig an mich denken, aber nur, weil sie jetzt vermutlich meinen Job macht und das PR-Desaster nach dem Absturz in Ordnung bringen muss. Außerdem war mein Schreibtisch das reinste Chaos.«

Lily lacht. Sie hat mir erzählt, dass Janice genervt war, weil sie nicht mit nach Adiata Beach fliegen durfte, und dass sie mich um die letzte Woche der Reise beneidet hat. Wie wären die Dinge wohl gelaufen, wenn sie an meiner Stelle im Flugzeug gesessen hätte?

»Ich bin mir sicher, dass Beth an dich denkt, David«, sagt sie recht brüsk. Ich bilde mir ein, einen Hauch von Eifersucht bei ihr zu spüren, und muss grinsen.

»Sie hat schon vor dieser Sache nicht sehr oft an mich gedacht, daher bezweifle ich, dass sie mich sehr vermisst. Jetzt kann sie Tag und Nacht arbeiten, die Klimaanlage auf eisige Temperaturen stellen und das Geld von meiner Versicherung ausgeben, indem sie jeden Abend mit ihren Freunden ausgeht. Wahrscheinlich ist sie jetzt sogar glücklicher als vorher.« Ich versuche gar nicht erst, meine Verbitterung zu verbergen.

Schon spüre ich einen Schlag gegen den Oberarm. »Hör auf damit. Das ist nicht fair.« Lily macht einen Schmollmund, als ich ihr einen Seitenblick zuwerfe.

»Du kannst das nicht beurteilen, Lily, du kennst sie nicht.« Es fällt mir schwer, für Lily etwas anderes als Liebe zu empfinden, aber bei ihrer Kritik regt sich etwas Hartes und Finsteres in mir.

»Dann erzähl mir von ihr. Erzähl mir von Beth.«

Ich werfe die Kokosnussschale ins Feuer, treffe jedoch nicht. Diese Unterhaltung hat mich aus der Bahn geworfen. Ich möchte nicht über Beth reden. Schließlich habe ich es sieben Monate lang vermieden, an sie zu denken, und ich habe mir eingeredet, ich wäre glücklicher, wenn ich sie nie wiedersehen müsste. Verdrossen schiebe ich die Füße in den kalten Sand vor dem Unterschlupf und drücke mich vor ihrer Frage.

»Pass mal auf«, sagt sie und kommt direkt auf den Punkt. »Es ist offensichtlich, dass es zuletzt nicht gut zwischen euch lief, so viel weiß ich schon. Ich habe das Telefonat mitgehört und den Schmerz in deinem Gesicht gesehen. Aus diesem Grund bin ich überhaupt erst zu dir gekommen, was wiederum alles verändert hat. Aber ich habe dich nie gefragt, was eigentlich passiert ist. Doch jetzt stehen die Dinge anders.« Sie streicht mir mit einer Hand über den nackten Rücken, und ich spüre den Sand zwischen ihrer Handfläche und meiner Haut. Ich genieße ihre Berührung, die noch immer meinen ganzen Körper entflammt. »Unsere Beziehung hat sich verändert. Ich muss mehr über diese Frau wissen, deren Mann ich liebe.«

Ich drehe mich augenblicklich zu ihr um, lege die Hände auf ihre Wangen und spüre die Löckchen in ihrem Nacken. Genau diese Worte habe ich hören müssen.

»Ich liebe dich auch«, flüstere ich und ziehe sie an mich. Dann küsse ich sie innig, und sie erwidert den Kuss. Ihre Lippen liegen perfekt an meinen, und sie zieht mich an sich, als würde sie mich mehr brauchen als die Luft zum Atmen. Ich könnte sie bis in alle Ewigkeit küssen.

Als mein Herzschlag kaum noch zu bändigen ist, lasse ich widerstrebend von ihr ab. Ich bin ihr einige Antworten schuldig. Während ich meine Stirn an ihre presse, warte ich darauf, dass sich meine Atmung wieder normalisiert.

»So wie bei dir habe ich bei Beth nie empfunden«, gestehe ich ihr. »Sie hat nicht deinen Humor, und sie hat ganz bestimmt nicht so ein großes Herz wie du.« Ich küsse sie sanft auf den Kopf und wische einige Haarsträhnen weg, die ihr an der Wange kleben, um ihr Gesicht zu streicheln, während ich weiterrede. »Ich fand sie damals wunderschön, die erste schöne Frau, die sich für mich interessiert hat. Wir haben uns bei Carlton kennengelernt. Sie hat im Marketing gearbeitet, und ich hatte gerade in der PR-Abteilung angefangen. Wenn unser Team was trinken ging, waren wir beide immer die Letzten, die nach Hause gingen. Zwei Jahre lang sind wir immer mal wieder miteinander ausgegangen, bis ich endlich den Mut fand, ihr einen Antrag zu machen. Es hat ein weiteres Jahr gedauert, die Hochzeit zu planen.« Ich lehne mich zurück und wünsche mir, ich hätte nie angefangen, von Beth zu erzählen. Es gibt einen guten Grund dafür, dass ich dieses Thema all die Monate ausgespart habe, aber Lily hört mir gespannt zu, also spreche ich weiter. »Unsere Ehe verlief ziemlich holprig. Ich hatte immer das Gefühl, ich wäre der Einzige, der zu Kompromissen bereit ist. Beth hat vor ein paar Jahren einen anderen Job angenommen und arbeitet jetzt als Marketingmanagerin für ein Softwareunternehmen. Sie ist jetzt noch seltener zu Hause, aber manchmal denke ich, sie bleibt nur so lange im Büro, damit wir uns nicht wieder streiten können.«

Lily presst nachdenklich die Lippen aufeinander, und ich kann an nichts anderes denken, als daran, sie zu küssen. »Was war mit dem Anruf, David? Ich denke, es ist Zeit, dass du es mir erzählst.«

»Okay.« Ich nicke, und sie belohnt mich mit einem schnellen Kuss, bevor die Geschichte aus mir heraussprudelt. »Erinnerst du dich, wie ich nach unserem … unserem ersten Mal ausgeflippt bin?« Ich werde puterrot.

»Ja.« Sie lächelt vielsagend. »Du hattest Angst, ich könnte schwanger werden.«

»Aber dann hast du mir von deiner Spirale erzählt und mir versichert, dass nichts passieren kann. Ehrlich gesagt kam ich mir da so dumm vor, wie ein Teenager, der im Sexualkundeunterricht nicht aufgepasst hat, aber es gibt einen Grund dafür, dass ich von diesem Thema keine Ahnung habe. Beth und ich haben nämlich sehr schnell rausgefunden, dass wir nicht über Verhütung nachdenken müssen, da wir keine Kinder bekommen können.«

Sie rückt von mir ab und setzt sich auf den Boden, wobei der Bambus knarrt. »Dann habt ihr es versucht, aber es hat nicht geklappt?«

»Ja, wir haben es versucht. Wieder und immer wieder.«

Lily verzieht das Gesicht und tut so, als würde sie erschaudern. »Okay, ich denke, ich habe es verstanden.«

»Bist du etwa eifersüchtig?«, frage ich und ziehe grinsend eine Augenbraue hoch.

»Das spielt jetzt keine Rolle. Na los, erzähl die Geschichte zu Ende.«

»Irgendwann habe ich sie überredet, einen Spezialisten aufzusuchen, und wir haben die Tests und all das gemacht. Dabei stellte sich heraus, dass Beth keine Kinder bekommen kann. Sie hat ungefähr zwanzig Jahre zu früh ihre Wechseljahre gekriegt.«

»Oh, das ist hart. Das muss verdammt schwer für sie gewesen sein«, meint Lily und seufzt mitfühlend, woraufhin ich nur noch wütender auf Beth werde.

»Keine Ahnung! Zuerst war es ihr auch nicht so wichtig, ein Baby zu bekommen, bis sie dann einfach nicht schwanger wurde. Danach schien sie es darauf anzulegen. Als wollte sie beweisen, dass sie es kann. Dass sie normal ist, so wie jede andere.« Ich schüttle den Kopf. »Nach der Diagnose wollte ich mit ihr über eine Adoption sprechen, aber sie hat sich geweigert und insgeheim ihren Arzt aufgesucht, um eine Eispenderin zu finden. Dann hat sie mir an den Kopf geworfen, dass es für sie in Ordnung wäre, wenn ich nicht der biologische Vater sein will, aber sie wolle mit oder ohne meine DNS eine Schwangerschaft erleben.

Vermutlich hat sie angenommen, dass es mir egal ist, da ich ja auch zur Adoption bereit war. Sie wollte, dass ich ein Kind mit einer anonymen Spenderin zeuge, bei der es sich vermutlich um eine Collegestudentin gehandelt hätte, die auf diese Weise ihren Lebensunterhalt bestritt. Ich meine, ich bin ja nicht prüde.« Ich mustere sie aus dem Augenwinkel, und sie grinst vielsagend. »Aber ich hatte noch nie einen One-Night-Stand.

Ein Kind mit einer Fremden zu bekommen war für mich daher eine nicht gerade erhebende Vorstellung.«

»Dann habt ihr es so gemacht und die Eier einer Spenderin befruchten lassen?« Sie zieht die Knie an die Brust und stützt eine Wange darauf. Sie wirkt in keiner Weise voreingenommen, was auch zu den Eigenschaften gehört, die ich so an ihr liebe.

»Ja. Aus diesem Grund war ich während der ersten Woche der Reise nicht dabei. Ich war bei Beth.« Ich muss kurz innehalten und die Fingerspitzen gegen die Augenlider pressen. Es fällt mir nicht leicht, darüber zu sprechen. »Sie musste diese Hormone nehmen, damit es funktionierte und sie schwanger bleiben würde. Dazu ging sie immer ins Haus einer Freundin, die Krankenschwester ist und ihr die Spritzen geben sollte. Aber davon ist Beth immer müde und gereizt geworden. Sie war wahnsinnig wütend darüber, dass ich sie für eine Woche allein lassen wollte.« Ich lasse den Kopf sinken und warte, bis die Schwärze vor meinen Augen verschwunden ist, bevor ich Lily erneut ansehe. Sie hört mir gespannt zu.

»Was war mit dem Anruf? Was hat sie gesagt?«

Ich muss ihr alles erzählen. »Sie haben ihr drei Embryos eingesetzt. Beth sollte weiterhin die Spritzen bekommen und nach zwei Wochen eine Blutuntersuchung machen lassen. Ich habe am fünften Tag den Nachtflug zu den Fidschi-Inseln genommen. Der Anruf im Flieger kam an Tag sechs.« Ich muss mehrmals schlucken, bevor ich weitersprechen kann. Sie reibt mir tröstend die Schulter, hält mich aber nicht davon ab, weiterzusprechen. Sie will alles wissen. »Beth hat sich keine Spritzen mehr geben lassen. Sie hat mich angelogen und war bei Starbucks oder sonst irgendwo anstatt bei ihrer Freundin Stacey, um sich die Spritze mit dem geben zu lassen, was unsere Babys brauchten und was sie ihnen nicht geben konnte.« Es schnürt mir die Kehle zu, die ganz rau wird, und bevor es mir überhaupt bewusst wird, laufen mir Tränen die Wangen herunter.

»Aber warum? Warum hat sie sich die Spritzen nicht geben lassen?«

»Ich habe keine Ahnung«, rufe ich aus und bin frustriert, dass sie mir anscheinend nicht folgen kann. »Sie hat gesagt, sie hätte es vergessen, aber …« Ich bekomme keine Luft mehr. »Warum hat sie das getan, Lily? Warum?«

»Das weiß ich nicht.« Sie küsst meine Wangen, und ich lasse mich dankbar gegen ihre Schulter sinken. »Oh, David, das tut mir so leid.«

»Ich weiß gar nicht, warum das immer noch so wehtut«, stoße ich zwischen meinen gepressten Atemzügen hervor.

»Vermutlich trauerst du noch immer um die Babys, David. Du musst diese Gefühle zulassen, denn nur so wirst du Beth irgendwann verzeihen können.«

»Ihr verzeihen?« Ich setze mich auf. »Wie soll ich ihr das jemals verzeihen? Sie hat nicht nur diese Embryos getötet, sondern auch meinen Traum, jemals Vater zu werden.« Ich werde vor Wut ganz rot im Gesicht, und mir tropft der Schweiß den Nacken hinunter. »Diese kleinen Eier hätten meine Kinder werden können, und sie hat sie verdorren lassen wie Pflanzen, die nicht gegossen wurden. Dabei hat sie auch gleichzeitig meine Träume vernichtet, als würden sie nicht das Geringste bedeuten. Nein«, ich schüttle den Kopf, »ihr haben sie sowieso nichts bedeutet.« Lily versucht erneut, mich an sich zu ziehen, aber ich schiebe sie weg.

»Ich sage ja nicht, dass du ihr sofort vergeben musst.« Sie verschränkt ihre muskulösen, gebräunten Arme und mustert mich. »Aber eines Tages möchtest du das vielleicht. Ich muss einfach daran glauben können, dass man mir ebenfalls verzeihen würde, wenn Kents Familie wüsste, was wirklich im Dschungel passiert ist, oder wenn Jerry wüsste, wie sehr wir um Margaret gekämpft haben und wie allein ich war und wie sehr ich dich brauche.« Sie hält inne und knabbert an ihren Fingernägeln herum.

»Das ist etwas anderes, Lily. Du hattest keine andere Wahl.«

Sie presst die Lippen aufeinander. »Okay. Wenn du nicht darüber nachdenken willst, ob du ihr vergeben kannst, dann sieh es doch mal so: Was wäre, wenn du den Anruf nie erhalten hättest? Wie schwer würde dir das hier dann fallen?« Sie bewegt den Kopf und bezieht den Strand, den Unterschlupf und uns mit ein.

Daran habe ich noch nie gedacht. Was wäre, wenn ich glauben würde, dass Beth schwanger zu Hause auf mich warten würde? Würde es mir dann immer noch so leicht fallen, nicht an zu Hause zu denken? Wäre es so einfach, Lily zu lieben? Wäre es so leicht gewesen, Margaret zu begraben? Kent auszuschalten? Jeden Tag durchzustehen, ohne zu wissen, ob ich meine Kinder jemals sehen werde? Ich erschaudere, und die Meeresbrise kühlt die Schweißspuren auf meinem Rücken.

»Dann würde ich fast durchdrehen und mir nichts lieber wünschen, als zu Hause bei ihnen zu sein. Ich würde versuchen, einen Weg hier raus zu finden …« Ich halte inne und sehe Lily fragend ins Gesicht. »Entspricht das dem, was du empfindest?«

»Anfangs war es für mich so«, gibt sie zu und fummelt an einem Riss in unserem Bambusfußboden herum. »Aber als ich mir meiner Gefühle für dich bewusst wurde, fiel es mir viel leichter.«

Ich lasse die Worte durch meinen Kopf wandern wie ein Magier, der eine Münze über seine Fingerknöchel sausen lässt. »Du hast recht, ich muss diese Sache mit Beth endlich loslassen. Ich muss nach vorne sehen, weil es dort etwas gibt, für das es sich zu leben lohnt.«

Sie hört damit auf, am Bambus herumzuzupfen, und schiebt die Hand langsam in meine Richtung. Aber das geht mir zu langsam, und so greife ich danach. Als sich unsere Hände berühren, bin ich auf gewisse Weise dankbar für diesen schrecklichen

Anruf, der gefühlt schon Jahre her ist. Denn hier und jetzt gibt es nur einen Menschen, an den ich denken möchte.

* * *

Wir brechen später auf als geplant, aber das macht uns beiden nichts aus. Unser Weg führt uns an einem langen Strandstück entlang auf die andere Seite der Insel. Wir nennen diesen Teil »Bizarro Beach«, weil es hier unglaublich viele Früchte, träge, arglose Fische und eine schreckliche Ansammlung an Sandflöhen gibt, die verhindert, dass wir unser Lager hierher verlegen.

Das Fischen ist auf dieser Seite der Insel deutlich einfacher. Lily hat sich eine neue Methode ausgedacht, bei der sie mehrere Palmwedel zwischen zwei Bambusstäben befestigt hat und wir im Wasser sitzen oder stehen, bis Fische in unser Netz schwimmen. Dann heben wir das Gebilde schnell an und die Fische sind darin gefangen.

Nachdem wir mehr als zwanzig handflächengroße Fische gefangen haben, nehme ich sie aus, schneide ihnen die Köpfe ab und wickle sie in Seetang, um sie zu räuchern. Während der Rauch seine Arbeit erledigt, pflücken wir Früchte, bis unsere Körbe voll sind, und sitzen danach in der Sonne und genießen einige der überreifen Mangos, die auf dem Heimweg sonst zerfallen würden. Sandflöhe zwicken mich in die Fußknöchel, als wir auf einem Baumstamm sitzen. Ich lasse den orangefarbenen Saft über mein Gesicht und meine Hände laufen. Das klebrige Fruchtfleisch bleibt mir zwischen den Zähnen hängen, und mir schießt durch den Kopf, dass ich noch nie etwas so Leckeres gegessen habe.

»Das schmeckt so gut«, sagt Lily mit vollem Mund und seufzt. Das Oberteil ihres zerschlissenen Tankinis ist voller Saftflecken, aber uns beiden ist so was inzwischen völlig egal. Nachdem sie ihre Mango ausgesaugt hat, wirft sie die Überreste ins

Meer. Sie steht auf, wischt sich die Hände an ihren nackten Oberschenkeln ab und läuft in Richtung Wasser. »Wer als Erster im Meer ist!«

»Das ist nicht fair, ich bin noch nicht fertig!«, brülle ich, stopfe mir das letzte Mangoviertel in den Mund und renne hinter ihr her. Sie strengt sich nicht wirklich an, dieses Rennen zu gewinnen, sodass ich sie problemlos einholen und hochheben kann. Wir stürzen uns in die Wellen, fallen zusammen ins Meer, und das Salzwasser dringt mir in Nase und Mund und vermischt sich mit dem süßen Mangosaft zu einem seltsamen Cocktail. Früher musste ich von Meerwasser immer würgen, aber inzwischen habe ich mich so daran gewöhnt, dass es fast schon beruhigend wirkt.

Lily taucht neben mir auf, und bevor sie ein Wort sagen kann, lege ich die Arme um sie und beuge mich zu ihr herunter, um sie zu küssen. Nach dem Salzwasser schmeckt ihr Mund süß, und ich ziehe sie an mich, schiebe die Finger unter den Saum ihres Oberteils und streichle ihr den Rücken. Als sie stöhnt und mir über Brust und Hüften streicht, frage ich mich, womit ich dieses Glück verdient habe.

# 25

## Lillian

*Gegenwart*

»Paul.« Lillian sprach den Namen fast ehrfürchtig aus. »Er war wunderschön.«

Über Genevieves Schulter konnte sie Jerry sehen, der mit vor der Brust verschränkten Armen dasaß, sodass die goldenen Manschettenknöpfe im künstlichen Licht glänzten. Warum hatte sie sich derart aufgeregt, als Jerry nicht runterkommen und sich das Interview anhören wollte? Es fiel ihr schon schwer genug, lügen zu müssen, wenn sie über den Flugzeugabsturz, Margaret und Kent sprach, aber diese Unwahrheiten waren nichts im Vergleich zu dem, was in ihr vorging, wenn sie daran dachte, wie viel sie in Bezug auf Paul zu verbergen hatte. Und jetzt musste sie auch noch darüber reden, während Jerry zusah.

»Sie wussten nichts von Paul, als sie auf der Insel gelandet sind, richtig?«, bohrte die Reporterin weiter.

»Nein, und es hat ein paar Wochen gedauert, bevor ich überhaupt etwas vermutet habe, vielleicht sogar noch länger. Ich glaube, Dave und Kent haben sogar schon früher etwas geahnt als ich.«

»Was ging Ihnen durch den Kopf, als Sie es gemerkt haben?«, wollte Genevieve Randall wissen und schob sich eine Haarsträhne aus dem Gesicht, damit die Kamera ihre »Wir-sind-so-gespannt-Miene« besser einfangen konnte.

»Ich wollte es zuerst nicht glauben und habe Angst bekommen. Erst, als ich es mit eigenen Augen sehen konnte, war ich wirklich davon überzeugt.«

»Warum haben Sie nicht direkt nach Ihrer Rettung allen von ihm erzählt? Es hat – wie lange? – eine Woche gedauert, bis Sie die Information an die Presse weitergegeben haben.«

»Die Presse.« Lillian zuckte bei diesem Wort zusammen. Warum glaubte die Presse, jede Einzelheit aus ihrem Leben erfahren zu dürfen? Jetzt klang es auf einmal verdächtig, dass sie mit den Reportern erst über Paul gesprochen hatte, nachdem sie aus ihrem halbkomatösen Zustand erwacht war? Die Ärzte hatten von Paul gewusst, Jerry und sogar Beth, aber nur, weil die Presse nichts davon erfahren hatte, war es auf einmal ein großes Thema.

»Nach allem, was man mir erzählt hat, wurde beschlossen, es geheim zu halten, bis alle Familienmitglieder darüber informiert waren«, erwiderte Lillian und zitierte dabei die Antwort, die sie vorbereitet hatte, während sie mit dem Zeigefinger über den lackierten Daumennagel strich. »Letzten Endes war das nicht meine Entscheidung. Ich war zu diesem Zeitpunkt nicht in der Verfassung, irgendetwas Wichtiges zu entscheiden.«

* * *

Das entsprach der Wahrheit. Sie konnte sich noch immer nicht richtig an die Rettung erinnern. Ihr fehlten fast fünf Tage. Das Letzte, was sie vor Augen hatte, war, wie sie im Unterschlupf gelegen hatte und sich wünschte, dass David sie nicht ständig wecken würde, indem er ihr Wasser auf die Lippen und ins

Gesicht träufelte. Sie wollte nur noch schlafen, und die Sonne tat ihr in den Augen weh.

Als sie das nächste Mal aufwachte, war es zuerst so ruhig und dunkel, dass sie schon befürchtete, lebendig begraben worden zu sein. Dann sah sie Dave, der auf einem braunen Stuhl mit hölzernen Armlehnen saß. Er trug ein pistazienfarbenes Krankenhausnachthemd, das wie Zeltplanen an seinem Körper herunterhing, und seine Augen waren rot umrandet, als ob er geweint hatte. Lillians Augen brannten ebenfalls, und als sie eine Hand hob, um sie zu reiben, spürte sie ein seltsames Ziehen auf der Haut. Sie konnte auch in der Dunkelheit problemlos die Schläuche erkennen, die in ihren Handrücken führten.

»David«, versuchte sie zu sagen, aber sie war heiser, und ihre Stimme klang irgendwie komisch. Ihre Kehle fühlte sich an, als wäre sie voller Sand. Dave drehte den Kopf, als sie ein Geräusch machte.

»Lily! Oh, mein Gott! Du bist wach.« Er schien sich das Gesicht abzuwischen, aber sie konnte es im Dunkeln nicht genau erkennen. Während sie verschwommen die Details des Raumes zur Kenntnis nahm, dämmerte es ihr auf einmal.

»Wasser«, hauchte sie, und Dave sprang auf und zog seinen Tropf hinter sich her. Er ging zu einem kleinen Tisch, der aus der Wand ragte, hob einen Plastikkrug an und goss so viel Wasser in einen winzigen Plastikbecher, dass es überfloss.

Mit zitternder Hand trug er den Becher zu ihr, sodass er auf dem glänzenden grauen Kachelboden eine Wasserspur hinter sich herzog. Er legte eine Hand an Lillians Hinterkopf und zog sie ein wenig nach vorn, damit sie trinken konnte. Das Wasser floss ihr durch die Kehle und schmeckte irgendwie metallisch, aber das störte sie nicht. Es war Wasser – sauberes, frisches Wasser.

Sie schluckte den letzten Tropfen herunter, testete erneut ihre Stimmbänder und räusperte sich mehrmals. Dave zog seinen Stuhl so nah an ihr Bett heran, wie es möglich war, setzte sich und schaute mehrfach etwas auf der anderen Seite des Raumes an, das Lillian nicht sehen konnte.

»Wo sind wir?«, flüsterte sie, als sie endlich glaubte, wieder sprechen zu können.

»In Guam. Wir sind schon seit drei Tagen hier.«

»Was? Ich meine, wie das?« Obwohl sie reden konnte, tat es weh, aber sie brauchten ja nicht so viele Worte zum Kommunizieren. Sie war davon überzeugt, dass er sie verstehen würde. Dave nahm Lillians schlaffe linke Hand und stieß die Luft aus.

»Du warst so krank. Als ich schon glaubte, ich würde dich verlieren, habe ich auf einmal etwas gehört. Ich lief zum Strand und ließ dich zum ersten Mal seit Tagen allein. Es war ein Hubschrauber. Wie sich herausgestellt hat, gehört unsere Insel einem italienischen Milliardär, der sie verkaufen will. Im Hubschrauber saßen ein Immobilienmakler und ein potenzieller Käufer. Er war schon dabei, zur anderen Seite der Insel zu fliegen. Ich lief über den Strand und sprang wie ein Irrer auf und ab. Zuerst haben sie mich gar nicht gesehen, aber dann bin ich zur Fischerbank gerannt und habe sie in Brand gesteckt. Das Holz war so alt und trocken, dass es sofort in Flammen aufgegangen ist.«

Lillian riss die Augen auf. Sie hatten so viele Nächte auf diesem Stamm gesessen und geredet, und dann waren da noch all die Erinnerungen an Paul, die mit diesem Holzstück in Verbindung standen. Als ihr klar wurde, dass es nicht nur zerstört, sondern sogar von David in Brand gesteckt worden war, begann die Hand, in der die Schläuche steckten, zu zittern.

»Ich weiß, ich weiß, ich hätte sie nicht verbrennen sollen, aber ich war so verzweifelt. Was hätte ich denn sonst tun können? Hätte ich dich sterben lassen sollen?« Ihm stiegen Tränen in die Augen, und die grünen Lichter ihrer Überwachungsmonitore reflektierten sich darin.

»Schsch.« Sie wollte ihn trösten, aber es fiel ihr so schwer, sich zu bewegen. Dave wischte sich mit der freien Hand das Gesicht ab.

»Nachdem sie mich gesehen hatten, waren sie auf einmal verschwunden. Ich dachte schon, ich hätte die Chance vertan und würde dich verlieren. Ich bin in den Unterschlupf gekrochen, habe mich neben dich gelegt und eine Hand auf dein Herz gedrückt, um mich zu vergewissern, dass es noch schlägt. Während ich deinen Herzschlag zählte, bin ich eingeschlafen. Gegen Mittag weckte mich der Hubschrauber, der über eine Leiter zwei Rettungskräfte auf der Insel abgesetzt hat. Sie haben nicht einmal gefragt, wer wir sind, sondern mir einfach eine Decke übergeworfen und angefangen, dich zu behandeln. Nur wenige Sekunden später lagst du auch schon auf einer Plastiktrage, wurdest angeschnallt und in den Hubschrauber verfrachtet. Mich haben sie als Nächstes reingezogen.«

Er rieb über die ausgebleichten Härchen an ihren Armen, und seine Schwielen scheuerten über ihre Haut. Sie waren gerettet worden. Irgendwann hatte sie akzeptiert, dass dieser Tag niemals kommen würde, aber jetzt war er da und sie hatte eine Heidenangst.

»Wissen sie es?« Das Reden fiel ihr immer leichter. Sie schluckte schwer und versuchte es noch einmal. »Wissen sie, wer wir sind?«

Dave schenkte ihr ein freudloses Lächeln. Erst da bemerkte sie, dass er keinen Bart mehr trug. Sein Gesicht war glatt rasiert, und seine Haut sah an den Stellen, an denen der Bart gewesen war, weiß aus. Es war seltsam, ihn so zu sehen, als wäre sie in der Zeit zurückversetzt worden zu dem Moment, in dem sie auf den Fidschi-Inseln das Flugzeug betreten hatten.

»Ich habe es ihnen im Hubschrauber gesagt. Sie waren sehr überrascht. Ich wünschte, du hättest ihre Gesichter sehen können.« Sein Lächeln war auch ohne Bart dasselbe, aber er hatte ein Grübchen auf der Wange, das ihr zuvor noch nie aufgefallen war. »Vermutlich sind wir irgendwie berühmt oder so. Nachdem das Flugzeug abgestürzt war, haben jede Zeitung und jeder Fernsehsender in den USA darüber berichtet, und jetzt wollen alle mit uns reden.« Er schob ihr eine lange Haarsträhne hinter das Ohr. Es fühlte sich so natürlich an, an diesem neuen Ort aber auch irgendwie falsch.

»Unsere Familien … Hast du schon mit jemandem geredet?« Ihre Söhne, sie würde sie wiedersehen. Dann dachte sie an Jerry und daran, wie viel sie ihm zu sagen hatte. Sie war noch nicht so weit, dass sie den Schmerz in seinem Gesicht würde ertragen können, wenn sie ihm von Margarets Tod erzählte und von dem, was mit Kent passiert war. Aber sie würde ihm alles darüber sagen müssen, was mit David geschehen war – und mit Paul.

»Beth und Jerry sind hier. Sie sind einen Tag nach unserer Rettung angekommen. Jerry ist nicht von deiner Seite gewichen. Heute habe ich dich zum ersten Mal alleine erwischt. Ich glaube, die Schwestern haben ihn gezwungen, sich hinzulegen, damit er nicht völlig durchdreht.« Er sah erneut zur Wand hinüber, und Lillian begriff, dass dort eine Uhr hing. David machte sich Sorgen, dass Jerry bald zurückkommen könnte.

»Wie geht es Beth?«, fragte Lillian und vermied das Thema Jerry sowie den ganzen Ballast, den es mit sich brachte.

»Ach, sie scheint mehr oder weniger die Alte zu sein. Sie schläft gerade in einem Beistellbett in meinem Zimmer.« In seinen Augen stand eine deutlich erkennbare Sehnsucht. »Ich habe ihnen nichts über uns oder über Paul gesagt, weil ich mir dachte, dass du das nicht möchtest.«

Auf einmal war der Druck auf ihrer Brust verschwunden. »Danke.«

Dave sah ihre Tränen, ließ ihre Hand los und lehnte sich auf seinem Stuhl zurück. Er wartete schweigend, während der

Herzmonitor im Hintergrund gnadenlos piepte und sie sich das Gesicht mit einem Taschentuch abwischte.

»Wir werden es ihnen nicht erzählen, oder?«, fragte er mit hörbar eisiger Stimme.

»Denkst du, wir sollten es tun?«, erwiderte sie ungläubig. »Möchtest du Beth wirklich von uns oder von Kent erzählen?«

»Ich werde niemandem jemals die Wahrheit über Kent sagen«, erklärte er, und die Kälte verschwand teilweise aus seiner Stimme. »Das habe ich dir versprochen, und so werde ich es auch halten. Aber denk doch mal darüber nach, Lily. Sie werden es so oder so herausfinden. Wenn sie Margarets Leiche ausgraben, werden sie auch Paul entdecken, und was sagen wir dann?« Dave fummelte an der abgewetzten Armlehne herum, und Lillian ließ den Kopf gegen den geschwungenen Metallrahmen des Bettes sinken.

»Ich werde ihnen von Paul erzählen«, flüsterte sie, starrte eine Stelle an der Wand an und kaute auf ihrer trockenen Unterlippe herum.

»Aber nicht von uns? Willst du das damit sagen?« Seine Fingernägel klapperten auf der Armlehne, und immer wieder verspannten sich seine Kiefermuskeln, was man unter der dünnen, glatten, haarlosen Haut deutlich erkennen konnte.

»Das dürfte für alle das Beste sein. Anscheinend haben Beth und Jerry auf uns gewartet. Wie sollen wir ihnen denn beibringen, was wir getan haben?«

»Aber ich dachte, wir lieben uns.« Anscheinend hatte er seinen Versuch, cool zu bleiben, aufgegeben. Er zog den Stuhl so nah an ihr Bett heran, dass er die Knie gegen den Bettrahmen presste. »Ich dachte, bevor das mit Paul passiert ist, wären wir zusammen glücklich gewesen.« Als er ihre Hand an seine glatt rasierte Wange legte, fühlte sich seine Haut wie Seide an und Lillian verspürte kurz den Wunsch, ihn dort zu küssen. Als er weitersprach, klang er verzweifelt. »Du hast mir doch nicht die ganze Zeit was vorgespielt, oder? Du hast mich geliebt, da bin ich mir ganz sicher.« Ihre Wangen wurden unter der gebräunten Haut puterrot. Es fiel Lillian schwer, ihn so aufgebracht zu sehen.

»Das habe ich auch nicht, David. Ich liebe dich noch immer.« Dave lächelte und küsste ihre Handfläche. Ihre Kehle war wie zugeschnürt, aber sie wusste, was sie zu sagen hatte. »Du wirst mir immer am Herzen liegen, aber wir wissen doch beide, dass wir nicht länger zusammen sein können.« Er erstarrte, sah sie über ihre Hand hinweg an und lockerte seinen Griff.

»Verstehe. Du wirst nach Hause fahren und heile Familie spielen. Du glaubst, dass dadurch dieses Loch in dir, das durch Pauls Verlust entstanden ist, wieder gestopft wird«, meinte er kopfschüttelnd. »Aber ich kann dir versichern, dass du unter diesem Dach nicht die Antwort auf deine Gebete finden wirst. Du wirst allen die ganze Zeit etwas vorspielen und immer daran denken, dass das einzig Wahre, das du je gehabt hast, auf dieser Insel und mit mir stattgefunden hat.«

Sie wich vor ihm zurück. »Du verstehst das nicht. Du hast keine Kinder. Für mich ist alles anders. Ich kann sie nicht einfach verlassen, wo sie mich doch gerade zurückbekommen haben. Ich muss es versuchen, zumindest um ihretwillen.« Nach und nach drang die Realität zu ihr vor und verwandelte ihre farbenfrohen Inselträume in verblichene Schwarz-Weiß-Fotos.

»Das ist nicht fair.« Er verschränkte die Arme und kippelte mit dem Stuhl nach hinten, wobei die hinteren Beine knarrten. »Auch wenn ich keine Ahnung habe, wie es ist, Kinder zu haben, so weiß ich doch, wie es ist, ein Kind zu verlieren, und das wird dir bei deinen Kindern nicht passieren. Du bist für sie von den Toten auferstanden, und sie werden schon allein aus dem Grund aus dem Häuschen sein.«

»Ich kann Jerry nicht einfach rauswerfen und die zehn, nein, es sind jetzt fast zwölf Jahre, die wir verheiratet sind, einfach vergessen. Nicht wegen etwas, das auf der anderen Seite der Welt passiert ist! So leicht werde ich meine Familie nicht aufgeben.«

Dave rieb sich den Nasenrücken und schüttelte den Kopf. »Ich kann es nicht fassen, dass du das tust, Lily. Ich hätte nie gedacht, dass du mich im Stich lassen würdest. Was ist, wenn du ihm die Wahrheit sagst und er dich nicht mehr will? Kommst du dann wieder angelaufen?« Er starrte sie wütend an und hatte die Hände aneinandergelegt, als würde er beten.

»Ich werde es ihm nicht sagen«, entgegnete sie schlicht. Sie hatte eine Entscheidung getroffen, und zwar schon vor langer Zeit. Nur auf diese Weise hatte sie mit David auf der Insel zusammen sein können, ohne das Gefühl zu haben, Jerry und ihre Kinder zu betrügen. Sie hatte sich die ganze Zeit gesagt, wenn es so weit käme, würde sie sich für ihre Familie entscheiden.

»Wie bitte?« Er ließ den Stuhl lautstark wieder auf alle vier Beine fallen, und Lillian kam es so vor, als hätte sein zerbrechendes Herz dieses Geräusch erzeugt. »Du wirst es ihm nicht sagen? Wie soll das denn funktionieren?«

»Wir werden uns eine Geschichte ausdenken, und zwar eine richtig gute, und dann werden wir sie stattdessen erzählen.«

»Warum in aller Welt sollte ich das tun?« Dave lachte auf. Er wurde immer lauter, und Lillian war besorgt, dass bald eine Krankenschwester kommen und nach ihnen sehen würde.

»Ich hatte gehofft, dass du es tun würdest, weil dir etwas an mir liegt. Weil du mich liebst.«

Er saß ganz still da. Lillian wusste nicht, ob das etwas Gutes oder etwas Schlechtes war, dass er ihre Bitte nicht rundheraus abschmetterte. Er musste sie doch verstehen. Diese Entscheidung fiel ihr mehr als schwer, aber sie durfte nicht nur an sich denken. So gern sie auch auf die andere Bettseite gerutscht wäre, um David die Arme um die harte, schlanke Taille zu schlingen und ihm den Nacken an der Stelle direkt neben dem Schlüsselbein zu küssen, konnte sie es einfach nicht tun. Auf der Insel war es ihr nicht wie Betrug vorgekommen, doch hier in der realen Welt, die wie eine Falle plötzlich über ihr zugeschnappt war, und in diesem Krankenhausbett tat es das durchaus.

»Gut, wenn du darauf bestehst, dann mache ich es«, knurrte er. »Ich werde lügen, aber du musst mir versprechen, dass du über das nachdenken wirst, was wir haben … oder hatten, wenn mit Jerry nicht alles so läuft, wie du dir das erhoffst. Ich weiß, dass wir zusammen glücklich werden können. Davon bin ich überzeugt.« Er klang so sicher, und eine Sekunde lang konnte sie ihre gemeinsame Zukunft in seinen Augen sehen. Wie sie Hand in Hand in Kalifornien am Strand entlanggingen, während die Jungs im Meer tobten und ein blonder Kopf mit winzigen Pferdeschwänzen auf Daves Schultern auf und ab wippte. Dann blinzelte er und Lillian wusste, dass es nur ein Traum gewesen war.

»Ich verspreche es dir, David. Das hier ist kein Lebwohl. Wir haben zusammen zu viel durchgemacht, um ab jetzt getrennte Wege zu gehen. Außerdem müssen wir unsere Geschichten aufeinander abstimmen. Wenn wir so berühmt sind, wie es die Rettungskräfte behauptet haben, dann wird man versuchen, uns alle Geheimnisse zu entlocken, um sie der ganzen Welt mitzuteilen. Das müssen wir verhindern.«

Dave nickte, ohne dass sich sein Gesichtsausdruck veränderte. Er rutschte von Lillians Bett weg, sodass die Stuhlbeine über den Boden kratzten. Die folgenden zwanzig Minuten fühlten sich eher an wie eine Geschäftsbesprechung: Dave und Lillian überlegten, welche Geschichten und Lügen sie für den Rest ihres Lebens erzählen wollten.

* * *

Fast neun Monate später erzählten sie sie noch immer. Auch jetzt kam Lillian Pauls Geschichte reibungslos über die Lippen. Sie lobte sich innerlich, dass es so gut funktionierte.

»Wie lange war Paul bei Ihnen?« Genevieve war jetzt richtig in Fahrt. Man konnte es ihr ansehen, dass sie die ganze Zeit darauf gewartet hatte, dieses Thema anschneiden zu können. Alle liebten Paul, auch wenn Dave und Lillian die einzigen Menschen waren, die ihn je kennengelernt hatten. Normalerweise schmerzte es Lillian, über ihre Zeit mit Paul und über seinen Tod zu sprechen, aber heute fühlte es sich gut an. Manchmal kam es ihr beinahe so vor, als hätte er nie existiert. Daher wurden ihre Gefühle für ihn stets aufs Neue wiederbelebt, wenn sie über ihn sprach, erst recht nach so langer Zeit.

»Drei kurze, aber wundervolle Monate.« Lillian seufzte.

»Wann wussten Sie Bescheid?« Genevieve zog einen Mundwinkel hoch, und Lillian hatte den Eindruck, dass sie zur Abwechslung mal wirklich an ihrer Antwort interessiert war.

»Ich war am Strand und habe eine grüne Banane gegessen …«

# 26

## Lily – Tag 301

*Die Insel*

Ich mag keine grünen Bananen. Sie schmecken nach Gras und bilden beim Kauen komische Klumpen. Normalerweise werfe ich sie vorher für ein paar Minuten ins Feuer, bis die Haut angesengt und das Innere so weich geworden ist, dass ich es herunterbekomme. Aber an diesem Morgen ist das Feuer zu weit runtergebrannt und ich habe zu großen Hunger, um zu warten.

Manchmal vergesse ich, wie gut Essen schmecken kann. Schokolade, Steak, Donuts, Pizza, frische grüne Bohnen, Hamburger, Eis – all die Dinge, die ich möglicherweise nie wieder essen werde. Die Worte »lecker« und »köstlich« kommen mir so pragmatisch und belanglos vor, wenn ich bedenke, wie sehr ich es vermisse, all das zu essen anstatt immer nur Fisch, Ratten, Schnecken und Früchte in diversen Reifezuständen.

Ich schiebe mir das letzte Stück Banane in den Mund und habe noch immer einen Riesenhunger. Erdnussbutter, ja, die würde richtig gut schmecken auf dieser armseligen Banane. Ich werfe die Schale in die glühende Asche, gehe zu unserem Holzstapel und nehme von unten einige trockene Scheite heraus. Das Feuer soll möglichst heiß brennen, damit die Fische schnell braten, die David mit zurückbringen wird. Hoffentlich hat er Glück und fängt einen Fisch, an dem ordentlich was dran ist. Wir müssen bald wieder einen Ausflug zum Bizarro Beach machen, weil ich die kleinen Fische, die nach Seetang schmecken, leid bin.

Sobald das Feuer wieder lodert, trete ich zurück, während mir der Schweiß das Gesicht herunterläuft. Die Banane ist mir nicht gut bekommen. Eigentlich wollte ich heute Morgen weben, aber die Hitze und die Übelkeit bewirken, dass ich sehnsüchtig zum Meer hinüberblicke. Ein kurzes Bad kann doch nicht schaden, oder?

David mag es nicht, wenn ich allein schwimmen gehe. Auch wenn die Geschichte über Kents Tod eine Lüge ist, haben wir sie so oft geübt, dass es mir tatsächlich so vorkommt, als wäre er auf mysteriöse Weise ertrunken. Ich glaube, David ist außerdem auf lächerliche Weise besorgt, dass die Haie, seitdem sie Menschenblut gekostet haben, uns gegenüber aggressiv werden könnten. Ich habe ihn damit aufgezogen, dass er wohl zu viele Filme gesehen hat.

Ich nehme mir die Zeit, meine Shorts auszuziehen und das Shirt in den Unterschlupf zu werfen, damit ich später nicht frieren muss. Heute habe ich ohnehin mein Badezeug angezogen, das mir langsam wieder besser passt. In den Wochen nach Kents Tod hatte ich so viel abgenommen, dass meine Hüftknochen unter meiner Haut zu sehen waren. Jetzt bin ich viel glücklicher.

Während ich den Saum meines Oberteils mit den Händen festhalte, mache ich mich auf in die Fluten. Heute tauche ich nicht ins Wasser, sondern lasse mich langsam hineinsinken, bis es mir bis zu den Achseln reicht, und muss an David denken.

Nachdem uns klar geworden ist, dass wir einander lieben, war unsere Beziehung anfänglich sehr intensiv. Viele lange Nächte waren mit einer Leidenschaft erfüllt, wie ich sie nie zuvor erlebt hatte. Es ist ja nun nicht so, als wäre ich ein unschuldiges Schulmädchen, aber ob es nun an der zwischen uns aufgestauten Anspannung lag oder unsere Chemie einfach nur unglaublich kompatibel ist – wir wissen unsere freie Zeit jetzt gut zu nutzen, wenn Sie verstehen, was ich meine.

Ich lasse mich im Wasser treiben, was sich wegen des hohen Salzgehalts anfühlt, als würde ich fliegen. Dieses zufriedene Gefühl, das ich erst seit Kurzem kenne, erfüllt mich. Eine ganze Minute lang vergesse ich, wie hungrig ich bin und dass meine Kinder eine halbe Ewigkeit entfernt ohne mich klarkommen müssen.

Am meisten überrascht mich, dass ich in Bezug auf meine Beziehung zu David keine Schuldgefühle habe. Sie verläuft so problemlos und beruht ganz eindeutig auf mehr als nur körperlicher Anziehung. Dies ist keine leidenschaftliche Affäre, die nach einem kurzen Auflodern erlischt, es ist eher wie eine Ehe – unsere Liebe entwickelt sich mit der Zeit zu etwas Tieferem, Bedeutungsvollerem.

Manchmal glaube ich, dass es noch etwas Größeres als die Ehe ist. Ich habe noch nie jeden Augenblick eines Tages mit Jerry zusammen verbracht, zumindest keine zehn Monate am Stück. In St. Louis hat es Tage gegeben, an denen Jerry nach einem langen Urlaub zu Hause morgens das Haus verlassen hat, um wieder zur Arbeit zu gehen, und ich erst einmal erleichtert aufgeatmet habe. Ich denke, die meisten Ehefrauen und Ehemänner würden es zugeben, dass sie sich manchmal nach einer Pause von ihrem Partner sehnen, aber bei David habe ich mir das noch nie gewünscht. Vielmehr vermisse ich ihn meist schon, kaum dass er weggegangen ist.

Er ist jetzt seit einer Stunde fort, und das macht mir Sorgen. Seit Kents Überfall habe ich immer das Gefühl, beobachtet zu werden, wenn ich allein bin. Natürlich ist das unlogisch, aber nach dem, was er mir angetan hat, bin ich froh, dass diese Angst meine einzige psychische Narbe ist.

Herrje, ich muss zurück zum Strand und mich abtrocknen, bevor David nach Hause kommt und durchdreht. Ich drehe mich auf den Bauch und schwimme gemächlich zurück zum Ufer. Als ich auf dem Strand stehe, läuft das Wasser an mir herunter und ich sehne mich nach einem unserer riesigen Strandtücher von zu Hause. Ich bewahre sie immer im untersten Fach des Flurschranks auf. Sie waren weicher als manche Decken und rochen immer ein wenig nach Chlor, auch wenn ich sie noch so oft gewaschen habe. Stattdessen wringe ich meine Haare aus und …

Oh! Mein Magen macht einen Satz, als hätte mich jemand getreten. Obwohl ich noch nass bin, lasse ich mich auf die Knie fallen, während sich mein Innerstes ganz komisch anfühlt, als würde sich eine Boa constrictor durch meine Eingeweide schlängeln. Das ist nicht nur eine schlechte Banane. Das ist … Ich habe keine Ahnung, was das ist.

»Lily!« Ich höre David, bevor ich ihn sehe. »Was ist los? Bist du verletzt?« Er eilt an meine Seite und rutscht auf den Knien durch den Sand, der mich von oben bis unten bespritzt.

»Ich weiß es nicht. Mir geht es nicht so gut. Irgendwas stimmt nicht.« Ich lege die Hände auf den Bauch, halte ihn fest und versuche, dieses ungute Gefühl verschwinden zu lassen.

David zieht mich an einem Arm hoch. »Lass uns in den Schatten gehen.«

»Ich hatte in letzter Zeit ständig Hunger und habe wie eine Verrückte Zeug in mich reingestopft. Vielleicht habe ich nicht gut genug aufgepasst.« Wir sind immer sehr gewissenhaft bei dem, was wir essen, da uns durchaus klar ist, dass man hier draußen nicht nur an Hai- und Schlangenbissen sterben kann. Vielleicht habe ich einen Fisch nicht lange genug gebraten und mir irgendetwas eingefangen.

»Glaubst du, es ist ein Parasit?« David zieht die Augenbrauen zusammen, sodass sich mitten auf seiner Stirn drei

Falten bilden. Ich versuche, sie glatt zu streichen, als er mich im Unterschlupf auf die Bambusmatte legt.

»Lass uns keine voreiligen Schlüsse ziehen, Liebes. Es könnten auch Blähungen sein, auch wenn das ein peinliches Thema ist.«

David reibt die Hände aneinander, um den Sand loszuwerden. »Ich werde dich mal untersuchen. Tu einfach so, als wüsste ich, was ich mache.«

Er lächelt mich ernst wie ein Arzt an und tastet meinen Bauch ab. Als er mich an der Seite berührt, muss ich unwillkürlich kichern. Er weiß, dass ich dort unglaublich kitzlig bin, und hält sich an der Stelle etwas länger auf als nötig, dieser unbelehrbare Frechdachs. Dann arbeitet er sich zu meinem Bauchnabel weiter, und auf einmal wird sein Gesicht ernst. Er beugt sich vor, als könne er mit seinem Röntgenblick durch meine Haut sehen. Dann passiert es wieder, irgendetwas zuckt in mir, und er zieht seine Hand weg und reißt den Mund auf.

»Oh Mann, das habe ich gespürt.« Er reißt die Hände hoch und schnippt mit einem Daumennagel gegen seinen Schneidezahn, wie er es immer tut, wenn er nachdenkt. »Ich weiß nicht, was ich tun soll. Würde sich ein Parasit so bewegen? Wie werden wir ihn wieder los?«

»Kommen die nicht von selbst wieder raus? Ich glaube, ich habe irgendwo mal gehört, dass man sie aushungern kann, aber das kommt für uns ja wohl nicht infrage. Wir sollten dich auch untersuchen, wir haben ja immer dasselbe gegessen. Fühlst du dich irgendwie anders? Bist du müde? Ist dir übel? Hast du öfter Hunger? Ist dein Bauch angeschwollen?«, frage ich und finde es irgendwie witzig, dass diese Symptome auf so viele medizinische Diagnosen zutreffen: Anämie, Diabetes, Schwangerschaft … Schwangerschaft!

»Nein«, antwortet David nachdenklich. »Ich wüsste nicht, dass ich mich in letzter Zeit irgendwie anders gefühlt hätte.

Ehrlich gesagt geht es mir blendend, aber ich dachte, das hätte eher etwas mit dir zu tun.« Er scheint meinen Gesichtsausdruck bemerkt zu haben, sein Lächeln verblasst. »Was ist? Spürst du es wieder? Hast du Schmerzen?«

»Nein, es tut nicht weh«, antworte ich und zögere die Sache ein wenig hinaus, während ich nachdenke. Kein Wunder, dass mir das alles so vertraut vorgekommen ist, die Übelkeit, die Gewichtszunahme, die seltsamen Bewegungen in meinem Bauch. Wie konnte ich nur so dumm sein? Ich setze mich auf, nehme seine Hand und lege sie direkt über meinem Bauchnabel auf meinen Bauch. »David«, sage ich langsam und in dem Wissen, dass sich alles verändern wird, wenn ich richtig liege. »Ich glaube, ich bin schwanger.«

Er zieht die Hand weg, und zwar grob, viel gröber, als ich es von ihm gewohnt bin. Seine Miene ist nicht nur schockiert, nein, er sieht tatsächlich wütend aus.

»Das ist nicht witzig«, stößt er zwischen zusammengebissenen Zähnen hervor. »Darüber macht man keine Witze. Ein Parasit ist eine ernste Sache, bei der ich dir nicht helfen kann.«

»Ich mache keine Witze. Ich habe das alles schon mal erlebt. Eigentlich hätte es mir früher auffallen müssen, aber ich bekomme meine Tage hier nur unregelmäßig, was vermutlich an dem starken Gewichtsverlust liegt. Aber seitdem wir zusammen sind, habe ich ein paar Kilo zugenommen. Das muss den Zyklus wieder in Gang gebracht haben.« Ich nehme seine Hand und verschränke die Finger mit seinen, anstatt sie wieder auf meinen Bauch zu legen.

»Aber du hast gesagt, es könnte nichts passieren, weil du eine Spirale hast.« Die Worte purzeln nur so aus seinem Mund.

»Eigentlich sollte es so sein. Es hat auch fünf Jahre lang gut funktioniert. Ich habe mir einen Monat vor der Reise eine neue einsetzen lassen, eine andere als vorher, aber die sollte eigentlich genauso gut schützen.« Ich sollte mich eigentlich nicht verteidigen müssen, als hätte ich in Bezug auf die Verhütung gelogen. »Der Arzt sagte, es könnte einige Nebenwirkungen geben, aber ich wusste nicht, dass schwanger werden auch dazugehört.«

David dreht beinahe durch. Der David, der bei einem mörderischen Psychopathen ganz cool geblieben ist, kann jetzt kaum noch an sich halten, weil in mir ein winziger Mensch heranwächst. Aber ich werde auch langsam nervös, als mir die Konsequenzen meiner Selbstdiagnose bewusst werden. Ein Baby? Hier? Was sollen wir denn jetzt machen?

»Was habe ich nur getan?«, murmelt David. Er entzieht mir seine Hand und legt sie auf seinen Mund, als müsse er sich übergeben. »Es tut mir so unglaublich leid, Lily.«

»Du musst dich nicht entschuldigen«, stelle ich klar und werde immer gereizter. »Wir haben das zusammen getan und konnten nicht ahnen, dass das passiert.«

»Aber es ist so gefährlich. Du könntest … Du könntest …« Er kann seinen Satz nicht zu Ende bringen.

»Frauen kriegen schon seit Abertausenden von Jahren Kinder. Auf diesem Planeten wurden mehr Babys außerhalb eines Krankenhauses geboren als darin. Außerdem …« Ich gebe mir die größte Mühe, ruhig zu bleiben. »Außerdem habe ich das schon zweimal gemacht, und da hat es ja auch immer ganz wunderbar geklappt, oder?«

David hat sich in die hinterste Ecke des Unterschlupfes zurückgezogen, als könnten die letzten fünf Monate, die wir zusammen verbracht haben, durch die Distanz rückgängig gemacht werden. Er sackt in sich zusammen und zieht die Knie an seine Brust.

»Glaubst du wirklich, dass alles gut werden könnte?«, fragt er, und seine Stimme zittert – entweder aus Hoffnung oder vor Angst. »Denkst du, du kannst hier ein Baby auf die Welt bringen und das überleben?«

Ich bin mir nicht sicher, ob er meine ehrliche Meinung hören will, darum sage ich ihm lieber, was ihn beruhigen wird und was ich gern glauben möchte. »Ja, David, das tue ich. Das bedeutet, dass du Vater wirst.«

»Vater«, flüstert er, als würde er dieses Wort genießen. »Aber was ist …«

»Daran wollen wir jetzt nicht denken«, falle ich ihm ins Wort. Ich will keine Liste an Dingen durchgehen, die bei dieser Schwangerschaft alle schieflaufen können. »Ich muss wenigstens im vierten Monat sein, vielleicht schon fast im fünften. Uns bleiben also noch einige Monate, in denen wir planen können. Lass uns einfach so tun, als wäre alles bestens und du hättest gerade herausgefunden, dass du Vater wirst.«

»Entschuldige, Lily«, sagt er etwas lauter. »Ich wollte dich nicht so anschnauzen. Das klang ja beinahe so, als wollte ich kein Kind mit dir bekommen. Wenn wir zu Hause wären, wenn alles sicher wäre, dann gäbe es nichts, worüber ich mich mehr freuen würde.« Ich kann förmlich sehen, wie er seine Vaterrolle akzeptiert. Er setzt sich aufrecht hin und rückt entschlossen die Beine nebeneinander. »Wir werden es schaffen. Ich werde tun, was ich kann, um für dich und das Baby zu sorgen. Unser Baby.«

»Dann solltest du als Erstes herkommen und mich küssen.« Ich strecke eine Hand aus, ich muss ihn berühren. Er beruhigt mich, und im Moment rasen mein Herz und meine Gedanken.

»Das kriege ich hin.« David läuft auf mich zu. Als er sich über mich beugt, um mich zu küssen, legt er seine rechte Hand auf meine Wange, als wäre sie das Kostbarste auf der Welt, und die linke auf meinen Bauch. Ich bin beeindruckt, wie leicht es ihm fällt, dieses ungeborene Kind zu lieben. Dabei kann ich es selbst noch nicht richtig fassen, obwohl der Fötus in meinem Körper heranwächst. Ein Baby. Ich hatte immer ein drittes

Kind gewollt und versucht, Jerry davon zu überzeugen, aber er war dagegen. Er sagte, eine Familie aus vier Personen wäre optimal, wenn man in den Urlaub fährt oder essen geht. Mir haben seine Gründe nie ganz eingeleuchtet, aber ich hätte nie geglaubt, dass sich mein Wunsch auf diese Weise erfüllt. Es ist nicht Jerrys Baby.

Ich versuche, meine Sorgen zu vergessen, als mich David liebevoll umarmt und zärtlich küsst. Meine Lippen erwidern seinen Kuss automatisch. Aber dieses Mal regt sich kein Verlangen in mir, sondern Furcht. Ich konzentriere mich auf David und versuche, mich nicht von der Spirale aus Zweifeln in die Tiefe reißen zu lassen.

# 27

## Dave

*Gegenwart*

»Wir waren seit ein paar Monaten auf der Insel. Es war kurz nach Neujahr, wenn ich mich recht erinnere, als sie es herausgefunden hat.« Dave fühlte sich stark, nachdem er in der Pause mit Beth und dem Baby gesprochen hatte. Die Tritte hatten ihn an Paul erinnert, aber auf angenehme Weise.

Anders als das Gespräch mit Genevieve. Sie brachte ihn dazu, sich auf eine sehr schmerzhafte Weise zu erinnern, wie er sie seinem schlimmsten Feind nicht gewünscht hätte. Jedes Mal, wenn sie Pauls Namen aussprach, sah Dave sein Gesicht vor sich, sein süßes winziges Gesicht. Das Gesicht, das er nie wiedersehen würde. In diesem Punkt hatte er versagt.

»Als sie es Ihnen und Kent erzählt hat, was haben Sie da gedacht? Wie haben Sie reagiert?« Genevieve beugte sich vor und zerknitterte ihre Notizen zwischen ihren Beinen und ihrem flachen Bauch. Anscheinend brauchte sie ihre Karteikarten für diesen Teil des Interviews nicht.

»Wir waren natürlich schockiert und hatten Angst um sie. Kent war anfangs stinksauer – schließlich gab es noch ein weiteres Maul zu stopfen –, aber als ihr Bauch immer dicker wurde und der kleine Paul mit Tritten und Bewegungen auf sich aufmerksam machte, ist auch er weich geworden.«

»Wie ist es Lillian während der Schwangerschaft auf der Insel ergangen?«

»Es war ziemlich schwierig, wie Sie sich vorstellen können. Wir haben unglaublich hart gearbeitet, damit sie genug Essen und Wasser bekam, aber es war unmöglich, genug Kalorien für sie und das Baby zu beschaffen. Sie hat Gewicht verloren, sehr viel Gewicht, sollte ich wohl sagen. Wir haben alle nach dem Absturz stark abgenommen, aber je dicker ihr Bauch wurde, desto dünner wurde der Rest von ihr.«

Es war Dave so schwergefallen, das mit anzusehen. Bis zum heutigen Tag hatte Lillian keine Ahnung, wie ausgemergelt sie gewesen war, während dieser kleine Junge in ihr heranwuchs. Zum Glück hatten sie keinen Spiegel besessen. Aber Dave konnte sich nur zu gut daran erinnern.

* * *

Als er sie das letzte Mal während des Carlton-Dinners mit ihrer Freundin – oder sollte er besser sagen: ihrer Leibwächterin – gesehen hatte, war sie immer noch sehr dünn gewesen. Er hatte die beiden am Flughafen abgeholt und direkt vor der Sicherheitsabfertigung gewartet.

Irgendjemand musste der Presse einen Tipp gegeben haben, da mehrere Kameras auf ihn gerichtet waren. Nach den drei Monaten, die er jetzt wieder zu Hause war, hatte sich Dave inzwischen an die Kameras gewöhnt. Er versuchte, sie vor seinem Haus und dem Fitnessstudio zu ignorieren. Aber hier am Flughafen, als er Lily hinter dem Absperrband sah, waren die Kameras der einzige Grund dafür, dass er nicht losrannte und sie in seine schmerzhaft leeren Arme nahm. Stattdessen wartete er.

Er zählte die lautlosen Schritte von dem Moment, in dem sie um die Ecke kam, bis zu dem Augenblick, in dem sie ihn bemerkte. Würde die Freude darüber, ihn zu sehen, offensichtlich sein oder würde sie sich kaum spürbar zeigen? Aber eine große Sonnenbrille verdeckte ihre Augen, in denen man viel zu leicht lesen konnte, und ihr Gesicht blieb leer und emotionslos.

Dave redete sich ein, dass sie ihn nicht gesehen hatte und dass ihr Lächeln aufblitzen würde, sobald sie sein Gesicht durch die getönte Glasscheibe entdeckte, aber das tat es nicht. Ihm wurde das Herz schwer, als sie wie ein Zombie am Arm der großen Rothaarigen auf ihn zukam. Lilys Freundin war drahtig und voller Leben und bildete einen traurigen Kontrast zu der eingefallenen und schlaffen Lily. Das machte Dave wütend. Er hätte die beiden am liebsten voneinander getrennt, ihr die Sonnenbrille heruntergerissen und sie gefragt, wer für diese Traurigkeit verantwortlich war, die sie wie einen Schleier hinter sich herzog. Aber er schüttelte Jill nur wie betäubt die Hand.

»Freut mich, Sie kennenzulernen, Dave. Ich bin Jill Spears.« Der Handschlag war kurz, und sie zog ihre Hand rasch zurück.

Dave nickte. »Ich habe schon viel von Ihnen gehört. Schön, dass wir uns endlich mal persönlich treffen.« Er sagte, was von ihm erwartet wurde, wandte den Blick aber nicht von Lillians erschlafftem Gesicht ab.

»Ja, geht mir genauso.« Sie versuchte nicht einmal, ihn anzulächeln, und rückte nur den Riemen der Reisetasche auf ihrer Schulter zurecht. »Hören Sie, Lillian geht es nicht besonders gut. Ihr Arzt hat ihr für den Flug ein paar Medikamente verschrieben, deren Wirkung noch anhält.« Sie warf einen kurzen Blick zu den wartenden Kameraleuten. »Ich finde, wir sollten schnellstmöglich zum Wagen gehen. Wir haben kein Gepäck außer diesen beiden Taschen dabei.«

»In Ordnung. Warum geben Sie mir nicht Ihre Taschen?« Er wollte ihr schon den Trolley aus der Hand und die schwere Reisetasche von der Schulter nehmen, als sich Lily vorbeugte.

»Nehmen Sie lieber Lily, und zwar schnell«, flüsterte sie. »Ihr wird so schnell schwindlig.« Sie reichte ihm Lillians Arm, der wie ein nasses Handtuch herabsank. Dave wäre vor Schreck beinahe umgefallen, als er das Gewicht spürte.

»Wir müssen hier lang.« Dave führte Lillian zwischen den klickenden Kameras hindurch und lächelte und winkte die ganze Zeit. Dann ging es weiter in die Parkgarage, in der sein Wagen stand.

Er geleitete Lily dorthin. Nein, das war nicht Lily. Diese Frau in dem grauen Baumwoll-T-Shirt und der Jeans mit den weiten Beinen hatte nicht die geringste Ähnlichkeit mit *seiner* Lily. Diese Frau musste die Lillian sein, von der er so viel gehört hatte.

Während Jill von den Kindern und zu Hause erzählte, dankte Dave dem Universum dafür, dass Jerry nicht mitgekommen war. Es wäre ihm unmöglich gewesen, dem Mann in die Augen zu sehen und die Anschuldigungen, die ihm jetzt durch den Kopf schossen, für sich zu behalten. Stattdessen nickte er bei Jills Geschichten und lächelte an den Stellen, an denen er das tun sollte, bis er Lillian auf den Rücksitz verfrachtet, sie angeschnallt und den Motor angelassen hatte.

»Und jetzt verraten Sie mir doch mal, wie es ihr wirklich geht«, verlangte Dave zu erfahren, fädelte sich in den Rush-hour-Verkehr von L. A. ein und sah zum dritten Mal über die Schulter, um sicherzugehen, dass Lillian noch immer auf dem Rücksitz schlief. Jill hob einen Arm in die Luft, und die silbernen Armreifen rutschten ihr klimpernd bis zum Ellbogen.

»Soll ich ehrlich sein?« Jill presste nervös die Lippen aufeinander. »Gar nicht gut. Verstehen Sie mich nicht falsch, sie ist natürlich überglücklich, dass sie wieder bei ihrer Familie ist, aber bei ihr hat sich einiges verändert.«

»Sie hat eine Menge durchgemacht«, flüsterte er. Die Erinnerung an das, was sie beide zusammen erlebt und erlitten hatten, begleitete ihn wie ein dumpfer Zahnschmerz.

»Ja, aber ich mache mir Sorgen um sie. Sie ist noch immer so traurig. Sie vermisst ihr Baby. Sie hat den Kleinen so sehr geliebt.«

Dave starrte den grünen Ford Escort vor ihnen an. »Sie liebt ihn noch immer. Diese Art der Liebe hört niemals auf. Sie müssen nachsichtig mit ihr sein und ihr mehr Zeit geben. Es ist ihr auch schwergefallen, Margarets Tod zu verkraften, aber nach einer Weile wurde es besser.«

»Das ist es nicht.« Jill strich sich mit den Fingern durch ihre steifen, roten Haare, und Dave konnte hören, wie sie vor lauter Haarspray knisterten. »Die Jungs beschäftigen sie tagsüber und sie hat einen guten Therapeuten gefunden, aber irgendetwas verhindert, dass es zwischen ihr und Jerry wieder so ist wie früher, und das ist nicht Paul und auch nicht sein Tod.«

Jill hielt inne und sah Dave, der weiterhin nach vorn auf die Straße starrte, mit finsterer Miene an. Ihr Blick war hart, und Dave empfand es als seltsam, so mit einem Menschen, den er nicht einmal kannte, über Lily zu reden. Aber er wollte wissen, welche »Schwierigkeiten« sie meinte.

»Okay, ich habe angebissen. Was genau soll das sein?«

»Sie«, erwiderte sie offen.

Dave wäre nicht überraschter gewesen, wenn sie Osama bin Laden gesagt hätte. Er hatte sofort gemerkt, dass von der aggressiven Mittvierzigerin Jill Spears eine gewisse Anspannung ausging, aber er war davon ausgegangen, dass sie nur überfürsorglich war, weil Lillian momentan derart unter Medikamenteneinfluss stand. Offensichtlich hatte er sich geirrt.

»Ich? Das ist das Lächerlichste, was ich je gehört habe.« Er warf Jill einen schnellen Blick zu, weil er sich fragte, ob sie möglicherweise einen Witz gemacht hatte.

»Ach, jetzt spielen Sie nicht den Unschuldigen. Sie sollten wissen, dass ich zwölf Jahre lang Dekanin an einer Highschool gewesen bin und merke, wenn mich jemand anlügt.«

»Ich weiß wirklich nicht, wovon Sie reden, Jill«, entgegnete Dave, der immer panischer wurde. Der Verkehr musste natürlich ausgerechnet jetzt fast zum Erliegen kommen, sodass er gar nicht anders konnte, als die Frau auf dem Beifahrersitz anzusehen.

»Ist es korrekt, dass Lillian Sie anruft, wenn sie einen schlechten Tag hat?«

»Das ist korrekt«, antwortete er. Wenn er sie nicht anlog, konnte sie ihn auch nicht beim Lügen erwischen. Da sie die Wahrheit hören wollte, würde er ihr so viel wie möglich verraten.

»Gut. Ich bin froh, dass Sie nicht versuchen, mich zu verarschen, Dave.« Sie drehte sich etwas weiter zu ihm um und bereitete sich auf das Verhör vor.

»Ist es auch korrekt, dass Sie Lillian anrufen, wenn *Sie* einen schlechten Tag haben?«

Dave seufzte. »Auch das stimmt. Wo ist denn das Problem? Wir haben fast zwei Jahre zusammen verbracht und uns in so gut wie jeder Minute gesehen. Sie können doch nicht erwarten, dass wir uns auf einmal nicht mehr nahestehen.«

»Schsch, das hier ist keine Diskussion. Ich habe noch eine Frage.« Jill zog die Beine an, bis sie im Schneidersitz saß, und breitete ihren weiten Rock lässig darüber aus. Sie beugte sich vor, stützte einen Ellbogen auf ihr Knie und wollte wissen: »Gehe ich recht in der Annahme, dass Sie Lillian lieben?«

»Ach, kommen Sie.« Dave schlug aufs Lenkrad.

»Stimmt es oder stimmt es nicht?«, bohrte sie weiter, lehnte sich gegen die Beifahrertür und verschränkte die Arme. Als Dave sie so vor sich sah, taten ihm Generationen von Highschoolschülern in einem Vorort von St. Louis noch im Nachhinein leid.

»Das lässt sich nicht so leicht beantworten, Jill. Natürlich liebe ich sie.« Er brachte die Worte nur stotternd und nervös hervor, weil er Angst hatte, dass sie mehr bedeuten könnten, als sie sollten, wenn er sie laut aussprach. »Aber ich bin mir sicher, dass Sie das ebenfalls tun.«

»Oh nein, das ist nicht dasselbe. Sie ist meine beste Freundin, und das schon seit einer Ewigkeit.« Zum ersten Mal seit Beginn ihrer Unterhaltung wandte sich Jill ab und warf Lillian einen Blick zu, deren Kopf gegen das Fenster gesackt war. »Lillian ist immer für mich da gewesen. Sie war im Kreißsaal, als meine Kinder geboren wurden, und sie war da und hat meine Hand gehalten, als meine Mutter gestorben ist und als mein Mann seine Krebsdiagnose bekommen hat. Sie hat sich um meine Kinder gekümmert, ihnen Essen gemacht und mir sogar die Haare gekämmt, als ich nach einem Autounfall beide Arme in Gips hatte.« Ihre Sorge um Lillian milderte den grimmigen Ausdruck in ihren Augen. »Ja, ich liebe sie, aber ich versuche nicht, einen Platz in ihrem Leben einzunehmen, der bereits einem anderen gehört.« Jill kratzte mit ihren langen Fingernägeln an der fleckigen nackten Haut über dem tiefen Ausschnitt ihres Shirts. »Es ist offensichtlich, dass Sie Lillian lieben, aber sie braucht Sie nicht. Im Moment braucht sie vor allem ihre Familie.«

»Jill«, sagte er mit kühler, bedächtiger Stimme. »Jemanden zu lieben kann die unterschiedlichsten Dinge bedeuten. Ich möchte ebenso wie Sie, dass Lily glücklich ist, aber ich werde nicht aufhören, mit ihr zu reden, solange ich weiß, dass ihr unsere Unterhaltungen helfen.« Es war doch klar zu erkennen, dass Lily ihn brauchte. Er konnte doch mit eigenen Augen sehen, in welchem Zustand sie ohne ihn war. »Wollen Sie, dass ich das tue? Dass ich sie im Stich lasse? Soll ich ihre Anrufe ignorieren und sie allein leiden lassen? Denn wenn Sie das von mir verlangen, dann sind Sie ihr keine so gute Freundin, wie Sie denken.« Er gab Gas und wechselte die Fahrspur, ohne zu blinken, sodass sich Jill an der Armlehne festhalten musste. Innerlich amüsierte er sich darüber.

»Ich weiß es doch auch nicht.« Sie seufzte und ließ ihren Zeigefinger knacken. »Aber irgendetwas muss sich ändern. Ich mache mir solche Sorgen um sie.«

»Warum unternimmt Jerry denn nichts? Er ist doch schließlich ihr Mann.« David bedauerte, dass seine Stimme schärfer klang, als er geplant hatte.

»Hmm, er hat es versucht.« Sie knabberte nervös an ihren Fingernägeln herum und klang jetzt nicht mehr so vorwurfsvoll. »Aber sie ist derart verschlossen und abwesend, dass er nicht an sie herankommt. Was würden Sie tun, wenn es Ihre Frau wäre? Wenn Ihre Frau in demselben Zustand wie Lillian zurückgekommen wäre?«, fragte sie, als würde sie seine Meinung tatsächlich interessieren.

»Keine Ahnung … Vielleicht würde ich sie nicht so bedrängen. Ihr Zeit und Luft zum Atmen lassen. Er könnte es ja mal mit etwas mehr Verständnis versuchen.« Während er das sagte, umklammerte er das Lenkrad mit beiden Händen und starrte den zerkratzten blauen Astro vor ihnen an. »Ich kann Ihnen nur ganz genau sagen, was ich nicht tun würde: Ich würde niemanden losschicken, um die Drecksarbeit zu machen. Wenn Jerry will, dass ich Lily nicht mehr anrufe, dann soll er von Mann zu Mann mit mir reden.«

Jill ließ die Hände in den Schoß sinken, sodass ihre schmalen Armreifen klimperten. »Er hat mich nicht darum gebeten«, erklärte sie, wobei sie wenig überzeugend klang, und sah aus dem Fenster. »Sie könnten einfach damit aufhören, wissen Sie? Das wäre für alle das Beste.«

»Ich kann nicht damit aufhören, und ich werde es auch nicht tun.« Er starrte sie zwei Sekunden lang an, bevor er gezwungen war, auf die Straße zu sehen, weil er auf die Ausfahrt abbiegen musste, die zum Hotel führte. »Nicht, solange sie mich braucht.«

Seine Worte mussten sehr entschieden geklungen haben, denn sie nickte nur und lehnte den Kopf gegen das Wagenfenster, was ihre roten Stachelhaare zum Knistern brachte. Dave schaltete das Radio ein, drehte die Lautstärke herunter und ließ die Musik seines Lieblingssenders das betretene Schweigen im Wagen übertönen.

Als sie das Hotel endlich erreichten, parkte er an der Laderampe, da er hoffte, dort nicht auf weitere Fotografen zu treffen, die Bilder von der benommenen Lillian schießen wollten. Sobald er den Wagen anhielt, sprang Jill hinaus und bat ihn, den Kofferraum zu öffnen. Dave drückte auf den Knopf und zog langsam den Schlüssel aus dem Zündschloss. Es war Zeit, Lillian zu wecken.

Jill ließ sich beim Ausräumen des Gepäcks Zeit. Dave öffnete die hintere Beifahrertür. Lilys silberne Ballerinas lagen auf dem Boden, und sie hatte die Beine unter sich gezogen. Ihre Beine gingen fast in der weiten Jeans verloren, und die in zartem Braun lackierten Fußnägel glänzten im Licht der Nachmittagssonne.

Sie hatte ihr Haar schulterkurz geschnitten und trug es glatt, so wie er sie noch nie gesehen hatte, und er war sich nicht sicher, ob er sie auf der Straße in dieser Kleidung und mit ihrer neuen Frisur überhaupt erkannt hätte. Er setzte sich in den Wagen, schloss die Tür hinter sich und tätschelte das Bein der schlafenden Frau.

»Lillian, wir sind da. Es ist Zeit, aufzuwachen.« Lillian regte sich, und ihre Augenlider flatterten, aber sie döste sofort wieder ein. Dave versuchte es noch einmal, rückte näher an sie heran und legte ihr eine Hand auf die Schulter. »Lily, Süße, du musst aufwachen. Du kannst im Hotel weiterschlafen, das verspreche ich dir.«

Er strich ihr das Haar aus dem Gesicht. Sie hatte eine dünne Puderschicht aufgetragen und ihre Wimpern wirkten dunkler, als er sie in Erinnerung hatte, aber abgesehen davon war es das Gesicht, das er in seinen Träumen und Albträumen sah. Lillian blinzelte und schlug dann die Augen auf.

»David«, murmelte sie und seufzte. »Du bist es wirklich.« Sie setzte sich mit einiger Mühe auf, strich ihm über den Arm und sein hellblaues T-Shirt, legte ihm den Arm um den Hals und zog ihn an sich. Widerstrebend legte Dave die Arme um sie und versuchte zu ignorieren, dass sie noch nicht ganz bei sich war.

»Ja, erinnerst du dich denn nicht, dass ich euch vom Flughafen abgeholt habe? Du bist in Kalifornien. Morgen Abend findet der Ball statt, der zu dieser ganzen Multimillionendollarentschädigung gehört.« Er musste sie an all das erinnern, damit sie ihre Abwehrmechanismen wieder einschaltete und ihm wurde bewusst, dass allein ihre Zurückhaltung während der letzten drei Monate seine Sicherheit gewährleistet hatte. Die Narbe über ihrer rechten Augenbraue bewegte sich.

»Du hast mir so gefehlt«, stammelte sie. »Warum hast du mich verlassen? Ich bin so allein, David. Warum hast du mich verlassen?«

»Ich habe dich nicht verlassen, Lillian. Wir sind wieder zu Hause. Du bist bei deiner Familie. Das wolltest du doch, oder nicht?«

Sie schürzte die Lippen und strich sich mit der Zunge über die Zähne, als hätte man ihr Novokain und nicht nur ein Beruhigungsmittel gegeben. Dave machte sich langsam Sorgen, dass sie zu viel davon genommen hatte, was immer es auch gewesen war.

»Ich erinnere mich. Aber ich vermisse dich so sehr«, sagte sie und legte den Kopf auf Daves Schulter.

»Ich vermisse dich auch. Na los, lass mich dich ins Bett bringen.« Es gelang ihm, sie bis zur Tür zu locken, wo er sie in eine stehende Position zog, während sie weiterhin die Arme um seinen Hals gelegt hatte.

Mit den Händen auf ihren Schultern wartete Dave, bis sie sicher stand. Sobald er davon überzeugt war, dass sie nicht das Gleichgewicht verlieren würde, wollte er einen Schritt von ihr weg machen, aber Lillian bohrte die Finger in seinen Nacken und hielt ihn fest. Dave erstarrte. Eigentlich sollte er ihre Hände wegnehmen und auf Abstand zu ihr gehen, aber er genoss auch die Wärme, die ihre heißen Hände auf seinem Rücken erzeugten, von wo aus sie sich in seinem ganzen Körper ausbreitete.

»David.« Sie sagte erneut diesen Namen, mit dem nur sie allein ihn ansprach. Das war ihm der liebste und in diesem Moment gleichzeitig der unangenehmste Klang der Welt. »Du liebst mich doch noch, oder?«

Dave zuckte zusammen. Jill stand mit gerunzelter Stirn hinter Lillian und hielt ihr Gepäck in den Händen. Er konnte lügen, sollte es vermutlich auch tun, aber als er sie so in seinen Armen hielt, gab er ihr die einzige Antwort, die ihm über die Lippen kommen wollte.

»Natürlich tue ich das, Lily.«

»Nein«, erwiderte sie und schüttelte den Kopf wie ein verwöhntes Kleinkind. »Sag es richtig.«

Er wollte es eigentlich überhaupt nicht sagen. Diese Worte waren viel zu heilig, um sie beiläufig auszusprechen, erst recht in Jills Gegenwart. Der Druck von Lillians Fingern wurde fester, und Dave wollte nur noch weg und gab nach.

»Immer, Lily.«

Sie lächelte und beugte sich vor, um ihm einen sanften Kuss zu geben. »Immer«, flüsterte sie an seinem Mund. Ihre Lippen waren weich und einladend, und er fühlte sich, als würde er nach einem langen Tag auf der Jagd in ihren kleinen Inselunterschlupf zurückkehren. Am liebsten hätte er sie an sich gezogen, bis er ihren Herzschlag durch ihr T-Shirt spüren konnte, um sie dann in den Wagen zu setzen und mit ihr weit wegzufahren. Aber Jill beobachtete sie genau.

Dave stand auf, zwang Lillian mit sanfter Hand, sich von ihm zu lösen, während sein Herz wild klopfte und er von den widersprüchlichsten Gefühlen übermannt wurde. Jill seufzte hinter ihnen, wandte sich ab und ging auf den Eingang des Hotels zu.

Er sah Lillian erst am nächsten Abend wieder, als sie den Bankettsaal betrat. Die bläulich schimmernden Pailletten ihres Kleides überlappten sich und spiegelten das schwache Licht des leeren, abgedunkelten Raumes wider. Über ihrer rechten Schulter lag ein glänzender Träger, während die linke nackt war. Ihre Haut war noch immer gebräunt von den vielen Monaten in der Sonne und schien von innen heraus zu leuchten. Sie drehte sich ein wenig, um ihrer Freundin etwas ins Ohr zu flüstern, und Dave konnte einen Blick auf ihren tiefen Rückenausschnitt werfen, der ihre schlanke Taille und ihre Schultern gut zur Geltung brachte. Er ließ auch die zackige weiße Narbe erkennen, die eines ihrer gemeinsamen Geheimnisse war und die unter ihrem Träger hervorlugte. Sie wollte es ihm wohl wirklich nicht einfach machen …

Als sie ihn endlich bemerkte, lächelte sie, und er hielt kurz den Atem an, bevor er ihr Lächeln erwiderte. Da war sie wieder, diese unglaubliche Nervosität, die er in ihrer Nähe spürte und die bewirkte, dass er feuchte Handflächen bekam und nicht mehr die richtigen Worte fand. So hatte er sich seit sehr langer Zeit nicht mehr gefühlt.

Früher hatte er allen etwas vormachen können. Aus diesem Grund war er in der PR-Branche auch so gut aufgehoben gewesen: Er hatte immer das richtige Gesicht für die richtigen Leute aufsetzen können, ohne je sein wahres Gesicht zeigen zu müssen. Dann hatte ein Reporter während einer Pressekonferenz die völlig abgemagerte Lillian gefragt, ob sie bekleidet oder splitternackt auf der Insel rumgelaufen wären. Dave hatte nicht einmal daran gedacht, sein PR-Lächeln aufzusetzen und ruhig und gelassen zu bleiben. Stattdessen hatte er sich das Mikrofon gekrallt und den Klatschreporter angezischt, er solle sich zum Teufel scheren.

Der PR-Dave war verschwunden und zu einem Kollateralschaden des Flugzeugabsturzes geworden. Zuvor hatte er geglaubt, das läge daran, dass er während der Zeit auf der Insel reifer geworden wäre, aber als er Lillian da vor sich sah, strahlend wie ein kostbarer Edelstein, begriff Dave es endlich. Sie war der einzige Mensch auf der Welt, der den wahren Dave Hall kannte. Sie wusste von seinen finstersten Gedanken und Taten und liebte ihn trotzdem. Er musste niemandem mehr etwas vorspielen, denn Lillian und diese Insel hatten ihn gelehrt, wer er wirklich war.

»Dave!« Lillian winkte und bahnte sich zwischen den leeren Stühlen, die an mit feinstem Porzellan und edlem Besteck gedeckten Tischen standen, den Weg zu ihm. »Es ist so schön, ein vertrautes Gesicht zu sehen.« Jill folgte ihr in einem perlenbesetzten stahlblauen Kleid im Stil der 1920er-Jahre, das locker an ihr herabhing und offensichtlich ihren Stil zum Ausdruck bringen sollte, sie nach Daves Meinung jedoch noch männlicher wirken ließ. Ihre kurzen und stacheligen Haare verstärkten diesen Eindruck noch.

»Wir müssen hier sitzen«, rief Dave und deutete mit dem Kinn auf einen langen Tisch im vordersten Teil des Ballsaals. Das alles erinnerte ihn an eine überdimensionierte Hochzeitsfeier. Die Wände waren mit filigranen Goldverzierungen bedeckt und voller Bilder von Männern und Frauen mit weißen Perücken. Selbst Beth wäre das alles zu viel gewesen.

»Du siehst gut aus«, sagte Lillian, als sie endlich vor ihm stand. Sie schob die Hände unter sein Sakko, das er nicht zugeknöpft hatte, legte die Arme um ihn und drückte ihn fest an sich. Dabei ruhte ihr Kopf auf seiner Schulter, was vermutlich daran lag, dass sie Schuhe mit hohen Absätzen trug. Er gab der Versuchung nach und vergrub die Nase in ihrem Haar, wobei er versuchte, sich den Freesienduft einzuprägen.

Jill räusperte sich. »Wann lerne ich denn Beth kennen?«, erkundigte sie sich.

Lillian ließ den linken Arm um Dave gelegt, als wären sie ein seit Langem verheiratetes Paar, das zusammen schon unzählige derartiger Veranstaltungen überstanden hatte. Dave nutzte die Gelegenheit, um die rechte Hand auf ihrer Hüfte ruhen zu lassen, und ihm war deutlich bewusst, dass sein Daumen die nackte Haut an ihrer Taille berührte.

»Sie ist krank und musste zu Hause bleiben, lässt aber viele Grüße ausrichten«, antwortete Dave mit einem schiefen Grinsen. Er wusste, dass Jill nicht an Beth interessiert war, sondern ihn nur daran erinnern wollte, dass er verheiratet war.

»Ach, die arme Beth!« Lillian zog einen Mundwinkel nach unten. »Dir geht es aber gut, nicht wahr?« Sie legte ihre kühle Hand erst auf seine Stirn und dann auf seine Wange. Auf der Insel hatte sie seine Temperatur immer durch einen Kuss überprüft und gesagt, dass ihre Lippen das perfekte Fieberthermometer wären.

»Es ist nicht ansteckend, keine Sorge.« Er sah ihr ins Gesicht und musterte den vertrauten Schwung ihres Kieferknochens und die feinen Fältchen rings um ihre Augen, die immer genau verrieten, ob sie glücklich oder traurig war. An diesem Tag ging es ihr sehr gut, und Dave war erleichtert, dass sich ihr Zustand seit dem Vortag derart verbessert hatte.

»Gut«, meinte Lillian. Sie ließ ihren Arm unter seinem Sakko und hakte einen Finger in eine Gürtelschlaufe. Dave genoss es, wie sich ihr Körper an seinen schmiegte. Was in aller Welt war nur los?

Jill schien ähnlich besorgt zu sein. »Es hat mich sehr gefreut, Sie zu sehen, Dave, aber wir müssen noch mal weg. Die Dame am Eingang hat gesagt, dass Janice auf Lillian warten würde, und ich sollte sie eigentlich direkt zu ihr bringen.«

»Ach ja, stimmt.« Lillian seufzte und ließ die Hand sinken. »Ich muss zu Janice, aber wir sitzen nachher nebeneinander, und vielleicht tanzen wir ja auch mal miteinander, was meinst du?«

Sie machte einen Schritt auf Jill zu, und Dave ließ sie widerstrebend los. »Aber natürlich!«, erwiderte er und versuchte, sich seine Enttäuschung nicht anmerken zu lassen. »Ich glaube sogar, dass das von uns erwartet wird. Janice meinte, dass wir den Ball zusammen eröffnen sollen. Das ist ziemlich altmodisch, aber da wir die Ehrengäste sind … ist das meiner Meinung nach in Ordnung.«

»Das ist nicht nur in Ordnung, es ist sogar perfekt!« Lillian hob den Stoff ihres Kleides, der sich um ihre Füße herum bauschte, und Jill hakte ihre Freundin unter. »Dann bis später.«

Dave sah Lillian erst beim Essen wieder, und selbst da saßen der Geschäftsführer von Carlton-Joghurt, John Richard Carlton, und seine Frau zwischen ihnen. An diesem Abend musste Dave unerträglichen Small Talk über sich ergehen lassen und immer wieder dieselben drei Fragen beantworten, die ihnen ständig über ihre Zeit auf der Insel gestellt wurden: Was haben Sie gegessen, was haben Sie getrunken, und wo haben Sie Ihre Notdurft verrichtet? Vor einigen Monaten noch war Dave erstaunt gewesen, wie wenig Taktgefühl andere Menschen doch hatten, aber inzwischen wusste er, was ihn erwartete.

Nach dem Essen wurden einige Toasts auf Lillian und Dave ausgesprochen, und dann sahen sie sich eine Videomontage an, die Margaret, Theresa und sogar Kent gewidmet war. Als Dave Kents rötliches Gesicht wiedersah, fiel es ihm schwer, sein Essen bei sich zu behalten. Unwillkürlich schoss ihm durch den Kopf, wie Kents Leiche ausgesehen hatte, mit angeschwollenem Gesicht und aufgerissener Haut, als er sie durch den Dschungel gezogen hatte.

Dave versuchte, um das Paar mittleren Alters herumzublicken, das ihn von Lillian trennte, denn er konnte sich vorstellen, wie es ihr beim Anblick dieser Bilder ging. Zwischen den beiden sah er sie durch eine schmale Lücke, und wenn er sich auf seinem Stuhl vorbeugte und die Augen zusammenkniff, konnte er ihr Profil halbwegs erkennen. Gelegentlich, wenn ein helleres Bild eingeblendet wurde, spiegelte es sich in ihren Augen, die feucht, aber ernst wirkten, ganz anders als noch am Vortag am Flughafen.

Das allerletzte Bild war schwarz mit weißer Schrift. Dave hätte beinahe nicht hingesehen, aber da es bewirkte, dass sich Lillian abwandte, konnte er einfach nicht anders.

»In liebevollem Gedenken an Paul Linden.«

Kein Foto. Nur ein Name, der nicht der seine war. Ein heftiger Schmerz breitete sich von dem noch immer klaffenden Loch in seinem Herzen aus, der Stelle, die seinem Sohn gehört hatte, bevor sie bei dessen Tod herausgerissen worden war. Dies war die einzige Lüge, die Dave wirklich bereute.

Das Licht ging wieder an, und Dave trocknete rasch seine Tränen, bevor er sich wieder zum Bankettsaal umdrehte. Dies war das extravaganteste Event, das Carlton-Joghurt seines Wissens jemals organisiert hatte, und dazu gehörten Fernsehkameras, Livemusik, Rostbraten und Champagner. Dave kam es so vor, als würde die Firma versuchen, die Rückkehr der Überlebenden des Flugzeugabsturzes möglichst öffentlichkeitswirksam auszuschlachten. Hey, wenn Dave noch der Chef der PR-Abteilung gewesen wäre, hätte er es genauso gemacht.

Während des Essens hatte eine Band an einer Seite des Raumes ihr Equipment aufgebaut, und als das Licht wieder anging, griff der Sänger, der eine klischeehafte schwarze Lederjacke trug und sich einen Schal um die Taille gebunden hatte, nach dem Mikrofon. »Dann kann die Party ja losgehen!«, brüllte er mit heiserer Stimme.

Das Publikum applaudierte, und dann spielte die Band einen schnellen Rocksong. Dave begriff nicht, was die ganze Aufregung sollte. Anscheinend war diese Band ein One-Hit-Wonder des Vorsommers, aber er hatte noch nie von ihr gehört. Als die Menschen jubelten, zoomten die Kameras näher heran, und Dave tat so, als würde ihm das Lied gefallen. Danach drang die raue Stimme erneut aus den Lautsprechern.

»Bitte begrüßen Sie die Ehrengäste des heutigen Abends: Lillian Linden und Dave Hall.« Ein langsames Lied lief im Hintergrund, als Dave von dem erhöhten Platz am Bankettttisch aufstand. Irgendwie gelang es Lillian, vor ihm auf der Mitte der Tanzfläche anzukommen, und im Scheinwerferlicht glitzerte ihr Kleid wie tausend winzige Sterne.

Das Licht wurde auch von ihren erweiterten, dunklen Pupillen reflektiert und erinnerte ihn an die Sterne über ihrem alten Heim, und die winzigen Perlen, die in ihren hochgesteckten Locken schimmerten, schienen ihm insgeheim zuzuzwinkern. Sein Herz schlug auf dieselbe, ebenso wundervolle wie unangenehme Art schneller, wie es das bei ihrer ersten Begegnung getan hatte – als ihm zum ersten Mal aufgefallen war, wie wunderschön sie in ihren abgeschnittenen Jeansshorts und dem alten T-Shirt ausgesehen hatte.

Als die Musik einsetzte, reichte ihm Lillian eine Hand, die Dave sofort ergriff. Er zog sie an sich und legte einen Arm um ihre Taille. Ohne ein Wort zu sagen, bewegten sie sich zur Musik, und Dave musste an sich halten, um ihr keinen Kuss auf den Scheitel zu geben. Sie sah zu ihm auf.

»Du siehst heute Abend wunderschön aus«, flüsterte Dave. »Das wollte ich dir eigentlich vorhin schon sagen.«

»Janice hat Jill und mir einen Stylisten vorbeigeschickt. So elegant habe ich noch nie in meinem Leben ausgesehen.«

Dave glaubte, sie kichern zu hören. Er wirbelte sie herum. »Du bist heute Abend irgendwie … anders.«

»Kannst du dich wirklich nicht so an mich erinnern? Ich bin glücklich, David.« Sie tänzelte aus seinem Griff und unter seinem Arm hindurch, bevor er sie mit einer schnellen Bewegung wieder an sich zog.

»Es steht dir.« Beinahe hätte er mit ihr geflirtet, aber er hielt sich zurück, da er wusste, dass ihn alle beobachteten und die Kameras auf sie gerichtet waren. »Was ist die Ursache dafür?«

»Vermutlich bin ich einfach nur aufgeregt wegen morgen.« Nach und nach füllte sich die Tanzfläche, und Lillian drückte ihre Wange an Daves und flüsterte ihm ins Ohr.

»Du hast es dir doch nicht etwa anders überlegt?«, murmelte er und hätte sie am liebsten geküsst.

»Beth wird es nie erfahren, oder?«

»Nicht, wenn du es nicht willst.«

»Ich werde es Jerry nie erzählen und du wirst es Beth niemals sagen.« Ihr Atem kitzelte an seinem Hals und weckte Erinnerungen, die er am liebsten vergessen wollte.

»Abgemacht.« Er sah nach Jill, die noch immer am Banketttisch saß und ihnen mit finsterer Miene beim Tanzen zusah. »Wie willst du deinem Wachhund da drüben entkommen?«

»Mach dir wegen Jill keine Sorgen. Ich habe ihr gesagt, dass ich morgen einen Interviewtermin hätte und von einem Taxi abgeholt werde.«

»Ich würde dich so gern selbst abholen, aber mir ist klar, dass das nicht geht.« Das Lied ging zu Ende, und die Paare um sie herum blieben stehen. Er hielt Lillian weiterhin dickköpfig in den Armen und murmelte: »Dann sehen wir uns da um Punkt zehn Uhr?«

»Ich freue mich schon darauf«, hauchte sie ihm ins Ohr und machte dann einen Schritt nach hinten, um ihm mit einer tiefen Verbeugung für den Tanz zu danken, was ihn zum Lachen brachte.

Sie fanden keine Gelegenheit, ein zweites Mal miteinander zu tanzen, sondern hatten ständig neue Tanzpartner. Irgendwann tanzte Dave mit einer Senatorin und danach mit einer anderen Frau, die er möglicherweise schon mal in einem Film gesehen hatte. Wirklich bewusst war ihm das alles nicht, und er hätte auch mit der Königin von Saba tanzen können, ohne ihr große Beachtung zu schenken, denn er konnte nur an den nächsten Tag denken – den Tag, der vielleicht der wichtigste seines Lebens werden würde.

Nur sehr wenige Tage kamen ihm an Bedeutung gleich: der Tag des Flugzeugabsturzes, der Tag, an dem Kent gestorben war, der Tag ihrer Rettung und natürlich Pauls Geburt. Früher hatte es für ihn noch andere bedeutende Tage wie seinen Hochzeitstag, den Todestag seines Vaters und den Tag seines Uniabschlusses gegeben, aber diese schienen hinter einer Nebelwand verschwunden zu sein, die ein kleiner Privatjet, der ins Meer gestürzt war, hinterlassen hatte.

* * *

Genevieve Randall sah ihn auffordernd an und vertrieb so den Nebel, der Dave noch immer zu umgeben schien. Sie rutschte bis an die Stuhlkante vor und schien nicht nur bereit, sondern sogar gespannt auf die nächsten Fragen zu sein.

»Sie wollen mir also erzählen, dass Lillian vor dem Absturz schon schwanger gewesen ist, es aber bis dahin nicht gemerkt hat, sondern erst Monate nach Ihrer Landung auf der Insel? Dann hat sie die restlichen Monate ihrer Schwangerschaft auf der Insel gelebt und einen durch und durch gesunden Jungen zur Welt gebracht, der nur drei Monate überlebt hat?«

»Ja, genau so ist es der armen Frau ergangen.« Dave musste so tun, als würde er über jemand anderen reden als über seine Lily und seinen kleinen Sohn Paul.

»Wer hat Lillian bei der Geburt geholfen? War es Kent, oder der ›Pfadfinder‹, wie Sie ihn immer genannt haben?«

Daves Kehle war wie zugeschnürt, und er bekam keinen Ton heraus. Er räusperte sich. Er hatte Lillian gesagt, dass dies das einzige Thema war, bei dem er nicht lügen würde. »Nein, das war ich. Ich habe Paul auf die Welt geholt.«

# 28

## David – Tag 465

*Die Insel*

Ich bin verliebt. Ich hätte nie gedacht, dass ich etwas oder jemanden auf diese alles verzehrende Weise lieben könnte, bei der mir schon die Tränen kommen, wenn ich nur daran denke. Natürlich war ich schon früher verliebt, in Beth und vor allem in Lily, aber diese Liebe hier ist anders. Er tut nichts, außer in meinen Armen zu liegen, sich zu winden, zu essen und es wieder auszuscheiden, aber ich bin davon überzeugt, dass er der bedeutendste und brillanteste Mensch ist, den es je gegeben hat.

Dabei ist es natürlich hilfreich, dass er Lily sehr ähnlich sieht. Im Moment sind seine Augen babyblau, aber Lily sagt, dass sich ihre Farbe in den nächsten Wochen ändern und sich dann seine eigene Augenfarbe abzeichnen wird, die, wie ich vermute, ebenfalls smaragdgrün sein wird. Sein Haar ist dicht, schwarz und leicht gelockt, was er ihrer Ansicht nach von mir hat. Aber seine winzigen, engelsgleichen Lippen stammen eindeutig von seiner Mutter.

Lily macht gerade ein Nickerchen, was sie dringend nötig hat. Ich hatte nicht die geringste Ahnung, wie anstrengend so eine Geburt ist, und nachdem ich ihr dabei zugesehen habe, könnte ich mir vorstellen, dass sie die nächsten acht Tage nur noch schlafen möchte. Die letzten Wochen von Lilys Schwangerschaft waren eine Qual, für sie körperlich und für mich emotional. Sie ist vor meinen Augen zusammengeschrumpft, und ich konnte unter ihrer Haut Knochen sehen, von denen ich nicht einmal wusste, dass sie im menschlichen Körper existieren. Es war kaum zu ertragen, und ich kam mir so hilflos vor. Ich konnte gar nicht genug Fische fangen, Früchte pflücken oder Schnecken sammeln, um ihren Gewichtsverlust auch nur anzuhalten.

Dabei hat sie die ganze Zeit behauptet, es würde ihr gut gehen, aber dann saß sie abends am Feuer und ist einfach eingeschlafen. Ich glaube nicht, dass sie nur aufgrund des Kalorienmangels so müde geworden ist, vielmehr haben sie all die süßen kleinen Tritte und Stöße an ihre beiden vorangegangenen Schwangerschaften erinnert. Sie hat immer eine tapfere Miene gemacht, aber auch wenn sie unser Baby liebt, vermisst sie die beiden Söhne, die sie vermutlich nie wiedersehen wird.

Dann ist heute Morgen ihre Fruchtblase geplatzt. Etwa eine Stunde später setzten die Wehen ein, die gleich sehr heftig waren. Anfangs kam sie ganz gut zurecht, atmete tief und lag auf der Seite, aber schon bald wurde sie ruhelos und wollte nicht mehr liegen bleiben.

Sie ging am Strand entlang und blieb immer stehen, um sich an einen Baum oder an mich anzulehnen, wenn eine weitere Wehe kam. Für mich war es ein sehr seltsames Erlebnis. Zwischendurch redete sie ganz normal und unterhielt sich mit mir wie an jedem anderen Tag, aber wenn der Schmerz wieder einsetzte, überwältigte er sie. Sie schloss die Augen und war kurz ganz weit weg. Manchmal ließ sie zu, dass ich ihr den Rücken rieb oder ihr etwas Wasser einflößte, aber meist folgte sie irgendeinem Instinkt, den ihr Mutter Natur höchstpersönlich eingegeben haben musste.

Ich habe keine Ahnung, wie lange das so ging. Es war fast Mittag und die Sonne stand hoch am Himmel, als sie das Bedürfnis verspürte zu pressen. Ich holte die Utensilien heraus, die wir vorbereitet hatten, seitdem wir vor vier Monaten festgestellt hatten, dass sie schwanger war: ein Band, um die Nabelschnur abzubinden, und eine saubere Matte, auf der sie gebären konnte. Margarets Blazer, den wir im Süßwasserteich ausgewaschen hatten, sollte als Babydecke dienen. Natürlich hatte ich vor, die Nabelschnur mit meinem Messer, das ich gewaschen und geschärft hatte, durchzuschneiden. Ich legte es neben das Feuer, damit ich es darin sterilisieren konnte.

»An der Fischerbank«, stieß sie in den Sekunden vor ihrer nächsten Wehe aus. Ich ließ sie an unseren Kalenderbaum gelehnt zurück, um den Geburtsbereich vorzubereiten. Die gewebte Matte passte genau vor den Baumstamm und lag nahe genug am Wasser, um sie hinterher schnell waschen zu können. Ich habe alles auf den Stamm gelegt und dann Lily geholt.

Wir blieben unterwegs viermal stehen, und Lily stöhnte vor Schmerzen, bevor wir die Matte erreichten. Sie klammerte sich an mich und stand die Qualen, die nicht mehr aufhören wollten, in der Hocke durch. Als ich sehen konnte, wie sie heftig presste, half ich ihr beim Hinsetzen und machte mich bereit, mein Kind in Empfang zu nehmen.

Sie presste dreimal, das war alles. Lily war unglaublich beeindruckend. Sie schrie nicht wie die Frauen in den Filmen, sondern hielt den Atem an, bis ihr Gesicht rot anlief und ihr die Augen aus dem Kopf quollen, und sie presste. Nach dem ersten Mal sah ich das Schädeldach, dann schaute der Kopf ganz raus und beim dritten Pressen wusste ich, dass ich einen Sohn habe. Einen Sohn. Einen wunderschönen kleinen Sohn.

Lily setzte sich auf, stützte sich auf die Ellbogen und lachte, als der Junge brüllte. Die winzigen Adern, die beim Pressen in ihrem Gesicht geplatzt waren, ließen sie so aussehen, als würde sie erröten. Unter ihrer Anleitung legte ich ihn ihr in die Arme; die Nabelschnur war lang genug, dass er bequem an ihrer Brust liegen konnte.

»So«, meinte sie, »Paul James?« Sobald sie wieder lag, warf ich schnell den abgewetzten Blazer über die beiden, band die schlüpfrige Nabelschnur an zwei Stellen ab und schnitt sie durch. Sie lag wie ein zäher, glitschiger Knorpel in meiner Hand.

»Der Name gefällt mir.« Paul hieß ihr Großvater und James mein Vater.

»Paul James Hall. Paul Hall? Ist das wirklich ein guter Name?« Sie lachte, und ihr Bauch vibrierte.

»Wieso ist uns das bisher nicht aufgefallen?

»Wir könnten ihn auch James Paul nennen. James Paul Hall. Das ist auch nicht viel besser, oder?« Sie verzog das Gesicht, als sie eine Nachwehe spürte, und machte wieder dieses summende Geräusch wie während der Geburt.

»Geht es dir gut?« Auch wenn ich überglücklich war, dass wir die Geburt überstanden hatten, wusste ich doch, dass noch viel passieren konnte. Meines Wissens waren die ersten Lebenswochen die gefährlichsten und wir mussten Infektionen bekämpfen und Blutungen vermeiden. Die Geburt war sehr beeindruckend, hatte mich aber auch eingeschüchtert.

»Mir geht es gut. Das ist normal«, stieß sie keuchend hervor, während das Unbehagen langsam abklang. »Diese Nachwehen habe ich früher nie gespürt, aber da hatte ich auch beide Male eine PDA und durfte die Wunder der modernen Medizin genießen.« Ihre Wangen glühten auch unter den geplatzten Äderchen jetzt rosig. Daher wusste ich, dass sie nicht verblutete – noch nicht zumindest.

»Mir gefällt Paul besser als James.« Ich redete weiter und versuchte, die Worst-Case-Szenarien auszublenden, die mir in den letzten Wochen nicht mehr aus dem Kopf gingen. »Wir sollten uns keine Gedanken um gemeine Kinder machen, die ihn hänseln könnten, oder uns fragen, was andere davon halten. Lass ihn uns nennen, wie wir wollen: Paul.« Als ich seinen Namen sagte, regte sich das Baby auf einmal, als würde es ihn bereits erkennen.

Seine schrumpligen kleinen Augenlider gingen ein Stück weit auf, und er blickte in die Mittagssonne. Dann hob er den Kopf einige Zentimeter von Lilys Brust und schien sie anzusehen. »Hallo, kleiner Mann«, säuselte sie. »Ja, ich bin die, deren Stimme du schon die ganze Zeit hörst.«

In all den Jahren, die ich jetzt schon Vater werden will, und in den Monaten, die ich die Geburt dieses Kindes herbeigesehnt habe, hätte ich mir nicht im Traum vorstellen können, wie schnell meine Liebe zu Paul wächst. »Irre ich mich oder ist das hier das süßeste Baby, das es je gegeben hat?« Sein Kopf wackelte auf und ab, und man sah, wie sehr er sich anstrengen musste.

»Nein, da bin ich ganz deiner Meinung. Er ist ganz sicher das niedlichste Baby auf der Welt.« Lily lachte und küsste Paul auf das verschmierte, feuchte Haar, um dann die Augen zu schließen und vor Schmerz das Gesicht zu verziehen. »Ich glaube, wir sind hier fast fertig.«

Nur wenige Minuten später lag sie bequem im Unterschlupf und ich machte sauber. Ich hatte nicht mit dieser großen Menge an Körperflüssigkeiten gerechnet, aber inzwischen hatte ich ja auch Erfahrung mit Fischeingeweiden und der Leichenbeseitigung und war etwas abgehärtet. Ich vergrub die Plazenta tief im Sand in der Nähe unserer Fischerbank, nachdem ich Lily zurückgebracht hatte. Sie schien erleichtert zu sein, dass Paul sofort nach dem Hinlegen zu trinken begann und danach tief und ruhig schlief. Kurz darauf tat Lily es ihm nach.

Als ich alle Überreste der Geburt beseitigt hatte, nahm ich ihr seinen dünnen, winzigen Körper aus den Armen und legte ihn mir auf die nackte Brust.

Dort liegt er jetzt seit drei Stunden. Seine Wärme und die meine haben sich unter Margarets Blazer vermischt, und ich kann nicht damit aufhören, ihn zu küssen.

Lily regt sich, und ich habe auf einmal ein komisches Gefühl. Heute Morgen waren wir noch zu zweit, und jetzt sind wir zu dritt. Ich glaube beinahe, mir ist erst jetzt klar geworden, woher die ganzen Tritte und Stöße in Lilys Bauch während der letzten Monate gekommen sind: von diesem kleinen Menschen. Vor vielen Jahren bin ich selbst auch so ein winziges Baby gewesen und habe in den Armen meines Vaters gelegen, während er meine Finger und Zehen gezählt und sich ausgemalt hat, wie ich später wohl mal aussehen werde. Nun wünsche ich mir, mein Vater wäre hier. Ich frage mich, ob er wohl irgendwie auf mich herabschaut, und drücke Paul enger an meine Brust.

»Wie geht es meinen Jungs?«, reißt mich Lilys Stimme, die immer noch erschöpft klingt, aus meinen Gedanken. Sie zuckt vor Schmerz zusammen, als sie sich auf die Seite dreht.

»Gut. Es ist unglaublich, mit einem Neugeborenen zu kuscheln. Das sollte man als Behandlungsmethode gegen Depressionen patentieren.« Ich lege seine winzigen Finger um meinen Zeigefinger. »Ich muss schon lächeln, wenn ich nur diese Fingernägel sehe.«

»Du bist so ein Anfängervater.« Lily kichert, aber ich sehe die Bewunderung in ihren Augen, wenn sie Paul ansieht. Auch ihr ist klar, dass er etwas ganz Besonderes ist.

»Wie geht es dir? Hast du Hunger? Ich habe dir ein paar Mango- und Kokosnussstücke vorbereitet.« Ich mustere sie, als könnte ich es ihr ansehen, ob sie innere Blutungen oder eine bakterielle Infektion hat.

»Ich bin am Verhungern. Danke, dass du an mich gedacht hast, Schatz.« Sie lächelt mich an und nimmt mir Paul ab. »Aber ich muss diesen kleinen Mann erst noch ein wenig im Arm halten. Er ist so niedlich, dass ich ihn auffressen könnte.«

Sie drückt sich das schlafende Kind an die Brust und küsst sein Gesicht und seinen Hals.

Ich laufe los, hole die Früchte, die ich zuvor geschnitten habe, und reiche sie Lily. Sie nimmt sie mir dankend ab, und ich muss sie einfach küssen, ich kann nicht länger warten.

Sobald ich neben ihr liege, kuschele ich mich an sie und küsse erst Paul, dessen federleichtes Haar süßlich riecht. Dann senke ich den Kopf, bis nur noch wenige Zentimeter Lilys und meine Lippen voneinander trennen.

»Ich liebe dich, Lily.« Ihr Atem weht warm an meine Lippen. Am liebsten möchte ich sie einatmen und mich von ihr ausfüllen lassen.

»Ich liebe dich so sehr, David. So sehr«, erwidert sie, und ich hoffe, dass sie es auch so meint. Jetzt kann ich mich nicht mehr zurückhalten, um meine Selbstbeherrschung ist es geschehen. Unsere Lippen berühren sich, aber als ihre Zunge über meine Unterlippe fährt, zucke ich zurück.

»Wo willst du denn hin?«

»Du hast gerade ein Kind bekommen, und ich glaube, da gibt es bestimmte Regeln, die man beachten muss.« Meine Wangen sind warm. Ich kann es nicht fassen, dass ich in ihrer Gegenwart noch immer rot werde.

»Nicht, was das Küssen angeht.«

»Tja, man kann nie vorsichtig genug sein. Ich habe gesehen, was das Kind mit dir gemacht hat, und ich kann dir versichern – das sah nicht unanstrengend aus. Du und dieser kleine Mann, ihr habt in den nächsten Wochen nur einen Job, und der besteht darin, dass ihr euch ausruht.«

Sie wackelt mit dem Kopf. »Ich lasse mich hier auf gar keinen Fall länger als einen oder zwei Tage einsperren. Außerdem weißt du, wie ungern ich dich allein fischen gehen lasse.«

»Mir wird schon nichts passieren.« Ich versuche, ihre Sorge zu besänftigen, und tue so, als hätte ich dieselben Worte nicht früher schon häufiger zu ihr gesagt. »Außerdem muss ich auch an dem SOS-Signal und dem Feuerschutz arbeiten.«

»Wieso denn das?« Paul zuckt an ihrer Schulter, und sie legt ihn auf die andere Seite. »Ich dachte, wir hätten beschlossen, dass das nur Zeitverschwendung ist.«

Ich lege eine Hand auf Pauls Rücken. Meine Finger würden sich vermutlich berühren, wenn ich versuche, sie um seinen Torso zu legen. Wie kann ein Mensch nur so winzigklein sein?

»Ich möchte ihn nach Hause bringen.«

»Nach Hause?« Lily pustet sich eine Locke aus der Stirn. »Das hier ist unser Zuhause, David. Er wurde hier gezeugt, und er wird in absehbarer Zukunft hier leben. Außerdem haben wir seit über einem Jahr kein Flugzeug, Boot oder U-Boot gesehen. Da stehen die Chancen nicht gut, dass wir jetzt eines entdecken werden, selbst wenn wir unser SOS-Zeichen in Neonfarben auf den Strand schreiben.«

Pauls Haare sind jetzt getrocknet und locken sich in der feuchten Luft. Ich streichle seinen Kopf und befühle die kleine weiche Stelle auf seinem Schädel, bevor ich antworte. »Ich will aber nicht, dass er hier aufwachsen muss, Lily. Ich möchte ihn nach Hause bringen und in einer Wiege in seinem Kinderzimmer schlafen legen, ihm unsagbar teure Windeln kaufen und ihm eines Tages beibringen, wie man Fahrrad fährt und Baseball spielt.«

»Das hier ist Pauls Insel. Wir sollten uns lieber überlegen, wie wir ihm helfen können, sich an das Leben hier anzupassen, anstatt von Windeln und Dreirädern zu träumen.«

»Da hast du recht, aber ich weigere mich, aufzugeben. Ich bin sein Vater, und die Evolution verlangt von mir, dass ich nur das Beste für ihn will.«

»Ich möchte natürlich auch, dass Paul das bestmögliche Leben bekommt«, erwidert sie. »Aber ich kann nicht mehr in einer Traumwelt leben, David.«

Ach, verdammt. Ich habe sie zum Weinen gebracht, und das sind keine Freudentränen wie bei Pauls Geburt, vielmehr laufen ihr jetzt vor Wut die Tränen die Wangen herunter.

»Nein, nein … Ach, Liebling, es tut mir so leid.« Ich wische ihr rasch die Tränenspuren weg. Ihre Wangen fühlen sich ein bisschen warm an, und das allein reicht aus, um mich in Panik zu versetzen. »Ich werde dir etwas Wasser holen. Du bist ganz heiß.« Da fällt mir ein, dass ich die Wasserflasche an der Fischerbank vergessen habe, aber bevor ich losrennen kann, greift Lily mit einer kochend heißen Hand nach mir und hält mich fest.

»Das ist nicht weiter schlimm, das sind nur die Hormone. Arbeite ruhig an dem SOS-Signal, wenn du dich dann besser fühlst. Es werden ja nicht gleich nächste Woche Leute mit dem Fallschirm hier abspringen, um uns zu retten. So ein Glück.« Ihr Lachen klingt sehr schrill, und ich sehe sie mir genauer an. Sie schwitzt sehr stark, und ihr Haar ist so nass, das es aussieht, als wäre sie gerade vom Schwimmen gekommen. Was ist nur mit ihr los?

»Lily«, sage ich ruhig, meine Sorge und Frustration versteckend, »warum bist du deswegen so erleichtert?«

Ihr Lächeln verblasst, und sie zieht eine Hand unter dem Baby hervor, um sich den Schweiß von der Stirn zu wischen. »Das macht mich nicht glücklich, und das weißt du auch. Ich möchte nichts lieber auf der Welt, als nach Hause zurückzukehren, aber« – sie hustet, und ich ärgere mich erneut, dass ich die Wasserflasche stehen gelassen habe – »es macht die Sache weniger kompliziert.«

»Kompliziert?«, stoße ich schnaufend aus. Ist denn nicht unser ganzes Leben kompliziert? Wurde es nicht schon an dem Tag kompliziert, an dem wir dieses Flugzeug betreten haben? Sie weicht meinem Blick aus und beißt sich auf die Zungenspitze. »Du redest von Paul und mir, richtig? Wir sind deine Komplikationen.«

Mir wird die Luft aus der Lunge gepresst. Sie liebt mich nicht so, wie ich sie liebe. Ich habe mir etwas vorgemacht.

»Das habe ich nicht gemeint, und das weißt du auch.« Sie versucht, sich aufzusetzen und die Schmerzen zu ignorieren, die sie anscheinend spürt. »Ich liebe euch beide, aber was sollte ich denn Jerry und den Jungs sagen?«

»Du könntest ihnen sagen, dass wir uns ineinander verliebt haben und dass wir einander geholfen haben, hier zu überleben. Dann könntest du ihnen sagen, dass Paul auch dein Sohn ist und dass du es nicht bereust, ihn bekommen zu haben, denn ich gehe davon aus, dass du das nicht tust. Bitte sag mir, dass ich damit recht habe.«

»Du vergisst, dass wir in der wirklichen Welt verheiratet sind, allerdings nicht miteinander. Ich vergesse es die meiste Zeit, aber wenn du Signalfeuer und SOS-Signale baust, dann fällt es mir wieder ein.« Sie schluckt schwer, als würde sie versuchen, ein halb zerkautes Stück Fleisch herunterzuwürgen. »Bitte zwing mich nicht dazu, mich zu erinnern, David. Nicht heute.« Wieder räuspert sie sich, bevor sie sich wieder hinlegt und flach atmet.

»Ist alles okay, Lily?« Irgendetwas stimmt nicht. Lily ist so blass, wie es ihre von der Sonne gebräunte Haut nur erlaubt, und die Hand, mit der sie Paul festhält, erschlafft. »Wach auf, Lily! Wach auf!« Ich hebe das Baby hoch und lege es in das kleine, nestartige Bett, das wir für ihn in einer Ecke unseres Unterschlupfes gebaut haben. Paul schläft ruhig weiter.

Dann beuge ich mich über Lilys reglosen Körper und hebe ihr schlaffes Handgelenk hoch. Da ist ein Puls. Ich nehme mir nicht die Zeit zum Zählen. Es ist so heiß hier drin, und ihre Kleidung ist schon vom Schweiß durchtränkt. Ich schiebe einen Arm unter ihre Schultern und den anderen unter ihre Beine und hebe sie hoch. Dabei versuche ich zu ignorieren, wie leicht sie ist. Die Schwangerschaft hat sie unglaublich viel Kraft gekostet.

Im Schatten neben der Fischerbank lege ich sie auf den kühlen Sand, sodass sie an dem vom Wetter gegerbten Holz lehnt. Ich nehme die halb volle Wasserflasche und halte sie ihr an die Lippen.

»Trink, Lily, trink«, dränge ich sie. Ihre Augen bewegen sich unter ihren Lidern, als würde sie versuchen, sie zu öffnen. Ich neige die Flasche und tröpfele ihr etwas Wasser zwischen die leicht geöffneten Lippen. Sie streicht sich mit der Zunge über die Zähne und die Lippen, als wäre sie ein Baby, das sein Fläschchen will. Als ich ihr die Flasche erneut an den Mund halte, schluckt sie die Flüssigkeit herunter.

»Lily? Kannst du mich hören?« Ich kann sie kaum noch erkennen, da mir Tränen in den Augen stehen. »Bitte, bitte, wach auf.« Ich nehme sie in die Arme und wiege sie, wie ich es noch vor wenigen Minuten mit Paul gemacht habe. Dann bringe ich sie dazu, noch mehr zu trinken, und irgendwann schlägt sie die Augen auf und ihre Atmung verlangsamt sich.

»Ich fühle mich komisch«, stammelt sie. »Ich habe solchen Durst und bin so müde. Warum bin ich so müde?«

Ich wünschte, ich könnte ihr eine Antwort darauf geben. Die einzige Erklärung, die mir einfällt, ist, dass sie zu viel Blut verloren hat, und falls das stimmt, dann weiß ich nicht, wie ich ihr helfen soll. In den Filmen finden sie immer irgendeinen Weg, eine Infusion zu legen und eine Bluttransfusion zu machen, aber ich weiß nicht einmal, ob ich meine Blutgruppe richtig in Erinnerung habe, und ich habe keine Ahnung, welche Blutgruppen andere Menschen umbringen und welche Leben retten können. Vorerst wird Wasser reichen müssen.

»Du bist vermutlich nur dehydriert. Du hast dich heute sehr angestrengt, da ist es doch logisch, dass du müde bist. Jetzt trink und iss erst mal was. Ich werde mich um dich kümmern.« Ich gebe ihr einen Kuss auf das feuchte Haar, und ihr salziger Schweiß sorgt dafür, dass meine rissigen Lippen brennen.

Sie tätschelt mein Gesicht, und die Berührung ist so flüchtig, als wäre ihre Hand die Pfote eines kleinen Kätzchens. »Das weiß ich doch, David. Du kümmerst dich um mich.« Ich lege ihren Arm zurück auf ihren Körper, da sie ihre Kraft sparen soll. Sie redet weiter flüsternd auf mich ein. »Das von vorhin tut mir leid. Du kannst an dem Signal arbeiten. Du kannst machen, was immer du willst. Ich möchte nach Hause. Wirst du mich nach Hause bringen, David?«

Tränen dringen unter ihren langen Wimpern hervor, rollen über ihre Wangen und landen auf ihrem Schlüsselbein. Ich starre sie entsetzt an. Sie darf doch jetzt keine Flüssigkeit vergeuden.

»Ich werde es versuchen, Baby. Ich werde es versuchen. Und jetzt sag nichts mehr, bis du dich besser fühlst.«

Sie nickt. In der Ferne höre ich ein leises Wimmern, das wie ein verängstigtes Kätzchen klingt. Paul ist wach. Ich ziehe mein Shirt aus und knülle es zusammen. Dann lege ich Lily ganz vorsichtig auf den Sand, sodass sie auf der Seite liegt, und schiebe ihr das Shirt unter den Kopf, damit sie ungehindert atmen kann.

Ich renne über den Strand und hole meinen Sohn, der seine behelfsmäßige Windel, die wir vor seiner Geburt aus Blättern und Kokosnussschalen angefertigt haben, beschmutzt hat. Sie sieht an ihm riesig aus, da wir anscheinend beide vergessen hatten, wie winzig so ein Neugeborenes ist. Außerdem hat sie nicht verhindert, dass sein senfartiger Kot an seinem Rücken und seinen dürren Beinchen klebt.

Rasch wasche ich ihn im Meer und lege ihm so gut es geht eine neue Windel an. Zum Glück ist Margarets Blazer sauber geblieben und ich kann Paul darin einwickeln, bevor ich ihn und eine Schüssel mit Kokosmilch zu seiner Mutter trage. Sie drückt ihn an sich und legt ihn dann zum Stillen an ihre Brust.

Ich bleibe in der Nähe sitzen für den Fall, dass sie wieder das Bewusstsein verliert und ich das Baby auffangen muss. Es fällt mir schwer, still zu sitzen, da ich viel zu viel Zeit habe, um über diesen Tag, meine neue Verantwortung und meine Ängste nachzudenken. Mir schießt all das Zeug durch den Kopf, das ich zu Hause besitze und bisher als wichtig erachtet habe: mein Wagen, mein Haus, mein Flachbildfernseher, mein iPod, mein iPad. Dann sehe ich mich um. Hier gehört mir gar nichts.

So gefällt es mir viel besser. Besitz ist nur vorübergehend und kann wie unser Flugzeug in Flammen aufgehen oder wie unser Gepäck auf den Meeresboden sinken. Alles, was mir hier wichtig ist, sind Lily und Paul, und ich würde sie nicht gegen eine Million Autos, Häuser oder Flugzeuge eintauschen. Aber wichtig scheint noch lange nicht dauerhaft zu bedeuten.

Während ich mit ansehe, wie Lily gegen den Schlaf ankämpft, um unser Neugeborenes zu füttern, wird mir auf einmal klar, dass Paul vielleicht nie zu einem Arzt gehen und nie richtige Windeln oder vernünftige Kleidung haben wird. Er wird mehr hungern und frieren, als es sich ein Vater für seinen Sohn wünscht. Und Lily muss sich ausruhen und beten, dass Mutter Natur sie heilt, wie sie es tun sollte, da ich absolut nichts für sie tun kann.

Auf einmal kommen sie mir viel zerbrechlicher und vergänglicher vor als eine einzige Glasscheibe in meinem Haus, ein Scheinwerfer meines Wagens oder ein Kristallglas in meinem Schrank. Besitz ist zerbrechlich, so viel steht fest, aber er ist auch ersetzbar. Menschen, die man liebt, sind es nicht.

Ich vergesse, was ich gerade vorhatte, und lege einen Arm um die beiden. Lily lehnt den Kopf gegen meine Schulter und schläft ein. Ich stütze Paul mit einer Hand, damit er nicht runterfallen kann, und sein winziges Herz schlägt rasend schnell gegen meine Handfläche.

Ich bin froh, dass Lily nun meiner Meinung ist. Wir müssen unsere kleine Familie nach Hause bringen.

# 29

## Lillian

*Gegenwart*

»Es hat nach Pauls Geburt einige Zeit gedauert, bis ich wieder auf den Beinen war. Erst nach sechs Wochen konnte ich Dave und Kent wieder im Lager helfen. Ich glaube, ich habe mich erst wieder komplett erholt, nachdem ich zu Hause richtig versorgt worden bin.« Lillian hielt nachdenklich inne und fügte hinzu: »Wie ich zuvor schon erwähnt habe, ist Kent kurz nach Pauls Geburt ertrunken.«

»Wie konnten Sie Paul in Ihr tägliches Leben integrieren? War es schwer, unter diesen primitiven Bedingungen ein Baby zu versorgen?« Genevieve saß auf dem vordersten Rand der Sitzfläche und schien es zu genießen. Interessierte sich die Reporterin nur wegen Paul für Lillians Geschichte?

»Er war ein so braves Baby, sehr entspannt und hat am liebsten in meinen Armen geschlafen. Nachts schlief er eingekuschelt zwischen uns, damit er es schön warm hatte. Ich konnte ihn stillen, daher war seine Versorgung kein Problem, solange ich genug gegessen und getrunken habe. Wir hatten großes Glück.«

Lillian war überrascht, wie leicht es ihr fiel, über Pauls Geburt und seine Zeit auf der Insel zu reden. Bisher war sie stets in Tränen ausgebrochen, wenn sie auch nur seinen Namen aussprechen musste. Sie wertete das als gutes Zeichen dafür, dass sie langsam über seinen Tod hinwegkam.

Eigentlich hatte sie sich immer gewundert, warum es ihr so schwerfiel, von ihm zu erzählen. Sie liebte Paul ebenso sehr wie ihre anderen Kinder. Es gehörte zu ihren schönsten Erinnerungen, ihn in sich heranwachsen zu spüren, ihn in den Armen zu halten und dank der Milch, die sie ihm gab, wachsen zu sehen. Daher hätte es doch nicht so schrecklich sein müssen, über sein Leben zu berichten, sondern nur darüber, wie sie ihn verloren hatte.

»Beschreiben Sie ihn uns, Lillian.« Genevieves Stimme klang ganz sanft und einfühlsam. Lillian hätte beinahe auf den Gedanken kommen können, dass ihr wirklich etwas daran lag, und beschloss, einfach so zu tun. Nachdem sie Jerry einen Blick zugeworfen hatte, der jetzt seit fast zwanzig Minuten unablässig mit seinen Fingernägeln beschäftigt war, schloss sie die Augen und versuchte, sich an das zu erinnern, was sie sonst nur in ihren Träumen sah.

»Er war sehr klein. Ich weiß nicht, ob er kleiner war als meine anderen Kinder, oder nur so klein wirkte, weil ich so lange keine Babys mehr gesehen hatte, aber er fühlte sich in meinen Armen federleicht an.« Ein trauriges Lächeln umspielte ihre Lippen, als sie die Augen wieder aufschlug. »Er hatte sehr viele schwarze Haare, die genauso dick und lockig waren wie die seiner Brüder. Seine Augen waren strahlend blau. Das Grau darin verschwand nach einem Monat langsam, und dann waren sie so blau wie das Meer. Er fing an zu lächeln am Tag, bevor er …« Ihre Stimme brach, und sie konnte nicht mehr weitersprechen.

»Es muss sehr schwer für Sie sein, darüber zu sprechen«, sagte Genevieve, als ob das nicht offensichtlich wäre.

»Sehr schwer.« Lillian mochte nicht an diesen Tag denken und hatte alles in ihrer Macht Stehende getan, um es nicht tun zu müssen. Sie hatte sogar diese kleinen weißen Schlaftabletten genommen, damit sie keine Albträume bekam.

»Bevor wir über seinen letzten Tag reden, möchte ich Sie erst noch etwas anderes fragen.«

Was wollte sie denn fragen? Lillian biss die Zähne aufeinander und hoffte, dass es wie ein Lächeln aussah und nicht wie ein Hund, der zuschnappen wollte.

»Okay. Ich werde versuchen, Ihnen alles zu beantworten.« Sie rieb ihre Fingerspitzen aneinander, knackte mit den Fingerknöcheln und betete, dass sie ruhig bleiben würde, wenn sie über Pauls Tod sprachen.

»Warum lügen Sie mich an, Lillian?«, wollte Genevieve wissen und behielt ihre freundliche, verständnisvolle Stimme bei.

»Was? Ich … Wie meinen Sie das?«, stieß Lillian stotternd aus, und in ihrem Inneren zog sich alles zusammen. Ihr Gehirn arbeitete auf Hochtouren, und sie ging das ganze Interview noch einmal durch. Wo hatte sie Mist gebaut und sich verraten?

»Ich werde Ihnen sagen, was ich denke«, begann die Reporterin, und Lillian hatte auf einmal einen trockenen Mund und sehnte sich nach einer Cola. Auf eine solch unglückliche Wendung war sie nicht vorbereitet gewesen. »Irgendetwas stimmt an Ihrer Geschichte über Paul nicht. Zuerst dachte ich, Sie und Dave hätten sich das alles nur ausgedacht, um interessanter zu wirken, aber dann habe ich mir die Interviews von Ihnen beiden angesehen. Wissen Sie, was mir da klar geworden ist?«

»Was denn?«, erwiderte Lillian reflexartig und kam sich dämlich vor, kaum dass sie die Worte ausgesprochen hatte.

»Sie sind nicht schwanger auf dieser Insel angekommen, nicht wahr, Lillian?«

Panik brach wie eine Woge über sie herein, und sie sah zur Tür. Wenn sie die hochhackigen Schuhe auszog, wie lange würde es dann dauern, bis sie bei Jills Haus war? Bis sie ihre Kinder umarmen und diesem nagenden Verlangen nachgeben und Dave anrufen konnte? Sie konnte noch an diesem Abend losfliegen und sich ein Hotelzimmer nehmen. Er war der Einzige, der sie verstand.

Lillian holte durch die Nase tief Luft und ließ sich von dem einströmenden Sauerstoff beruhigen. Wenn sie weglief, würde sie nur schuldig aussehen, sagte sie sich, und außerdem war Weglaufen keine Option. Sie musste jetzt einfach versuchen, noch besser zu lügen. Über Genevieves Schulter sah sie, dass Jerry auf einmal konzentriert zuhörte und genau mitbekam, was hier vor sich ging. Als Lillian den Mund aufmachte, um etwas zu erwidern, räusperte sich Jerry laut.

»Ich denke, das reicht«, protestierte er. Er stand auf und knöpfte sein Sakko auf eine sehr anwaltsmäßige Art und Weise zu, bei der Lillian an den eifrigen Jurastudenten denken musste, den sie vor zwölf Jahren geheiratet hatte.

»Entschuldigen Sie, Mr Linden, aber ich dachte, Sie wollten nicht an diesem Interview teilnehmen?« Genevieve hielt ihren eiskalten Blick auf Lillian gerichtet. Jerrys schwere Schritte hallten vom Eichenfußboden wider.

»Ich spreche jetzt nicht als Lillians Mann, sondern als ihr Anwalt. Wenn Sie weiterhin derartige Fragen stellen, sieht sich Mrs Linden gezwungen, das Interview vorzeitig abzubrechen.« Seine Stimme gewann immer mehr an Kraft, und inzwischen stand er schon neben der Reporterin.

Genevieve wackelte mit dem Kopf hin und her wie ein Preisboxer vor einem Kampf, drehte den Kugelschreiber, den sie in den Händen hielt, und sah mit stiller Entschlossenheit zu Jerry auf. Selbst Lillian konnte den Zorn in Jerrys dunklen Augen erkennen, obwohl sie ein Stück weit weg saß. Nachdenklich biss sie sich auf die Zungenspitze. Dieser Beschützerinstinkt gefiel ihr an ihrem Mann, und falls er sie jetzt bat, das Interview abzubrechen, dann würde sie es tun.

»Okay.« Genevieve spuckte das Wort aus, als wäre es giftig. »Ich werde keine ›derartigen Fragen‹ mehr stellen, wenn Sie darauf bestehen, Herr Anwalt.«

»Das tue ich in der Tat. Ich möchte außerdem darauf hinweisen, dass Sie eine Beleidigungsklage am Hals haben, falls auch nur ein Wort dieser verleumderischen Behauptungen gesendet wird.«

Genevieve ging hektisch ihre Karteikarten durch. Lillian in Bezug auf Paul in die Enge zu drängen, war offenbar ihr finaler Schachzug gewesen. Womöglich würde Lillian nie herausfinden, was sie wusste und wie viel sie in Erfahrung gebracht hatte. Und ausgerechnet Jerry hatte sie gerettet.

Ganz benommen vor Erleichterung lächelte Lillian ihren Mann strahlend an, der nach der Konfrontation mit der wütenden Genevieve Randall auf seinen Platz zurückgekehrt war. Bevor er sich setzte, knöpfte er sein Sakko wieder auf. Dann ließ er sich auf den Sessel sinken, stützte die Ellbogen auf die Knie, bedeckte das Gesicht mit den Händen und rieb sich die Augen wie ein müdes Kind. Als er die Hände wieder sinken ließ, war sein Anwaltsgesicht verschwunden und hatte einer anderen Miene Platz gemacht, die sie erst einmal in ihrem Leben gesehen hatte: Er hatte Angst.

Diesen Gesichtsausdruck hatte sie bei ihm nur einmal erlebt, vor sechseinhalb Monaten, am Tag nach der Gala von Carlton-Joghurt. Dave und sie hatten den ganzen Tag miteinander verbracht und Jill im Hotelzimmer zurückgelassen. Jill hatte keine Ahnung, dass Dave und Lillian zusammen waren, und hätte es auch nicht gutgeheißen.

Während der Rückfahrt von der Gala zum Hotel in der Limousine, dem Weg in ihr Zimmer und der zwanzig

Minuten, die es dauerte, das schwere Kleid auszuziehen, sich abzuschminken und einzucremen und den Schlafanzug anzuziehen, hatte Jill Lillian unablässig Vorwürfe wegen ihres Benehmens an diesem Abend gemacht. Lillian versuchte, sie zu ignorieren und nicht beleidigt zu sein, aber sie stellte fest, dass sie dafür nicht genug Energie hatte und sich zu sehr auf den kommenden Tag mit Dave freute. Also grinste sie nur und tätschelte ihrer Freundin den Kopf, bevor sie ins Bett ging in dem Wissen, dass sie nur wenige kurze Stunden von diesem wichtigen Tag trennten.

»Ist es wirklich in Ordnung, dass ich dich zu deinem Zimmer bringe?«, fragte Dave, der Lillians Hand noch immer hielt, während sie den mit rotem Teppich ausgelegten Hotelflur entlanggingen.

»Jill hat mir heute Morgen eine SMS geschrieben, dass sie ihre Cousine in Santa Monica besucht und erst spät zurückkommt. Uns kann also nichts passieren.« Als sie an ihr leeres Zimmer dachte, hatte sie Schmetterlinge im Bauch. Es schien zwar das Natürlichste auf der Welt zu sein, aber sie sagte sich, dass sie ihn nicht hineinbitten würde.

»Unfassbar, dass es schon vorbei ist. Ich hatte mich seit unserem Abschied in Guam auf diesen Tag gefreut. Und jetzt müssen wir uns schon wieder voneinander verabschieden.« Der Druck seiner Finger verriet Lillian, dass er sie am liebsten gar nicht mehr loslassen wollte. Sie wusste nicht, ob ihr das gefiel oder ob sie das zu Tode erschreckte.

»Ich werde dich auch vermissen, aber wenigstens können wir jetzt telefonieren. Ich habe eine neue Handynummer unter einem anderen Namen, sodass wir uns auch SMS schreiben können.« Lillian deutete auf die Tür zu Zimmer 223, dem zweitletzten auf diesem Flur. »Da wären wir.« Sie blieb direkt vor der Tür stehen, drehte sich zu ihm um und zählte die hellblauen Knöpfe an seinem Hemd.

»Dann muss ich dich jetzt verlassen?«, fragte er, trat einen Schritt näher und schob ihr eine Haarsträhne hinter das Ohr. Als seine Finger ihr Ohrläppchen berührten, erschauderte sie. Wie schaffte er es, dass sie noch immer so auf ihn reagierte?

»Jetzt wollen wir mal nicht zu gierig werden.« Sie lachte und versuchte, die Schmetterlinge zu vertreiben, damit sie einfach gehen konnte, ohne etwas zu tun, das sie später bereuen würde. »Lass mich wissen, wie es mit Beth läuft. Falls du mich noch einmal brauchst, dann könnte ich in einem oder zwei Monaten vielleicht ›zufällig‹ noch mal einen Interviewtermin in L. A. haben.«

Lillian wackelte mit einer Hand, um den Witz zu illustrieren, merkte aber, dass Dave ihr gar nicht zuhörte. Er starrte ihre Lippen an wie eine Katze einen Kanarienvogel. Sie wurde puterrot, da er ganz offensichtlich nichts Gutes im Schilde führte. Schon machte er einen weiteren Schritt auf sie zu, bis sich ihre Oberkörper beinahe berührten.

Sie stand wie erstarrt da und beobachtete seine dunklen Wimpern, während er ihr ins Gesicht sah, als wollte er es sich für alle Ewigkeit einprägen. Nahezu trunken von seinem Geruch forderte es ihre ganze Selbstbeherrschung, diese unsichtbare Linie nicht zu übertreten, die sie gezogen hatte, als sie von ihm verlangt hatte zu lügen. Aber sie wollte es, sie wollte es so wahnsinnig gern tun.

Entschlossen legte sie ihm eine Hand auf die Brust und wollte ihn von sich wegschieben, merkte jedoch sofort, dass sie einen Fehler begangen hatte. Eine Woge schien durch sie hindurchzutosen, als würde ein Stromschlag durch ihren Arm in seine Brust rasen. Er sah ihr in die Augen, er fühlte dasselbe. Sie wollte Nein sagen oder sich wenigstens abwenden, aber der Wunsch, ihn unbedingt wieder zu schmecken, fesselte sie. Als sie sich gerade vorbeugte, wurde die Tür hinter ihr plötzlich aufgerissen.

Ein Luftstoß vertrieb das Vakuum, das zwischen ihnen entstanden war. Lillian riss die Hand weg und verfluchte sich dafür, dass ihr Herz noch immer so schnell schlug. Jill würde ihr ganz gewiss ansehen können, was gerade beinahe passiert wäre.

Dave machte einen Satz nach hinten und steckte die Hände in die Hosentaschen, als die Tür ganz aufgerissen wurde. Selbst Lillian fand, dass er durch seine gespielte Gleichgültigkeit erst recht schuldbewusst aussah.

»Da bist du ja, Lillian«, sagte eine tiefe, vertraute Stimme, die durch den lautlosen Flur hallte. Sie wirbelte auf dem Absatz herum und stand Jerry gegenüber, dessen Gesicht von Sorgenfalten durchzogen war und auf dessen sonst stets glatt rasiertem Gesicht sich ein Bartschatten abzeichnete. Er trug eine zerknitterte graue Anzughose und offenbar ein brandneues weißes Oberhemd, dem man noch ansehen konnte, wie es gefaltet gewesen war.

»Jerry! Was in aller Welt … Ich hatte ja keine Ahnung, dass du herkommst.« Lillian zwang sich, ihren Mann anzulächeln.

»Das ist ja normalerweise der Sinn einer Überraschung«, erwiderte er mit einem Hauch von Feindseligkeit. »Ich wollte dich heute Morgen nach deinem Interview überraschen, aber kannst du dir vorstellen, wie überrascht *ich* war, als man mir sagte, dass du heute gar nicht interviewt werden solltest?«

»Ach ja. Ich habe es abgesagt. Nach gestern Abend wäre es mir zu viel geworden ist«, bluffte Lillian, so gut sie konnte. Schließlich konnte sie ihm ja kaum gestehen, dass sie nie vorgehabt hatte, dort aufzutauchen, sondern diesen Termin nur als Ausrede gebraucht hatte, um sich mit Dave treffen zu können.

»Ja«, entgegnete Jerry entrüstet. »Das hat man mir auch gesagt.«

*Jill hat eine viel zu große Klappe,* dachte Lillian.

Laut fragte sie: »Wo steckt Jill?«

»Sie ist nach Hause zu ihrer Familie geflogen.« Jerry streckte den Kopf aus dem Zimmer. »Sie sagte, Sie zwei hätten sich unterhalten. Ist das korrekt, Dave? Oder sollte ich David sagen?«

»Schön, Sie wiederzusehen, Jerry. Ich habe so viel über Sie gehört.« Dave bewegte sich nicht und schenkte Jerry nur einen schnellen Seitenblick, bevor er weitersprach. »Bitte nennen Sie mich Dave.« Dann verschränkte er die Arme vor der Brust, sodass sich die Venen an seinen Unterarmen abzeichneten, als wäre er beim Gewichtheben.

Als Jerry erneut den Mund öffnete, spannte sich die Haut an seinem Unterkiefer derart an, dass Lillian schon glaubte, sie müsse platzen. »Ich würde gern wissen, wo du den ganzen Tag gewesen bist, Lillian.«

»Wir haben unsere Interviews abgesagt, und dann hat mir Dave L. A. gezeigt«, antwortete sie prompt. Was hätten zwei alte Freunde denn an so einem Tag getan? »Wir waren beim alten Blumenladen seines Vaters und haben danach im Ricardo's zu Mittag gegessen. Ricardo, der Besitzer, war ein guter Freund seines Vaters und …«

»Du kannst aufhören zu lügen, Lillian. Ich sehe es dir doch an, dass das nicht stimmt.«

»Ich lüge nicht, Jerry. Warum sollte ich dich anlügen?« Lillian geriet in Panik und wurde immer unruhiger.

Dave schien es zu bemerken oder zu spüren. Er legte den Kopf gegen die Wand, als wäre das alles eine Zumutung, und seufzte. »Sie machen sich lächerlich, Jerry.«

Jerry drehte den Kopf ruckartig zu Dave um. Er war wütend, wütender, als Lillian ihn jemals zuvor gesehen hatte. Seine Lippen wurden kreidebleich, und er atmete schwer. Auf einmal verspürte sie den dringlichen Wunsch, sich zwischen die beiden Männer zu stellen.

»Ich mache mich lächerlich, *David?* Das kann ja wohl nicht Ihr Ernst sein«, knurrte Jerry und ballte immer wieder die

Fäuste, als würde er am liebsten zuschlagen. Soweit sie wusste, hatte sich Jerry noch nie geprügelt. Er war doch immer so ausgeglichen und dachte logisch und analytisch. Doch in diesem Augenblick war er alles andere als logisch, und Daves Verhalten war auch nicht gerade hilfreich.

»Sie sehen das hier völlig falsch«, versicherte Dave ihm und wirkte ein wenig gelangweilt. »Sie haben doch keine Ahnung, was hier vor sich geht, oder?« Er schob die Hände tiefer in seine Hosentaschen, stellte sich aufrecht hin und musterte Jerry herablassend.

»Halten Sie mich für völlig bescheuert, *David,* oder einfach nur für leichtgläubig?« Jerry machte einen Schritt auf Dave zu, wobei er zum ersten Mal die Türschwelle überschritt. »Ich habe all Ihre Anrufe gesehen. Ich weiß, wie oft, um welche Uhrzeit und wie lange Sie mit ihr telefoniert haben. Ich weiß, dass Sie warten müssen, bis Ihre Frau eingeschlafen ist, bis Sie *meine* Frau anrufen können. Nach dem Gespräch mit Jill ist mir auch klar, dass Sie deswegen nicht einmal ein schlechtes Gewissen haben. Na, was bin ich nun, bescheuert oder leichtgläubig?«

»Ich würde eher sagen … uninformiert.« Dave nahm die Hände aus den Hosentaschen und ließ sie an seinen Seiten hängen, als wüsste er, dass er sich gerade Ärger einhandelte. Jerry ging wie ein Weitspringer bei den Olympischen Spielen auf die Fersen. Lillian musste etwas unternehmen.

»Dave! Jerry! Hört auf!« Ihre Stimme hallte durch den leeren Flur. Die beiden Männer sahen sie an, als hätten sie ganz vergessen, dass sie noch da war. Sie baute sich zwischen ihnen auf, stützte jedem der beiden Männer eine Hand auf den Bizeps und starrte ihnen abwechselnd in die Augen, die bei dem einen dunkel wie die Nacht und bei dem anderen blau wie die Lagune der Insel waren. »Wir müssen doch hier keine Szene machen. Wenn du reden willst, dann können wir das im Zimmer und wie Erwachsene tun, Jerry.«

Jerry nahm ihre Hand von seinem Arm und legte die Finger um ihr Handgelenk. »Ich lade diesen Mann ganz bestimmt nicht in dein Zimmer ein.«

»Ich an Ihrer Stelle würde lieber die Finger von ihr nehmen.« Dave beugte sich über sie und drückte sich gegen ihre Hand, mit der sie ihn festhalten wollte.

»David«, sagte sie und ging wieder zu ihrem Spitznamen für ihn über. Heute sah er tatsächlich wie der biblische David aus mit seiner entschlossenen und rechtschaffenen Miene. Sie wusste, dass er Jerry die Wahrheit sagen und abwarten würde, wie dieser reagierte, wenn es nach ihm ginge, aber Lillian war dagegen. Sie war nicht bereit dazu. »Ich werde damit schon fertig. Ganz bestimmt. Gib uns bitte einen Augenblick.«

Sein Herz schlug so schnell, dass sie die Schläge nicht zählen konnte, und seine Augen waren feucht und wirkten leicht verzweifelt. »Bist du dir sicher, Lily? Lass dich von ihm nicht herumkommandieren.«

»Herumkommandieren? Sie haben ja Nerven.« Jerry schüttelte den Kopf, kam aber nicht näher.

»Mach dir keine Sorgen«, versicherte sie ihm.

Dave ignorierte Jerry einfach und nahm Lillians Hand, als wollte er sie mitnehmen. Sie legte den Kopf schief, sah in sein sanftes Gesicht und versuchte, die Erinnerungen zu unterdrücken.

Aber sie drangen dennoch an die Oberfläche. All die glücklichen Zeiten, die sie vergessen wollte, schossen ihr wieder durch den Kopf. Seine Arme, seine Lippen, seine Haut, sein Mut, seine Entschlossenheit, seine Loyalität. Die Art, wie er sie nachts im Arm gehalten und tagsüber mit ihr gelacht hatte und wie er ihren Sohn mit jeder Faser seines Herzens geliebt hatte. Am schlimmsten war jedoch, dass sie Paul in seinen Zügen wiedererkannte, und als er sich von ihr entfernte, fiel es ihr schwer, ihn gehen zu lassen.

Nervös drehte sie sich wieder zu Jerry um. Als sie endlich den Mut fand, ihm ins Gesicht zu sehen, war sie überrascht, dass sein Ärger verflogen zu sein schien. Er war blass und hatte dunkle Ringe unter den Augen.

»Ich halte das nicht mehr durch, Lil«, stieß er hervor. »Zuerst dachte ich, du wärst tot, und ich war am Boden zerstört.« Er fuhr Lillians hohe Wangenknochen mit den Fingerspitzen nach. »Dann kann ich dich endlich nach Hause bringen, und jetzt verliere ich dich schon wieder. An ihn.« Er legte den Kopf zur Seite und deutete mit hochgezogenen Augenbrauen in Daves Richtung.

»An Dave?«, fragte sie, auch wenn sie die Antwort bereits kannte. »Dave ist mein Freund, Jer. Er liegt mir sehr am Herzen, aber wir sind nicht zusammen.«

»Das sagst du jetzt, aber dann telefonierst du ewig lange mit ihm und sprichst mit ihm über was auch immer. Danach fliegst du durch das halbe Land und lügst wegen der Interviews, damit du ihn sehen kannst.« Er senkte die Stimme. »Du willst nicht mit mir in einem Bett schlafen. Was in aller Welt soll ich denn bitte denken?«

Lillian drehte sich zu Dave um, denn sie wollte wissen, ob er zuhörte. Er stand an die Wand gelehnt da, die Arme abwehrend verschränkt, aber sie konnte erkennen, dass er jedes Wort verstanden hatte.

»Was soll ich denn noch sagen, Jerry? Dave und ich haben keine Affäre. So einfach ist das. Dave und Beth wollen ihre Ehe retten und gehen zur Eheberatung.« Sie machte einen Schritt auf Jerry zu. »Vielleicht sollten wir das auch mal versuchen.«

»Wetten, er sagt dem Eheberater nicht, dass er nachts stundenlang mit einer anderen Frau telefoniert?« Jerry sprach wieder lauter und an Dave gerichtet, der sein Gewicht von einem Fuß auf den anderen verlagerte, als würde er am liebsten auf Jerrys Worte reagieren.

»Das hat keine romantischen Gründe«, versicherte ihm Lillian. »Ich brauche ihn, weil er der einzige Mensch ist, der weiß, was ich durchgemacht habe.«

Jerry schüttelte nur den Kopf. »Das ist nicht fair, Lillian. Wie soll ich wissen, was dir passiert ist, wenn du nicht mit mir darüber reden willst?«

»Ich soll mit dir darüber reden? Du hast nie Anstalten gemacht, mir zuzuhören. Immer, wenn ich Paul erwähne, schaltest du ab oder wechselst das Thema. Und Dave hat Paul gekannt. Er erinnert sich an ihn und an sein Leben. Ich brauche jemanden, der weiß, dass mein Baby Paul existiert hat und dass er in meinen Armen gestorben ist.« Lillian biss sich auf die Innenseite ihrer Wange, bis sie Blut schmeckte. Sie wollte nicht wieder um ihn weinen, nicht vor Dave, der keine Tränen um seinen Sohn vergießen durfte.

»Ich werde dir die Sache ganz einfach machen, Lillian«, meinte Jerry und schüttelte traurig den Kopf. »David oder ich! Damit meine ich nicht mich und die Jungs, sondern nur mich. Bin ich genug? Keine mitternächtlichen Anrufe oder geheimen Treffen mehr. Es endet hier und jetzt oder«, ihm stockte die Stimme, und er räusperte sich, »oder wir sind fertig miteinander.«

Er starrte sie mit ängstlicher Miene an, als wüsste er bereits, was sie antworten würde.

Die Welt erstarrte in einem verschwommenen Nebel um Lillian herum, als wäre die Zeit angehalten worden, während ihr Leben einfach weiterging. Sie musste sich also entscheiden. Zwischen Jerry, mit dem sie seit zwölf Jahren verheiratet war, dem Vater ihrer Kinder, der besser als sie selbst wusste, was sie brauchte. Und Dave, von dem sie sich angezogen fühlte, als wäre sie in einem unsichtbaren Kraftfeld wie in einem von Joshs Science-Fiction-Filmen gefangen, mit dem sie ums Überleben gekämpft, trotz der Umstände ein Kind bekommen und den Tod mit angesehen hatte. Dem einzigen Menschen auf der Welt, von dem sie wusste, dass er sie immer beschützen würde, egal was auch passierte.

Das war so unfair. Vor zwei oder drei Monaten noch hätte Lillian vielleicht gezögert und sich an diese Vision erinnert, die sie nach ihrer Rettung im Krankenhaus gehabt hatte, an die Bilder eines zukünftigen Lebens mit Dave. Aber nach dem heutigen Tag? Nein. Dave gehörte zu Beth und sie zu Jerry.

Lillian wagte es, Dave noch einmal anzusehen, bevor sie Jerry die endgültige Antwort gab. Er blickte mit zusammengekniffenen Augen zur Deckenlampe empor, und in seinem Gesicht zeichneten sich weder Furcht noch Hoffnung ab, sondern nur Resignation – und etwas, das nach Scham aussah. Jerry war voller Angst, dass sie mit Dave gehen wollte, aber Dave wusste längst, dass sie mit Jerry nach Hause zurückkehren würde.

Sie sah ihren Mann an und flüsterte: »Ich habe mich für dich entschieden.«

# 30

## Lily – Tag 589

*Die Insel*

Der Sand ist so heiß, dass er meine Wange verbrennt, aber ich kann es nicht spüren. Nein, das stimmt nicht ganz, ich spüre es durchaus, aber ich habe es auch verdient. Ich drücke das Gesicht fester gegen die unglaublich heißen Körnchen und wünschte, ich könnte sein leises Weinen noch einmal hören, wenn ich nur tief genug grabe.

Selbst nach einem Monat kann ich es kaum ertragen, wie ruhig es jetzt ist, wo David und ich wieder allein sind. Ich weiß nicht, warum es mir so schwerfällt, mich daran zu gewöhnen. Paul war nur drei Monate bei mir, ein kurzer Augenblick, verglichen mit meinem ganzen Leben, aber sobald er da war, schien es, als wäre er schon immer hier gewesen. Jetzt ist er fort und ich fühle mich, als wäre ich mit ihm gestorben.

Ich kann nicht mehr im Unterschlupf schlafen. Dort ist es passiert, dort hat er seinen letzten Atemzug getan. Ich war nicht einmal wach, um es mitzuerleben. Mein Baby hat wie jede Nacht seit seiner Geburt in meinen Armen geschlafen. Aber irgendwann mitten in der Nacht hat es aufgehört zu atmen, und als ich es bemerkt habe, staute sich die Milch in meinen Brüsten und mein winziger Sohn lag kalt und blau neben mir.

Mein Schrei hat David geweckt. Mit anzusehen, wie ein Mann, der derart in seiner Vaterrolle aufgegangen ist, den Grund seines Lebenswillens verliert, war für mich beinahe so, als hätte ich an diesem Tag zwei Menschen sterben sehen. David sagt, er würde mir keine Schuld geben, aber ich glaube ihm nicht. Wenn ich solche Schuldgefühle habe, wieso sollte er es dann anders sehen? Welche Mutter verschläft den Tod ihres Kindes? Selbst wenn es nichts gab, was ich hätte tun können, was ich nicht so ganz glauben kann, wäre ich doch gern dabei gewesen, um ihm ein letztes Mal in die Augen sehen und seine Wange küssen zu können, solange sie noch rosa und warm war.

Stattdessen sucht mich die Erinnerung an seinen steifen, verfärbten Körper heim. Ich kann mich fast schon nicht mehr daran erinnern, wie er vorher ausgesehen hat. Am liebsten würde ich David danach fragen. Ich möchte, dass er mich an sein dichtes, schwarzes Haar erinnert, das so weich wie Kaschmir war und besser roch als jede Blume auf dieser Insel. Ich möchte, dass er mir von Pauls schiefem Grinsen erzählt, das wir kaum erkennen konnten und das uns doch besser unterhalten hat, als es ein Film oder eine Fernsehsendung je vermocht hätten. Ich weiß noch, wie ich David als erfahrene Mutter vorhergesagt habe: »Keine Sorge, er wird schon bald die ganze Zeit lächeln.« Wie ich es hasse, mich ausgerechnet bei Paul geirrt zu haben!

Hätte ich in diesem Augenblick den Platz mit Paul tauschen können, ich hätte es getan. Ich habe Gott unzählige Male darum angefleht, aber es ist noch nicht geschehen und wird wohl auch nie passieren. Ich bekomme einfach nicht, was ich will. Das hier habe ich jedenfalls nicht gewollt.

Ich lebte ein ruhiges Leben als Hausfrau in Missouri, schnitt Rabattcoupons aus, brachte die Kinder zum Training und holte sie wieder ab und hatte in meiner Freizeit mal die Muße für ein paar Yogastunden. Gelegentlich hoffte ich, dass ich eines Tages, wenn die Kinder älter sind, wieder in meinen Job als Lehrerin zurückkehren würde, womit mir Jill schon seit Langem in den Ohren lag. Jeder Tag glich sehr dem vorangegangenen und war ein wundervoller, verworrener Mix aus Familie, Pflichten und Hausarbeit. Früher habe ich geglaubt, das wäre langweilig, ebenso wie ich selbst. Aber jetzt sehne ich mich nach all dem zurück. Ich würde lieber dort leben als hier.

Stattdessen sitze ich bis in alle Ewigkeit an einem Strand fest, den ich hasse, starre einen Himmel an, den ich nicht mehr sehen kann, und wasche mich mit Wasser, das mich anekelt. Und zu allem Überfluss habe ich mich auch noch in einen Menschen verwandelt, den ich nicht mal mehr wiedererkenne: Ich bin eine Mörderin, eine Ehebrecherin, eine schlechte Mutter. Wenn ich mir all diese Titel als Schilder um den Hals hängen könnte, würde ich mich besser und nicht etwa schlechter fühlen. Ich weiß gar nicht, warum sich diese Hester Prynne überhaupt beschwert hat.

Der Sand unter meiner Wange ist kühler geworden. Jetzt lässt mich sogar der Sand im Stich. Mein Magen knurrt laut und protestierend. Ich habe mich an den Hunger gewöhnt, aber dieses Geräusch kann ich noch immer nicht leiden.

Etwas zu essen zu bekommen ist auf dieser Insel immer anstrengend. Daher habe ich beschlossen, einfach so gut es geht darauf zu verzichten. Es ist leichter, Schmerzen zu haben, weil man hungert, als mit dem Verlustschmerz umzugehen. Vermutlich schiebe ich David auch aus diesem Grund von mir weg. Ich sollte mich in seinen Armen nicht glücklich und getröstet fühlen, wenn mein kleiner Sohn tot ist.

Ich habe über einige Wege nachgedacht, meinen Schmerz zu mildern, und einer scheint mir besonders reizvoll, insbesondere, wenn David in der Nähe ist und eine Hand auf mein Bein legt oder wenn sich unsere Finger berühren, während wir die Feuerstelle säubern. Aber ich bezweifle, dass er mir helfen würde. Ich könnte ihn vielleicht überlisten, sodass er es erst merkt, wenn es zu spät ist.

»Lily! Essen ist fertig!«

Es ist David. Er tut weiterhin so, als würde ich etwas essen. Wir machen das jeden Tag, sodass es schon fast zur Routine geworden ist. Ich versuche, meinen Schmerz über dem Grab unseres Sohnes aus meinem Leib zu brennen, und er stürzt sich in die Arbeit, damit er so tun kann, als hätte ihm der Verlust seines einzigen Kindes nicht das Herz gebrochen.

Dann bereitet er eine Art Gourmet-Inseldinner zu, und ich tue so, als würde ich etwas essen, während er meine Bissen zählt. Wir legen mehr Holz aufs Feuer und sitzen schweigend da, bis ich irgendwann einschlafe und er sich auf seine Seite im Unterschlupf legt, als würde ich irgendwann wieder den Fuß dort hineinsetzen.

»Lily!«, ruft er erneut. So langsam wird er ungeduldig. Wenn ich zu lange warte, kommt er her, und das geht nie gut aus.

»Gute Nacht, Paul«, flüstere ich dem Sand zu. Er wird vom Wind zerstreut, und ich stehe widerstrebend auf, wobei sich meine von der Sonne verbrannte alte Narbe anspannt.

Als ich zu unserem Feuer hintrotte, bemerke ich das zerzauste, verfilzte Haar, das mir ins Gesicht fällt. Hoffentlich muss ich David nicht in die Augen sehen. Er denkt, er würde seinen Schmerz und seine Sorge gut verbergen, aber das tut er nicht. Wir reden kaum noch miteinander, und ich habe ihn seit dem Tag, an dem ich ihn mit meinen Schreien geweckt habe, nicht mehr lachen gehört.

»Komm her, Lily, setz dich zu mir.« Er winkt mich zu sich, als würden wir uns in einer überfüllten Highschoolcafeteria aufhalten und wären nicht die einzigen beiden Menschen mitten im Nirgendwo.

»Ich habe eigentlich gar keinen Hunger«, lüge ich ihn an. Mir läuft bei dem Geruch des gebratenen Fisches das Wasser im Mund zusammen. *Verdammt, früher habe ich keinen Fisch gemocht. Warum muss er jetzt so gut riechen?*

»Ich weiß, ich weiß. So wie du heute Morgen und heute Mittag keinen Hunger hattest, richtig?« Er tätschelt die Stelle neben sich auf dem wettergegerbten Baumstamm. »Dann leiste mir wenigstens Gesellschaft, vielleicht bekommst du dann ja doch Appetit.«

»Okay.« Ich lasse mich wie ein verwöhnter Teenager neben ihm fallen. »Ich esse was, wenn es Pizza gibt.«

»Versprochen? Vielleicht finde ich ja eine Möglichkeit, Fischpizza zu machen.« David drückt mir eine mit geschnittenen Früchten und Fischen gefüllte Schale in die Hand.

»Dann viel Glück dabei. Ohne Käse ist es aber keine richtige Pizza.« Ich stelle die randvolle Schale so schnell ich kann auf den Boden, um der Versuchung zu widerstehen, und spüre sogar einen Hauch von Triumphgefühl, als mein leerer Magen protestiert.

»Du hast dir wieder das Gesicht verbrannt.« Er sieht mich besorgt an, und zwischen seinen Augenbrauen taucht die altbekannte Sorgenfalte auf. Als er meinen versengten Wangenknochen berührt, zucke ich zusammen, obwohl er ganz vorsichtig ist.

»Das ist nur eine leichte Verbrennung, das heilt schon wieder.«

Seine Züge werden hart, und ich kann erkennen, dass er mit den Zähnen knirscht. Das tut er immer, wenn er einem Streit mit mir aus dem Weg gehen will. Früher haben wir uns nie gestritten, aber heute streiten wir uns jeden Tag wegen desselben Themas.

»Ich werde es jetzt sagen, auch wenn du es nicht hören willst.« Er redet langsam und scheint gar nicht daran zu denken, dass sein Essen kalt wird. »Du bist das Einzige, was mir noch geblieben ist und mir am Herzen liegt. Ich möchte, dass du aufhörst, dich zu verletzen. Wenn du es nicht für dich selbst machen willst, dann tu es für mich.« Er legt eine Hand an diese ganz besondere Stelle in meinem Nacken, an die seine Finger hingehören.

Seine zarte Liebkosung lässt mein Herz auf diese peinliche Weise schneller schlagen, wie es das immer tut, wenn David mich berührt. Aber ich will nicht über David und mich und über unsere Geschichte auf dieser Insel nachdenken. Ich möchte an etwas anderes denken, daran, wie mein leerer Magen sich aufbäumt oder wie meine verbrannte Haut schmerzt. Wenn wir über dieses Thema reden, dann werden wir auch über Paul sprechen und über alles andere, was wir wegen dieser verdammten Insel verloren haben.

»Ich kann nicht damit aufhören. Ich darf nicht glücklich sein. Das habe ich nicht verdient«, murmele ich, aber mein Körper verrät mich und reagiert automatisch auf seine Berührung. Ich lehne mich gegen seine Hand und reibe meine vom Sand verbrannte Wange an seiner Haut.

»Ich verlange auch gar nicht von dir, dass du ihn vergisst, aber es ist völlig in Ordnung, manchmal glücklich zu sein. Nach dem Tod meines Vaters ist es mir lange Zeit schwergefallen, morgens aufzustehen und mich daran zu erinnern, dass der einzige Mensch, dem je etwas an mir gelegen hat, nicht mehr da war. Ich fühlte mich schuldig, wenn ich über eine Fernsehshow lachte oder mich mit Freunden amüsierte. Es hat eine ganze Weile gedauert, bis mir klar geworden ist, dass er dieses Einsiedlerleben nicht für mich gewollt hätte. Er hat mich geliebt und hätte sich darüber gefreut, dass ich glücklich bin.«

Während ich ihm zuhöre, weiß ich durchaus, dass er recht hat. Das sind genau die Gründe, aus denen ich wegen meiner Beziehung zu David keine Schuldgefühle habe. Wenn ich schon nicht bei meiner Familie sein kann, dann würde sie zumindest wollen, dass ich glücklich bin. Und so sehr es auch wehtut, so hoffe ich, dass Jerry irgendwann eine Frau finden wird, die ihn mit offenen Armen und einem großen Herzen aufnimmt, die ihn liebt und die meinen Söhnen die Aufmerksamkeit und die Fürsorge schenkt, die sie von mir nicht mehr bekommen können. Aber das hier ist etwas anderes.

»Paul war noch ein Baby. Er wollte nichts weiter, als dass man sich um ihn kümmerte, und das habe ich ganz offensichtlich nicht gut genug gemacht.«

»Es war nicht deine Schuld. Er ist gestorben. Er ist einfach gestorben. Das hätte auch in seiner Wiege in einem klimatisierten Haus in Missouri passieren können. Manchmal sterben Babys einfach. Ich trauere auch um ihn. Was hast du vor? Willst du dich deswegen bis in alle Ewigkeit bestrafen?« Er legt die Hände auf meine Schultern, während ich mit den Achseln zucke.

»Ich weiß es nicht. So habe ich mich noch nie zuvor gefühlt. Ich habe keine Ahnung, wie lange es andauert.« Meine Stimme zittert. Ich muss jetzt den Mund halten, sonst fange ich noch an zu weinen. Und wenn ich erst einmal weine, höre ich vielleicht nie wieder auf.

David nimmt mich in die Arme, und ich drücke das Gesicht an seine nackte Schulter. Seine Haut ist fast so heiß wie der Sand, brennt jedoch auf völlig andere Weise. Diese leidenschaftliche Verbindung zwischen uns erinnert mich wieder an meine Idee, die Möglichkeit, wie ich den Schmerz verschwinden lassen kann, wenn David nur zustimmt. Ich bin mir ziemlich sicher, dass er es nicht tun wird, aber ich kann es zumindest versuchen.

Ich drehe den Kopf, streife mit den Lippen über sein Schlüsselbein und lasse die Erregung darüber, dass ich seine makellose braune Haut berühre, wie einen Blitzschlag durch meinen Körper rasen. Er verspannt die Arme ein wenig, wodurch er mich an sich zieht. Ich halte mich nicht zurück, sondern bahne mir eine Spur aus Küssen über seinen Hals und seinen Unterkiefer, bis ich ihn schließlich leidenschaftlich küsse.

Falls er zögert, dann merke ich es nicht, weil er den Kuss gierig erwidert, und als wir uns berühren, aneinanderdrücken und betasten, spüre ich nichts als diese aufgepeitschte sinnliche Erregung. Es ist unglaublich. Das könnte tatsächlich funktionieren.

Ich hatte beinahe vergessen, wie gut wir zueinanderpassen. Er weiß genau, wo ich seine Hände spüren möchte. Sein Mund wandert an meinem Hals und meinen Schultern entlang zu meinen Brüsten. Er atmet schwer, und mir ist klar, dass er mich ebenso vermisst hat wie ich ihn.

Als seine Lippen zu meinem Mund zurückkehren, lasse ich meine Hände an seinem straffen Rücken heruntergleiten, bis ich zum lockeren Bund seiner Khakihose komme. Er hat sie mit einem Stück Stoff, das er vom unteren Teil eines Hosenbeins hatte retten können, zugebunden. Ich folge dem einfachen Gürtel, bis ich vorn ankomme, und fummele an dem eckigen Knopf herum, den ich jedoch nicht aufbekomme, ohne hinzusehen. Es dauert nur einen kurzen Augenblick, bis er bemerkt, was ich vorhabe. Seine rauen Hände legen sich auf meine und halten sie fest.

»Was machst du denn, Lily?«

»Wonach sieht es denn aus?«, erwidere ich und versuche, mich daran zu erinnern, wie man flirtet.

Er schiebt meine Hände weg, steht auf und sieht aus, als ob er am liebsten weglaufen würde. »Tut mir leid, Lily, aber mir ist heute nicht danach.«

»Vermisst du es denn nicht, David? Du kannst mir nicht erzählen, dass es dir nicht gefallen hätte. Willst du mich denn nicht mehr?«

»Es geht hier nicht darum, was ich will, sondern darum, was richtig und was sicher ist. Ich kann mein körperliches

Verlangen nicht noch einmal über deine Sicherheit stellen, und ich möchte dein Leben auf gar keinen Fall durch eine weitere Schwangerschaft riskieren.« Er richtet seine Hose und zieht den gelockerten Knoten wieder fest.

»Wäre das denn so schlimm, David?«, fauche ich, und plötzlich finde ich diese Vorstellung ziemlich reizvoll. »Dass wir noch ein Baby bekommen? Mir ist klar, dass es nicht Paul sein würde, aber wir waren so glücklich, als wir ein Baby hatten, das wir beide lieben konnten. Und was die Schwangerschaft angeht, das habe ich schließlich schon einmal geschafft, daher könnte ich es auch ein zweites Mal, und falls doch etwas schiefgeht … dann wäre ich wenigstens von dieser Insel runter.«

Er erstarrt. »Sag nicht so was. Bitte erzähl mir nicht, dass du zu mir gekommen bist und mich verführen wolltest, um wieder schwanger zu werden.«

»Du hast gesagt, du willst, dass ich glücklich bin. Ich habe sehr lange darüber nachgedacht. Das würde mich glücklich machen.« Als ich die Worte laut ausgesprochen höre, wird mir klar, dass ich wie eine Verrückte klinge, als hätte ich völlig den Verstand verloren. Aber, verdammt noch mal, ich will doch nur, dass diese Leere endlich wieder verschwindet. Ich weiß nicht, ob mein Plan aufgehen wird, aber ich wünsche es mir so sehr.

Er glaubt ebenfalls, dass ich durchgedreht bin, denn in seinem Gesicht zeichnen sich Mitleid und Abscheu ab. Ich halte mir die Augen zu. Das will ich nicht sehen. Wenn mich David hasst, habe ich alles verloren, einfach alles.

»Es wird nicht dasselbe sein, Lillian.« Der Klang meines alten Namens erschreckt mich und bewirkt, dass ich mich vor mir selbst ekle.

»Ich weiß«, murmele ich gegen meine Handflächen. Und dann trifft es mich auf einmal mit voller Härte. Mein Baby ist tot. Für immer weg. Ich kann kein neues machen, als wäre es ein Spielzeug, das ich online nachbestelle, weil das alte kaputt ist. Paul wird nie wieder zurückkommen, und es wird immer wehtun. Immer. Ein erbärmliches Schluchzen entringt sich meiner Kehle, und die Scham über das, was aus mir geworden ist, erstickt mich beinahe.

Ich muss meine letzte Kraft zusammennehmen, um mich nicht auf den Boden fallen zu lassen und wie ein Kleinkind, das einen Wutanfall hat, loszuheulen. Ich möchte um mich treten und aus vollem Hals schreien »Das ist nicht fair!«, denn das ist es wirklich nicht.

Was ich jetzt brauche, ist David. Er ist meine Medizin, der einzige Mensch, der das alles mit mir durchgestanden hat. Ich brauche seine Arme um mich und seine tröstenden Worte. Er ist immer für mich da, und ohne es zu begreifen, warte ich darauf, dass er mich in den Arm nimmt. Ich lasse die Hände sinken und sehe mich um. Die Sonne geht gerade unter, und das Feuer lodert bis in den Himmel. David ist weg. Wenn ich die Augen zusammenkneife, sehe ich ihn weit draußen im Wasser, wo sein Kopf auf und ab wandert, weil er schwimmt. Herzlichen Glückwunsch, Lillian, du hast den einzigen Menschen, der dich noch immer liebt, in die Flucht geschlagen. Ich werde das alles eines Tages wiedergutmachen – dass ich sein Baby verloren habe, dass ich durchgedreht bin und dass er ständig für mich sorgen musste. Aber nicht heute. Noch bin ich dafür nicht stark genug.

Mein Magen knurrt laut, und dieses Mal tut er auch weh. Neben mir steht eine volle Schüssel. Kalter Fisch hat noch nie so lecker ausgesehen. Ich hebe sie auf, und meine Hand zittert so stark, dass die Fischstücke in der Schale hin und her wackeln. Widerstrebend schiebe ich mir ein Stück in den Mund, das salzig-süß schmeckt und sich auf meiner Zunge beinahe auflöst. Bei dem Geschmack von richtigem Essen setzt meine Speichelproduktion wieder ein. Wie es wohl wäre, wieder einen vollen Magen zu haben?

Dann sticht mir der Unterschlupf ins Auge. Die Matte liegt noch immer da, sie bedeckt die Stelle, an der ich früher mit Paul geschlafen habe, während sich David an uns kuschelte. Ich bohre die Finger in die dünne Kokosnussschale. Wäre ich nicht halb verhungert, dann hätte ich sie längst zerbrochen. Stattdessen nehme ich sie und werfe sie ins Feuer. Das kostbare Essen braucht nur einen Augenblick, bis es anfängt zu brennen und schwarz wird.

Wem mache ich denn hier etwas vor? David wäre ohne mich viel besser dran. Die Sonne versinkt bereits hinter dem Horizont und macht sich auf, meiner Familie auf der anderen Seite der Welt einen Besuch abzustatten. David kommt aus dem Meer, und das Wasser strömt an seinem Körper herunter. Wenigstens hat er noch daran gedacht, dass zu dieser Stunde die Haie auf die Jagd gehen.

Ich muss verschwinden, bevor er herkommt, um sich am Feuer zu trocknen. Nach dieser Zurückweisung kann ich ihm nicht in die Augen sehen. Ich werfe noch einen Ast ins Feuer und vergewissere mich, dass alle Beweise verbrannt sind. Dann werfe ich mir Margarets alten Blazer über, der nach Paul riecht, und gehe den Strand entlang zur Halbinsel. Der Sand wird jetzt kalt sein, und nachdem ich vom Essen gekostet habe, ist mein Hunger noch größer als seit Tagen, aber ich habe auch nichts anderes verdient.

# 31

## Dave

*Gegenwart*

»Wenn Sie an die ganze Sache zurückdenken, was bedauern Sie dann am meisten, Dave? Was von alledem würden Sie am liebsten ungeschehen machen?« Genevieve stützte ihre knochigen Fingerknöchel unter ihr Kinn. Es war ein langer Tag gewesen, und der ganze Stress setzte Dave langsam zu.

»Ich denke … dass das Flugzeug abgestürzt ist, Miss Randall.« Dave kicherte, ebenso wie das halbe Team. Sogar Beth lächelte verschmitzt. Sie saß inzwischen schon am Rand der Sitzfläche und konnte es kaum erwarten, dass das Interview beendet wurde. Ein Blick auf Genevieve Randall ließ Daves Lächeln jedoch verblassen. Sie hatte den Witz entweder nicht begriffen oder fand ihn überhaupt nicht lustig.

»Ja, in der Tat.« Ihr Versuch zu lächeln war kurz und schmerzvoll, und dann versuchte sie es noch einmal. »Würden Sie es ändern oder glauben Sie, dass es vorherbestimmt war, Dave?«

Er klappte den Mund auf, um ihr zu antworten, aber es kam kein Ton heraus. Würde er wirklich etwas verändern, wenn er das tun könnte? Er hatte herausgefunden, wie es war, zu lieben und geliebt zu werden, er war Vater geworden, und selbst nach seiner Heimkehr hatten die Lektionen nicht aufgehört. Dank einiger Arbeit und trotz mehrerer Probleme schienen Beth und er ihre Beziehung in den Griff zu bekommen. Sein kleiner Sohn würde in einigen Monaten zur Welt kommen, und zwar im Krankenhaus und mit der Hilfe eines Arztes. Würde er das ändern wollen? Nein. Aber konnte er das auch laut zugeben, es Genevieve Randall gestehen?

»Wenn ich in der Zeit zurückreisen und dieses Gewinnspiel absagen könnte, dann würde ich es tun, und Margaret, Theresa, Kent und Paul wären alle noch am Leben.«

Genevieve Randall nickte und ging ihre Karten ein letztes Mal durch. Dann stapelte sie sie zu einem ordentlichen Haufen, schob sie unter ihren rechten Oberschenkel und faltete die Hände auf dem Schoß. »Vielen Dank für das Interview, Dave. Es war ausgesprochen interessant.« Sie seufzte tief und setzte ein gezwungenes Lächeln auf. »Ich hoffe, dass Ihnen die Sendung in ein paar Monaten gefallen wird.«

Dave zog ebenso schockiert wie erleichtert die Augenbrauen hoch. Es war vorbei. »Danke, Miss Randall. Ich freue mich schon darauf.«

Er hatte es geschafft. Er hatte das Interview durchgestanden. Und obwohl Genevieve Randall aggressiv vorgegangen war und nahezu jede Frage mit einer Spur von Zynismus gestellt hatte, waren seine Geheimnisse weiterhin geheim geblieben. Ihm war egal, wie sehr er Lillian liebte und was sie bei ihrem Besuch zusammen in L. A. erlebt hatten, denn er würde auf gar keinen Fall jemals wieder ein Interview geben.

Es musste irgendein geheimes Signal gegeben haben, das er nicht mitbekommen hatte, denn innerhalb von Sekunden wurde es dunkler im Raum, als die zusätzlichen Lampen ausgeschaltet und die Kameras abgebaut wurden. Ein Tonassistent nahm Dave das Mikrofon ab. Als er aufstand und endlich nicht mehr verkabelt war, fühlte er sich, als wäre er aus dem Gefängnis entlassen worden.

Er streckte die Arme über dem Kopf aus, drehte seinen völlig verspannten Oberkörper und hielt Ausschau nach Beth. Sie stand am anderen Ende des Raumes und unterhielt sich mit dem Praktikanten Ralph, machte vermutlich Small Talk und zählte die Sekunden, bis all diese Menschen ihr Haus wieder verließen. Dave wollte sich den beiden schon nähern, als die dürre Reporterin ihn mit ernster Miene abfing.

»Tja, Dave, Sie haben es geschafft. Herzlichen Glückwunsch. Es ist vorbei, und Sie haben all Ihre kleinen Geheimnisse für sich behalten.« Sie starrte ihn mit unverhohlenem Hass an. Während des Interviews hatte er schon die verschiedensten Mienen von Genevieve Randall gesehen, aber diese hier war ihm neu.

»Äääh, ich habe nicht die geringste Ahnung, worauf Sie hinauswollen, Miss Randall«, erwiderte Dave.

»Gut, Sie hatten natürlich auch Hilfe.« Sie schniefte und rieb sich mit den vom Nikotin gelben Fingern die Nase. »Das darf man natürlich nicht vergessen. Sie können Mr und Mrs Linden danken, oder sollte ich lieber sagen: Anwalt Linden und seiner kleinen Unterlassungsaufforderung?«

»Ich kann Ihnen beim besten Willen nicht folgen.« Dave drehte sich der Kopf. »Ich habe seit Monaten mit keinem der beiden gesprochen.«

Sie bohrte einen glänzenden manikürten Fingernagel in seine Schulter und schnaufte. »Das hätte eine Emmy-reife Sendung werden können, ist Ihnen das eigentlich klar? Wenn Sie nur ehrlich gewesen wären. Jetzt ist es nichts als irgendein beliebiges Kuschelinterview.« Als sie noch einen Schritt auf Dave zutrat, schlug ihm ihr nach Zigarettenrauch stinkender Atem ins Gesicht. »Allerdings begreife ich noch immer nicht, warum die Lindens Sie in Schutz nehmen.«

»Die Kameras sind abgebaut, und ich habe keine Lust, noch länger mit Ihnen zu reden. Bitte lassen Sie mich durch, damit ich zu meiner Frau gehen kann.« Er warf Beth einen sehnsüchtigen Blick zu und flehte sie innerlich an, zu ihm herüberzusehen. Aber Beth unterhielt sich weiter, und ihr Haar wackelte bei jedem freundschaftlichen Lachen auf und ab. Mann, dieser Ralph ging ihm wirklich auf die Nerven.

Genevieve Randall war noch nicht bereit, ihn in Ruhe zu lassen. »Sie können gehen, wenn Sie es zugeben. Es ist doch so offensichtlich. Und ich glaube, dass ich genug Vorarbeit geleistet habe, dass jeder auch nur halbwegs intelligente Mensch trotz der Drohung mit einer Unterlassungsklage Ihre Lügen durchschauen wird. Sie stehen Ihnen doch offen ins Gesicht geschrieben.« Sie ließ den Kugelschreiber in ihrer Hand immer wieder klicken, ein Geräusch, das in seinem Kopf widerhallte. Ihm war, als würde ihm jedes Klicken zu verstehen geben: »Sie weiß Bescheid.«

»Okay, jetzt haben Sie meine Aufmerksamkeit«, sagte Dave und blickte sich nicht länger im Zimmer um, sondern sah Genevieve in die Augen. »Ich weiß, dass Sie aussprechen wollen, was Ihnen durch den Kopf geht, also tun Sie es einfach.« Eben hatte er sich noch gewünscht, Beth an seiner Seite zu haben, aber jetzt konnte er nur hoffen, dass sie wegblieb, bis diese Konfrontation mit der Reporterin beendet war. Genevieve holte tief Luft, und Dave schob die Hände in die Hosentaschen und bereitete sich auf das Schlimmste vor.

»Ich kann es wirklich nicht fassen, dass Sie so lange damit durchgekommen sind. Dabei ist es für mich jedes Mal ganz offensichtlich, wenn Sie ihren Namen aussprechen. Sie haben sich in sie verliebt, nicht wahr? Ich weiß nicht, wie lange es gedauert hat, bis es Ihnen klar geworden ist, aber Ihnen ist bewusst, dass Sie Lillian lieben. Hat sie Ihre Liebe jemals erwidert?« Sie sah ihm fragend ins Gesicht, als könnte sie dort die

Antwort lesen. »Ich kann Lillian nicht so leicht durchschauen wie Sie.«

Daves kurze Liste der Menschen, die er hasste und auf der bisher nur Kent stand, war gerade um einen Namen erweitert worden: Genevieve Randall. Was für eine machtgierige, ruhmsüchtige Hexe. »Das hier ist kein wirklicher Dialog. Ich höre Ihnen zu, werde aber keine Fragen beantworten. Nicht eine einzige.«

»Das haben Sie bereits, David.« Sie sprach seinen Namen voller Rachsucht aus, als wäre er ein gemeines Schimpfwort. »Ich weiß längst Bescheid. Sie haben sich, wie gesagt, in Lillian verliebt, doch sie hat sich dummerweise eher für Kent interessiert.«

Seine Lippen zuckten, als er versuchte, ein Lachen zu unterdrücken, während sie weitersprach. Dabei wirkte ihr Gesicht lebendiger, als es das während des ganzen Interviews getan hatte.

»Sie hätten sehen sollen, wie sie während des Interviews weinte, als sie über Kents Tod gesprochen hat. Sie hat regelrecht geschluchzt.« Genevieve Randall grinste wie eine zufriedene Katze und schien auf eine Reaktion zu hoffen. »Und Sie … Es ist Ihnen bei Ihren Interviews nicht gelungen, Ihren Hass auf Kent zu verbergen. Sie wurden ganz offensichtlich von Eifersucht verzehrt, und nachdem sie ein Kind von ihm bekommen hatte, haben Sie die Sache in die Hand genommen, ihn ermordet und seine Leiche entsorgt. Lillian bekam Angst vor Ihnen, brauchte aber unbedingt jemanden, der nach Kents Tod für sie sorgen konnte. Daher hat sie zugestimmt, für Sie zu lügen. Aus diesem Grund wollten Sie nicht, dass Pauls Leiche von der Insel geborgen wird, und darum haben Sie und Lillian sich auch nichts mehr zu sagen, obwohl Sie bei dem Carlton-Ball allen recht überzeugend etwas vorgespielt haben. Sie haben den Mann getötet, den sie geliebt hat, und das kann sie Ihnen nicht vergeben.«

Sie starrte ihn an. Das manische Klicken hatte aufgehört, und Dave glaubte zu erkennen, dass sie vor Wut zitterte. Das war es also, was sie den ganzen Tag über angedeutet hatte? Das war die Story, die sie der Welt unbedingt hatte verkünden wollen? Dabei lag sie doch so falsch … völlig falsch.

»Das ist eine sehr interessante Theorie, Miss Randall.« Dave hustete, um ein Lachen zu übertönen. »Jetzt, nachdem Sie sich das alles von der Seele geredet haben, geht es Ihnen bestimmt besser.« Er lächelte höflich und hätte am liebsten einen kleinen Freudentanz aufgeführt. »Wenn Sie mich jetzt bitte entschuldigen würden. Ich möchte meinen Entschluss gern in die Tat umsetzen und nie wieder mit Ihnen sprechen.«

Genevieve Randall sammelte ihre Karteikarten und Papiere zusammen, stopfte alles in ihre Aktentasche und verschwand, wobei sie Worte wie »Wahrheit« und »man sieht sich vor Gericht« vor sich hinmurmelte. Dave schüttelte den Kopf. Die berüchtigte Miss Randall, die kompromisslose investigative Reporterin, war ganz anders gewesen, als er erwartet hatte. Gut – klug und rücksichtslos war sie durchaus, aber ihre Theorie hatte die Wahrheit nicht einmal gestreift.

Während er mit ansah, wie die Beleuchtungscrew alles abbaute, überkam ihn eine beklemmende Erkenntnis. Wenn eine Journalistin, die zwei amtierende Präsidenten interviewt, einen Peabody Award und drei Emmys gewonnen hatte und regelmäßig von Berufs wegen mit Terroristen, Vergewaltigern und Mördern sprach, seine schwammigen Aussagen derart falsch interpretiert hatte, was dachte dann erst Beth über seine Geschichte?

Seine Frau hatte derweil ihr Gespräch mit Ralph beendet. Dave eilte durch den Raum auf sie zu und nahm sie in die Arme, woraufhin sie ihn erstaunt ansah.

»Das wollte ich schon den ganzen Tag machen«, murmelte er in ihre nach Erdbeeren duftenden Locken.

»Ich habe mir auch schon den ganzen Tag gewünscht, dass du das machst«, erwiderte sie lächelnd, legte die Arme um seinen Hals und drückte ihren kaum erkennbaren Bauch gegen ihn, sodass Dave seine ganze Familie in den Armen hielt. Ihr Kopf reichte Dave nicht einmal bis zur Schulter.

Er suchte in ihrem Gesicht nach Überresten von Misstrauen, Schmerz oder Zorn, entdeckte jedoch nichts. »Jetzt ist es aber endgültig genug. Wenn ich für den Rest meines Lebens mit keinem Reporter mehr sprechen muss, hätte ich nichts dagegen.«

Beth rümpfte die Nase und lächelte. »Da muss ich dich enttäuschen, denn ich habe noch einen letzten Interviewtermin vereinbart.«

»Was?« Hatte sie darüber mit Ralph gesprochen?

»Ich habe sie eingeladen, nach der Geburt des Babys noch einmal vorbeizukommen.«

Dave wusste, dass er sich vorsehen musste. Er durfte sich nicht anmerken lassen, dass ihm der Gedanke an ein weiteres Treffen unangenehm war, aber ihm graute davor, auch nur noch eine weitere Sekunde mit Genevieve Randall in einem Raum verbringen zu müssen. Wer wusste schon, welche Anschuldigungen sie bei diesem Termin wieder gegen ihn vorbringen würde?

Beth schien zu spüren, dass er verstimmt war. »Das wird kein Interview, das verspreche ich dir. Sie haben nur gefragt, ob sie dann noch einmal vorbeikommen und ein paar Aufnahmen von uns mit dem Baby machen können. Du weißt schon, um zu zeigen, wie glücklich wir jetzt sind.«

»Dann wird es keine Fragen mehr geben?«

Sie schüttelte den Kopf. »Nein, nur noch dich, mich und das Baby. Das klingt doch gut, oder?«

»Fotos mit dir und dem Baby? Das klingt sogar richtig großartig.«

# 32

## Lillian

*Sechs Monate später*

Lillian war sich nicht sicher, warum sie es für eine gute Idee gehalten hatte, einige Freunde einzuladen, um sich zusammen mit ihnen das Interview mit *Headline News* anzusehen. Sie hatten der Sendung den Titel *Albtraum im Paradies* gegeben, was für ihren Geschmack etwas zu melodramatisch klang. Aber es passte zur Tonalität der ganzen Sendung, und irgendwie war ihre Geschichte ja auch ein riesiges Melodram.

Inzwischen war es ganze sechs Monate her, dass Genevieve Randall sie besucht hatte, aber ihr kamen es eher wie sechs Jahre vor. Die Sendung sollte im Juni ausgestrahlt werden, zum ersten Jahrestag ihrer Rettung, aber aufgrund des andauernden Rechtsstreits hatte sie auf das Ende des Sommers verschoben werden müssen.

Letzten Endes hatte *Headline News* klein beigegeben. Jerry sagte, der Nachrichtensender hätte vermutlich auf die Meinungsfreiheit pochen und gewinnen können, aber Lillian vermutete, dass ihre Geschichte keine Aberhunderttausende Dollar Anwaltskosten wert war. Vielleicht hatten sie aber auch erkannt, dass die Story schon sensationell genug war und dass die Teile, die Miss Randall ausschlachten wollte, eigentlich gar nicht gebraucht wurden.

Was immer es auch war: Sie hatte schon fast nicht mehr daran geglaubt, jemals die ganze Sendung zu Gesicht zu bekommen. Als Ralph in der Vorwoche anrief und erklärte, dass es einen Sendetermin gab, wollte Lillian ihren Ohren zuerst nicht trauen. Die Nachricht verbreitete sich in ihrem Freundeskreis wie ein Lauffeuer, und alle wollten nur noch über dieses eine Thema mit ihnen sprechen. Anstatt also jedem Einzelnen seine Flut an Fragen zu beantworten, beschlossen Lillian und Jerry, eine Party zu geben. Lillian schrieb eine kurze E-Mail und lud mehrere Familienmitglieder und Nachbarn dazu ein.

An diesem Abend durften Josh und Daniel länger aufbleiben und sich zusammen mit den anderen im Fernsehraum im Keller die Sendung ansehen. Sobald das Interview lief, rasten die Details ihrer tragischen Geschichte an ihr vorbei. Mithilfe einer Montage wurde über den Absturz berichtet, dann fasste man die Ereignisse zusammen und zeigte die erstaunlich langweiligen Interviews mit den Überlebenden. Für Lillian verschwamm alles miteinander. Immer, wenn auf ihr Gesicht gezoomt wurde, konnte man auf dem Siebzig-Zoll-Ungetüm, das Jerry während seiner Zeit als Witwer gekauft hatte, jede ihrer Falten und Poren in Höchstauflösung sehen. Während dieses Abends stellte sie fest, dass HD zwar nicht ihr Freund werden würde, die Insel aber wie ein Paradies aussehen ließ. In einen Abschnitt hatten sie einen speziellen Zoomeffekt eingebaut, bei dem die Kamera immer weiter in den Himmel aufstieg, bis ihre Insel in dem gewaltigen Ozean rings herum verschwand. Es kam ihr so vor, als würde in ihrem Leben genau dasselbe passieren. Je länger sie von der Insel weg war, desto mehr vermischten sich die Ereignisse mit den Jahren davor und danach. An manchen Tagen dachte sie überhaupt nicht mehr an diesen Teil ihres Lebens. Aber heute war das anders. Heute konnte sie sich an jede

Einzelheit erinnern, an die rot geäderten Pflanzen, die rings um ihr Lager herumstanden, die juckenden Bisse der winzigen braunen Sandflöhe, die ihre Füße überfielen, und den Geruch des brennenden Bambus. An jeden Kuss, jede Wunde, jede Träne. Sie musste sich zwingen, den Blick abzuwenden.

Dave sah bei seinen Interviews unglaublich gut aus. Er hatte einen goldbraunen Teint, der sie an seine Hautfarbe auf der Insel erinnerte, und seine geraden Zähne glänzten wie polierter Marmor. Selbst wenn sie ihn nie geliebt hätte, wäre sie von ihm fasziniert gewesen. Gleichzeitig sah er jedoch völlig anders aus als *ihr* David. Ihr David hatte mehr Haare im Gesicht als Captain Blackbeard. Selbst der zittrige und irgendwie nervige Dave Hall aus dem Flugzeug hatte einen nervösen, unsicheren weichen Kern besessen, den man diesem selbstsicheren, unglaublich attraktiven Mann auf dem Bildschirm niemals zugetraut hätte.

Es war fast schon surreal, Dave zu sehen. Wenn sie die Augen zusammenkniff, konnte sie die Überreste ihres Bildes von dem Mann erkennen, mit dem sie zusammengelebt hatte. Seine tiefe Baritonstimme bewirkte, dass ihr Tränen in die Augen stiegen und sie sich abwenden musste, um so zu tun, als hätte sie etwas in der Küche vergessen, damit ihre Reaktion auf ihn unbemerkt blieb. Diese Stimme hatte ihr während der schlimmsten Prüfungen Trost gespendet und sie beim Lachen und Weinen begleitet. Manchmal sehnte sie sich danach, sie wiederzuhören, wie man sich wünscht, seinen Lieblingssong endlich wieder im Radio zu hören.

Vor zehn Monaten hatte ihr Jerry das Ultimatum auf dem Hotelflur gestellt, bei dem sie sich von Dave abgewandt und Jerry versprochen hatte, nie wieder mit ihm zu reden. So viele Male hatten ihre Finger seitdem die Nummer eingetippt, nur um dann mit dem Daumen über der grünen Anruftaste zu verharren, aber sie hatte sich jedes Mal aufs Neue zusammenreißen müssen. Es war eine Sache, über eine Vergangenheit zu lügen, die einem selbst immer surrealer vorkam, aber über ihr wirkliches Leben wollte sie keine Lügen erzählen müssen. Sie hatte genug davon, eine Lügnerin zu sein.

Die Sendung war bereits nach einer Stunde vorbei, und Lillian hatte danach das Gefühl, dass sie sich sehr gut geschlagen hatte. Selbst als sie zum Schluss ein Bild von Dave einblendeten, der ein dunkelhaariges Baby in den Armen hielt, während Beth sich an ihn kuschelte, stieß sie wie alle anderen ein verzücktes »Aaah« aus. Die beiden schienen sehr glücklich zu sein. In Lillian wetteiferten Eifersucht und Erleichterung, und sie wusste nicht genau, was davon gewinnen würde.

Zum Glück machten sich alle Gäste aufbruchbereit, als der Abspann lief. Lillian vermutete, dass Jill ihnen körperliche Gewalt angedroht hatte für den Fall, dass sie herumtrödeln würden. Jill mischte sich immer in die Angelegenheiten anderer Menschen ein, aber dieses Mal war Lillian froh darüber.

Nachdem sie den letzten Gast umarmt hatte, schloss sie die Tür und ging nach oben, wo Jerry gerade das Kinderzimmer verließ, nachdem er Josh neben seinem bereits schlafenden Bruder zu Bett gebracht hatte.

»Versprich mir, dass wir dieses Chaos frühestens morgen um zehn in Angriff nehmen«, flüsterte sie und legte die Arme um ihn.

Jerry kicherte und gab ihr einen Kuss auf die Nasenspitze. »Solange du mir versprichst, dass ich dir dabei helfen darf. Das ist viel zu viel Arbeit für eine Person, wie ich auf die harte Tour lernen musste.«

»Keine Sorge«, versicherte sie ihm und öffnete die Schlafzimmertür, »das machen wir schön alle zusammen, und die Jungs werden mithelfen, ob es ihnen nun gefällt oder nicht. Die Zeit rennt. Sie werden bald aus dem Haus sein und auf eigenen Füßen stehen, bevor wir überhaupt mitkriegen, was da geschieht.«

»Oh ja«, witzelte Jerry und folgte ihr ins Schlafzimmer. »Yale hat bereits angerufen, Josh wurde angenommen. Er bekommt ein vollständiges Stipendium.«

»Das sind ja tolle Neuigkeiten!«, erwiderte Lillian lachend, ließ sich aufs Bett fallen und zog ihre engen hochhackigen Schuhe aus. »Aber er sollte lieber auf die Antwort von Harvard warten, bevor er eine Entscheidung trifft.«

Jerry zog den Gürtel aus der Hose und legte ihn auf die Kommode, dann nahm er die Armbanduhr ab und platzierte sie daneben. Er zog sein blaues Polohemd aus der Jeans und setzte sich neben sie, um seine Turnschuhe auszuziehen. Das Bett quietschte, und die Matratze sackte so weit ein, dass sich ihre Schultern berührten. Sie ließ den Kopf auf seine linke Schulter sinken.

»Du hast dich heute Abend gut geschlagen«, meinte er und ließ einen Schuh mit lautem Poltern auf den Boden fallen.

»Sie haben sich alle gut amüsiert, nicht wahr?«

»Du weißt genau, was ich meine«, flüsterte Jerry und stieß sie sanft mit dem Kopf an. »Es muss schwer für dich gewesen sein, Dave zu sehen.«

Sie biss sich auf die Unterlippe. Warum mussten sie jetzt über Dave reden? Das hatten sie seit sehr langer Zeit nicht mehr getan, und das war auch gut so. Dieser Abend war schon schwer genug für sie, ohne dass sie auch noch an die Halbwahrheiten und dreisten Lügen erinnert wurde, die sie jeden Tag von sich gab. In Bezug auf Dave musste sie immer lügen, daher machten sich schon allein bei der Erwähnung seines Namens nervöse Schuldgefühle in ihrer Magengrube breit.

»Es war nicht einfach, aber es wird leichter.« Sie seufzte laut. Es stimmte jedoch, denn ihr wurde das Herz lange nicht mehr so schwer wie früher, wenn sie an ihn dachte. Außerdem hoffte sie, dass Jerry dieses Thema endlich fallen lassen würde, wenn sie ihm zeigte, dass sie darüber hinweg war.

Er griff nach ihrer Hand, die auf der geblümten Tagesdecke lag. Ihr Ehering, ein schlichtes, glänzendes Band, das nur darauf zu warten schien, all die unvermeidbaren Kratzer zu bekommen, drückte sich dabei in ihre Haut. Irgendetwas an seinem Schweigen war merkwürdig.

»Das Baby war niedlich, was?«, fragte Jerry und änderte plötzlich das Thema.

Daves und Beths Baby. Natürlich wollte er darüber sprechen. Würde er ihr erneut anbieten, dass sie noch ein Kind bekommen konnten, wie er es vor ein paar Monaten getan hatte? Oder spielte er den menschlichen Lügendetektor und versuchte herauszufinden, ob tief in ihrem Inneren noch immer eine Spur von Eifersucht existierte?

»Es war wunderschön«, antwortete sie so offen, wie sie nur konnte, und achtete darauf, den Druck ihrer Hand nicht zu verändern.

»Ähm«, murmelte er, als wollte er Zeit schinden, und starrte den Tomatensoßenfleck auf ihrer Jeans an. »Sah er aus wie sein Bruder?«

»Wie sein Bruder?« Hatte Jerry jetzt völlig den Verstand verloren? »Dave und Beth haben keine anderen Kinder, wie du weißt.«

Er nickte. »Ich meinte ja auch Paul.«

Bei diesem Namen zuckte sie zusammen, und auch die Art, wie Jerry ihn aussprach, bewirkte, dass sie auf einmal Angst bekam. »Wie meinst du das?«

»Du weißt genau, wie ich das meine, oder?« Er sah ihr weiterhin fest in die Augen.

Sie hatte so lange in Bezug auf Paul gelogen, dass sie einige Sekunden brauchte, bis sie begriff, was Jerry damit sagen wollte.

»Großer Gott …«, stieß sie hervor und riss erschrocken den Mund auf. »Du weißt es.«

Eigentlich hätte sie cool bleiben sollen. Sie hätte die Lüge wiederholen müssen, aber die Art, wie er es sagte, gab ihr zu verstehen, dass Jerry ihr die Lügen nicht länger glaubte. Das machte ihr solche Angst, dass sie am liebsten weggelaufen wäre.

»Wie?«, wollte sie wissen und war überrascht, dass er ihre Hand noch immer hielt. »Wie hast du es herausgefunden?«

»Ich wusste es die ganze Zeit.« Er lächelte fast schon. »Sie haben es mir im Krankenhaus gesagt, als du noch bewusstlos warst. Ich bin schließlich dein nächster Angehöriger und musste alle medizinischen Entscheidungen treffen. Als sie mir erzählten, dass du vor Kurzem ein Kind zur Welt gebracht hast, habe ich erwidert, dass sie sich irren müssen. Dann …« Er blickte zu Boden, als würde er seine Erinnerung noch einmal durchleben. »Dann habe ich gesehen, wie Dave sich nach dir erkundigt hat und nicht von deiner Seite weichen wollte. Auf einmal ergab das, was mir die Ärzte erzählt hatten, und das, was ich mit eigenen Augen sah, einen Sinn.«

Dies war der Augenblick, vor dem sie sich am meisten gefürchtet hatte: dass jemand die Wahrheit über sie und Dave und über Paul herausfand. Diese Angst suchte sie nachts heim, wenn sie nicht schlafen konnte, und lag ihr tagsüber schwer auf der Seele, sodass sie es nicht schaffte, glücklich zu sein oder sich normal zu fühlen, weil sie ständig befürchtete, jemand könnte nah genug an sie herankommen, um es herauszufinden.

»Oh, Jerry. Es tut mir so leid. Bitte verzeih mir«, flehte sie ihn an und drückte seine Hand auf die Stelle über ihrem Herzen.

Er nickte und zog einen Mundwinkel kaum merklich hoch. »Ich habe dir schon vor langer Zeit verziehen.«

»Du hättest mir sagen sollen, dass du es weißt, Jerry. Warum hast du nie etwas gesagt? Hast du gewusst, dass ich es dir liebend gern erzählt hätte? Aber ich hatte solche Angst, dass ich dich und die Jungs verlieren könnte. Ich dachte, du würdest mich dann hassen.«

Jerry schüttelte den Kopf. »Ich hasse dich nicht. Das habe ich auch damals nicht getan. Aber ich habe darauf gewartet, dass du es mir erzählst. Als du es nicht getan hast, konnte ich mich nicht dazu überwinden, dich darauf anzusprechen. Ich habe immer befürchtet, dass du dich dann für Dave entscheiden würdest.« Die Vene an seinem Kopf schwoll an, ein deutliches Zeichen dafür, dass sein Blutdruck stieg.

Lillian fuhr mit einem kühlen Finger darüber, und das Pochen verlangsamte sich. »Wenn du mir vergeben hast, warum hast du dann so lange gewartet, um mich darauf anzusprechen?«, fragte sie sanft.

»Als wir nach Hause kamen und all die Nachrichtensender und Reporter uns nachstellten, wusste ich auf einmal, warum diese Lüge so wichtig war. Wenn du ihnen von Dave und dem Baby erzählt hättest, dann hätten wir uns anhören müssen, wie sie darüber reden und vor Millionen von Zuschauern ein Urteil über euch fällen, und das hätte unsere Familie zerrissen.« Er küsste ihre Handfläche, und sie legte die Hand in seinen Nacken und streichelte die weichen Härchen, die über seinen Kragen herausragten. »Du wusstest das schon bei deiner Ankunft, nicht wahr?«

»Ich hatte auf der Insel sehr lange Zeit, um darüber nachzudenken.«

»Du hättest es mir erzählen können«, sagte Jerry.

»Ich bin froh, dass du es weißt«, erwiderte sie und zog ihn an sich heran, um ihn zärtlich zu küssen. Doch dann rückte Jerry von ihr ab und legte ihr die Hände auf die Schultern.

»Du darfst mich nie wieder anlügen. Versprich mir das«, bat er sie.

»Nie wieder.« Als ihr die Worte über die Lippen kamen, fiel ihr ein riesiger Stein vom Herzen.

Jerry rutschte ein Stück nach hinten und lehnte sich an einen Bettpfosten an. »Dann hast du mir vermutlich noch etwas zu sagen, oder?« Als er die Arme verschränkte, war Lillian verwirrt.

Was wollte er denn noch hören? Sie konnte ihm natürlich jede Menge Details nennen, aber das Wichtigste wusste er bereits. Sie hatte eine Affäre mit einem anderen Mann gehabt und ein Kind von ihm bekommen, Jerry das jedoch verschwiegen. Das einzige andere Geheimnis, das von Bedeutung war …

»Wie hast du herausgefunden, dass ich Kent umgebracht habe?« Jetzt hatte sie es ausgesprochen. Wenn jemand anderes als Dave Jerry die Wahrheit gesagt hatte, bedeutete das sowieso, dass ihr Geheimnis nicht mehr sicher war.

»Du hast was?«, wollte er wissen.

»Ich habe Kent getötet. Ich habe ihn erstochen. Wer weiß noch davon?« Sie sprang auf. Sie musste Dave anrufen, da er ebenso großen Ärger bekommen würde wie sie.

»Lillian, ich habe nicht die geringste Ahnung, wovon du da redest.«

»Du kannst mich nicht als Anwalt vertreten, richtig?« Sie lief zu ihrem Kleiderschrank und holte einen leeren Koffer heraus. »Aber du kennst doch bestimmt einen guten Kollegen. Oder, Jer? Oder sollte ich das Land lieber für eine Weile verlassen?« Sie warf den Koffer aufs Bett, ging zu ihrer Unterwäscheschublade und warf sämtliche BHs in den Koffer.

Im nächsten Augenblick stand Jerry auch schon neben ihr, packte ihre Ellbogen und schüttelte sie derart, dass sie wieder zu Verstand kam. »Was machst du denn da, Lillian? Ich habe nicht gesagt, dass du irgendjemanden getötet hast.«

»Aber du hast gesagt, dass du mein anderes Geheimnis wissen willst.«

»Damit habe ich deinen Aufenthalt in L. A. und bei Dave gemeint«, entgegnete er recht sanft angesichts ihres panischen Zustands. Ihre Überreaktion bewirkte, dass seine Worte bei Weitem nicht so grob herauskamen, wie sie gedacht waren. »Du hast Kent getötet?« Jerry machte einen Schritt nach hinten. Jetzt hatte sie es geschafft.

»Er war völlig durchgedreht, Jerry, er hatte den Verstand verloren. Er hat mich ständig angefasst und irgendwas versucht. Dann hat er mich allein angetroffen und versucht … Er wollte …«

»Moment mal. Er hat versucht, dich zu vergewaltigen?« Jerry schrie jetzt fast schon, und Lillian befürchtete langsam, dass er die Kinder wecken könnte. »Warum in aller Welt hast du mir das nicht erzählt?«

»Ich konnte es nicht, Jerry. Ich habe ihn *getötet*. Ich wollte dich nicht zum Komplizen machen oder etwas in der Art. Dann wärst du auch ins Gefängnis gekommen. Man hätte dir deine Anwaltslizenz entzogen.«

»Das klingt für mich eher danach, als hättest du in Notwehr gehandelt.« Sein Anwaltsgehirn lief auf vollen Touren.

»Ich weiß es nicht, Jerry. Dave hat versucht, ihn aufzuhalten, und dann hat Kent sich auf ihn gestürzt und versucht, ihn umzubringen. Dann habe ich … Ich habe ihn in den Rücken gestochen.« Sie biss sich auf die Unterlippe und wartete darauf, dass Jerry sie voller Abscheu ansah. »Ich bin eine Mörderin.«

»Das ist kein Mord.« Jerry berührte ihre Lippen mit einer Fingerspitze und sah sie voller Mitgefühl an. »Weiß noch irgendjemand davon? Außer Dave, meine ich.«

Lillian war überrascht, wie sanft er mit ihr sprach. »Nein. Wir haben gelogen, hast du das schon vergessen?«

»Gut.« Er starrte sie einen Moment lang schweigend an. »Was ist mit der Vergewaltigung? Hat er dich verletzt?«

Sie stieß zitternd die Luft aus. »Er hat mir wehgetan, aber er hat mich nicht vergewaltigt, wenn es das ist, was du wissen willst. Hey, Jer.« Sie nahm seine Hand. »Es geht mir gut. Wir können später darüber reden, wenn du willst, aber jetzt möchte ich wissen, was du gemeint hast, als du Dave und L. A. erwähnt hast.«

»Ach, das.« Er schob den Koffer vom Bett und setzte Lillian darauf ab, als wäre sie aus kostbarem Porzellan und könnte zerspringen. »Dave. L. A.«

Lillian warf einen schnellen Seitenblick in den Spiegel, der auf der anderen Seite des Zimmers hing. Ihr Haar wuchs endlich wieder und reichte ihr schon fast bis zu den Schultern; ihr liefen dunkle Spuren von verschmierter Mascara über die Wangen. Sie wischte sie mit den Fingern weg und griff nach dem Saum der Tagesdecke. Dave und L. A. Das war leichter als das mit Kent, allerdings nur ein bisschen.

»Bevor du anfängst, kann ich dir versichern, dass bei diesem Besuch nicht das passiert ist, was du denkst«, begann sie und schniefte laut, wobei sie sich bewusst war, dass sie wie eine Idiotin klang. Sie wischte sich noch einmal das Gesicht ab, und es war ihr völlig egal, dass der helle Stoff Flecken bekam. Wieso sie in einem Haus mit zwei Kindern überhaupt irgendetwas Weißes hatte, wusste sie selbst nicht genau.

»Das weiß ich bereits.« Er setzte sich vor sie aufs Bett. Erstaunlicherweise schien er nicht entsetzt zu sein, obwohl er gerade herausgefunden hatte, dass seine Frau eine Mörderin war. »Ich habe dich beobachten lassen.«

»Wie bitte?« Sie riss verblüfft den Mund auf. »Von einem Detektiv?«

»Allerdings. Ich habe einen Mann dafür bezahlt, damit er dir in L. A. folgt und mir berichtet, was du tust.« Er rieb sich nachdenklich die Stirn. »Das klingt völlig verrückt, wenn man es laut ausspricht. Du musst verstehen, dass ich vor Eifersucht beinahe durchgedreht bin und glaubte, du könntest mich jeden Moment verlassen. Man sollte eigentlich annehmen, dass ich diese Tatsache besser verkraftet hätte, wo ich doch schon so lange ohne dich gelebt hatte, aber irgendwie machte es das Ganze nur noch schwerer.« Er legte eine Hand auf ihr Knie, und sie streichelte sie. »Ich habe dich immer geliebt.«

»Ich liebe dich auch, Jerry.« Sie drückte seine Hand zuneigungsvoll und sah ihn dann flehend an. »Ich habe ihm versprochen, dass ich es niemandem erzählen werde. Er hat seine Versprechen immer gehalten, da darf ich meines auch nicht brechen.«

Aber Jerry wollte nichts davon hören. Er schlug auf die Tagesdecke. »Hör auf damit, Lillian. Würdest du mir bitte zuhören? Du musst es mir nicht erzählen. Ich habe es selbst herausgefunden, und ich muss zugeben« – er rieb sich die Vene an seiner Stirn, die deutlich hervortrat – »dass ich zuerst verwirrt war, als mir der Detektiv erzählte, dass ihr beide eine Kinderwunschklinik aufgesucht habt. Das ging mir einfach nicht in den Kopf. Ich dachte, es würde bedeuten, dass ihr beide zusammen sein und eine Familie gründen wollt. Aus diesem Grund habe ich dich im Hotel zur Rede gestellt.«

»Aber ich habe mich für dich entschieden«, warf Lillian ein und rückte näher an ihn heran, bis sie sein Rasierwasser riechen konnte.

»Ja, und das hat mich aus der Bahn geworfen. Doch dann hatte ich so ein komisches Gefühl, als ich mit Beth telefonierte und sie mir erzählte, wie glücklich sie und Dave wären und dass sie versuchten, eine Familie zu gründen. Da kam mir auf einmal ein seltsamer Gedanke. Als ich das Baby heute Abend gesehen habe, ergab auf einmal alles einen Sinn.« Er tippte sich an die Schläfe. »Dieses Baby, das sie da im Arm hielten, das ist dein Kind, richtig?« Er sah sie mit harten, kalten Augen an.

»Das ist nicht mein Kind, sondern das von Dave und Beth.« Er legte ihr zwei Finger auf die Lippen.

»Du hast es versprochen, Lillian. Keine Lügen mehr.«

Es gab keinen anderen Ausweg für sie. »Du willst die Wahrheit hören?«, fragte sie langsam. »Ja. Genetisch gesehen ist er mein Sohn.«

Sobald sie ihm auch ihr letztes Geheimnis anvertraut hatte, fühlte sie sich … frei. Ihr war gar nicht bewusst gewesen, welche

Last diese Lügen gewesen waren. Sie hatten sie so sehr eingeschränkt, und obwohl Jerry gerade wütend und aufgebracht vor ihr saß, hätte sie am liebsten vor Freude gesungen.

»Und das stört dich nicht?«, wollte er wissen.

»Nein, Jerry, das stört mich nicht. Beth ist unfruchtbar, daher brauchten sie eine Eispende. Sie wollten das Ei einer Fremden nehmen, doch das konnte ich nicht zulassen. Dave war für Paul ein wundervoller Vater, und er sagte, Beth hätte sich sehr verändert. Wenn er bereit ist, ihr zu vergeben, dann muss das stimmen. Ich wollte diejenige sein, die ihnen die Gelegenheit gibt, etwas von dem Glück zu spüren, das wir mit unseren Jungs haben. Außerdem hilft es mir, Paul nicht mehr so zu vermissen. Es gibt mir das Gefühl, dass ein Teil von ihm weiterlebt.«

»Weiß sie es?«

Lillian schüttelte den Kopf. »Sie kennt die Identität der Spenderin nicht.«

Er schaute sie mit leicht geneigtem Kopf an. »Findest du nicht, dass sie das Recht hat, es zu erfahren?«

»Dave hat es ihr nur deshalb nicht gesagt, weil ich ihn darum gebeten habe.« Sie zuckte mit den Achseln. »Ich hielt es für unwichtig, da die Spende ohnehin anonym erfolgen musste.«

Er schien über ihre Worte nachzudenken und sah ganz klein und fast wie Josh aus, sodass sie nicht lange wütend auf ihn sein konnte. Sie krabbelte über das Bett und legte die Arme um ihn.

»Ich weiß nicht, was ich von dieser ganzen Sache halten soll.« Er hielt kurz inne. »Aber du sollst wissen, dass du ihn von mir aus sehen darfst, wenn Dave und Beth damit einverstanden sind. Ich werde dich nicht von deinem Baby fernhalten. Das verspreche ich dir, Lillian«, flüsterte Jerry an ihrem Hals. Sie rieb ihm über den Rücken. »Du musst mich ja für ein Monster halten, wenn du mir all das nicht erzählen wolltest.«

»Ich dachte, ich würde dich auf diese Weise schonen, aber da habe ich mich wohl geirrt.«

Er nickte an ihrer Schulter und legte dann die Hände auf ihre Wangen. Sein Schniefen und seine geröteten Augen waren die einzigen Hinweise auf seinen sehr emotionalen Zustand.

»Wir haben eine lange Nacht vor uns. Ich will die ganze Geschichte hören. Die wahre Geschichte.« Er nahm ihr iPhone vom Nachttisch. »Und ich denke, es ist Zeit, dass du Dave und Beth anrufst.«

»Ich darf Dave anrufen? Bist du dir sicher?« Lillian war verblüfft. Sie wusste nicht, was ihren Mann derart verändert hatte, aber sie fühlte sich schuldig, weil sie ihm das nie zugetraut hatte.

»Auf jeden Fall.« Er küsste sie, griff zum Telefon und drückte eine Kurzwahltaste, unter der seit seiner Zeit als alleinerziehender Vater ein Lieferservice gespeichert war. »Kung-Pao-Hühnchen?«

»Klingt super«, antwortete sie. Während sie ihn beobachtete, wie er das Essen bestellte, setzte sie sich im Schneidersitz auf das Bett und spürte, wie sich eine lange vermisste Wärme in ihr ausbreitete. Innerhalb von drei Jahren hatte sie ihre Schwiegermutter, ihren Sohn, ihre Integrität und vor allem ihre Naivität verloren. Vor der Wahrheit wegzulaufen hatte sich als nicht wirklich effektiv erwiesen, aber vielleicht lief es ja besser, wenn sie einfach damit lebte. Konnte die Wahrheit die Vergangenheit auslöschen und nichts weiter als eine Narbe auf ihrer Schulter und einige verblassende Erinnerungen hinterlassen? Gewiss nicht, aber indem sie aufgehört hatte zu lügen, schien sie auf einmal wieder im Leben ihrer Familie angekommen zu sein, und das besser, als es mit einem Flugzeug oder Rettungshubschrauber geklappt hatte. Endlich.

Sie hielt das Telefon eine Weile in der Hand und starrte es an. Das Display war schon ziemlich verkratzt, da ihre Söhne häufig ihre Spiele-Apps nutzten. Dann wusste sie, dass sie bereit war. Sie tippte auf das Display und gab die Nummer ein, die sie noch immer auswendig kannte. Es klingelte dreimal.

»Hallo?«, meldete sich Dave. Einen Moment lang fühlte sich ihr Mund an, als wäre er voller Marshmallows.

»Hallo«, sagte sie kaum lauter als ein Flüstern.

»Lillian? Bist du das?

»Ja. Es ist eine Weile her.« War das wirklich alles, was sie ihm zu sagen hatte? Als wären sie alte Freunde von der Highschool, die sich zuletzt auf dem Abschlussball gesehen hatten? »Wir haben gerade *Headline News* geguckt.«

Er reagierte nicht, was Lillian nicht überraschte. Warum sollte er auch mit ihr reden wollen? Sie war ihm gegenüber so unfair gewesen. Im Hintergrund schrie eine Frauenstimme ihren Namen. Beth.

»Dave! Ist das Lillian? Ist sie das? Gib mir schon das Telefon, du Dummerchen.« Lillian hörte es rascheln, und dann drang Beths Stimme aus der Leitung.

»Ich sollte es ja eigentlich gar nicht erfahren, aber ich möchte dir unbedingt für das danken, was du für uns getan hast.« Ein Baby quiekte in der Nähe des Telefons.

»Er hat es dir erzählt?«, hakte Lillian nach. Jerry telefonierte noch immer mit dem Lieferdienst und hielt mit fragender Miene einen Daumen hoch. Sie nickte, auch wenn sie sich nicht sicher war, ob wirklich alles in Ordnung war. Beth wusste Bescheid und Jerry ebenfalls. Das war so lange Zeit das schlimmstmögliche Szenario für sie gewesen, dass sie jetzt erst einmal überfordert war.

»Es tut mir so leid. Ich weiß, dass du es anonym machen wolltest, aber ich habe ihn gezwungen, es mir zu sagen. Eigentlich ist es sogar eine ganz witzige Geschichte …« Das Baby quiekte und schnitt Beth das Wort ab. »Aber die erzähle ich dir ein anderes Mal. Wir möchten euch auf jeden Fall mal besuchen. Ich finde es toll, dass eure Söhne und unser Sohn Halbbrüder sind.«

Beth wollte, dass Lillian ihren Sohn kennenlernte. Sie wollte, dass Josh und Daniel Teil seines Lebens waren. »Das wäre schön«, meinte Lillian lächelnd.

»Ich wollte dir nach seiner Geburt Blumen schicken, aber Dave wollte das nicht. Ich habe ihm gesagt, dass du bestimmt wissen möchtest, ob er gesund ist.« Vor Erleichterung trocknete der Schweiß in ihrem Nacken. Er war gesund. Ihr Sohn war in guten Händen. »Du wirst doch deswegen mit ihm schimpfen, hoffe ich?«

»Aber natürlich.«

Jerry beendete gerade das Telefonat und nahm ein Sweatshirt von dem mit Paisleystoff bezogenen Ohrensessel, der in der Zimmerecke stand. »Ich bin in einer Stunde zurück«, sagte er leise und verließ das Schlafzimmer. Bedeutete das, dass er ihr wieder vertraute?

Durch das Telefon hörte sie, wie die Schreie des Babys immer lauter wurden, und wie Beth nervöse Geräusche von sich gab, die junge Mütter nun einmal machten. »Oh, mein Sohn hat Hunger. Ich muss dich an Dave weiterreichen.« Sie schwieg kurz und klang dann so, als würde sie anfangen zu weinen. »Lillian, ich bin dir so unglaublich dankbar. Du weißt ja gar nicht, was es mir bedeutet, Mutter zu sein. Keine Sorge, ich verspreche, dass ich mich gut um ihn kümmere.«

»Ich mache mir nicht die geringsten Sorgen.«

»Hey.« Dave war wieder dran, und seine Stimme klang jetzt anders. »Entschuldige, dass ich mein Versprechen nicht gehalten habe. Nachdem diese schreckliche Reporterin in unserem Haus war, habe ich beschlossen, Beth die Wahrheit zu sagen.«

»Dann weiß sie alles?«, fragte Lillian mit flüsternder Stimme, falls Beth noch in der Nähe war und ihre Unterhaltung mit anhören konnte.

»Nein, nur, dass du die Spenderin bist«, murmelte er so leise, dass nur sie es verstehen konnte.

»Jerry weiß alles«, stieß Lillian hervor und fühlte sich besser, als sie es endlich ausgesprochen hatte.

Dave machte ein leises, missbilligendes Geräusch und seufzte dann schwer. »Warte kurz, ich gehe eben ins Nebenzimmer.« Er sagte etwas zu Beth, das Lillian nicht verstehen konnte, und war dann kurz darauf wieder am Telefon. »Ich weiß, was ich im Krankenhaus zu dir gesagt habe, dass du zu mir kommen kannst, wenn es mit Jerry nicht läuft, aber … aber ich muss meine Worte zurücknehmen, Lily. Ich bin glücklich mit Beth und unserem Baby. Ich kann dein Freund sein, aber ich werde sie nicht verlassen.«

Lillian lachte und zog die Beine aufs Bett. »Das ist ganz schön überheblich von dir. Wer sagt denn, dass ich dich überhaupt noch will?«

»Wa… Ach, verdammt, ich habe es schon wieder geschafft, was? Warum trete ich bei dir bloß in jedes verfügbare Fettnäpfchen?«

»Keine Ahnung. Das muss eines deiner Talente sein. Manchmal frage ich mich allerdings, ob du das mit Absicht machst, um mich zum Lachen zu bringen.« Das hatte ihr gefehlt. Durch die ganzen Dramen und Lügen hatte Lillian beinahe vergessen, dass sie und Dave Freunde gewesen waren, bevor sie einander geliebt hatten.

»Ja!«, rief er. »Genau das ist es. Ich mache es mit Absicht.«

»Das ist gut, denn ich rufe dich nicht an, um dich zu bitten, deine Frau zu verlassen.« Sie konnte sich ein letztes Kichern nicht verkneifen. »Ich rufe an, um dir zu sagen, dass ich Jerry alles erzählt habe … Na ja, er hat es vielmehr selbst herausgefunden. Aber wir haben uns ausgesprochen. Es war seine Idee, dass ich euch anrufe. Er dachte, dass ich das Baby bestimmt mal sehen möchte.«

»Das ist super, Lily, einfach super.« Dave stieß die Luft aus, als hätte er sie die ganze Zeit angehalten. »Wollen wir uns dann vielleicht über die Feiertage treffen? Beth kennt unseren Zeitplan besser als ich. Sie kann dich ja in ein paar Tagen noch mal anrufen.«

»Ich freue mich schon darauf.« Sie machte eine betretene Pause. »Dann viel Spaß beim Angucken der Sendung. Ich fand sie … suboptimal. Aber das Bild von dir, Beth und dem Baby am Ende war wirklich entzückend.«

»Danke. Sie haben einen Profifotografen hergeschickt, das war wirklich sehr hilfreich.«

»Ihr seid eine schöne Familie, und ich bezweifle, dass ihr dazu sehr viel Hilfe gebraucht habt.« Ihr Handy piepte und kündigte einen anderen Anruf an. Das war vermutlich Jerry. »Dann hören wir jetzt lieber auf, sonst verpasst du noch den Anfang. Ach, Augenblick noch! Ich habe ganz vergessen, dich was zu fragen.« Das Handy piepte wieder, aber Lillian ignorierte es. »Welchen Namen habt ihr ihm gegeben?«

»Er heißt Salomon«, antwortete er lachend. »Wie Salomon der Weise, der König.«

»Perfekt«, meinte sie und musste an eine Unterhaltung am Strand vor langer Zeit denken und an all das, was sie beide auf dieser Insel gelernt hatten. In diesem Augenblick erschien ihr alles einfach … perfekt.

# Danksagung

Ich danke meiner Freundin Jeny Wasilewski, die diese Geschichte als Erste gelesen und mich ermutigt hat, nicht länger über eine Südstaatenschönheit zu schreiben, sondern über Geheimnisse, einen Flugzeugabsturz und Haie.

Ferner danke ich Natalie Middleton, die mich gezwungen hat, ihr meinen heimlich geschriebenen Roman zu zeigen, und immer bereit war, ihn ein weiteres Mal zu lesen. Ohne deine Unterstützung hätte ich nie den Mut gefunden, dieses Buch zu veröffentlichen.

Außerdem danke ich meiner Autorenkollegin Lauri Fairbanks, die gleichzeitig die beste Schreibpartnerin ist, die man sich nur wünschen kann. Danke, dass du dich Tag und Nacht mit Texten auseinandersetzt und mich auf mehr Arten inspirierst, als ich aufzählen kann. Ich werde dem Kinder-Football und einer Lego-Geburtstagsfeier auf ewig dankbar sein dafür, dass wir uns dort kennengelernt haben.

Außerdem stehe ich tief in der Schuld meiner kritischen Partner und Betaleser für ihre Zeit und virtuelle Therapie: Pete Meister, Mallory Crowe, Revo Boulanger, Samantha Newman, Elizabeth Owens und Michelle A. Barry. Ebenso danke ich den Autoren des AQC, denn beim Schreiben ist man oftmals sehr einsam, aber mit euch an meiner Seite war ich nie alleine.

Ich danke meiner wundervollen Agentin Marlene Stringer, die immer an mich geglaubt hat. Deine Erfahrung und deine Hilfe waren unschätzbar für mich. Zu den aufregendsten Tagen meines Lebens gehören auch die beiden, an denen du mich angerufen hast.

Mein Dank gilt ferner dem fleißigen Team bei Lake Union Publishing, darunter auch meiner visionären Lektorin Danielle Marshall. Ferner danke ich Gabriella Van den Heuvel, Shannon Mitchell und Thom Kephart. All die Zeit, die Mühe und den Enthusiasmus, die ihr in die Herstellung dieses Buches gesteckt habt, machen mich ganz demütig, und ich habe jede Minute davon genossen. Ihr seid ein super Team!

Natürlich danke ich auch meiner Familie und meinen Freunden, die sich so sehr über dieses Buch freuen, wie ich es nie zu hoffen gewagt hätte. Ihr habt ja keine Ahnung, wie viel mir eure Begeisterung bedeutet.

Und ich danke meinen Eltern, die mich immer ermutigt haben, sowie meiner Schwester Elizabeth Renda, die mich in die richtige Richtung geschoben und gezerrt und mich geliebt hat. Ich habe großes Glück, dass ich eine kleine Schwester wie dich habe!

Dann danke ich noch meinen Kindern für ihr Verständnis dafür, dass ihre Mutter ständig Tagträume hat, dass ein Computer auf meinem Schoß bedeutet, dass ich schreibe und nicht gestört werden will, und dass sie mich schon als Schriftstellerin bezeichnet haben, als ich es nicht einmal selbst aussprechen mochte.

Doch vor allem danke ich meinem Mann Joe, der mir vor zwei Jahren zu Weihnachten einen Laptop schenkte und sagte: »Der soll dir helfen, deinen Roman zu schreiben.« Du kennst meine Wünsche und Träume besser als jeder andere. Dein Vertrauen hat mir die Augen geöffnet und mich viele Möglichkeiten erkennen lassen. Ohne dich hätte ich das nie gewagt. Ich liebe dich.

7273726R00236

Printed in Germany
by Amazon Distribution
GmbH, Leipzig